DOOMSDAY HANDBOOK

イントロダクション

終末は近い。そんな気分は、いつの世でも、どこかしらにはある。べつのいい方をすれば、人類の歴史は、破滅や悲劇的な結末の話で満ちあふれてきた。

予言者や賢者やストーリーテラーたちは、空から降り注ぐ火と硫黄、陸地のすべてを洗い流す巨大な波、パチンと指を鳴らすだけですべてを消してしまう未知の力についていつも語ってきた。その災厄がどうであれ、終末のありさまは1つしかない――恐怖がわれわれの惑星をおおい、全滅し、世界は不毛な荒野と化す――。

偉大な宗教における終末（それは「審判の日」と呼ばれているかもしれない）は、神がわれわれの惑星を大掃除し、より純粋な新種族に世界をやりなおさせるための手段とされていることが多い。もしかすると、いまの人類の罪と放蕩は、そろそろやり直しが必要なレベルに達しているのだろう。

もっとも新しい例は、太古のマヤ暦で予言されていた「2012年に迎える世界の終わり」だ。ただし、この年がそれ以前の年よりも危険だったという証拠は、いっさい示されていないけれど。

こうした宗教による「炎と灰の物語」は、お話としては上出来だし、適度に危機感をあおる役にも立っている。しかし、現実にくらべると、つくられた破滅の物語は独創性という点ですっかり色あせてしまう。科学のレンズを通して見たほうが、終末は、はるかにミステリアスで興味深くなるのだ。

巨大な小惑星の衝突、地球全体を暗幕でおおう超巨大火山の噴火、海を喰らいつくしこの星の住人を皆殺しにする大嵐――。

気候変動、過剰な人口、天然資源の枯渇、あるいは核兵器の狂気そのほかもろもろの人間由来の脅威も、十分現実味を持っている。われわれは自己責任で、自分たちの遺伝子や自然界の原子を操作さえしている。

人類がつくりあげたつながり合う社会は、交易をもたらし、知識や教育へのアクセスという多大な恩恵を与えてくれた。だが、そのつながりが、ウィルスの急速な蔓延を招いている。人間とコンピューター、それぞれのウイルスの跋扈を。

スキルのあるサイバーテロやインテリジェント機器ならば、近代世界に欠かせないネットシステムを侵害したり、財政上のデータを盗用あるいは削除したり、供給プロセスを破壊したりすることが可能だ。アメリカで発生したデジタル・システムの障害は、瞬時に中国やオーストラリアにも広がってしまう。

そうはいっても、地球さえ安定していれば、回復は可能だし、なんとかなりそうな気がする。われわれは、銀河系のはじっこの安全な区域に住んでいるはずだ。

だが、太陽系は、必ずしも思ったほどの天国ではない。

それに、いまはたまたま地球は静かだが、星々を破壊する何者かに襲われない保証はどこにもないのだ。ならず者の白色矮星が太陽を突き抜け、すべての惑星を深宇宙に吹っ飛ばしてしまう可能性もある。あるいは、違うタイプのならず者であるブラックホールが通りがかり、すべてをリボン状の原子に粉砕したあと、情け容赦のない重力で飲みこんでしまう可能性も。あるいはエイリアンに遭遇し、しかもかれらが敵意を持っていたとしたら――いったいどうなってしまうのか？

人類はつねに、絶滅の可能性にさらされて生きてきたし、皮肉にもその可能性は、われわれが自分たちの宇宙について、知識を深めれば深めるほど高いことがわかってしまった。

たとえば、量子粒子やビッグバンの知識がなければ、一瞬の真空崩壊で世界が存在しなくなることを心配することもなかっただろう。われわれは、いわゆる「時間」がこの宇宙から消え去り、「動き」や「方向」の感覚がなくなる可能性もあることさえ理解しはじめている。

だが、気落ちすることはない。数十億年後に太陽が爆発し、数倍のサイズにふくれあがって、地球を丸ごと飲みこんでしまうときが来るまでは、人類はこれから先の未来の時間をずっと、心配ばかりしつづけていくのだから。あなたと同じように。

Contents

Contents

018-034

Contents

035-050

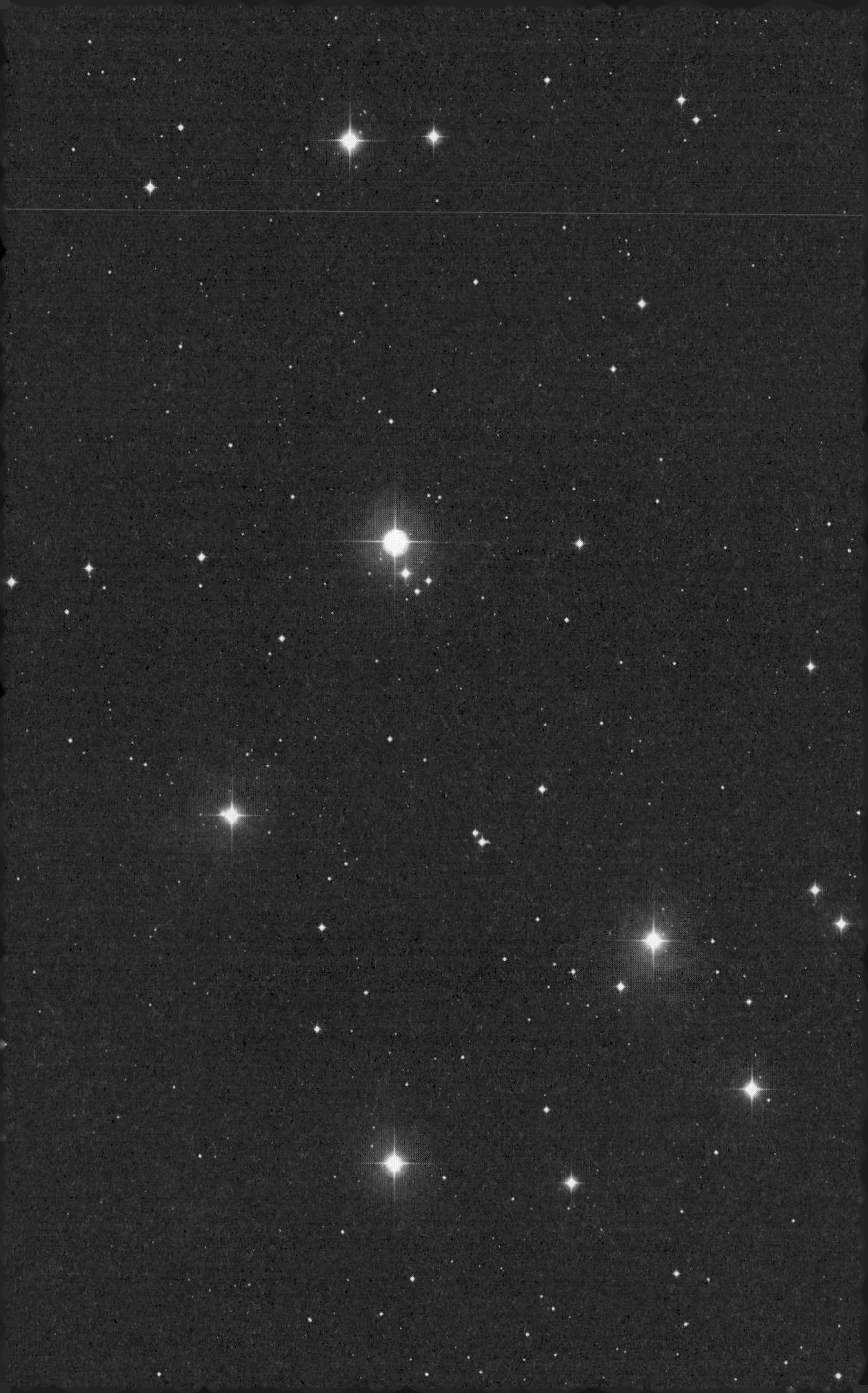

Mass Extinction

大絶滅

地球上の生命の運命には、不穏な秘密がある。
何十億年も前に、温かい池のなかで複製を開始した生命の元である化学物質が、三葉虫、恐竜、樹木、ナメクジ、草、猿、マッシュルーム、そして人間へとゆっくりと進化していった過程の間にも、「その秘密」はずっと彼らの陰に鎮座しているのだ――「死」という秘密が――。

001

38億年におよぶ地球上の生命の歴史、そして、これまでに存在したと考えられる40億の種のなかで、90パーセントはすでに絶滅している。われわれの惑星では、「絶滅する」のは当たり前なのだ。

過去5億年の間には、5回、取り返しのつかないほど「種の削減」が広まったことがある。誰にもはっきりわからない理由で、地球は生命にはまったく適さない星となり、世界中の植物と動物が、大部分、姿を消してしまったのだ。

毎回、大量絶滅期には、地球からするとまばたきをするような時間で、生存種の75パーセントが死に絶えていた。

6500万年ほど前に起こった最後の大量絶滅以降、事態は比較的沈静化している。絶滅はつづいているが、あくまでも正常な範囲内に留まってきた。

しかし、6度目の大絶滅は迫っている。ただし、前の5回と違うのは、われわれがその原因をおおよそつかんでいるということだ。

✝過去、5回起こった大絶滅とは

1982年、シカゴにあるフィールド自然史博物館のデイヴィッド・M・ラウプとシカゴ大学地球物理学科のジャック・セプコスキーは、科学誌「サイエンス」に論文を投稿した。彼らは、過去5億年間の海洋生物につ

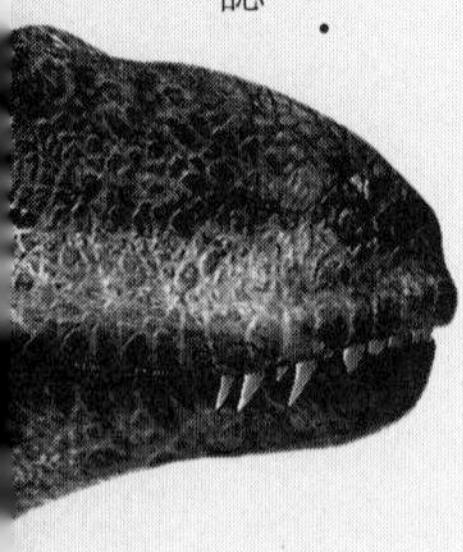

いて、何千という科の化石の発生率と堆積のパターンを調査し、生命体の絶滅率が「異常な高さを示す時期」がはっきりと区別できることに気づいた。その後の、ほかの科学者の研究も、なんらかの事象、あるいはひと続きの事象が、地球上の生命の壊滅的な損失を招いたとするラウプとセプコスキーの説を裏づけた。

セプコスキーとラウプが特定した、最古の大絶滅は、地球上に氷河が形成され、水をせき止め、あらゆる場所の海水位を下げはじめた4億5000万年前ごろにはじまった。

オルドビス紀からシルリア紀にかけて起こったこの現象は、1000万年ほどつづき、海生生物の4分の1、そして水性の属の60パーセントを死滅させた。とくにひどい打撃を受けた種は、腕足動物、ウナギに似たコノドント、そして三葉虫などだった。（生物は、基本的な分類階層として界・門・綱・目・科・属・種に分けられる）

次に大絶滅が起こったのがデボン紀の後期だ。3億7500万年ほど前にはじまって、2500万年つづき、あらゆる科の19パーセント、あらゆる属の50パーセント、そしてあらゆる種の70パーセントが死滅した大量絶滅だった。この時期、陸上には昆虫と植物、そして最初期の両生類が生息していた。絶滅はそのすべての

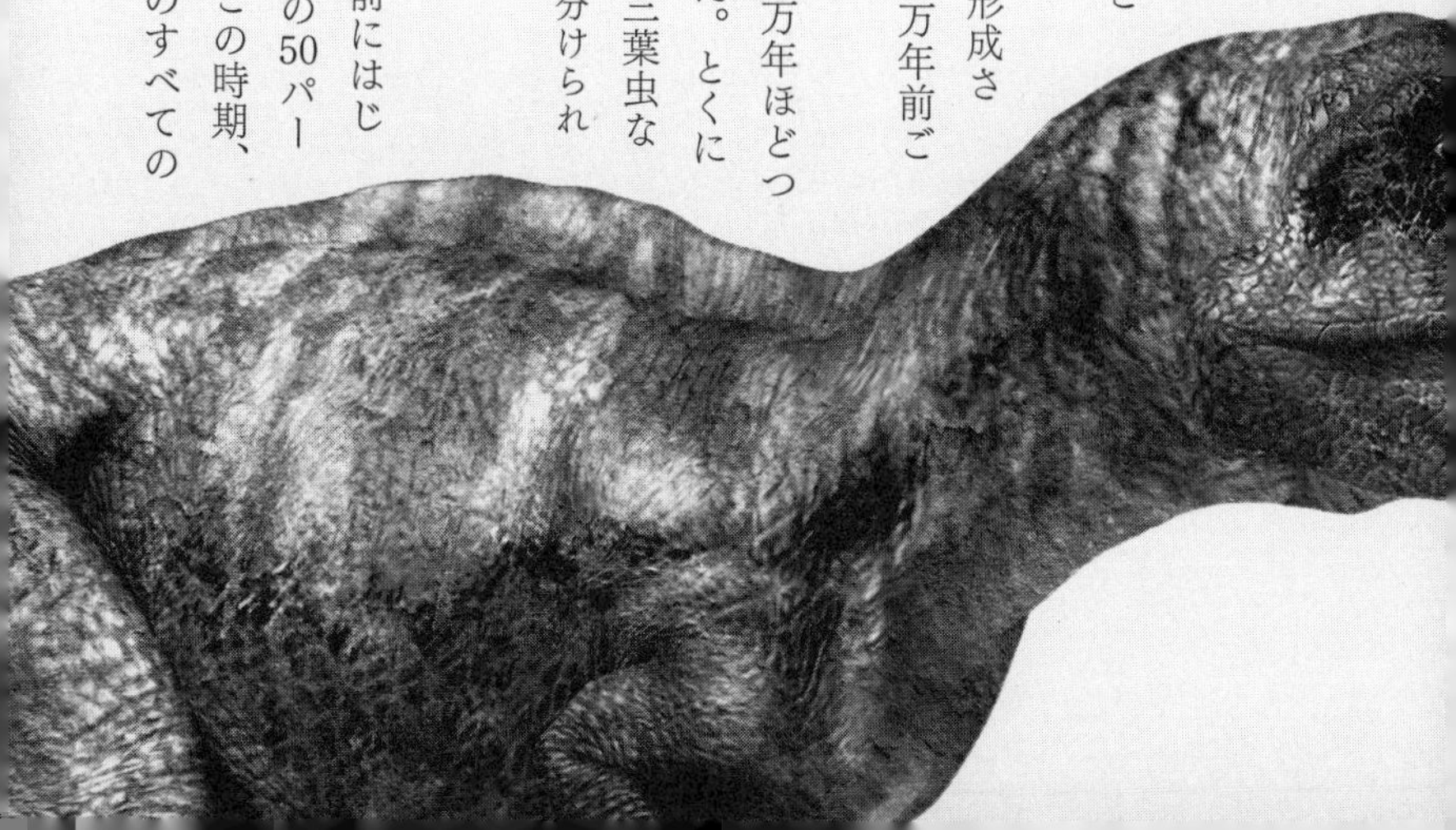

繁栄の歩みを阻んだ。

そのあとに、ペルム紀＝三畳紀の大絶滅が訪れた。2億5000万年前にはじまったこの事象は、地球最悪の絶滅として知られ、当時生息していた種の95パーセント、海生の属の84パーセント、そして植物や脊椎動物を含む陸上種の70パーセントを殺戮した。世界中の昆虫の3分の1も死滅したが、この目でこうした大量絶滅が起こったのはこのときだけだ。

生命の損失があまりに壊滅的だったため、古生物学者たちが特別に「大絶滅」と呼ぶときは、ほかの4回と区別してこの時期を指すことが多い。陸上では、哺乳類に似た爬虫類が全滅し、脊椎動物が立ち直るには何千万年もの歳月が必要だった。

三畳紀末の大量絶滅は、おそらく中部大西洋地域から噴出した溶岩が原因で、2億1400万年前にはじまり、1000万年つづいた。これによって大西洋が切り拓かれるとともに、おそるべき地球温暖化がはじまり、海生の科の22パーセントと属の52パーセントが全滅した。陸上では、この事象によって、恐竜にはほとんど敵がいなくなった。そして、このあとに起こったのが、たいていの人が知識を持つ大量絶滅——恐竜を全滅させたもの——だ。

およそ6500万年前に起こった白亜紀＝第三紀の絶滅は、海生の科16パーセントと海生の属の47パーセント、そして陸上脊椎動物の科の18パーセントを死滅させた。

理由はおそらく、ユカタン半島付近に落下した巨大な小惑星が、空中に粉塵を舞い上がらせたことだった。それが太陽の光をさえぎり、以後、数百万年のうちに、巨大な動物たちを食糧不足で死滅させたのだ。その後、哺乳類と鳥類が、支配的な生物として登場した。

†6度目の大絶滅がやってくる

最近のわれわれは、「絶滅」に慣れっこになっている。

新聞の紙面は、死滅したり、消え去ろうとしたりしている大小の動物や植物に関する記事が途切れることがない。そしてそのスピードは、ますます速まっているように思える。その多くは、人間がまだ、まともに分類すらしていない種だ。

増えつづける人口（21世紀のなかばには、90億人に増えると推計されている）は、これからの競争の激化を意味するが、そのせいで苦しめられるのは、人間だけではなくむしろ動物たちだ。

現在の「種の絶滅率」を、地球の大量絶滅の歴史と照らし合わせたらどうなるのだろう？　それを確認するために、カリフォルニア大学バークレー校の生物学者、アンソニー・D・バーノスキーは、絶滅の脅威にさらされた、あるいはそう危惧されている種のデータを１つにまとめ上げた。

２０１１年の「ネイチャー」誌に寄せた論文で、バーノスキーは、科学者が種や個体の絶滅を確認するケースが、近年とみに増えていると書いた。

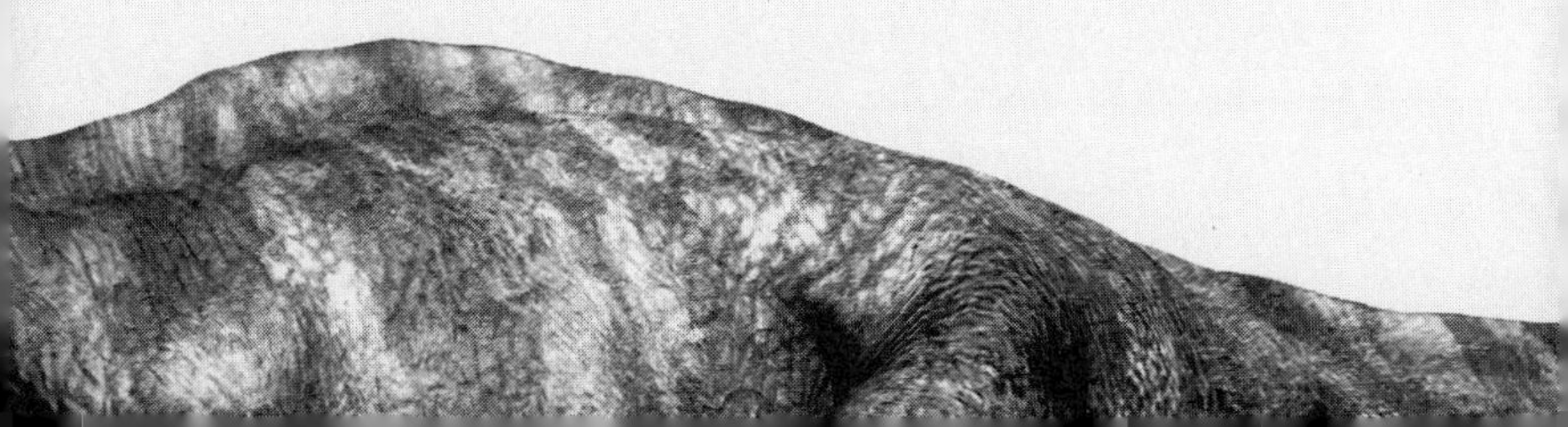

「記録された数字は、相当な過小評価である可能性が高い。なぜなら大半の種はまだ、正確に特定されていないからだ。そうした観察結果は、資源を独占し、生息環境を分断し、非在来種を持ちこみ、病原体を広め、種を直接殺し、地球の気候を変化させることで、人間がいま、6度目の大量絶滅を引き起こしていることを示唆するものだ」

バーノスキーは、あとほんの数世紀で、地球は6度目の大量絶滅に到達することになると予測している。大量絶滅の定義を比較的高く——すなわちひとつの綱あたり、75パーセント以上の種が失われた場合——設定していながらも。

「現行の絶滅率が、ビッグ5なみに種の損失を引き起こすまでに、あと何年が必要なのだろう？　その答えは、『もし〝絶滅のおそれがある〟とされている種がすべて1世紀以内に絶滅し、その後も傾向が変わらなかったとしたなら、地球上の両生類、鳥類、哺乳類の絶滅率は、２４０年から５４０年でビッグ5並みになる』（詳しくは、両生類は２４１・１年、鳥類は５３６・６年、哺乳類は３３４・４年で）というものだ」

と、彼は書いている。

この先の1世紀で絶滅するのが「絶滅危惧ＩＡ類」の種に限られ、その絶滅率がずっとつづいた場合、1つの綱あたり75パーセントの種が失われるまでの時間は、両生類の場合８９０年、鳥類の場合２２６５年、哺乳類の場合１５１９年。バーノスキーの計算では、甘く見積もっても両生類が絶滅するまでの時間は４５００年前後、鳥類は１万１３００年をわずかに超え、哺乳類は７５００年となっている。

「これではっきりわかるのは、現在の絶滅率が、地質時代のビッグ5の絶滅率よりも高くなっていることだろう」

ヨーク大学の科学者とリーズ大学の科学者たちが別個に進めている研究では、過去5億2000万年における気候と生物多様性の関係が調査され、その2つのつながりが明らかにされた。地球の気温が「温室」段階にあると、絶滅率は比較的高くなる。逆により涼しい「氷室」状態に入ると、多様性が増してくるという。また、気候変動にかんする政府間パネルによると、21世紀の終わりまでに、地球の平均気温は最高で6度上昇すると見積もられている。

✝新たな大絶滅は回避できるのか?

無理だろう。

「人間に認識できる時間の枠内で、生物多様性の回復がなされることはない」とバーノスキーはいう。

過去の大量絶滅は、いずれも海水面の変化、小惑星の衝突、あるいは急速な気温上昇などの、大々的な環境事象が原因だった。しかし6度目は……かつて類のないスピードで死滅していく動物や植物たちが直面しているのは、はるかに手強くて、克服しがたい原因だ。つまり、われわれ——人類——である。

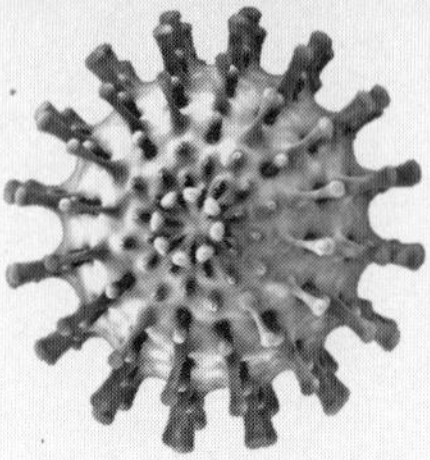

パンデミック

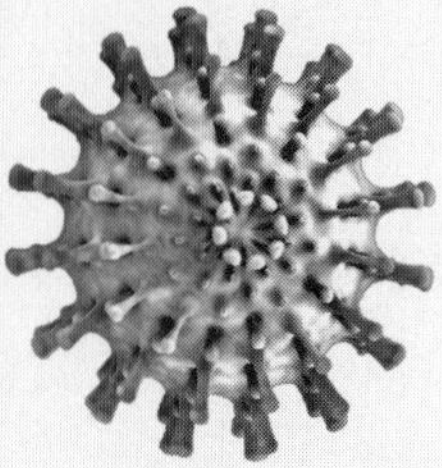

2009年冬、世界は危地に立たされた。メキシコでなんの前ぶれもなく発生した新種の豚インフルエンザが、急速に広がりをみせていたのだ。保健機関がその封じこめに躍起になる一方で、1つの不安が漂っていた。――もしかするとこれは、世界中の人々を殺戮する、悪夢のような細菌なのではないか?

ウイルスはアメリカで広がり、数日でヨーロッパにも到達した。最初に検知されてから数週間のうちに、世界保健機関（WHO）は本格的な「パンデミック」（大流行）を宣言していた。インフルエンザウイルスにはさまざまな亜種があり、毎年なんらかの流行を引き起こしてしているが、今回の亜種（H1NIの変種）は大半のものよりも悪性で、蔓延するスピードも速いようだった。

その4年前（2005年）には、さらにタチが悪い亜種（鳥インフルエンザのH5N1）が、世界の反対側で猛威を振るっていた。保健機関は厳戒態勢に入り、野鳥たちに疑いの目が向けられた。渡り鳥たちが、東アジアで人に感染し、死者をもたらすウイルスを運んでいても不思議はなかったからだ。

こうした世界規模の流行病に共通しているのが、病気が広がっていくスピードの速さだ。2005年、2009年のケースは、いずれも数カ月以内に収束し、世界中が危険にさらされるような事態は回避された。けれども科学者、医師、および公共の保健機関はひそかに、強大なもの――阻止する手立てがなく、いともやたすく人に感染する、悪夢のようなウイルス――の出現を心配している。百万人単位、いや、ことによっては10億人単位の犠牲者を生むウィルスを。

WHOによると、最終的に豚インフルエンザのH1N1は1万8000人以上の犠牲者を生み、Ｈ５Ｎ１は２００５年の末までに74人の死者を出していた。毎年、予想されるインフルエンザの死者数は25万人から50万人に達している。つまりこれらの数字など、ものの数にも入らないということだ。

これらのウィルスが蔓延していた時期に、専門家たちの脳裏に浮かんでいたのは、史上最悪のパンデミックの記憶である。悪名高い「スペイン風邪」が発生したのは、１９１８年のことだった。このウイルスは、半年と経たずに、５０００万人前後の犠牲者——大半は20歳から45歳の年齢層だった——を出した。１９５７年と１９６８年の「アジア風邪」もやはり、数百万人の犠牲者を出している。交通技術の発展で移動の時間がさらに短くなり、大半の人々が人口の密集した都市に暮らしている現在、１９１８年タイプのパンデミックが発生したら、悲惨なことになるだろう。

病気はどう広がるのか？

あなたは、頭痛とともに目を覚ます。とはいっても軽いもので、仕事を休むほどではない。朝食の席で、あなたはその日の予定を子どもたちと話し、彼らを学校に送りだす。職場に向かう列車は混雑している。オフィスに着くと、ミーティングに次ぐミーティングだ。夕刻が近づいてくると、あなたは悪寒を感じる。そういえば、午後はずっと鼻水が止まらなかった。翌日、あなたはインフルエンザの徴候を認め、ベッドに留まる。

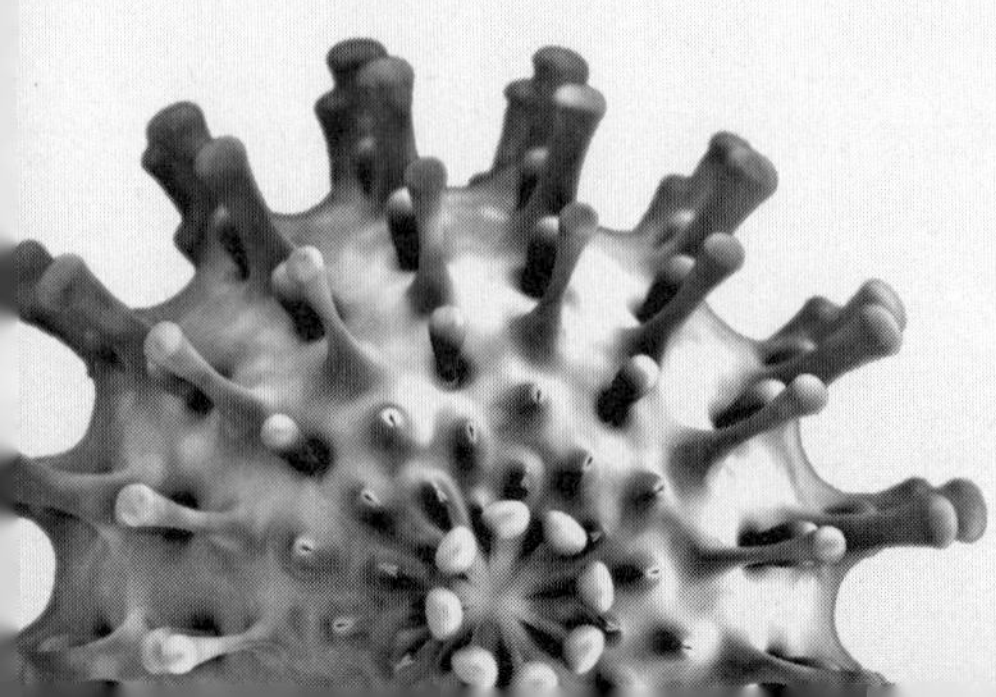

あなたはそれまでに、いったい何人と接触していたのだろう？　あなたが感染させた人数は？　そして、そのうちの何人が、ウイルスをまた別の人に伝染したのだろう？　しかも、それは、たった１つの都市の話なのだ。

あなたが感染させた人たちのうち、何人がほかの都市に行ったり、飛行機でほかの国へ飛んだりしたのだろう？　たった１日で１つの症例が10以上に増えるのは、決してめずらしいことではない。そして、１週間もすると、世界中で数千人が感染しているかもしれないのだ。

人の死だけでなく、経済的な死も訪れる

もしかすると、あなたは、世の中はパンデミックに対する不安をあおりすぎだ、と思っているかもしれない。たしかに、人類の歴史は大々的なパンデミックで彩られてきたが、それでも文明は終わらなかった（１３４８年の「黒死病」では、ヨーロッパの人口の3分の1が犠牲になったにもかかわらず）。それにいまは、もっといい薬もある。だったら何を心配することがあるのか？

心配するべきことは、誰かが死に、誰かが死をまぬがれる、ただそれだけではない。現在のわれわれは、過去に比べてはるかに相互依存して暮らしを送っている。食料から薬剤まで、ありとあらゆるものを、国際的な供給網に頼っているのだ。そうした

「網」の大事な部分が1つでも破れたら、とたんに厄介なことになってしまう。

たとえば、トラックの運転手をみてみよう。比較的軽度のパンデミックの場合、運転手は床に就くか、病気の家族の面倒をみているかもしれない。

道路からは彼のトラックがなくなる。もちろん、トラックは彼のものだけではなく、休業した運転手はかなりの数になるだろう。物資は思うように届かなくなる。

かつては、それぞれの商店が倉庫にいろいろなものをたっぷりとストックしていたものだった。けれども、倉庫の維持には金がかかる。情報テクノロジーとロジスティックスが発達したいまとなっては、少量の商品をひんぱんに配達してもらうほうが、店にとっては都合がよくなっているのだ。

アメリカの保健機構は、パンデミックに備えて3週間分の食料と水を蓄えておくように推奨している。だが、世界の都市は大半が、数日分の食料しか備蓄していない。

病院はどうだろう？　病院には、薬や血液や殺菌した物資を配達する必要がある。誰かが救急車を運転し、誰かが救急車の燃料を、精油所からガソリンスタンドに運ばなければならない。もし、物を運ぶ役割の人間が、だれ1人仕事に来なかったらどうなるのか？

また、発電所に必要な人々が休んだら？　電気がなくなると、われわれはおびただしい数の、まったく新しい問題に行き当たる。冷蔵庫は使えなくなるので食料が尽きる。

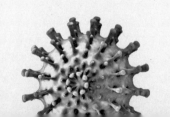

調理ができなくなる。ラジオやTVは視聴できない。コンピュータの電源は切れネットもだめ、大事なインフラにアクセスできなくなる。

2006年、オーストラリアのシドニーにあるローウィ国際政策研究所のエコノミスト、ウォーウィック・マッキビンが、1918年型のパンデミックが現在の世界におよぼす影響をモデル化した。

「穏当なシナリオでは、最初の1年で世界的に140万人の生命が失われ、総生産量が約1パーセント、いい換えるなら3300億ドルが失われるでしょう」と彼は語っている。「パンデミックのスケールが大きくなるにつれて、経済的なコストも増大します。2番目に最悪なシナリオでは、世界的に大々的な景気後退が起こり、1億4200万人の犠牲者が出ます。一部の発展途上国では、生産量が半減するでしょう。このシナリオにおける生産量の損失は、最初の1年で4兆4000億ドル、すなわち世界のGDPの12・6パーセントに相当します」

たとえば、比較的小規模だった2002年のSARSの流行は、わずか数カ月で26カ国に広がり、8000人以上を感染させ、インフルエンザに似た病で700人以上の生命を奪った。

フライトがキャンセルされ、学校が閉鎖され、パニックがアジアの市場を襲うなどした結果、その波及コストは400億ドルになった。

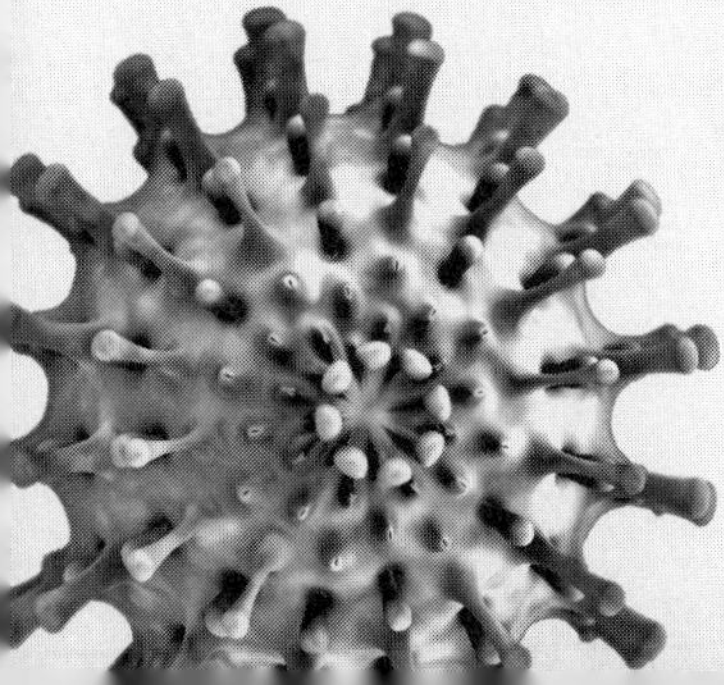

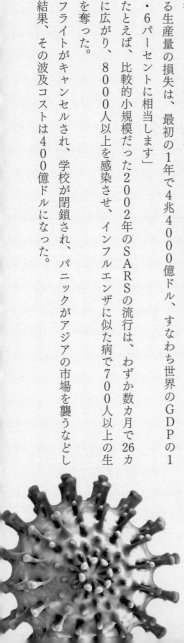

「長期的なパンデミックの管理では、発展途上国の貧困削減や健康管理への投資が、鍵を握ることになるでしょう」とマッキビンは語っている。

「われわれは、メキシコシティで起こった比較的小規模なインフルエンザの流行が、東京のマーケットを揺るがせてしまう、そんな社会で暮らしていく以外にないのです」

動物たちとハンターたち

懸念すべき病気のリストに入っているのは、インフルエンザばかりではない。大きな問題になりかねないウィルスの目星をつけるためには、ウイルスの保菌者である野生の動物と、その動物たちに接触する人々のモニタリングが必要になってくる。
「そうしたモニタリングによって、パンデミックを事前に阻止するために必要な、早めの警告が出せるのではないかと考えているんです」とスタンフォード大学の生物学者のネイサン・ウルフは語る。ウルフは世界ウイルス予測構想（GVFI）のディレクターも務めている
「新たな脅威を見つけ出すには、新たなパンデミック・ウイルスを生み出す可能性が高い種——鳥類と豚——の間で蔓延しているウィルスを科学者が把握しておく必要があります。鳥インフルエンザ（H5N1ウィルス）にかんする懸念が高まっているおかげで、前者の監視はここ5、6年、かなり綿密におこなわれるようになってきました。しかし、全世界に9億4100万頭はいると推計される家畜の豚に感染するウイルスについて、

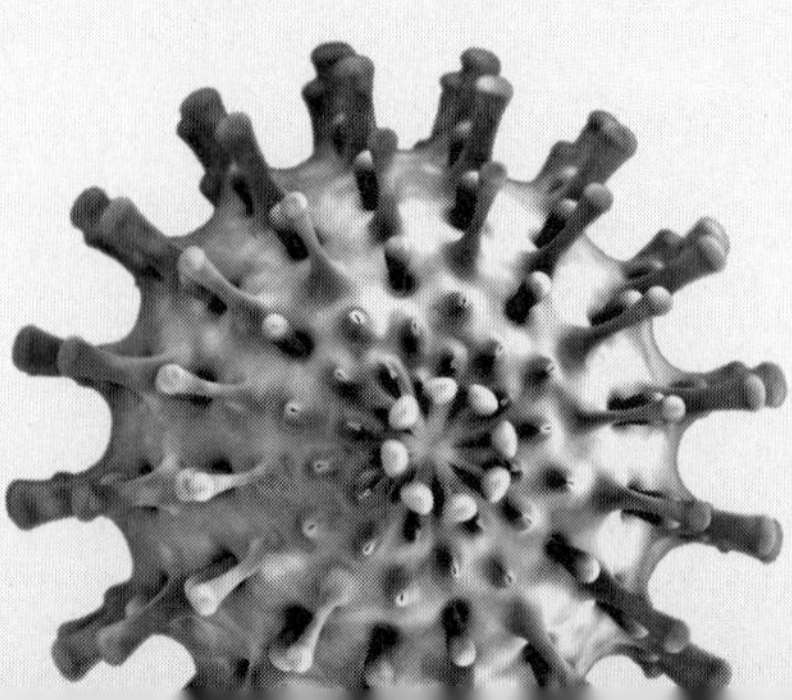

科学者はあまりにも無知すぎるんです」

科学者が30年前から、野生動物とハンターたちを監視していれば、パンデミックの段階に入る前にＨＩＶを捕捉できていたかもしれない、とウルフはいう。ＨＩＶ、インフルエンザ、ＳＡＲＳ、デング熱、エボラ出血熱などを含む病気の半分以上は、動物に起源がある。ハンターとハントされた動物の血液分析からは、すでにこれまでヒトとは無縁だった、いくつかの動物ウィルスが見つかっているのだ。

いまでは、ＧＶＦＩの科学者たちは、すでに、カメルーン、中国、コンゴ民主共和国、ラオス、マダガスカル、そしてマレーシア――いずれもヒト感染症のホット・スポットだ――で人々と動物をフォローしている。

ちなみに、これまでの話は、テロ行為に血道を上げる人々がつくりだす合成ウィルスは、いっさい勘定に入っていない。強い毒性を持ち、同時に薬への耐性がある有機体を、遺伝子組み替えで創造するのは、現状では難しいだろう。だが、いつまでも難しいままとは限らないのだ。

✝あなたにできることとは？

Ｈ１Ｎ１のパンデミックが終息した数カ月後、プリンストンのリスク伝達コンサルタント、ピーター・サンドマンが、科学誌「ネイチャー」に、病気の大発生から人々が学ぶことのできる教訓について、次のようなコメントを寄せた。

「アメリカ政府は一般市民に対し、これまでのところ、衛生ばかりを推奨してきた。病気のときは家にいて、手を洗えといってきたのだ。食料、水、処方薬、あるいはそのほかの必須物資を備蓄しろとは、決していってこなかった……つい忘れてしまいがちだが、備えをすることには、メリットもある――そうすることで心穏やかでいられるのだ――。やるべきことがあると、人はコントロール感を得ることができる。自信をつけ、恐怖に対する耐性も高まるのだ」


教訓はいかすべきものだ。間違いなく、パンデミックはいつはじまってもおかしくないのだから。

「インフルエンザは20世紀最大の大量破壊兵器でした。なにしろナチスドイツよりも、原爆よりも、第1次世界大戦よりも、多くの死者を出しているんです」と、王立ロンドン医科歯科大学のジョン・オックスフォードは語る。

「この事実は、おおいに検討する価値があると思いますね。ウイルスはわれわれの世界で最大の「バイオテロリスト」ですし、公衆衛生のための努力は、これからもますます広げていくべきでしょう。いつ新たなウイルスが出現し、1918年の大流行以上に素早く、簡単にわれわれを参らせてしまったとしても、まったく不思議はないんですから」

核兵器攻撃システム

いわば「人造のアルマゲドン」に世界が最接近したのが、冷戦時代だ。第2次世界大戦後、アメリカ合衆国とソビエト連邦は核弾頭を搭載したミサイルを何千基も製造し、お互いの大都市に狙いを定めた。そのうちの1基を解き放っただけでも、大惨事を招いていただろう。もし、全基が発射されていたら、世界は間違いなく破滅していたはずだ。

元「ワシントン・ポスト」紙のジャーナリストで、同紙のモスクワ支局長を務めていたデイヴィッド・ホフマンは、『Dead Hand：The Untold Story of the Cold War Arms Race and its Dangerous Legacy（死者の手：冷戦時代の軍拡競争とその危険な遺産に関する知られざる話）』という本のなかで、ペリメーターを取り上げた。彼は、この機械によって「リーダーがボタンを押しただけで、『この件は人に任せた』といってしまえる代替システム」が生み出されたと書いている。「『ミサイルが発射されようとされまいと、わたしの知ったところではない。ほかの誰かに決めさせればいいんだ』と」

ペリメーターの存在は、ソ連軍の元メンバーの多くが認めている。1990年代には共産党中央委員会のメンバーたちが、アメリカの軍需会社、ブラドック・ダン＆マクナルドの代表者に、核攻撃に対するソ連の備えを詳細に伝えている。

ソビエト戦略ロケット軍の副幕僚長だったヴァルフォロメイ・コロブシン将軍は、冷戦時代に彼の国がもっともおそれていたのはアメリカの先制攻撃であり、そのため彼らのおもな任務は、攻撃が感知されるやいなや、ミサイルを発射することができるシステムの構築だったと語っている。

「すべての核司令部と、われわれのリーダー全員が殲滅されても、兵器庫に残っているミサイルをすべて自動的に発射するシステムが機能している。『死者の手』と呼ばれるこのシステムは、光と放射線と過度の圧力の組み合わせによって作動し、数機のコマンド・ロケットを軌道上に打ち上げる。そしてそこから、今度は一群のＩＣＢＭミサイルに打ち上げのコードを送信するわけだ」

✝破壊兵器の手のうちを見せろ

たとえ自国が破壊し尽くされても、さらなる惨事を招こうとするペリメーターのようなシステムは、それだけで背筋が寒くなってくる存在だ。だが、それはどうやら、先制攻撃を仕かけてくるのはアメリカだという、ソ連の思いこみに端を発していた。

１９８０年代に入ると、ロナルド・レーガン大統領（当時）が、アメリカを核攻撃から守るレーザーと爆薬のシステム、すなわち「戦略防衛構想」について語りはじめた。このシステムは、のちに「スター・ウォーズ」というニックネームで世界に知られるようになる。

比較的静かだった１９７０年代を経て、アメリカの大統領がそうした攻撃も辞さない構えをみせたという事実は、ロシア人を驚かせた。アメリカの新政権は、自国の強さを強調し、放射性降下物が降り注ぐ核戦争後の世界という「黙示録的なシナリオ」はあえて無視したのだった。

「スター・ウォーズ」は専守防衛だとレーガンは主張したが、モスクワの高官たちは、

「アメリカが攻撃の準備を進めているのではないか」と疑った。早まった真似をして、先制攻撃を仕かけるつもりはさらさらなかったソ連側にとって、ペリメーターは1つの安心材料にはなった。かりにアメリカが攻撃を仕かけてきても、破壊されるのは彼らの国だけではないからだ。それは、いい抑止力になってくれていた。

だが、軍事アナリストならだれでも知っているように、抑止力が有効なのは、攻撃を受けた場合、こっちがどういう手に出るかを敵側が知っている場合に限られる。残念ながら、アメリカの高官が、ペリメーターについて少しでも知っていたことを示す証拠は存在しない。ソ連の戦略は、キューブリックの映画に登場するマッド・サイエンティストですら、大きな穴があると気づかずにはいられないものと化してしまっていた。

映画では、コバルトに覆われた50基の秘密の核爆弾について聞かされたとき、ピーター・セラーズが演じるストレンジラヴ博士はこう叫んだ。

「ああ、だって……秘密のままにしていたら、破滅装置の意味合いなどまるでなくなってしまう！　どうして世界中に知らせなかったんだ、ええ？」

＋いまもどこかで、命令を待っている？

ペリメーターの最大の不安要素は……どうやら、いまも電源が入ったままらしいという点だ。

「クレムリンにいまも、スイッチがあるのかどうかはわからない」と、元「ワシントン・ポスト」紙のホフマンは、アメリカのナショナル・パブリック・ラジオのインタヴューのなかで語っている。

「だがそれはそれとして、わたしはいまもコマンド・ロケット、掩蔽壕、そしてペリメーターの全システムが、待機中だと考えている。そして、その命令システムのパートは、いまだに機能しているんだ。命令系統は変わったかもしれない、と聞かされている。だが、掩蔽壕の男たちが、いまもあそこにいるのは間違いない。システムはいまも生きている。それはいまだに、命令を待っているんだ」

ペリメーター、あるいは世界のどこかにある別の秘密のシステムが、将来的に起動されるかどうかは、増えつづける核保有国間の外交的な関係次第だろう。

たしかに、「核競争」が最大の戦争抑止力だった時代もあったのかもしれない。だが、いまや「核軍縮」が、すばらしいアイデアだと思える時代になったのも、また確かな事実なのだ。

相互確証破壊（MAD）

世界的な核戦争は、過去の話、冷戦時代の遺物だと思われている。だが、権力をやみくもに求める人間の気持ちに終わりはなく、新たな核保有国の登場によって、全滅の脅威はつねに、われわれのそばを離れないのだ。

戦争というのはたいてい、両当事者が、「勝利を収めた場合、その先にはもっといいものが待っている」という前提のもとで、闘いのリスクを取るものとされている。より大きな目標のために、犠牲を払うということだ。

しかし、「相互確証破壊」(Mutual Assured Destruction)に、このパターンは当てはまらない。

この言葉は、冷戦時代に、アメリカとソ連というふたつの超大国が、やるぞやるぞと脅しをかけていたことを実行に移し、何千基もの核弾頭をお互いに向けて発射したらどうなるかをあらわすために考案されたものだ。両当事者ともこの行為が、自分たちだけでなく、地球の破滅を招くことはわかっていた。

核攻撃では、爆弾が投下された場所でおこる最初の爆発と火災によって、何百万もの人々が命を落とす。そして、その後の数カ月から数年間のうちに、さらに広い範囲で、何十億もの人々が病や飢えで死亡する——もはや植物も動物も生き残ることができない不毛の荒野へと、地球が突然の変貌をとげたせいで——。

もし、それが過去の歴史として葬られるべきものだと思っているとしたら、考え直したほうがいい。強力なコンピュータと最新の気象モデルを駆使する科学者たちは、たとえ地域的な紛争(たとえば、インド・パキスタン間)であっても、そこから生じた噴煙によって、世界の農業が長年にわたって壊滅的な打撃を受け、ひいてはこの2カ国以外でも、数多くの人命が失われる可能性があることを明らかにしている。

「MAD」という略称は、文明の終焉を招きかねないこの種の核戦争に、まさしく打ってつけといえるだろう。

✝核爆弾のつくり方

核爆弾がはじめて一般人の前で爆発したのは、1945年8月6日朝、広島の上空でのことだった。「リトル・ボーイ」というその爆弾につづいて、数日後には「ファット・マン」が長崎に投下された。いずれも瞬時に数万人の命を奪い、さらに何万人もの人々に、生涯にわたる放射線病という呪いをかけた。

核弾頭は1940年代に、ロスアラモス国立研究所で進められていた極秘の「マンハッタン計画」の一環として開発された。アメリカ軍のために働いていた科学者たちは、ドイツで研究を進めていたライバルのチームを打ち負かし、一部の意見によると、第2次世界大戦の終結を早めた。

しかし、ひとたびこの壊滅的な爆弾の原理が明らかになると、世界中の科学者たちが、自分たちなりのバージョンをつくろうとしはじめるのは時間の問題でしかなかった。さいわい、コンセプト上はいたってシンプルな核爆弾も、実際につくるのは至難の業だった。

核爆弾の原料は、軽いひと突きをくれてやるだけで分裂する原子で構成されている。

「ウラニウム２３８」および「ウラニウム２３５」と呼ばれる２つの同位体がある重金属のウランは、理想的な原料だ。どちらの同位体も放射性で、分裂する核を持っている。ただし、命令に従って中間子のひと突きをあびせられるたびに分裂するのは、Ｕ－２３５だけだ。分裂した核は、エネルギーとともに、さらなる中間子を放出し、それがさらなる核分裂を招く。１カ所で十分な数の原子が分裂すると、その先は何もしなくても、連鎖反応がつづくのだ。

✝軍拡競争の時代

第２次世界大戦の終結後、アメリカとソ連は競うようにして核弾頭をつくりはじめた。ソ連の爆弾が最初に爆発したのは１９４９年で、アメリカの予想よりもかなり早かった。１９５０年代には、戦略爆撃機よりも何千マイルも遠くに核弾頭を運ぶことができる、大陸間弾道ミサイル（ＩＣＢＭ）が導入された。

１９６０年代に入ると、両超大国は宇宙ロケットの打ち上げに成功していた。表向きの目的は、人工衛星と宇宙飛行士を地球の外に送りこむこと。けれどもその背後には、彼らがいまや、どこでも好きなところに核弾頭を落とせることを、世界中に知らしめるという動機が隠されていた。

１９８２年の時点で、アメリカがつくった核弾頭は１万１０００発。対してソ連は８０００発。

両国とも、自分たちに向かってくる異常物体を追尾できる広範囲なレーダー網を設置していた。そして、もし自分たちが壊滅的な攻撃を仕かけたら、相手側にも同スケールの反撃を開始する時間があることを知っていた。

†核の冬

広島と長崎で明らかにされたように、核爆弾は爆心地から数キロ以内の人々や建物を殲滅する。さらにより広い世界が、いわゆる「核の冬」の影響を受けるのは、それ以降のことだ。

かりに米ソ間で核戦争が起こった場合、それにともなう大規模火災から発生した煙が地球をまるごと覆い、太陽光の大部分を吸収してしまうため地表は暗く、寒く、乾燥してしまう。1980年代の終わりごろ、科学者たちはこれを「核の冬」と呼んだ。植物は死に、食料の供給も絶たれてしまう。そして夏は冬なみに寒くなってしまうのだ。

最新の気象モデルとスーパーコンピュータを使った予測でも、1980年代に示された「核の冬」の概略は正しかったことが証明され、そこにさらなるディテールが追加された。この効果がつづくのは、10年かそれ以上と、かつて考えられていたよりも長く、比較的小規模な核戦争でも、火災煙は長年の間に熱せられ、高層の大気に送りこまれることが判明したのだ。

2006年にサンフランシスコで開かれたアメリカ地球物理学連合のミーティングで、

カリフォルニア大学ロスアンジェルス校のリチャード・ターコは、「50基から100基の爆弾——現在、世界の武器庫に貯蔵されている爆弾のわずか0・03パーセント——を爆発させただけで、十分な量の煤煙が大気圏内に送り出され、人類史上かつて類をみない異常気象を発生させる」と発表した。

人々は数千万人単位で死に、地球の気温は崩壊し、世界のほとんどで5年以上、穀物が育たなくなってしまう。加えて地表を有害な紫外線放射から守ってくれているオゾン層も、人間の居住地域の多くで40パーセント、極地では最大で70パーセント失われてしまうだろう。

ターコが調査したのは、2カ国間でヒロシマ級の核爆弾（それぞれが15キロトン）が100基やりとりされる紛争だった（彼にいわせると、新興の核保有国間でも十分ありうるスケールだそうだ）。その結果、核戦争の余波でもっともダメージを受けるのは、人口の密集した国々だということが明らかになった。近年、人口の都市集中がいちじるしいインドとパキスタンでは、それぞれ1200万人、900万人が死亡すると見積もられた。

100基の核弾頭のシナリオでは、500万トン以上の黒い煤煙が舞い上がる。それが高層大気まで上昇し、太陽に熱せられて、最終的には地球全体に広がるのだ。地表は急速に寒冷化し、平均で1・25度ずつ気温が下がる。

「これは小氷河期よりも寒い、人類史上、最大の気候変動です」と、ターコとともにこの分析に携わったラトガース大学の気候学者、アラン・ロボックは語っている。

降水量も、世界的に約10パーセント減少する。日光が届かないせいで蒸発も減り、水循環が弱体化する。アジアのモンスーン地域は、降水量が40パーセントも減ってしまう。

✝現実に起こりうるのか？

冷戦中の超大国は、どちらも、自分たちはパワフルだというイメージづくりに血道を上げ、どちらも、世界の終わりを引き起こす側になりたがってはいなかった。

アメリカとソ連の政治的指導者たちは、非常時に備えてホットラインを設け、外交的な関係を維持しつづけた。対立する国が2つだけなら、お互いを牽制するのは、さほどむずかしいことではなかった。（それでも

十分に、世界は危機に直面していたが）

現在の核の構図は、ずっと複雑だ。9つの国——アメリカ、ロシア、フランス、中国、イギリス、イスラエル、パキスタン、インド、そして北朝鮮が、総計で2万5000基以上の核弾頭を保有している。そして、さらに数カ国が、いまにも核兵器を開発しようとしているのだ。

世界中の総理大臣や大統領たちが、そうした武器の数が縮小される（できればゼロに）世界を実現させたいと公言している。

2009年7月、アメリカ大統領のバラク・オバマとロシア大統領のドミートリー・メドヴェージェフが、2016年までに、配備された核兵器の数を1500基から1675基の間まで下げることに同意した。

しかし、核兵器開発を決めた国を押し止める手段は、ほとんどないに等しい。そして多くの国々は、すでに何千基もの核弾頭を保有している超大国に、指図をされるいわれ

はないと思っている。

2010年、「サイエンティフィック・アメリカン」誌に論文を寄せたロボックと、コロラド大学で大気海洋科学部の学部長を務めるオーウェン・ブライアン・トゥーンは、「核軍拡競争が終わったら、核の冬という悪夢も消え去ると考えるのは『誤った印象』だ」と述べた。

「実際には核軍縮後も、アメリカとロシアの兵器庫に残される核兵器で、いつでも核の冬を引き起こすことは可能なのだ。さらに核保有国の増加は、戦争がはじまる危険性を高めてしまった」

頻発するテロリストによる攻撃を受けて、インドの一部指導者は、「パキスタンを核攻撃するべきだ」などという暴論を吐いている。「だが、通常の兵器を使っても、インドはパキスタンを制圧できるだろう。そのため、インドが攻勢に出るとパキスタンが考えた場合には、核兵器でインドを攻撃するという事態も、十分考えられる。イランは、すでに核保有国であるイスラエルを殲滅すると脅し、イスラエルは、イスラエルで、イランが核保有国となることは絶対に許されない」と主張している。

こうした地域では、いつ紛争が火を噴いても不思議はない。

テロリズム

街の中心部で爆発が起きた。10人以上の死亡が確認され、爆発の現場では、数多くのビルが被害を受けている。警察は隣接する区域を封鎖したが、同時に半径10キロ以内の住民を避難させた。現場は混乱に包まれている。

テレビをつけニュース番組がうつると、厳粛な面持ちのアナウンサーが、当局からのメッセージを伝えている。「爆発中心地からどれだけ離れていても、決して家を出ないでください」。1時間後、仕事から帰ってきた家族が、爆発には「核がらみの何か」が含まれていたといううわさを聞いた、とあなたに告げる。

その晩のうちに警察が、市がテロリストの攻撃を受けたこと、そして爆発は「汚染爆弾」によるものだったことを認める。通常の爆薬で爆発するこの装置は、大気中に放射性セシウムの粒子をまき散らした。この有毒な塵は過去数時間にわたり、強い気流に乗って市全域を覆いつくしていた。

警察のスポークスマンは、爆心地から数キロ距離にある屋根、道路、舗道、車は、セシウムにおおわれている可能性が高いという。空調設備によって、がんの原因になる塵が建物内に引きこまれる可能性も否めない。スポークスマンは市当局のアドバイスを、さらに切迫感をこめてくり返す。「家を密閉し、追って通知があるまでは、決して外に出ないでください」

爆発の数日後、あなたは別の場所に避難するよう命じられる。その間に除染部隊が、この街を再び安全な場所にするための作業を進めるのだ。

あなたやあなたの隣人たちが早々に帰還できる可能性は、どのぐらいあるのだろう？いや、そもそも戻ってこられるのか？　たしかに、爆弾は街のインフラにほとんどダメージを与えなかったかもしれないが、街そのものは、ことによると永遠に、破壊されてしまったのである。

✝汚染爆弾の3つのタイプ

自身の主張に注目を集めるためならば、テロリストは、ナイフ、銃、爆発物など手段を選ばず、なんの罪もない人々を攻撃する。

彼らの意図は、恐怖心を生み出し、できるだけそれを長引かせることだ。そのためには、市民たちに、いつ攻撃があってもおかしくないと思わせておく必要がある。ところが彼らはそれを、軍事紛争の際に政府が使えるような潤沢な資金抜きでやってのけなければならない。

となると、「汚染爆弾」ほど、彼らの目的にかなったものはないだろう。何しろ最初の爆発以降も、何週間、何カ月、ことによっては何年も尾を引きつづけ、恐怖と不安感を植えつけることができるのだ。

この仕かけは大きく3つに分類することができる――放射性の汚染爆弾、生物学的な汚染爆弾、そして化学的な汚染爆弾の3種だ。

「放射性の汚染爆弾」は、たいていTNT（トリニトロトルエン）火薬や肥料と燃料のミックスといった、通常の爆発物に高放射能の素材を仕込んでつくられる。爆発によって生じた熱で、危険な物質が気化し、広い範囲にまき散らされるのだ。

「武器の専門家たちは、目に見えない放射線に対する恐怖心につけ込んで、ばく大な心理的ダメージを生み出すことができる、乱暴だが、非常にポテンシャルの高いテクノロジーだと考えている」と、米国科学者連盟の物理学者、マイケル・A・レヴィとヘンリー・C・ケリーは、２００２年、「サイエンティフィック・アメリカン」誌に寄せたバイオテロリズムの脅威にかんする分析のなかで書いている。「大量破壊兵器ならぬ大量混乱兵器とでも呼ぶべきこれらの装置は、標的にしたエリアを長期間にわたって立ち入り禁止にし、そうやって経済的な大混乱を呼び起こすのだ」

　プルトニウムやアメリシウムのような放射性

の塵は、人の肺に埋めこまれ、当初の被ばくから数年たっても、有害なアルファ線を放ちつづける。

「放射性の武器が発する塵は、ビル、歩道、道路の表面にできたひびや割れ目のなかに長期間留まり、一部はビルの内部にまで侵入することもある」とレヴィとケリーは書いている。

「たとえばセシウム137のような、放射性の攻撃に使用される物質の一部は、ガラス、コンクリート、アスファルトと化学結合する。1986年のチェルノブイリの大惨事から15年以上を経たいまも、原子力発電所の風下に位置するスカンジナビアの多くの都市では、歩道にセシウムが付着しているのだ」

今日、放射性物質を入手するのは、さほどむずかしいことではない。病院では、ラジウムとセシウムががん治療の放射線源として使われている。そして、ソ連の崩壊を招いた冷戦終了以来、闇市場では兵器級のプルトニウムや使用済み核燃料が、ますます入手しやすくなっているのだ。

「生物学的な汚染爆弾」の目的は、人口密集地にウィルスやバクテリアをばらまくことだ。この場合、爆発物が使用されることはない。爆発で、テロリストが広めようとしている菌が死んでしまうからだ。代わりに、ラッシュアワー時の列車のなかで目に見えない粒子の雲を解き放つ、あるいは食物供給のプロセスを途中で汚染させる、といった手段が用いられる。こうしたテクノロジーは、決して目新しいものではない。１９２３年には、フランス海軍化学研究所に所属する科学者たちが、パリ郊外のセヴラン・リヴリーの野原で動物たちに病原菌爆弾を投下し、被験体の多くを死亡させている。

生物兵器を使おうとしているテロリストが注意を払うのは、手持ちの菌を効率的に兵器化し、簡単に広まる形に仕立てあげることだ。その意味で炭疽菌は都合がいい。なぜならこの菌は乾燥させ、人の肺のなかに入って死を招ける量だけ、粉末にすることも可能だからだ。

「化学的な汚染爆弾」には、即死性の高い大気毒性物質を解き放つ行為などが含まれる。１９９５年には、日本のカルト教団・オウム真理教が、東京の地下鉄でサリンと呼ばれる神経ガスを解き放っている。この事件では12人が死亡し、５０００人が病院で治療を受けた。

もう１つ有力な神経毒をあげるなら、リチンだ。トウゴマの実がひまし油に変化する際に、副産物として生じる物質である。このリチンはひと粒の塩程度の量で、成人の命を奪うことができる。熱、吐き気、腹痛などの症状があらわれ、犠牲者は数日のうちに、多臓器不全で死んでしまうのだ。

優秀な化学者さえいれば、有毒な神経ガスを大量につくりだすことは可能だ。そして、この世界には優秀な化学者が、数多く存在する。

オウム真理教が東京で仕かけた攻撃の場合、テロリストたちの計画はかなりずさんだったようだ。彼らのサリンは不純で、散布の方法も、傘の先で袋に穴を開けるというものだった。彼らがもっとうまくやっていたら、もしかすると、さらに数千人が犠牲になっていたかもしれない。

✝現実に起こりうるのか？

アメリカの超党派シンクタンク「外交問題評議会」（CFR）によると、当時のブッシュ政権は、早くも2002年の時点で、アルカイダが爆弾の材料となる、ストロンチウム90やセシウム137などの放射性物質を所有していると確信していた。

「2003年1月、アルカイダが小型の汚染爆弾製造に成功したことを示す文書を、イギリスの当局者たちがアフガニスタンのヘラートで発見した。そして、2003年の12月末、国土安全保障の当局者たちは、アメリカでのニューイヤー・イブのお祝いか、カレッジ・フットボールの選抜試合の最中に、アルカイダが汚染爆弾を爆発させるのではないかと懸念していた」とCFRはそのウェブサイトで述べている。

このシンクタンクはさらに、「イラクが1987年に1トンの放射性爆弾をテストしたが、そこから生じた放射線のレベルが低すぎるせいであきらめた」とつけ加えていた。

「1995年には、チェチェン人が、ダイナマイトとセシウム137で構成された汚染爆弾をモスクワのイズマイロフスキー公園で爆発させようとしたが、失敗に終わっている。２００２年、アメリカはアルカイダの工作員だとされるホセ・パディーヤを、アメリカの都市で汚染爆弾を爆発させる計画を立てていた容疑で逮捕した。２００３年、イギリスの諜報部員と兵器調査員は、アルカイダが汚染爆弾の製造に成功したことを、さらに示唆する詳細な図表と文書をアフガニスタンで見つけ出した。アメリカに抑留中のアルカイダ関係者は、そうした爆弾の存在を主張しているが、いまだに発見されたことはない」

レヴィとケリーはまた、国際原子力機関が、「いまや世界中のほぼすべての国に、汚染爆弾の製造に必要とされる放射性物質があり、１００以上の国々が、そうした物質の盗難を防ぐ手立てを持っていない」と、２００１年に述べていることを指摘した。

汚染爆弾がどこかで爆発し、放射性、化学的、あるいは生物学的物質をまき散らす可能性は皆無なのかと訊かれたら、その答えはノーだ。

汚染爆弾が重大な影響をおよぼすのは間違いない。都市は空っぽになり、心理面、経済面で壊滅的なダメージが生じるだろう。けれども、都市レベル以上の影響をおよぼすためには、テロリストたちが世界中で、何百もの爆弾を、同時に爆発させる必要がある。汚染爆弾による世界まるごとの終末？――それは、ありえない――。

Death by Euphoria

薬物による幸福

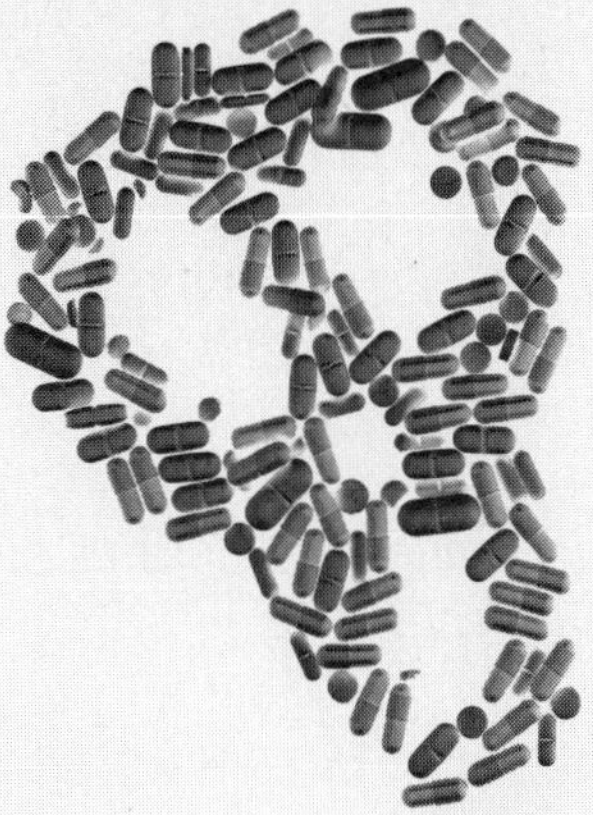

オルダス・ハックスリーの「すばらしい新世界」では、人は生まれつき特定の役割を割りふられ、世界国家のために、あらかじめ決められた職務をはたしながら一生を終えていく。ここで描かれる極端な社会に、社会的流動性という選択肢は存在しない。しかし、自由の極度の消失が、革命を招くことがないのはなぜか？　それは、すべて「ソーマ」と呼ばれる、政府に管理されたドラッグのおかげなのだ。

006

世界国家に戦争は存在しない。忠誠心が分断されることもなく、誰もが社会は個人に優先すると知っている。この念入りにコントロールされた世界で、何かよくないことが起きると、ソーマが事実からの逃げ場を提供し、事態を収拾してくれる。

西ヨーロッパの統制官、ムスタファ・モンドは、「怒りを静め、敵と和解させ、人を辛抱強くさせる」のがソーマだと主張する。

「これまでは、多大な努力を払い、長年のつらい道徳的なトレーニングを経て、ようやく手にすることのできた資質だ。だがいまは半グラムの錠剤を2、3粒飲むだけでいい。誰でも高潔な人間になれる。道徳性の少なくとも半分を、壜に入れて持ち歩けるのだ。涙がいらないキリスト教――それがソーマだ」

むろん、現実の世界にソーマは存在しない。少なくとも、いまはまだ。具合の悪い人間を治療する薬のレパートリーは増加の一途をたどっているが、じきに「健康な人間のための薬」も登場するだろう。知的技能や注意力を向上させ、地獄のような職場でのストレスを解消し、週末に幸福感を引き起こすための薬だ――いっさいの副作用ぬきで。

当然、われわれはそうした薬を積極的に多用するだろう。

だが、そのうちに自分では、抑えが効かなくなってしまうのではないか？

✚未来の薬はどうなる?

人間社会では、向精神薬が先史時代から使用されてきた。

1万年以上前にさかのぼろう。ペルー北西部の遺跡で見つかった考古学的資料によると、住人たちはコカの葉を習慣的に噛んでいた。葉のなかに含まれるアルカロイドは、刺激薬として知られ、高地における低酸素生活の影響を軽減することができた。

そこまでさかのぼらなくても、過去1世紀、とりわけ20世紀のなかごろに、人間の生理に対する理解が深まったおかげで、気分を高揚させたり、注意力を高めたり、あるいは単純に何日も連続で眠気を追い払ってくれる薬物が（違法なものも含めて）爆発的に登場した。

われわれのほとんどが、毎日、薬を服用している。頭を冴えさせるカフェインやニコチンも薬の一種だ。また、国によって認可の程度は違うが、健康な人間も、大量の処方薬を服用している。

メチルフェニデート（商品名はリタリン）は「注意欠陥過活動性障害」（ADHD）の子どもたちに与えられる薬だが、健康な人間も、知的能力を向上させるために使っている。睡眠障害の治療薬として開発されたモダフィニルは、計画性のほかに作業記憶も向上させるため、衝動性を軽減させ、問題への集中を助けることで知られている。

米軍では、兵士たちの意識をはっきりさせる目的で使用されており、一部の科学者は、不規則な時間で働くシフト労働者にも有用ではないかと考えている。高血圧、狭心症、不整脈の治療に使われるベータ遮断薬のプロプラノロールは、試合前のスヌーカー選手が、気分を落ち着けるために使うこともある。

アメリカの大学生のほぼ7パーセントが、処方された興奮剤を、医療以外の目的で使用した経験を持ち、一部のキャンパスでは、その割合が25パーセント以上に達している。「こうした学生たちは、これから伸びていく新しいトレンドの早期導入者だ。それが彼らばかりではないことを示すデータも存在する」とスタンフォード・ロウ・スクールのヘンリー・グリーリーは語る。

倫理学、神経科学、心理学、医学の専門家たちと共同で執筆し、2008年の「ネイチャー」に発表した解説の中でグリーリーは、「アルツハイマー病の治療用に開発されたドネペジルに加え、メチルフェニデートのようなADHD用の薬にも、ある程度の記憶増強力があることが判明した」と説明している。

「こうした新薬が安全で効果的かどうかを判断するのは、まだ時期尚早だろう。だが、効果があるとしたら、学問や免許の試験に備えるあらゆる年齢層の人々に加え、通常の加齢にともなう記憶低下に悩まされている健康な中年や老年の人々からもニーズがあるのは間違いない」

イギリス政府の科学系シンクタンクは、意識拡張剤の将来をテーマにした研究を2005年におこなった。

その報告書のなかでは、心理学や神経科学の分野を先導する科学者たちが、「心理・神経分野のあらゆる病気に効く薬剤は間違いなく登場する」と主張している。しかもそのすべてが、「いっさいの中毒症状抜きで可能になる」と。健康な個人の薬物使用が例外ではなく、標準になっていくのかもしれない。

ケンブリッジ大学の実験的な心理学者、トレヴァー・ロビンズは、薬物がニコチン、アルコール、コカインといった物質に対するワクチンとして用いられる未来を思い描いている。それによって免疫系が、乱用されている薬物に対する抗体——服用してもその薬物を無効化し、脳におよぼす影響を阻止する——を生み出すのではないか、というわけだ。

つらい記憶を消去する薬物があれば、「心的外傷後ストレス障害」(PTSD)で苦しむ人々の助けとなるだろう。

「われわれはいま、25～30年先を見すえている」

とロビンズは宣言している。

「非常に基礎的な科学でも、呼び起こした記憶を打ち消して、選択的な健忘症をつくりだすことは可能だと示されているのだ」

✝未知の要素は山積み

われわれの問題をすべて解決したり、人生をよりよくしたり、つらい記憶を取り除いたり、あるいは単純にハッピーな（だがとても安全な）輝きを日々の生活にもたらしたりできる薬剤の可能性には、誰もが胸を躍らせるだろう。

だが、当然のように課題はある。薬物が自分たちの身体や精神におよぼす影響について、いまはあまりにも知識がないからだ。たとえば、モダフィニルは、脳内で化学伝達物質数種の調節にかかわっているらしいのだが、その正確なはたらきは、誰にもわかっていない。

動物を使ったいくつかの研究によると、短期的な効果とはうらはらに、興奮剤は気分を暗くし不安を増大させ、認知障害を招くようなかたちで脳の構造と機能をつくり替えることが知られている。2006年、アメリカ食品医薬品局の科学者たちが、鬱病、不安障害、ADHD用の抗鬱剤を服用している児童やティーンエイジャーを対象にした、さまざまな研究から情報を収集したところ、彼らが自殺を考えたりこころみたりするリスクは、偽薬（プラシーボ）を使っている子どもたちにくらべ、2倍（2パーセントに対して4パーセント）にもおよんでいることが判明した。

未知の要素は、つくりだされた薬剤だけに限られない。南ロンドンのモーズレー病院で精神医学教授を務める英国精神衛生界の第一人者、ロビン・マレーの研究によると、大麻はほぼ例外なく、精神衛生上の問題を抱えている（あるいはその家族歴がある）人々の精神病を悪化させる。彼の同僚、ルイーズ・アーセノウが「ブリティッシュ・メディカル・ジャーナル」で発表した研究によると、18歳で大麻を吸いはじめた人々は、その後の人生で精神病を発症する可能性が60パーセント高まっている。「15歳ではじめると、そのリスクはるかに高く、およそ450パーセントに達します」とマレーはいう。

だからといって大麻を吸う人間が全員、精神病になるわけではないが、もとよりその傾向が強い人々の問題を悪化させるのは、ほぼ間違いなさそうだ。

薬物が未来社会を変える？

薬物に「われわれの社会全体を支配させよう」と思ったら、われわれが自発的かつ定期的に、そうした薬物を大量に服用する必要がある。これはあなたが思っているほど、突拍子もない話ではない。

われわれは、ここ数十年間における医学の進歩の恩恵を受けて、長生きするようになってきた。けれども、150歳や200歳まで生きたとして、それが精神にどういう影響をおよぼすかはいっさいわかっていない。もしかしたら、孤独を感じたり、鬱病を悪化させたりする時間が延びていくだけかもしれないのだ。

現に、WHOなどがのデータからは、老齢人口では精神的疾患が大幅に増加することが、すでに示唆されている。かりにわれわれが200歳以上まで生きたとして、せいぜい100年足らずの寿命しか想定していないわれわれ霊長類の脳が、そんなにも長い年月を耐えられるだろうか？　蓄積されてきた記憶や感情に押しつぶされるようなことはない、といったい誰にいいきれるだろう？　解決策のひとつは、加齢にともなう憂鬱症や衰えの影響をやわらげ、中和する薬物をさらに数多く開発することかもしれない——人々は、正気をなくさないために、そうした薬を飲みつづけるのである——。

もしかすると、あなたは、もっと長く、あるいはもっと勤勉に働けるようにしてくれる向精神薬があっても使いたくないと考えるかもしれない。けれど、まわりのみんな（そしてライバルたち）がその薬を使っている世界で、はたしてあなたに取り残される勇気はあるだろうか？

あなたが人生のなかばをすぎた、70歳の事務員だとしよう。そして新興国の学歴がある23歳の若者と、仕事をめぐって競わなければならなくなったとしたら、自分が手にするありとあらゆる強味を、利用したいとは思わないだろうか？

もしかするとあなたは、自分の人生を、できるだけ自然で、薬物とは無縁にしておきたいと思っているかもしれない。しかし、それは手遅れだ、とグリーリーは主張する。

「現在生きている人々は、ほぼ全員が、ひどく不自然な生活を送っています。家も、衣服も、食料も——われわれが享受している医療はいうまでもなく——われわれの種の

『自然』な状態とはほとんど関係ありません。どこかで線引きをして、ここまではいいが、この先は不自然だから駄目だなどと主張する必要が、いったいどこにあるのでしょう？」

人間の創意は、言葉、印刷、そしてインターネットなどの発明を通じて、脳を拡張する手段を与えてくれた、と彼はつづける。薬物も、教育、健康習慣、情報テクノロジーのような、総合的なカテゴリーとみなされるべきだろう。われわれというユニークかつ革新的な種が、みずからを改善していく手段の1つに過ぎない、と。

「安全で効果的な向知性薬は、個人と社会両方の役に立ちます」とグリーリーはいいきる。

「とはいえ、そうした薬によって生じる、あるいは悪化する問題を無視するのは、愚かしいことでしょう。ほかのテクノロジーと同じように、その恩恵を最大化し、被害を最小限に留めるための努力を怠るべきではありません」

「ソーマ」と呼ばれることはないかもしれない。いや、そもそも単一の薬物ではないかもしれない。けれども、われわれの未来は間違いなく、薬物に左右されることになりそうだ。それが進歩をもたらすのか、破滅をもたらすのかは、まだ誰にもわからないが。

Overpopulation

人口爆発

18 世紀の終わり。トーマス・マルサスという若い牧師が、イングランド南西部のサリーという村にいた。彼は、この村では、葬儀よりも洗礼式のほうがはるかに数多く執りおこなわれていることに気づいた。その発見をきっかけに、彼は際限のないヒトの繁殖に対する、緊急の警告書を執筆した。

007

マルサスは、大衆がセックスと繁殖の悪循環にはまっている、と考えていた。1798年のエッセイ『人口論』のなかで、彼は、最貧困層の繁殖がいまのようなペースで進むと、じきに彼らが暮らしている土地では支えきれなくなり、病と飢えで人の数が激減するだろうと指摘した。

人口が世代ごとに、幾何学級数的に増大する（100万人都市の人口は、世代を重ねるごとに200万人、400万人、800万人……と増えていく）のに対し、その同じ期間に人を養っていける力は、等差級数的にしか増大しない（養える人口は、100万人から世代を重ねるごとに、200万人、300万人、400万人……と増えていく）。最終的にこの世界からは食糧が尽きてしまうだろう、とマルサスは考えた。人類は飢え死にしてしまうというおそるべき予言だ。

幸いなことに、この予測は悲観的過ぎることが判明した。マルサスがこのエッセイを書いたのは、ヨーロッパにおける死亡率が収穫の成否に大きく左右されていた時代のことだった。だが、産業革命の到来が、1000年近くつづいた時代に終止符を打とうとしていた。イギリスは、すべての食料を自国で調達する必要はなく、代わりに植民地に頼りはじめた。砂糖はカリブ諸島、小麦はインド、お茶はセイロン、そして肉はオーストラリアに。

そして、マルサス以降の数世紀の間に、人間の創意は農業についても、いくつか信じられない偉業を成し遂げ、１エーカーあたりの生産性は、この牧師には想像もできないレベルで向上していた。１９６０年代の末には、水と肥料だけで大きな実をつけ、頑丈で倒れることのない、多収性の矮性小麦を品種改良で生み出したノーマン・ボーローグが、ノーベル賞を受賞している。インドなどでは、１９７０年代のなかばまでに、小麦やトウモロコシの生産量が倍加していた。

同時期におこなわれた同様の研究によって、フィリピンでは大粒の「奇跡の米」が生み出されている。人口が増えたからといって、餓死者が生まれるとは限らなかったわけだ。

しかし、21世紀の現在、マルサス的な不安の根底にある想いが復活をとげた——われわれはいずれ、空間や資源を使いつくしてしまうのではないか——。問題は、われわれが増えていく人口をテクノロジー的に支えていけるのか、ということではなく、「われわれはそうするべきなのか」という内容に変貌をとげつつある。

地球ははたして崩壊することなく、さらに数十億の人間を支えていけるのだろうか？

✝人口という大難問

楽天家たちがマルサス的な悪夢のシナリオを全否定し、人口増はいいことだ、と固く信じていた時代もあった。人が増えればアイデアも才能も増え、世界をよりよくしてくれるだろうというわけだ。

だが、いまは事情が変わっている。人が増えると、みんなが使える水、土地が減ってしまう。仕事の口が減り、暮らしが厳しくなるのはいうまでもない。

「現在の人口は、今後さらに増えようとしている」と、ワールドウォッチ研究所でプログラム担当副所長を務めるロバート・エングルマンは、２００９年に書いている。「誰１人船外に放り出すことなく、この問題に短期間で結果を出そうと思ったら、テクノロジーの向上と、場合によっては痛みをともなうライフスタイルの変化を通じて、個々人のエコロジカル・フットプリント（地球の環境容量をあらわしている指標）を大幅に減らす必要があるだろう。世界の人口増がストップするまで、個人による化石燃料ほかの天然資源消費を絞りこむ必要性がある。この問題をよく調べれば、誰でも冷や水をあびせられた気分になるはずだ。死亡率が壊滅的に上昇したり、予期せぬ生産力の大幅な低下が起こったりしない限り、世界の人口が少なくとも10億人から20億人増加するのは必至なのである」

発展途上国（大人口を抱えるインドと中国も含まれる）の人々も、アメリカ人や日本人のライフスタイルに追いつきたいと熱望しているのは間違いない。だが、現実にそうなると、地球は限界を超えてしまうのだ。

ニューヨークにあるロックフェラー大学の人口研究所に所属するジョエル・Ｅ・コーエンは、歴史をさかのぼって人口増のパターンを追跡した。彼によると、過去２０００

年間における年間の人口増加率は、紀元1年から1650年までが平均で0・04パーセントだったのに対し、1965年から1970年代のピーク時には2・1パーセントと、およそ50倍にふくれあがっていた。

「人間がこの惑星におよぼす影響は、人口以上に早く増加している」と、彼は科学誌の「サイエンス」に寄せた論文に書いている。

もし1・6パーセントの成長率がつづけば、世界の人口は、2038年までに倍増するだろうとコーエンは予測した。ただし、その可能性は低い、と彼はつけ加えている。「後進地域の人口は、年に1・9パーセントの割合で増えているが、より先進的な地域の増加率は、年に0・3から0・4パーセントだ。人口の未来は、経済、環境、文化の未来と同様、非常に予測がむずかしい。国連は定期的に、高低差のある予測を発表している。1992年に発表された高めの予測では、現状の出生率で、女性がその生涯に生む子どもの数の世界平均（合計特殊出生率、あるいはTFR）は、21世紀に入ると女性1人あたり2・5人になるとされていた――このシナリオにしたがうと、世界の人口は2050年までに、125億人に達することになる」

1960年、イリノイ大学のハインツ・フォン・フェルスターは、冗談半分で極端な人口予測をおこない、「破滅の方程式」として知られる成長モデルをつくりだした。彼は「サイエンス」誌に、「過去2000年間の成長率で人口が増えつづければ」、202

6年11月13日の金曜日に「人口は『無限』に近づくだろう」と書いている。

フェルスターはその計算を、「楽園に近い条件——つまり、環境災害はいっさいなく、食料は尽きることなく供給され、自然界に有害な相互作用は存在しないという条件——でおこなった。その場合、生物学的集団の全体的な運命はつねに、個々の要素が持つ基本的な2つの前提条件——出生率と死亡率——を参照して決定されるのだ」

フォン・フェルスターの意図は、人口増加の抑制について、何か手を打つべきときが来たのかどうかをめぐる議論に、さらなる拍車をかけることだった。

「この論争は、人口問題になんらかの関心を示す人々を、対立するふたつのグループに分断した。人口爆発を顧客の増加と見なして歓迎する楽天論者と、天然資源の急激な枯渇、そしてわれわれの生物圏の取り返しがつかない汚染を懸念する悲観論者だ」

フォン・フェルスターによると、楽天論者たちは、どれだけ早く数が増えても、食料テクノロジーはやすやすとそのペースに追いつくという考えに固執していた。過去100世代にわたって正しいことが証明されてきた「適切な技術」の原理なら、少なくともあと3世代以上は保ってくれるはずだ、というわけだ。

対して悲観論者たちは、人口密度がこれ以上急速に増加すると、「人間の威厳が低下」するのではないかと危惧していた。

「もし世界の人口を抑制するための手立てが何1つ導入されなかったら、最終的に人類は、ギリギリで生存している個人の群れにすぎなくなってしまうだろう、と彼らは考えているのである」

＋増やせるなら増やそう？

ハインツ・フォン・フェルスターのいう悲観論者たちが環境の悪化を懸念するのには、もっともな理由があった。アフリカでつましくスタートしたわれわれの種は、すでに、いつ環境が崩壊しても不思議がない量の二酸化炭素を大気中に放出している。もっとも楽天的なシナリオでも、今世紀の終わりまでに、世界の平均気温は最低でも2度上昇する。現にわれわれは、かつてなかった激しい干ばつや嵐、そして海水面の上昇を目の当たりにしている。

人口増が起こるのは、個人当たりのエネルギーおよび資源の消費を増やしたいと願う国々である公算が大きい。

「人口増に消費増がつづく、同様のワン・ツー・パンチが現在、中国（13億４０００万人）とインド（12億人）を直撃している」とエングルマンは書いている。

「どちらの国でも、個人当たりの商業エネルギー使用量が急激に上昇しており、もしこの流れがこのままつづけば、２０４０年までに、平均的な中国人の消費量は、平均的なアメリカ人のそれを超えてしまうだろう。インド人も２０８０年までに、アメリカ人を

凌駕するはずだ。こうして人口と消費はお互いの成長を糧にして拡大し、人類のエコロジカル・フットプリントは、幾何級数的に増えていくのである」

＋われわれがなすべきことは？

なんらかの人口抑制以外に、ハインツ・フォン・フェルスターの予測する破滅を阻止する方法はないのだろうか？

人口増のスピードを落とせば、地球のためになるのは間違いない。アメリカ大気研究センターのブライアン・オニールは、もし２０５０年の人口を、予測されている91億人ではなく80億人に抑えられたら、年間で20億トンの二酸化炭素ガスを節約できると計算している。加えて人口が10億人近く少なくなれば、土地、水、魚、食料、そして林産物にもそれだけ余裕ができるのだ。

「自然はもちろん、われわれが何人いようと気にしません」とオニールは語る。

「環境にとって重要なのは、人類による押し引きの総計、資源の抽出と、廃棄物の注入なんです。これが重要な転換点を超えると、自然とそのシステムは、急激に、そして劇的に変化します。しかし、環境に与える影響の大きさは、われわれの数だけでなく、自分たちの文化から学ぶ振る舞いによっても左右されます。おおまかにいうと、『人口』がわれわれの『数』だとしたら、『消費』はわれわれ1人ひとりの『振る舞い』なんです。この不平等な世界では、ある場所にいる10人あまりの振る舞いが、ほかの場所にい

る数百人以上の影響を、環境におよぼすこともあるでしょう」

２００９年の著書『Peoplequake』のなかで、環境ジャーナリストのフレッド・ピアスは、増えつづける人の数ではなく、増えつづける消費こそが環境にとっての問題なのだ、と主張した。現在、全人類の45パーセントにあたる30億人の貧困層が放出している二酸化炭素の量は、全体の7パーセントにすぎないのに対し、約7パーセントにあたる5億人の富裕層は、その50パーセントを放出している。

「エチオピアの田舎に暮らす女性は、たとえ10人の子どもをつくったとしても、ミネソタやマンチェスターやミュンヘンに暮らす、平均的なママの家庭より資源の消費量は少なく、そのぶん、環境に与えるダメージも小さい。めったにないことだが、彼女の子どもたちが10人とも成人したとして、その10人がそれぞれにまた10人の子どもをつくっても、１００人を超える一族の二酸化炭素放出量は、せいぜいあなたやわたしが毎年放出している量ととんとんなのだ」

人口増による破滅は、どうやら避けることができそうだ。われわれが本気でそう望めば、だが。

人口減のデス・スパイラル

もし、あなたの国が、出て行ったり亡くなったりする人々を補充できなくなってしまったら？　人口減は労働力の低下と税収の減少を意味し、基本的なサービスの予算が減ることを意味する。そしてそれをきっかけに、国が終わってしまうかもしれないのだ。

世界には人が多すぎる――。

経済成長を考えた場合、人口の縮小はじつに頭の痛い問題だ。税収が減るほかにも、国内では技術革新や産業が起こる機会が少なくなり、国際的には経済的、政治的なパワーの減少を招きかねない。

人口減が世界を一気に破滅させることはないかもしれないが、パワーバランスを激変させるのは間違いない。問題ははたしてそれが、吉と出るか、凶と出るか、なのだ。

✝人口に何が起きているのか?

全体的に見ると、世界の人口は増えつづけている。だが、ここ数十年で、伸び率は鈍化してきた。世界的な人口置換水準、すなわち人口を安定させるために必要な出生数は、1カップルあたり赤ん坊2・3人強。だが、実際の出生率は、主として避妊が一般化し、女性の教育水準が上がったおかげで、世界中で低下している。

1950年代の出生率は、1カップルあたり5人から6人だった。1970年代末にはその数が、3・9人まで低下した。2000年には2・8人、そして2008年には2・6人まで下がっている。

前述のフレッド・ピアスが書いた『Peoplequake』によると、いまや世界人口のおよそ半分を占める60の国々で、出生率がその国の人口置換水準を下まわっている、現在のペースで減りつづければ、世界の出生率は2020年を少し超えたあたりで、人口置換水準を下まわってしまうだろう。

２００８年に発表した予測のなかで、国連人口部は、先進国における60歳以上の人口がかつてないペースで増加しており（毎年１・９パーセント）、以後の40年間で、50パーセントを超えることになるだろう、と指摘した。

つまり、２００９年の２億６４００万人から２０５０年には４億１６００万人に増えることとなる。

同時に「全体的な出生率は、中位推計によると、２０４０～２０５０年には２・02人に低下するものと思われる。日本と南西ヨーロッパのほぼすべてを含む25の先進国では、２００５～２０１０年における出生率が、依然として女性１人あたり、１・５人を下まわっていた」

こうした予測をもとに、国連は日本、ロシア、ベラルーシ、モルドバ、エストニア、カナダ、イタリアを含む数多くの国々が、この先の数十年間で、人口減に直面することになるだろう、と述べている。人口減が迫っている国には、ほかにギリシャ、スペイン、キューバ、レソトなどがある。

＋なぜ人口は減るのか？

人口は移民、戦争、病気、飢饉、あるいは強制的な抑制など、さまざまな理由で減少する。ヨーロッパの黒死病と、南北アメリカ両大陸へのスペイン人征服者上陸は、それぞれの土地の人口を激減させた。後者の場合は、侵略にともなう闘いや虐殺に加え、ネイティヴ・アメリカンにヨーロッパの病原菌に対する免疫がなかったことも、大きな理由となっていた。

人口過剰に対する懸念から、過去1世紀の間に、世界各国で人口抑制が導入されてきた。人々は、人口を減らそうと躍起になってきたが、その動機のなかには、決して立派とはいえないものもあった。人口増の危機を唱えた18世紀のイギリス牧師、トーマス・マルサスは貧者の救済に反対した。彼は、たとえば、人口増につながるという理由で、ワクチン接種にも反対論を主張している。彼のエッセイ『人口論』に記されたアイデアは、優生学者たちを生み出すことにもなった。現在はすっかり廃れたものの、20世紀前半には強い影響力があった優生学は、「人種の優位性」という、あやしげな考えをもとにしていた。

もし、この世界が限られた数の人間しか養えないのだとしたら、それは教育のある、中産階級の、白人であるべきだ、と優生学者たちは主張したのだ。20世紀版の優生学は、政府のコントロールを受けていた。１９５０年代に入ると、「人口抑制論者」はあらゆる場所にはびこり、ＮＧＯや国連の諸機関で、マルサ

ス流の人口増による破局について懸念したり、世界の貧しい国々で人口増に歯止めがかかることを期待したりしながら、しきりに手を揉みしだいていた。

国連の出資による大規模な家族計画プログラムが、トルコ、マレーシア、エジプト、チリ、モロッコ、ケニア、ジャマイカなどの国々を対象にして実施された。なかには、海外からの援助に加え、人口を減らすという西洋側の要求に従った場合にのみ、交易をおこなうという条件が出されることもあった。インドでは、政府が、不妊手術を受けた（ときには強制的に受けさせられた）市民に報奨金を支払い、中国はかの有名な「一人っ子政策」をスタートさせ、違反者には有無をいわせず、中絶を強制した。

✝来るべきデッドライン

強硬な環境保護主義者たちは、気候変動という新たな要因によって、将来的に大々的な人口消滅が起こると考えている。水量が限られた地域は、ますます穀物の収穫量を低下させ、それによって人々は、基本的な資源を求めて移民を余儀なくされるだろう、と彼らは主張する。

国々は食料と水を求めて戦争をはじめ、一方で、飢えや温暖化によってその活動範囲を広げた病によって、何百万（ことによると何十億）もの人々が死滅するだろう、と。

科学者たちはまた、過去20年のうちに、自然の生産性低下を示すいくつかの指標に気づいている。各種の研究によると、男性の精子の数は、世界的に25～50パーセント減少

しているのだ。

「これは、感受性遺伝子の変化というより、環境、ライフスタイルが男性におよぼす悪影響が原因ではないかと考えられています」とインペリアル大学医学部のシヴァ・ディンディアルは語る。

「もし精子数の減少がこのままのペースでつづけば、数年のうちに、男性の不妊があちこちで見かけられるようになるでしょう。」

精子数の低下は、現在の環境内に存在する化学汚染物質のカクテル、とりわけ女性ホルモンのエストロゲンを擬態できる物質の増加が原因ではないか、とする仮説もある。

「こうした化学物質は、食べものの缶についているプラスティックの裏張りなどプラスティック製品、殺虫剤や、塗料にも含まれています。実験室では、合成された化学物質の多くに、エストロゲン的な効果があることが判明しているんです」とディンディアルは語る。

「エストロゲンのホルモンは、主として標的細胞内で見つかる、特殊なタンパク質で構成された細胞内のエストロゲン受容体と結合することによって、さまざまな効果を発揮します。ホルモンを認知し、細胞のなかにある特定のエストロゲン応答性遺伝子を制御させるんです」

精子数低下の原因はほかに、喫煙、飲酒、そして不要な薬物の摂取などが考えられる。

アイダホ大学の科学者たちは、有毒な化学物質が精子にダメージを与え、それが今度は赤ん坊たちに伝わることを突き止めた。

†われわれにできることは?

ロシア人は、すでにこうした問題への取り組みをはじめている。当時のプーチン大統領は2006年、経済的なインセンティブで女性たちに出産をうながすプランを発表した。ソ連の終焉以降、ロシアの人口は減少をつづけ、移民やHIV感染を含む病気によって、その傾向にはさらに拍車がかかっていた。このままだと2050年までに、全体的な人口の3分の1が失われかねない、と政府は考えている。

ほかの国々でも、同様の計画が実施されている。

オーストラリア人のカップルは赤ん坊1人ごとに4000ドルを受け取り、養育費も支払ってもらえる。フランス、イタリア、ポーランドでも、子どもができた家庭には、なんらかのボーナスが支給されてきた。

だが、この分野でトップを走るのは、なんといってもシンガポールだ。最初の子どもに3000ドル、2人目に9000ドル、そしてそれ以降の子どもには、その倍額が支給されるのである。

人口減によって人類の文明が終わるとは思えないが、社会の構造と、国際的な舞台における その意味合いに、重大かつ深遠な影響を与えるのは間違いないだろう。

Cyberwar

サイバー戦争

2002年、懸念を抱いた科学者のグループが、当時のアメリカ大統領、ジョージ・W・ブッシュに手紙をしたためた。彼らのメッセージは単刀直入だった。アメリカは、前年の9.11にテロリストたちが実行に移したおぞましい犯罪よりも、ずっと広い範囲で、この国の精神と経済にダメージを与えかねない攻撃を受けるリスクが非常に高まっている、と。

009

電力、経済、通信、医療、輸送、水、防衛、そしてインターネットを含むアメリカの重要なインフラ全体が、危険にさらされていた。科学者たちは、国家的な大惨事を回避するために、「迅速かつ断固とした」軽減策を取るべきだ、と呼びかけた。「懸念を抱いた科学者およびリーダーとして、われわれはあなたの力を借り、こちらの力を貸したいと考えています」

手紙の筆者は、幅広い組織――テクノロジー企業、学問の府、そして政策系のシンクタンク――から集まっていた。そのメッセージのなかで、彼らは何も手を打たなかった場合の行く末を、おおまかに描いてみせた。

「以下のシナリオを思い浮かべてください。ある日、テロリスト組織が午後4時から6時間にわたり、太平洋岸北西部の送電網を遮断する、と発表します。続いて同じグループが、アメリカの東海岸と西海岸を結ぶ、主要な遠隔通信の中継回線を無効化する、と発表します。次に彼らは、ニューヨークを支える航空管制システムを停止させ、すべての飛行機の発着を止めると脅しをかけます。そして、それらすべてを実行するのです」

ほかにも敵の脅しはつづき、重要なインフラを攻撃する。彼らは自分たちの能力を誇示するだろう、と科学者たちは書いた。最後にテロリストたちは、彼らが長々と列挙する要求のすべてが叶えられない限り、電子商取引とクレジットカードのサービスを麻痺させる、と脅しをかける。

「そのあとにつづく世の中のパニックと混乱を想像してみてください。もし、このシナリオが実際に展開されるようなことがあったら、あらゆる場所にいるアメリカ人が、われわれの国家主権は大きく損なわれたと感じるでしょう」

例にあがっているのはアメリカだが、これは世界中のあらゆる近代国家に、当てはまるケースだった。こうした破滅のシナリオが可能になるのは、社会がコンピュータに依存しているからにほかならない。そしてこの警告は、世界経済を完全に崩壊させてしまいかねない、新たなタイプの戦闘に向けられたものだ。

――サイバー戦争である。

✝ネットワークに依存する世界

１９８０年代以来、ハリウッド映画には、寝室にいながらにして遠く離れた軍のコンピュータ・ネットワークを乗っ取る、一匹狼のハッカーがたびたび登場してきた。

しかし、現実世界において、サイバーテロリストに対する懸念が本格化したのは、１９８０年代の末から１９９０年代のはじめにかけて、ワールド・ワイド・ウェブ（ｗｗｗ）が広く普及してからのことだ。プライベートなコンピュータ・ネットワークはそれ以前から存在していたものの（おもに軍や企業の内部で）、それらはいずれも比較的孤立し、お互いにメッセージをやり取りする程度の機能しかなかった。都市部の重要

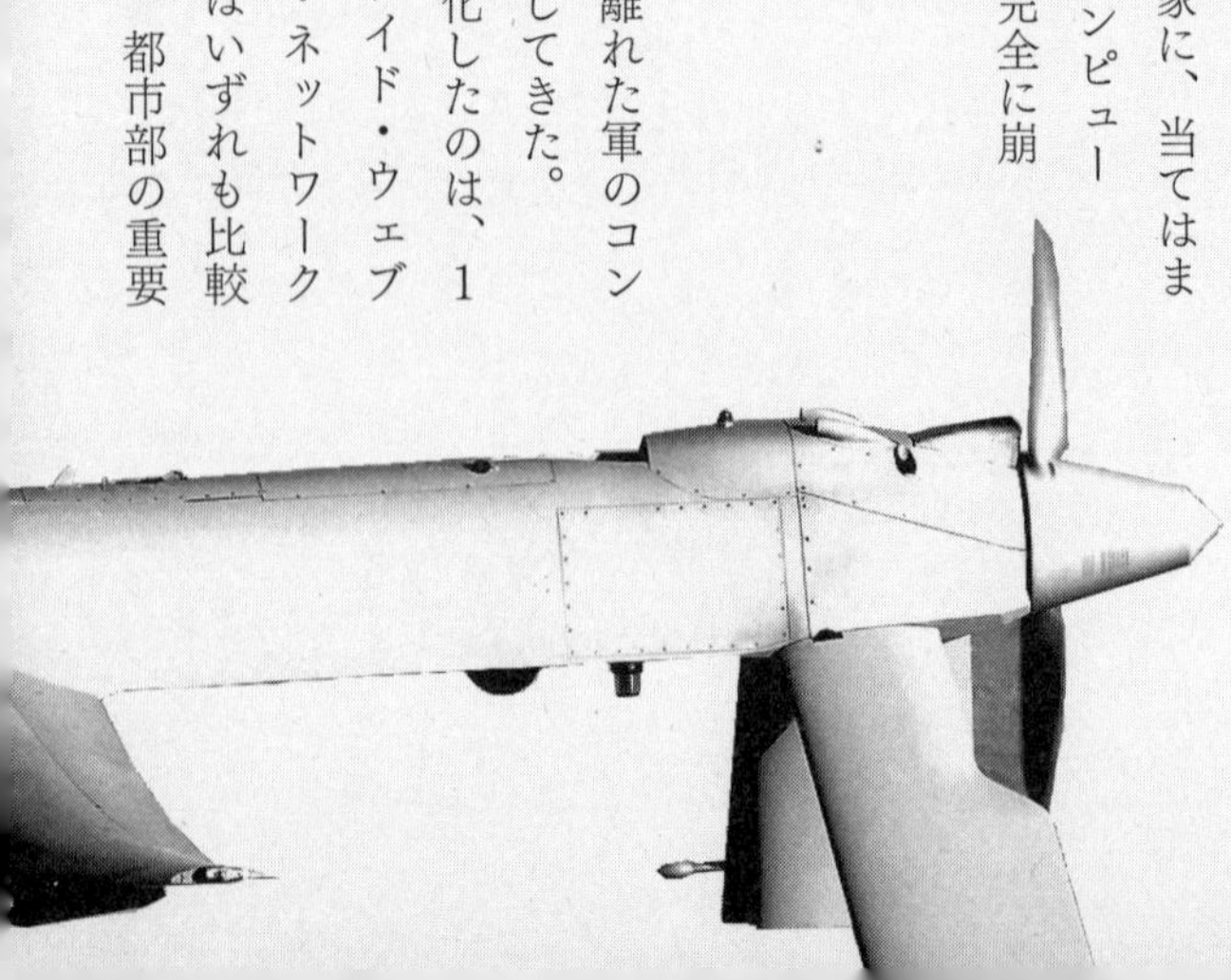

なインフラは、人の手に委ねられていた。かりにコンピュータがその場にあったとしても、あくまでも情報処理が目的だったのだ。

その後の経緯は、誰もが知るところだろう。

コンピュータ・チップの価格は毎年下落し、コンピュータはどんどんパワフルになり、われわれはあらゆるものの管理を、機械に委ねてしまった。加えてその1つひとつが、インターネットに接続されている。現在の世界をまわしているのは、お互いに情報や命令を伝え、発電所をモニターし、交通信号を操り、飛行機を空中に留め、化学工場を最高の効率で稼働させているコンピュータだ。

ネットワークはわれわれの社会に、計り知れない利益をもたらした。けれども価値があるものの例にもれず、世界から身代金を奪い取ろうと考える不届き者たちの、主要なターゲットにもなっている。ネットワークにつながれたコンピュータが増えれば増えるほど、利点も多くなるのだが、その1つひとつが新しい攻撃、あるいは制圧のポイントとなる。

国の重要なインフラが、1週間かそれ以上遮断された場合、経済は1日に数十億ドル単位の損失を出し、広い範囲で恐怖やパニックを発生させる。国は完全に麻痺するだろう。かりに全国の発電所が、遠方からスイッチを切られたり、なんらかのかたちでダメージを与えられたりした場合、都市が恐怖と犯罪で蹂躙されるまでに、はたしてどれだけの時間がかかるのか？　電気がなければ、銀行は出金ができず、病院は病人の面倒

をみられなくなり、ビルの警備は皆無になってしまう。

同時に数カ国でそうした事態が発生したら、われわれはすぐさま20世紀の前半に逆戻りさせられるだろう。

コンピュータ抜きでも、実際は人は生きていけるが、そのやり方を自発的に忘れてしまったのだ。

サイバーテロリズムの危険を取り上げた記事のなかで、「エコノミスト」誌はサイバースペースを、陸、海、空、宇宙につづく第5の戦場と評した。この問題の重大さを強調するために、バラク・オバマ大統領は自国のデジタル・インフラを「戦略的国家財産」と呼び、ペンタゴンは国家安全保障局（NSA）の長官を務めるキース・アレクサンダー将軍を、アメリカのミリタリー・ネットワークを防衛し、他国のネットワークを攻撃するサイバー軍の司令官に任命した。イギリスでは、NSAに相当する政府通信本部（GCHQ）がサイバーセキュリティ部を設け、中国、ロシア、イスラエル、北朝鮮などの国々も、それぞれにサイバー戦争に備えていることが知られている。

✝サイバー戦争は起っている？

戦争がバーチャル化する以前、敵の戦力をはじき出すのは、比較的着実な作業だった。ミサイル、戦闘機、戦艦、戦車、兵士が、敵のおもな財産だったからだ。それがどういった脅威をもたらし、どのぐらいのスピードで動員されるかを算出するのは、さほどむずかしいことではなかった。

サイバー戦争では、敵の姿が見えない。ハッカーは世界中のどんな場所からでも、別の国のコンピュータをハイジャックし、また別の国に向けて、ミサイルを発射させることができる。世界中のハッカーのチームが、世界中のコンピュータを使って、同時に無数のアングルから、1つの国のネットワークを餌食にすることもできる。

アメリカ大統領のサイバーセキュリティおよびサイバーテロリズム顧問を務めるリチャード・クラークは、電子的な攻撃が、15分以下で壊滅的な崩壊を引き起こせると考えている。

「コンピューターのバグによって、軍のEメール・システムは破綻し、精油所やパイプラインは爆発し、航空管制システムは崩壊し、貨物列車や地下鉄が脱線し、財務データは混乱し、アメリカ東部では配電網が遮断され、軌道上の衛星はコントロール不能になるだろう。食料が乏しくなり、金が尽きていくなかで、社会はほどなく崩れ去る。何よりも最悪なのは、その時点でもまだ、攻撃者の正体が不明なことだ」

2007年から2008年にかけて、ハッカーたちが、アメリカの先進的なジェット戦闘機、ジョイント・ストライク・ファイターのコンピュータ・システムに侵入し、この機の設計と電子装置のディテールが盗み取られるという事件が起こった。攻撃は中国からおこなわれているようにみえたが、それは数テラバイト分の情報をかっぱらった、攻撃者たちの煙幕かもしれなかった。

世界有数の先進的なコンピュータ・ネットワークを有するエストニアは、2007年、一連のサイバー攻撃にさらされた。銀行、新聞、そして政府機関のウェブサイトは、いずれもリクエストやスパムで埋めつくされ、この国のウェブ・アクセスとコンピュータ・ネットワークはすっかり麻痺してしまった。攻撃は100を超える国々のコンピュータから仕かけられていたが、首謀者の正体は、ついにわからず仕舞いだった。

これはわれわれが知っている攻撃の、ほんの2例にすぎない。あなたがこれを読んでいるいまも、各国政府は敵国のネットワークに、コンピュータを無効化するスリーパー・ウィルスを仕込んでいるかもしれないのだ。となれば、テロリスト・グループが、まったく同じことをしていても、なんら不思議はない。

日々送信される約1500億通のEメールのうち、90パーセントはスパムであることが知られている。こうした電子コミュニケーションの断片には、底知れぬ危険が潜んでいる。1人が怪しげなEメールをクリックしただけで、国中のネットワークに感染が広がってしまうかもしれないのだ。

かつてのコンピュータ・ウィルスは、もっぱらどれだけの数のコンピュータに感染できるかがポイントだった――たとえば2000年の「アイラヴユー・ウィルス」は、ファイルの書き替えによって100億ドル近い損害を出し、世界中のインターネットに接続されたコンピュータのうち、およそ10分の1に感染していた。現在のウィルスはコンピュータに居座り、銀行口座やパスワードのような極秘データを見つけ出そうとする。「エコノミスト」誌によると、２００９年には1兆ドル以上の金が、サイバー犯罪によって盗み取られた。これは全世界のドラッグ取引の額を上まわる数字だ。

†われわれに打てる手立てはあるのか？

壊滅的な影響をおよぼす、こうした兵器に対抗する手段は、われわれの自制心以外にない。キース・アレクサンダーは、経済大国同士が条約を結び、サイバー戦争にかんする共通の基準や規則を定める、というアイデアを歓迎している。

「そうはいっても、『戦略兵器削減条約』（ＳＴＡＲＴ）スタイルの条約交渉は不可能だろう」と「エコノミスト」誌は主張する。

「核弾頭は数えられるし、ミサイルは追尾できる。サイバー兵器はもっと生物剤に近い。どんな場所でもつくれるからだ」

当時のジョージ・Ｗ・ブッシュ大統領に宛てた手紙のなかで、懸念を抱く科学者たちは、数百人の科学者とエンジニアを動員して原爆を開発した、第2次世界大戦中の「マンハッタン計画」に匹敵する集中的なプランを立てて、サイバー防衛の方針を決定するべきだと主張した。彼らはそれほど、この問題を重要視していたのだ。

「攻撃を防ぐために、われわれは重要なインフラの提供者と協調し、彼らの情報システ

ムを防御する必要があります」と彼らは書いている。

「攻撃を検知するには、一見すると無関係だが、実際には組織的攻撃の一環をなす事象を関連づけ、融合させる必要があります。これによって、大スケールの攻撃を検知する能力を持った広範なセンサー・グリッドで、われわれの重要なネットワークを充たすべきでしょう。攻撃に対応するには、大々的なサイバー攻撃のシナリオに対し、効果的な戦術や戦略を考え出す必要があります。攻撃が検知され、検証された場合には、確定した戦術や戦略を支援できるメカニズムで、われわれの全国的なインフラを補強する必要があるでしょう」

科学者たちがこの手紙を書いてから10年のうちに、その一部は実行に移されている。だが、テクノロジーも変化している――コンピュータの世界では、10年というのはぼう大な時間なのだ――。

今日のネットワークは、さらに複雑さを増し、われわれの生活に深く織りこまれている。人々はスマートフォン経由で四六時中つながり合い、データのファイルもかつてない量が、空中を飛び交っている。それでも2002年の手紙にこめられた思いは、依然として重要だ。

サイバー攻撃による破局の訪れは、誰の予想よりも早いかもしれない。備えておいて損はないのだ。「秒読みはもうはじまっています」と科学者たちは書いていたのだから。

Biotech Disaster

過去半世紀のうちに、植物をあつかうわれわれの能力は、もっとも基本的な分子構造に手を出せるレベルに達した。このテクノロジーは、より優れた食料を生み出す可能性を持っているが、、意図しない結果を招く危険性も秘めているのだ。

バイオテクノロジーの暴走

010

タンパク質やDNAを理解すれば、科学者はより優れた作物をつくりだせるかもしれない。除草剤への耐性があり、乾ききった場所でも育つ小麦、新鮮さをより長く保つトマト、ビタミンをたっぷり含んだジャガイモや米――。

しかし、生命の基本的な要素に手を出すときは、注意深くなる必要がある。そもそも、その植物のなかに存在しなかった移植された遺伝子が、周辺の野生環境に漏れだしたらどうだろう？　小麦を除草剤から保護する遺伝子が、道ばたの雑草にも受け継がれてしまったら？　それが国中に広がって、もっとも強力な化学薬品でも阻止できなくなってしまったら？

核爆弾のようなほかの破滅兵器と異なり、生物学的なテクノロジーは操作がたやすく、間に合わせの研究室さえあれば、誰でも世界中に害をおよぼすことができる。英国王立学会の元会長、マーティン・リースは、バイオテラー、あるいは「バイオエラー」事象が原因で、100万人単位の生命が失われるかもしれない、と指摘した。

「死ぬほどおそろしい話です」と合成生物学のパイオニア、スタンフォード大学のドルー・エンディは、誤用されたテクノロジーの危険性を「ニューヨーカー」誌とのインタヴューのなかで語っている。

「これは科学が生み出したなかで、最高にクールなプラットフォームですが、そこから生じる疑問は、最高に答えにくいものばかりなのです」

✝GMが間違った方向に行く可能性は?

作物の遺伝子組み換え（GM）は、諸問題の万能薬にもなれば、パンドラの箱にもなる。人口増と世界的な気候変動によって間違いなく生じる食糧不足の解決には、絶対に欠かせないという人々もいる。反対する人々は、遺伝子をもてあそぶ行為を未知の危険とみなし、科学者はこの世界を実験室代わりに使っていると主張する。

米国食品農業研究所の所長、ロジャー・ビーチーは前者の陣営に属している。遺伝子組み換え作物は、持続可能な農業のための重要なツールで、すでに有害な除草剤や農薬の使用量を減らしていると彼はいう。

「無耕農法のおかげで、土壌の損失も減りました。ですが、やれることはまだまだあります」

彼は農業と林業が、世界的な温室効果ガス排出のおよそ31パーセントを占め、エネルギー部門の26パーセントよりも高いと指摘する。

「農業はメタンと亜鉛化窒素のおもな排出源となっていますし、田畑から流出した肥料が水質汚染の原因となっているケースもあります。農業には改善が必要なのです。世界の人口はまだ極限には達していませんし、２０５０〜２０６０年ごろまでは、そうなることもないでしょう。その間に、われわれは温室効果ガスの排出、土壌の浸食、そして水路の汚染を減らしながら、食料生産を増加させなければなりません。これは生半可な覚悟ではできないことです。種苗と作物の生産に新たなテクノロジーを導入すれば、高い収穫量を維持しつつ、化学肥料の使用と灌漑（かんがい）の量を減らすことが可能になるでしょう。よりよい種苗は農作業の改善ともども、大きな助けとなってくれるはずです」

現在、「GM」のテクノロジーは、いくつかの国で使用が許可されている。この種の作物にかんしてはアメリカが王様で、2009年には世界的な生産量のほぼ半分を占めていた。2番目は、同年16パーセントの占有率を示したブラジルだ。

ウガンダでは、農夫たちが、毎年、中央アフリカ全域の作物にダメージを与え、5億ドルの損害を出している「細菌性立ち枯れ病」に対する耐性を持たせたバナナを試験的につくっている。EUはもっと慎重だが、2010年には、紙、接着剤の製造により適したでんぷんを含むGMジャガイモ、「アムローラ」の栽培を許可した。またそれ以前の1998年には、チョウ目害虫抵抗性トウモロコシ「MON810」を栽培する許可を、バイオテクノロジー会社のモンサントに与えている。

✝世界へあふれでるGM

2010年、アメリカではじめて、原野で自生する遺伝子組み換え作物が見つかった。ノースダコタで発見された菜種の一種で、一部の科学者はそれを、GM作物に対する適切な監視と管理が欠如していることの証拠だとした。

アーカンソー大学の生態学者、シンシア・セイガーズが率いる研究者グループは、原野で2タイプの遺伝子組み換え菜種（キャノーラ）を発見した。そのうちの１つはモンサントの除草剤、「ラウンドアップ」（グリホサート）に耐性があり、もう１つはバイエルクロップサイエンスの除草剤、「リバティ」（グルホシネート）に耐性があった。彼女はほかに、その両方に耐性がある植物も発見し、ＧＭ植物は異種交配できることが明らかになった。それ以上に興味深いのは、こうした自然集団が、広い農場の片隅に限らず、かなり離れた場所でも生育していたことだった。

２００４年、スイスの生物工学会社、シンジェンタが、未承認のＧＭトウモロコシ、「Ｂｔ－１０」の種に、誤ってアメリカで承認されているＧＭトウモロコシ、「Ｂｔ－１１」のラベルをつけて売り出してしまったと発表した。いずれの型にも、自前の殺虫効果の生成を助ける土壌細菌の遺伝子が含まれている。ただし「Ｂｔ－１１」型が、アメリカで動物の飼料に使われているのに対し、「Ｂｔ－１０」型はもっぱら研究目的で使用される実験室バージョンだった。

こうした出来事が消費者の不安を招くのは、無理もない話だろう。しかし、これまでのところ、ＧＭ作物の実害性を示す確たる証拠がほとんど得られていないことも、指摘してお

く必要があるだろう。

イギリスでは自然主義者たちが、作物自体の安全性だけでなく、それに付随する「広域殺虫剤」についても懸念している。保護すべき作物以外のものを殺す力が強すぎるせいで、農地の動物たちが生存するために必要な、マイナーな植物や種を一掃してしまう危険があるからだ。土壌や植物のなかにいる小虫や地虫の数が減ると、ヒバリ、ツグミ、ハタホオジロの数も減る。どんな農地の生態系でも、すべての異なる生命体たちが光と栄養を求めて競っている。GMによって農夫たちは、すべてのライバルを打ち負かし、自分の作物だけに資源を集中させることができる、おそるべき武器を手に入れたのだ。

2007年、イリノイ州にあるロヨラ大学シカゴ校の生態学者、エマ・ロージー＝マーシャルが、Btトウモロコシのかけらを餌にしたトビケラの幼虫は、遺伝子を組み換えていないトウモロコシを餌にした幼虫にくらべ、成長のスピードが半減することを突き止めた。加えてBtトウモロコシの花粉を食べたトビケラの死亡率は、通常の花粉を餌にしたトビケラの2倍に達していた。Btトウモロコシの栽培が広まれば、その地の野生生物に「悪影響」をおよぼし、ことによっては「生態系レベルで予想外の結果」を招くかもしれない、とロージー＝マーシャルは結論づけている。

以前はGM食品にかんする英国政府のアドバイザーを務め、現在はロンドンのガイズ病院で核生物学のグループを率いるマイケル・アントニューは、予期せぬ結果を招くことが、遺伝子組み換えのいちばんの問題だという。

「それは非常に変異原性の高いプロセスです」と彼は2008年、「オブザーヴァー」紙に語っている。

「ゲノムに予想外の変化を引き起こす場合もあります……これまでに登場した作物は、どれもいわれた通りのことをやっているようにみえます。問題は、ほかにどんなことが、その植物の構造に対しておこなわれているのか？　もしかするとなんの気なしに、有毒性を持たせてしまったかもしれないのです」

いかに科学的に証明されていないとはいえ、Btトウモロコシの遺伝子がメキシコの野生植物から見つかったとき、専門家たちは当惑した。この国では、遺伝子組み換えトウモロコシが、すべて違法とされているからだ。トウモロコシはメキシコが起源だと考えられているため、この地における遺伝子的な生物多様性は重要だ。生物工学の生んだスーパー雑草やスーパー害虫が野生の植物にも影響を与えるようなことがあったら、この貴重な作物の遺伝子倉庫は、永久に失われてしまうだろう。

✝テクノロジーはどう使われるべきか？

GMを支えるテクノロジーはここ数十年で長足の進歩をとげ、たんなるDNAの組み替えだけでは済まなくなっている。昨今の科学者は、ゼロから遺伝子や生命をつくれるのだ。

この分野のパイオニアが、クレイグ・ヴェンターだ。2010年に彼は、ヤギの乳腺炎を引き起こすバクテリアをもとに、世界初の人工生物をつくりだした。彼は実験室の化学物質から遺伝子をつくり上げ、合成ゲノムで機能する、既存のバクテリアに挿入した。ヴェンターによると、このテクノロジーはバクテリアをプログラムし、環境に優しいバイオ燃料をつくらせたり、流出した石油や大気中から有害な汚染を吸収させたりすることができるという。

むろん、誰かが、普通に手に入るゲノム情報を使って、既存のウィルスやバクテリアを合成したり、ヒトや重要な作物種にはいっさい免疫耐性がない、急速に蔓延する新しい菌をつくったりするのも、そう遠い話ではないだろう。そんなものがつくられ、何も知らないうちにばらまかれるようなことがあったら、世界の破局を招きかねない。

潜在的な危険性に対する答えは、新しい遺伝子テクノロジーを禁止したり、そこから逃げ出したりすることではない。規制と監視が鍵となる。だが、それははたして有効なのだろうか？

「生物にかかわる人間の活動の歴史をふり返ってみると、われわれは新しい生命体を本来の場所に留めておける、という自信の材料になるものはほとんど見当たりません」とペンシルヴェニア大学の生物倫理学者、アーサー・カプランは語る。

「これはほんの一例ですが、ウサギ、くず葛、ムクドリ、マメコガネ、スネークヘッド、天然痘、狂犬病、ミバエはみんな、いてほしくない場所にあらわれたせいで、人間に大損害を与えた生物なのです」

ＧＭテクノロジーにかんしていうと、科学者はフェイルセーフ（安全制御）機能を組みこむことも可能だ。たとえば、作物の繁殖を阻止する遺伝子、あるいは特定の化合物抜きでは育てなくする遺伝子のような。しかし、残念ながらこれは、管理にかんする疑問を招くことにもなる。

生物工学会社のモンサントが、「ターミネーター遺伝子」を含む遺伝子組み換え種苗でそれに似たことをやった際には、貧乏な農夫たちを隷属化させるという批判を受けた。なぜなら、彼らは毎年のように、複数の会社から新しい種苗を買わされる羽目になるからだ（ターミネーター遺伝子が組み込まれた種子は、普通の種子と同様に実をつけるが、その実から取れた種子は発芽した時点で枯れてしまうという一種のコピー防止的な技術だ）。

これらのテクノロジーを完全に禁止したり、さらなる猶予期間を設けたしたりするのは論外だ。生物工学によって生じる危険を解決する手立ては、生物工学そのものから得られるのだから。ならば不意打ちを食らわされるよりも、情報と進化のスピードから振り落とされないようにして、いずれ生じるかもしれない黙示録的な問題に備えておくほうが賢明だろう。

Nanotech Disaster

ナノテクノロジーの暴走

ときは2087年。アラスカの沖合で石油流出事故が起こった。数10億ガロンの原油を積んだタンカーが座礁し、周囲の環境に壊滅的な打撃を与えようとしている。さいわい、当局には流出に対抗できる、テスト済みの武器があった――炭化水素を分解し、流出を無害化するちっぽけな「石油食いロボット」の群れだ。

011

人間の髪の毛の幅ほどもないマシーンは、作業を進めながら、さらに仲間をつくりだすことができるので、流出の規模がどれだけ大きくても、対処に困ることはない。

しかし、今回は、流出した油の上に落とされたロボットに、予想外の事態が起こった。数多くあるロボットの1つにプログラムのエラーがあり、炭化水素だけでなく、炭素が含まれているものなら、なんでもかまわず食べはじめてしまったのだ。炭素が含まれているもの、すなわち、すべての生物を。ほどなくして地球は、増殖するロボットの集団に食べ尽くされてしまう。現存する生命は、消え去ってしまったのだ。

✝ただの悪夢だろうか？

自己再生するロボットが引き起こす世界の終わり、というアイデアは、エリック・ドレクスラーが1986年の著作「創造する機械――ナノテクノロジー」ではじめて提唱したものだ。

この本でドレクスラーは、ナノ・レベルの世界がもたらす恩恵と、そこに秘められた大きな可能性について語っている。だが同時に彼は、より剣呑な事態についても警告を発していた。

「雑食性の『新生バクテリア』は、本物のバクテリアを打ち負かしてしまうだろう。まるで風に舞う花粉のように広がり、すぐさま増殖して、生物圏を数日のうちに塵と化してしまうはずだ。危険な自己複製は往々にしてタフすぎ、小さすぎ、早く広がりすぎてしまうせいで、もはや阻止できなくなってしまう――少なくとも、われわれの側になんの準備がなければ。何しろわれわれは、いま存在するウィルスやミバエだけでも、さんざん苦労させられているのだから」

その結果は――？

なんの特徴もない「灰色のベトベト」と化してしまった世界。ひたすら原子を自分たちのコピーに配列し直すちっぽけなロボットの群れだ。

ドレクスラーの悪夢が現実と化すまでに、さほど時間はかからないかもしれない。「こうした自己複製されたものが化学薬品の瓶のなかを漂い、自分の複製をつくっているところを想像してほしい……最初の自己複製は1000秒でコピーを組み立てる。すると次の1000秒で、2つの自己複製がさらに2つおこなわれ、4つがさらに4つ、8つがさらに8つのコピーをつくりだすわけだ」と彼は書いている。

「10時間後、そこにあるのは36の自己複製子ではない。6800億以上のコピーが生まれている。1日にとたたずに重量は1トンに達し、2日とたたずに地球より重くなる。それから4時間もすると、太陽とすべての惑星を合わせたよりも、質量が大きくなってしまうのだ——瓶のなかの化学薬品が、それまでに尽きてしまわなければ、の話だが」

ナノテクノロジーは危険か?

ドレクスラーのヴィジョンは、たしかに不安をかき立てる。２００３年の「ネイチャー」誌に掲載された編集記事は、「ナノテクノロジーは本質的に危険なのか?」と問いかけ、「この急速に発展している多種多様な分野への規制を求める声が高いことは、その危険性を示唆しているように思える」と主張していた。

同年、イギリスの王立協会と王立工業アカデミーは、チャールズ皇太子がナノテクノロジーに対する懸念を表明したことを受けて、そのリスクとメリットにかんする調査をスタートさせた。

王立協会による調査をスタートさせたとき、当時の英国科学相、デイヴィッド・セインズベリーには、その先に待ち受ける仕事のむずかしさがよくわかっていた。「ナノテクノロジーがカバーする領域はとてつもなく広い。最初のコンピュータができた時点で、将来的にＩＴがこの世界におよぼす影響について訊ねるようなものだろう。遠い将来を予見する能力は、非常に限られている」

ファインマンの挑戦

このあたりでいったん時間を逆戻りし、ナノテクノロジーのなんたるかをあらためて考えてみよう。１９５９年12月、偉大な物理学者のリチャード・ファインマンが、「底にはまだたっぷり空きがある」と題する講義をアメリカ物理学学会でおこなった。彼は、もしコンピュータでやっているように、すべてを「１」と「０」の数列にエンコードすれば、全24巻の「ブリタニカ大百科事典」をまるごと針の頭に収め、世界中の本を幅２００分の１インチの立方体に書きこむことが可能だと語った。

「コンピュータという機械は非常にかさばり、多くのスペースを取っている。なぜ小さくできないのだろう。なぜ小さな配線や、小さな構成要素でつくれないのだろう――いっておくがこの『小さな』というのは、本気で『小さな』という意味だ」彼は、講義の締めくくりに、こんな課題を突きつけた。

「高さと幅と奥行きが64分の１インチしかない電気モーターを最初につくった男には、わたしから１０００ドルの賞金を進呈しよう」

これが部分的にとはいえ、ナノテクノロジーのスタートとなった。機械を組み立て、できるだけ小型化するための手段として、ナノテクノロジーははじまったのだ。このミニチュア化の流れに乗って生まれた成果の１つが、あなたのコンピュータに入っている指の爪サイズのマイクロチップだ。配線の厚みは80ナノメートルしかなく、その中に数億のトランジスターが収まっている。

現代のナノテクノロジーは、誰も予想がつかなかったほど多種多様に広がっている。宇宙科学から医学、遠隔通信と、その分野は多岐にわたり、共通点はスケールだけだ。ただし、ナノロボットは、最初から実際の研究対象として順調に進んだわけではない。もっともミニチュアのロボットに近づき、ファインマンの1000ドルを勝ち取った男は、彼と同じカリフォルニア工科大学の科学者、ビル・マクレランだった。彼は1960年代の初頭に数カ月を費やし、幅が半ミリもないモーターを組み立てた。配線の幅は80分の1ミリと、髪の毛よりも細い。ただし、これはナノテクノロジーというよりマイクロテクノロジーで、モーターも数回まわすと焼き切れてしまった。

✝灰色のベタベタは撤回？

2004年にドレクスラーは、自分の黙示録的な警告を、いくぶんトーンダウンさせようとした。

「『灰色のベタベタ』などという言葉は、使わなければよかったと思っている」と彼は「ネイチャー」誌に語り、もしもう一度「創造する機械」を書き直せるとしたら、自己複製するナノロボットにはほとんど触れないだろう、とつけ加えた。

彼の発言は、テキサスに本拠を置く史上初の分子ナノテクノロジー企業、ザイベックス社の研究者がおこなった計算を受けたものだった。ザイベックス社は、ナノロボットが現実に存在するとして、どのくらいの速度で自己を複製し、その存在を検知して阻止しようとするわれわれの能力に、どのぐらいのエネルギーで対抗できるのかを測定した。

　ドレクスラーのシナリオに登場する「急速複製型のマシーン」は大量のエネルギーを必要とし、同時に大量の熱を発するため、すぐさま治安当局に存在を検知され、早々に処理されてしまうだろう、というのが２０００年に発表された研究の結論だった。

　もし、ナノマシーンの材料が主としてアルミニウム、チタン、あるいはホウ素を含む無機化合物だとしたら、生命体がその猛威にさらされる心配はない。これらの金属は生物よりも、地球の地殻内に何百万倍も多く含まれているからだ。マシーンはわれわれを殺す代わりに、ひたすら地球を掘りつづけて、自らの材料とするだろう。

　動力の問題もある。

「現行のナノマシーンの設計は、実効性を達成するために、通常、１０５～１０９ワット／立方メートルの出力密度を必要とする」とフリータスは書いている。

「生物系は通常、１０２～１０６ワット／立方メートルで機能する。地表下では太陽光を得ることができず、地熱の熱流量は地表でわずか０・05ワット／立方メートルと、日射のごく一部でしかない」

　王立協会が２００４年に発表した報告も、大量複製したナノロボットが生命体を滅ぼすという恐怖を沈静化させる内容だった。だが、専門家たちはそれとは別に、ナノテ

クノロジー産業によって生み出される、ほとんど存在しないに等しい粒子が、健康におよぼす影響について懸念していた。そうした粒子は金属などの素材を、超微粉になるまですりつぶすことによってつくりだされている（たとえば、サンスクリーンとして利用されているナノテクノロジーの場合、裸眼で見ると透明なナノ粒子が、紫外線を吸収、反射しているのだ）。

この報告書を作成したグループのリーダー、ケンブリッジ大学のアン・ダウリングは、「こと粒子にかんするかぎり、問題になるのはサイズです」と語っている。「同じ素材でも、ナノ粒子は、もっと大きな粒子にくらべて、まったく異なる振る舞いを見せます。少なくとも一部の人工ナノ粒子は、もっと大きい状態のときにくらべて、毒性が増すことを示す証拠もありますが、わたしたちにはまだ、ほとんど何もわかっていません。人間や環境におよぼす影響についても、何1つわかっていないのが現状なのです」

これらの粒子は、皮膚から吸収される場合もある、と科学者たちは警告する。われわれはすでに、車による排気汚染のなかに含まれる、何百万ものナノ粒子を吸引し、それらは心臓や肺の症状と結びつけられている。ナノテクノロジーが広まれば広まるほど、われわれはますます宙を漂う危険にさらされるようになるのではないか、と専門家たち

は懸念しているのだ。

✝悪意のあるテクノロジーという神話

ニューヨーク州にあるコーネル大学の研究者が、ヒトを動かす燃料ともいえるアデノシン三リン酸（ATP）から動力を得る生物版のモーターをつくった。ATPにニッケル製のちっぽけなプロペラを取りつけたもので、幅約10ナノメートルのこの粒子は、マクレランのミニ・モーターより5万倍も小さかった。ゼロから原子を1つひとつ組み立てる代わりに、こうした既存の微粒子を利用することが、未来のナノテクノロジーの進むべき道となるだろう。そして危険が潜んでいるのも、やはりその分野なのだ。

「悪意を持った人間が、技術的にもっとも入り組んだやり方でそれを表明するというのは、われわれの間に流布する、息の長い神話の1つだ」と、ジャーナリスト兼作家のフィリップ・ボールは「ナチュラル・マテリアル」誌に寄せた文章のなかで、ナノテクロロジーの敵対者たちが用いる脅し戦術を嘆いている。

「生命を脅かす自己複製？　だったら天然痘のウィルスを少しばかり、ばらまいてやればいい。こいつらは本当によくはたらくナノロボットだ」

Artificial Superintelligence

人工超知性

われわれは、SF のなかで、世界を乗っ取ろうとする超強力なコンピュータやロボットに遭遇してきた。もともとは人間の生活を向上させるために開発された機械が、じきに、自分たちの能力が、ありきたりな血と肉でできた生命体をはるかに上まわっていることに気づく、というパターンだ。その先には破滅が待っている。

012

よく聞く話だ。だが、いまのところ現実性に欠ける。

現代のコンピュータはまだ、人間の赤ん坊の複雑さや知性にもおよびもつかない。「いまのところ」はそうかもしれないが、一方で、進歩を甘く見てはいけない。技術的なハードルがクリアされ、機械が知性の分野でもわれわれに対抗するようになるのは、もはや時間の問題かもしれないのだ。

「いつかはその日が来るでしょう」とブルーミントンのインディアナ大学で、思考プロセスのコンピュータによるモデリングを専門に研究するダグラス・ホフスタッターは語る。

「そうした機械——われわれの『子どもたち』——は、どことなくわれわれに似ていて、われわれと同種の文化を築くかもしれません。ですがその可能性は決して高くない。その場合、ヒトは恐竜と同じ道をたどることになるでしょう」

✝ヒトの知性にどこまで近づいている?

「知性」は、理解することはおろか、定義することすらむずかしい、非常に人間的な資質の1つだ。

だが、定義ができないからといって、エンジニアやプログラマーたちが、知性のさまざまな側面を機械で再現しようとするこころみを止める理由にはならなかった。こうした努力はすべての人類に恩恵をほどこし、「安くて速いコンピュータ」から、「配電網や交通信号を同時に動かし生活を管理する利口なソフトウェア」まで、ありとあらゆるものを与えてくれている。

ただし、ヒトにくらべると、もっとも先進的な機械ですら、われわれのいう「知的」な存在ではない。基本的な感情を模倣するロボットや、（ほぼ）現実的な会話ができるロボットは存在するかもしれない。だが、本格的な人工知性が登場するのは、早くても数十年先だろう。そしてヒトを脅かす存在になるのは、さらにもっと先かもしれない。

もちろん、真の人工知性の登場は、時間の問題でしかないとする見方もある。コンピューティング技術とロボット制御の複雑さと処理能力は、毎年、ほぼ倍加している。「現在はようやく、複雑な脊椎動物の最低レベルに届くか届かないかという段階ですが、半世紀もすれば、じゅうぶんわれわれに追いつけるでしょう」とカーネギー・メロン大学ロボティックス科の設立者のひとり、ハンス・モラヴェックは語る。

「2050年には、抽象化や一般化の能力がある、人間なみの精神力を持ったロボットが登場しているでしょう。こうした知的な機械は、われわれから育ち、技術を学び、目標や価値観を共有し、われわれの精神の子どもと見なすことができます。こうしたロボットは家で人間の面倒を見てくれるだけでなく、病気の診断や療法の選択といった、現在では人間のインプットが必要な仕事も肩代わりしてくれるでしょう」

「この短い時間に、長足の進歩がありました」と、哲学者でオックスフォード大学人間性の未来研究所の所長を務めるニック・ボストロムは語る。

「われわれは初期の感覚処理を理解しはじめています。初歩的な視覚認知については、かなり上出来な計算モデルができています。経験によって修正されるシナプスの強度を司る、基本的な学習アルゴリズムの解明も進めています。高レベルの思考を理解できるのは、まだまだ先の話でしょうが、個々の部品のはたらきや、そのつながり方については、徐々にわかってきたところです」

初歩的な処理能力のほかにも、研究者たちはヒトに似た特性を、次々につけ加えている。たとえば人工意識は、機械がこの世界における自分の位置を理解し、自分と自分のユーザーにとって何が役立ち、何が危険かを判断しつつ、それに適した振る舞いをするための助けとなる。

ハートフォードシア大学の研究者たちは、感情を持ち、それを表に出すようにロボットをプログラムした。

ロボットの眼につけられたカメラは、人の姿勢、仕草、そして身体の動きを読み取る。これまでのところ、ロボットは1歳児程度の感情的なスキルを模倣し、ヒトの特定の手がかりから学習、解釈して、それに合わせた反応をすることができる。

こうした理解に加え、周辺の環境から学んだ、「何がよくて何が悪いか」という基本ルールをもとに、ロボットは自分の周囲で起こっていることについて、うれしく思っているか、悲しく思っているか、怖いと思っているかを表示する。

プログラムで異なる個性を持たせることもできる。より独立心の強いロボットは、部屋の探索中にヒトの助けを呼ぶ可能性が低く、逆により甘ったれで怖がりなロボットは、未知の物体、あるいは害をなすかもしれない物体を部屋のなかで見つけると、苦悩をあらわにするのである。

✝人工知性はヒトを超えるか？

もし、モラヴェックがいうように、機械が21世紀のなかばまでにヒトなみの知性を獲得した場合には、いったいどういうことが起こるのだろう？　専門誌「フューチャーズ」に寄せたエッセイのなかで、ボストロムはその影響の一部を予測してみせた。

第一に、人工的な知性は簡単にコピーできると彼は指摘した。

「ハードウェア的な要件を別にすると、最初の人工知性をつくってしまえば、追加でつくるための限界経費はほぼゼロに近い。それゆえ人工的な知性はすぐさま大量生産され、当初のブレイクスルーの影響を拡大させるだろう」

機械がヒトなみの知性に到達すれば、今度はほとんど間を置かず、どんな人間の知性をも凌駕する、より強大な知的能力を持った機械が生み出される。

「ヒトなみの人工知性誕生から14年以内に、ヒトの100倍以上の速度で考えられる機械が登場するはずだ」とボストロムは語る。

「現実には、進歩はもっと速いだろう。これらの機械が用いるソフトウェアの効率も、平行して向上するからだ。」

これは、必ずしも悪いことではない。こうした超知的マシーンは膨大な種類のデータにたやすくアクセスでき、どんな人間よりも早いペースで、テクノロジーと科学の進歩を加速させるだろう。そしてきっとそのエネルギーの一部を、自分よりもさらに利口な次世代機械の設計に費やすはずだ。

未来学者のなかには、こうした正のフィードバック・ループが、やがては彼らのいう「特異点」に達するのではないかと考えている。「特異点」とは、急激なテクノロジーの進歩によって、(ボストロムによると)「ただのヒトには理解しがたい能力を持つ、真の超知性が短期間で実現する」ポイントのことだ。

そうした知性がはたして人類のためになるのかどうかを、いったいどうしたら予見できるだろう？　貧困や病の根絶に役立ってくれるのだろうか？　それとも「ヒトは資源の無駄」と見なし、われわれを一掃してしまうのか？　すべてはプログラミング次第だろう。

「最初の超知性体をつくった時点で、われわれが過ちを犯し、人類の根絶につながる目

標を与えてしまう可能性もあります。つまり、そのばく大な知的アドバンテージゆえに、自分にはそうする権限があると思いこんでしまうケースです」とボストロムは語る。

「機械をつくるにあたっては、つねにそれにともなう倫理的な問題を考える必要があります」とロンドン、インペリアル・カレッジの神経システム工学名誉教授、イゴール・アレクサンダーは語る。

それらは倫理的なジレンマというより、工学上の問題だ、と彼はつけ加える。

「意識を持った機械が適切に機能していれば、あなたの車を安全に運転してくれるでしょう。それができれば機械はうれしく思うでしょうし、事故が起これば心配するはずです。かりに突然、乗客を殺してやろうと考え、壁に衝突するようなことがあれば、それは誤作動ということになります。ヒトも誤作動を起こすことはありますが、法律でそれを規制している。ですから機械の場合にはそれを、工学的な手順で規制するわけです」

✝現実性はどこまであるのか？

テクノロジーによる乗っ取りの危険性を論じたインタビューのなかで、言語学者にして心理学者のスティーヴン・ピンカーは、米国電気電子学会（ＩＥＥＥ）に「特異点が現実になると考える理由は、少しもない」と語っている。

「想像のなかでそうした未来を思い描けたとしても、それが実現する、いや、その可能性があるという証拠にすらならない。たとえばドーム都市、ジェット・パックでの通勤、水中都市、高さ1マイルのビル、原子力自動車といったものを考えてみるといいだろう。どれもわたしの子ども時代には、未来の空想に欠かせなかったイメージだが、どれ1つとして実現していないじゃないか。処理能力は魔法の粉じゃない。それだけでわれわれの問題をすべて解決できるわけがない」

しかし、だからといって、それが不可能だということにはならない。オーストリアにある国際応用システム分析研究所のジョン・カスティによると、科学的にみて特異点は妥当だが、唯一の問題はその展開に必要な時間だという。それは、地球という惑星における支配種としての地位を、ホモ・サピエンスが失う瞬間でもある。

「その時点で新たな種が登場し、ヒトと機械は入り交じることなく、別々の道を行くことになるでしょう」と彼はIEEEに語っている。

「これが必ずしも、悪意のある機械による乗っ取りを意味するとは思いません。むしろ、われわれがアリやハチの行状に興味を持たないのと同じように、機械もますますヒトの行状に、興味を示さなくなるのではないでしょうか。ですが、わたしの見るところ、2つの種は多かれ少なかれ平和裏に、問題なく共存していく可能性のほうが高いと思います——ヒトの利益が機械のそれを、阻害しはじめない限りは」

Transhumanism

超人間主義

人類は数千年を費やして、自分たちの生活をよりすばらしく、より幸福で、より生産的にしてくれる道具をつくってきた。ある時点で、そうした技術革新は人類を自然な状態からはるか遠くに引き離し、もはや生物とは定義できないほど進んだ能力を持たせることになるかもしれない。だが、われわれには、本当にその用意はできているのか？

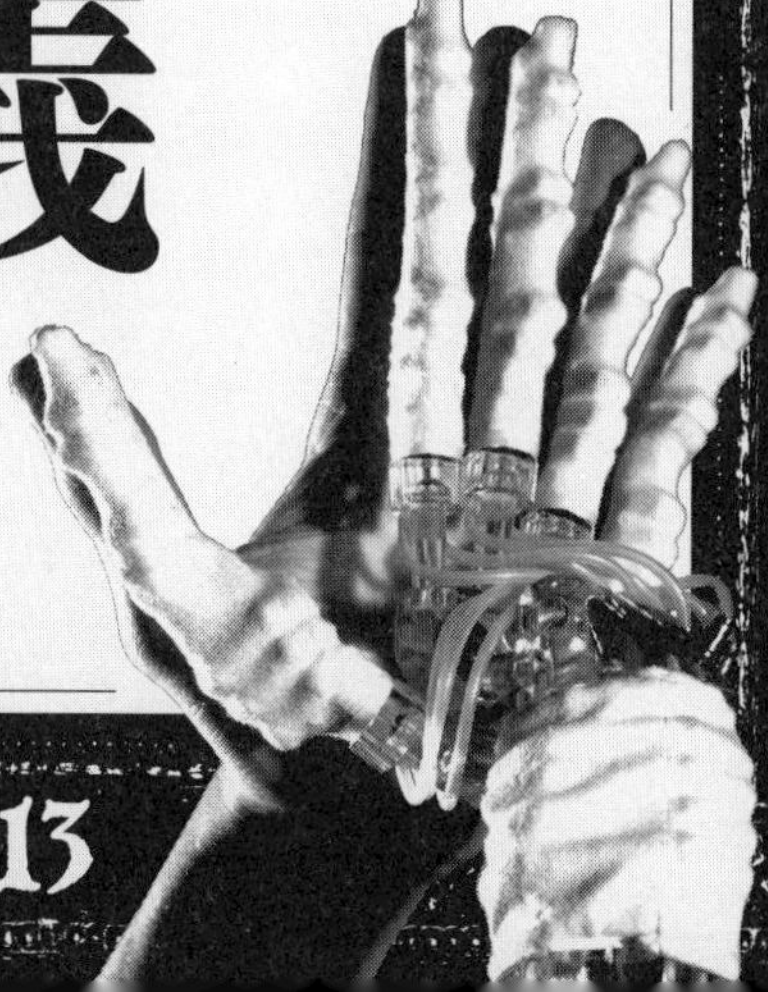

013

人類の、過去1世紀におけるもっとも重要な進歩の1つに、医学に対する理解が加速度的に深まったことがある。

過去半世紀の間には、それと平行して情報のテクノロジーも飛躍的な進歩をとげ、結果として現在のネットワーク化された世界が誕生した。いまでは指先1つで、知りたいことがすべてわかってしまうのだ。

この2つの流れは、さまざまな部分で交わっているが、さらに深く融合させ、「より優秀なヒト」をつくりだすことはできないだろうか？　われわれの未来の世代は、コンピュータのインプラントにより、無限の記憶力を持てるかもしれない。ネットワークされた彼らの頭脳は、指先をバイパスして、世界中の情報に直接アクセスできるかもしれない。そしていまはまだ夢のまた夢でしかない医学的なブレイクスルーによって、こうした改良型のヒトは、何百年（ことによっては数千年）生きられきるかもしれないのだ。

✝超人間主義宣言

「人間主義者」（ヒューマニスト）は、ヒトこそ重要だと考える——たとえ、種としてのわれわれが完璧ではなくても、自由、寛容、合理的な思考、そして何よりも、ほかの人間に対する思いやりで改善できる、と。

「超人間主義者」（トランスヒューマニスト）を自称する人々は、そのすべてに同意したうえで、ヒトには自然の限界を超越する力が秘められている、と強調する。

「われわれが外的な世界を、合理的な手段を用いて改善するように、そうした手段をわれわれ自身、つまり人体を改善するために用いることも可能なのです」

と、超人間主義的な考え方を提唱する哲学者のニック・ボストロムは語る。

「その場合に、われわれが用いるのは、教育や文化的発展などの、伝統的な人間主義的手法に限られません。最終的にはわれわれが、一部の人々が考える『ヒト』の先を行くことを可能にする、テクノロジー的な手段も用いることになるでしょう」

ボストロムの思い描く未来は、超人間主義者の間で「ポストヒューマンの時代」と呼ばれているものだ。これはヒトがもう存在しなくなる、という意味ではない。むしろその時代を生きているのは、現代のヒトをはるかに超越した能力を持ち、もはやわれわれの同族とは認められなくなっている存在だということだ。

超人間主義者は、今日のわれわれには想像もできない知性の高みに達したいと願っている――ヒトをほかの霊長類から際立たせているのと同じような意味で、現代のヒトから際立たせてくれる高みに――。

彼らは無限の若さと健康な生活を求め、疲れや苛立ちを回避しつつ、快楽や愛情や芸術を愛する気持ちは高められるように、自分たちの欲望や気分を管理できるようになりたいと願っている。彼らはまた、現在のヒトの脳ではアクセスできない意識の諸状態を経験したいと願っている。

「限りなく長く、健康で、活動的な人生を送っていければ、記憶、技術、知性が蓄積され、誰でもおのずとポストヒューマンに近づいていけるのではないでしょうか」

と、オックスフォード大学で人間性の未来研究所の所長を務めるボストロムは語る。

この「ポストヒューマンの世界」に暮らしているのは、どう見てもヒトに見えない人間かもしれない。たとえば、自分たち自身をコンピュータにアップロードし、超高速のコンピュータ・ネットワーク上にデジタル情報としてのみ存在する、ヒトの思考と記憶をベースにした人工知性の世界かもしれないのだ。

物理的な肉体は消え去っても、彼らは1000分の数秒で無限の情報にアクセスし、それを蓄え、自分たちの思いや気持ちをすぐさま、明確にほかのデジタル人と共有することができる。

✝ヒトという種と機械との融合

こうしたシナリオはどれも、突飛すぎるように思えるかもしれないが、どれ1つとして不可能なものはない。加速するテクノロジーの進歩は、やがて、われわれを未知の水域に導くだろう。近代世界を形づくるテクノロジーは、大半がこの数十年間に開発されたものだ。となれば1、2世紀後のわれわれが、どうなっていたとしても不思議はない。

たとえば、人工知性はなんらかのかたちで実現し、これまではヒトの独壇場だった

「思考をする能力」を、コンピュータにもたらすだろう。そのうちに、機械のほうがヒトよりも早く、より創造的に考えるようになるのは間違いない。だったら、そのコンピュータをわれわれの生理機能に組みこみ、ヒトをもっと優秀にしてしまえばいいのだ。コンピュータのインターフェイスは、すでに、重い障害に苦しむ患者でテストされ、思考しただけでコンピュータのカーソルを動かすことが可能になっている。目の見えない人々の網膜には電極が組みこまれ、何年かぶりにものを見る手助けもしている。

未来学者のレイ・カーツワイルは、2035年までに、ヒトの脳とコンピュータの融合がはじまるだろうと考えている。小さなナノロボットを使って、われわれは思考の量を向上させ、知性を拡張するのだ。

「2020年には、1000ドル相当のコンピュータで、ヒトの脳の処理能力にじゅうぶん太刀打ちできるでしょう」

と、彼は2005年、「ガーディアン」紙に語っている。

「2020年代の後半には、ヒトの脳のリバースエン

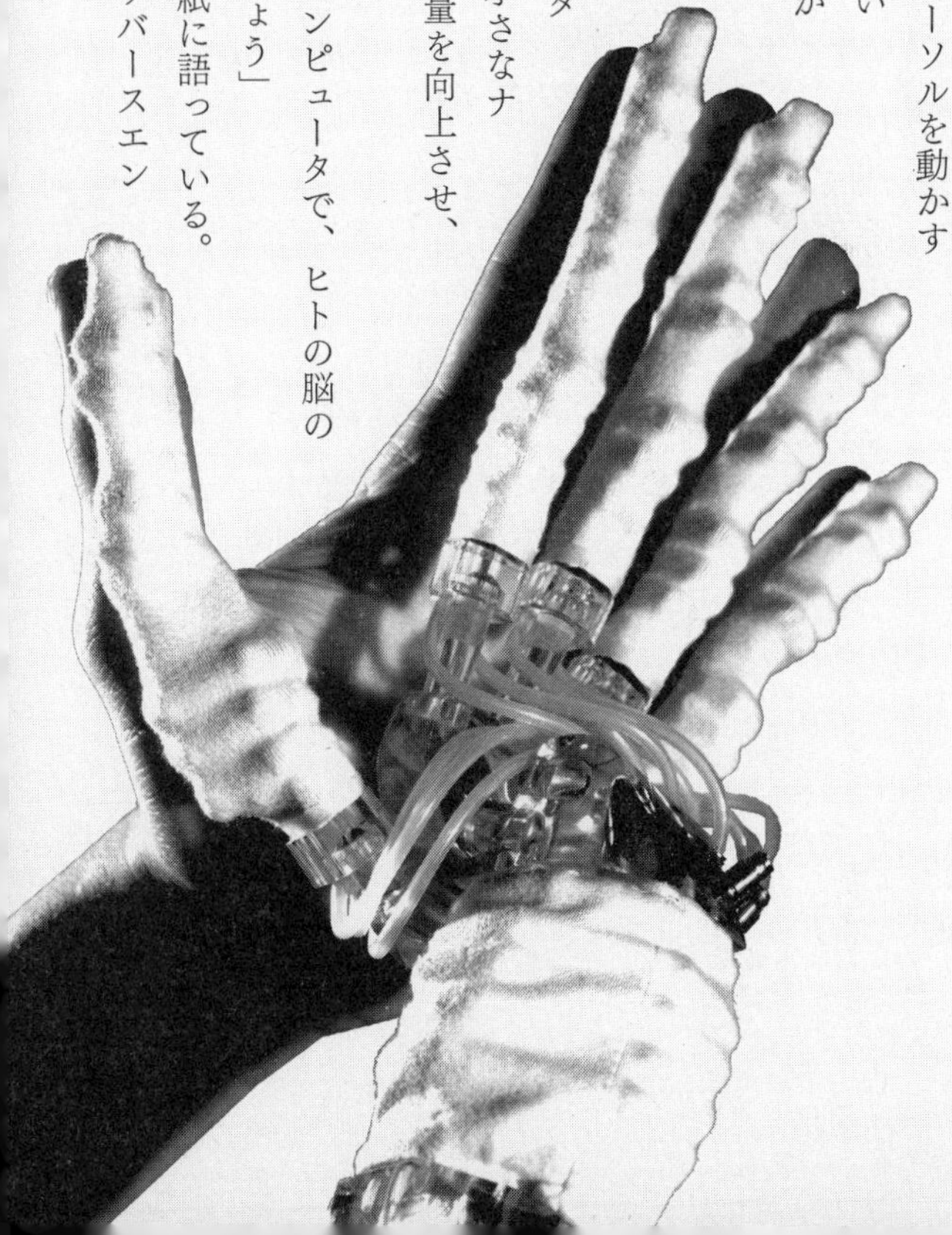

ジニアリング（構造を分解・分析し、そこから動作原理などを調査すること）が実現します……2030年にはヒトの知性に匹敵し、それを凌駕する機械ができているでしょう。ただし、われわれはそうした機械と競う代わりに、一体化していくことになります。こうした機械はナノテクノロジーを使って、われわれの身体に挿入されるでしょう。毛細血管を通じてわれわれの脳内に入り、人間の知性を拡大してくれるのです」

カーツワイルは毎日、数百錠のサプリメントを飲み、クリニックで毎週、健康を増強するそれ以外の化合物を、静脈注射で注入している。その目的は1つしかない。ナノテクロロジーを通じて、ヒトが自分自身の生態を再プログラムできるようになる日が来るまで、自分を生かしておくことだ。

もっと日常的なレベルでの補強についてはどうだろう。

2000年に、国際的な科学者のグループが、ヒトゲノムの配列をはじめて明らかにした。ゲノムの概要解明は、21世紀の最初の10年間が、分子生物学の黄金時代になることを意味していた。

同時に幹細胞生物学者は、病気を理解し、身体そのものの万能細胞を用いて、代替組織をつくりだす方法を探っていた。将来的には再プログラムされた幹細胞によって、医師は心臓疾患から、パーキンソン病、アルツハイマー病、そして糖尿病といった神経変成病まで、ありとあらゆる病気を治療できるようになるだろう。

遺伝子操作と幹細胞研究は、いずれもいまはごく初期の段階にあり、まずは、病で苦しむ人々を対象に、試験的に用いられることになるだろう。だが超人間主義者は、そこで止まるべきではないと主張する。健康な人間の寿命を延ばしたり、認識能力を高めたりするために用いてもいいのではないか？と。

✝潜在的な危険

人類はつねに、お互いからのリスクにさらされている。その対抗策として、われわれは、１つのグループが別のグループを凌駕することを防ぐ「法律」や「制度」をつくってきた。だが、もしあるグループが、ほかのグループよりも圧倒的に抜きんでてしまったら？　彼らは法律や制度など無視して、ほかの人間たちを殺すか隷属化させ、この世界を乗っ取ってしまうだろう。

たとえば、人が自分の心を、すべての生体内作用を模倣できるコンピュータに移し替える、そんなアップロードを考えてみよう。

「ジャーナル・オブ・エヴォリューション・アンド・テクノロジー」誌に寄せたエッセイのなかで、ボストロムは書いている。

「アップロードが成功裏におこなわれれば、オリジナルの心が持つ記憶、技術、価値観、意識のすべてが保存される。心をアップロードしてしまえば、もっと速く動かしたり、計算資源を追加したり、その構造を合理化したりすることで、ずっとやたすくその知性を増強できるだろう。アップロードをある段階以上まで増強すれば、増強されたアップロードが、自分をさらに賢くする方法を見つけ出す、『正のフィードバック・ループ』が生じるはずだ。より賢い後継バージョンが、今度はさらに改善されたバージョンを設計する。そしてこのパターンが、えんえんとくり返されるのだ」

もし、このプロセスが急速に進展すれば、ほかの人類が通常の人間レベルに留まっているうちに、1つのアップロードだけが、超人的なレベルの知性を獲得するということにもなりかねない。ばく大な知的優位性を有する人物にはばく大なパワーが備わり、新たなテクノロジーを生み出すことが可能になる。かりに、その人物の支配欲が強ければ、ほかの人間のアップロードを阻もうとするだろう。

「ポストヒューマンの世界は、たった1つの自己中心的なアップロードを反映したものになるかもしれない」

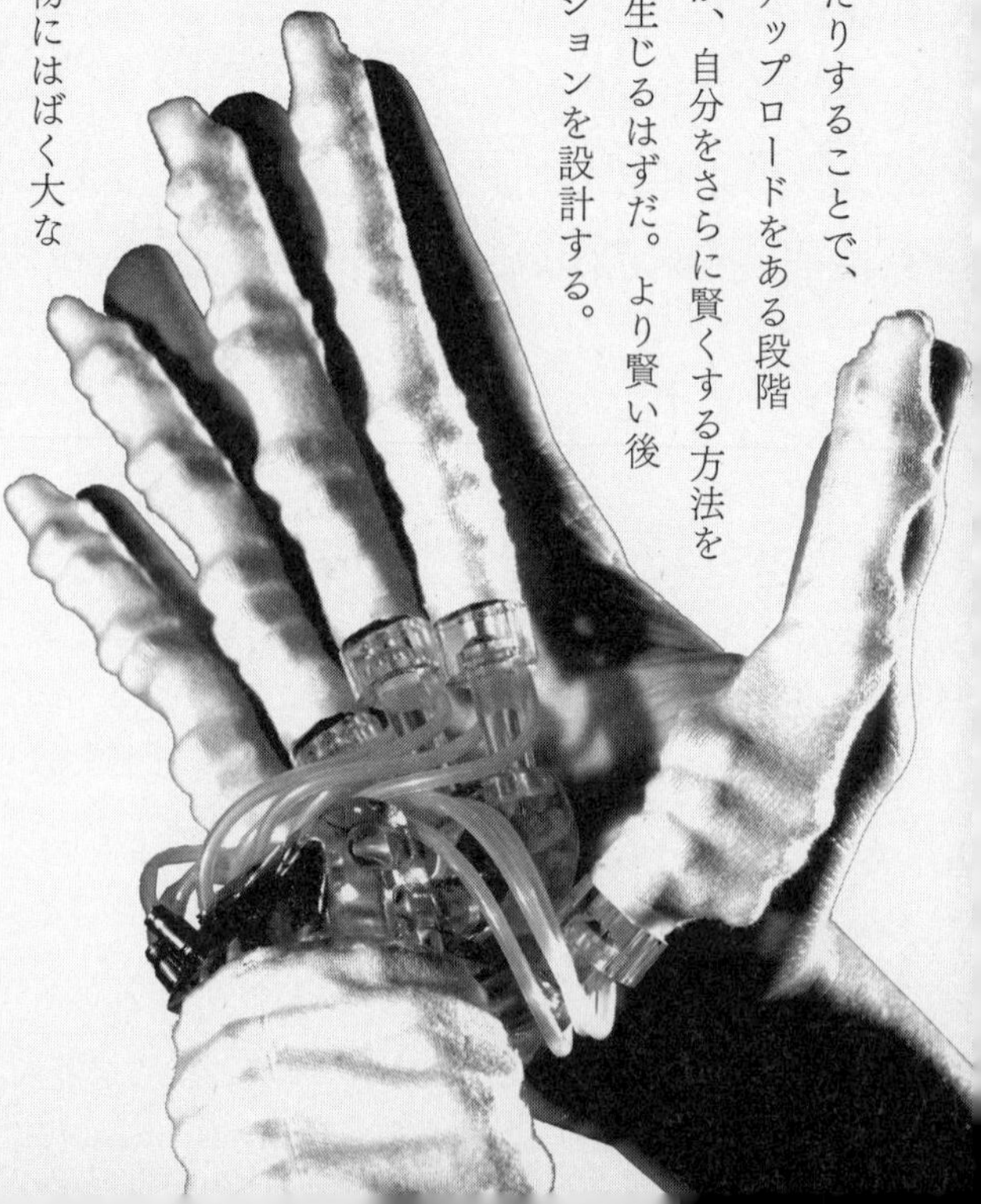

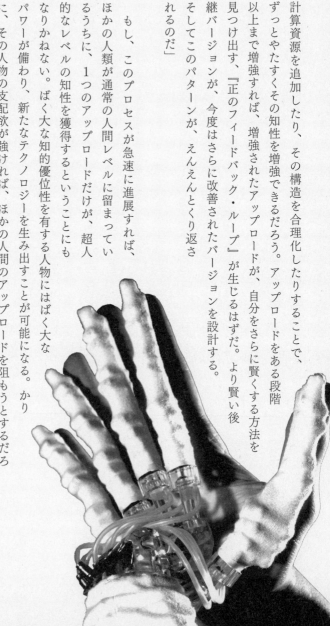

とボストロムは書いている。

「それは本来可能だった、あるいは望ましかった世界の、ごくごく一部しか実現されていない世界かもしれないのだ」

未来のテクノロジーと、加速度的につながり合っていくわれわれの社会は、少人数のグループ、いや、ことによってはたった1人の人間に、ばく大なコントロール能力を与えてしまいかねない。

今日、世界の人々は、それなりに分断されている。おかげで単一の存在が、そのすべてを一気に全滅させるようなことはありえない。誰かが乗っ取りをくわだてても、とりあえず、われわれの一部は生き残るだろう。けれども27世紀のヒトが、もっぱらコンピュータのネットワークで暮らす、「全員がつながり合った世界」だとしたら?

この危険性は現実的なものだ。だが、進化を無理にストップさせることはできない。「問答無用でこうしたテクノロジーを捨て去るわけにはいきません」とカーツワイルはいう。「禁圧するのも不可能でしょう。ヒトから大変な恩恵を奪い取ることになかからです。実際の話、そのせいでこうしたテクノロジーが地下に潜るようなことがあれば、ますます無法化してしまうでしょうし、そのほうがよっぽど危険なのではないでしょうか」

Death of the Bees

014

ハチの大量死

果物や野菜なしで、
われわれは生きて
いけるだろうか？
もし世界中の草原
から花が消えたら、
どんな気持ちにな
るだろう？

われわれの生活に彩りを与え、同時に、実用面でも支えつづけてくれている植物は、すべて、その花と香りに引きよせられる昆虫たちのおかげで、世代を重ねてきた。虫たちは栄養のある花蜜目当てで集まり、自分たちでは気づかないうちに、花粉を植物から植物に運んでいく。

われわれが食べるものの3分の1は、ハチ、ガ、ハナアブによる授粉に依存している果実や種子だが、これは、こうした昆虫たちが、世界経済に420億ドル相当の貢献をしていることを意味する。

こうした受粉の世界の王様はハチだ。ハチには何百という種があり、そのすべてがリンゴ、ニンジン、オレンジ、タマネギ、ブロッコリ、メロン、イチゴ、モモ、アボカドといった、多岐にわたる植物のライフ・サイクルにおいて、重要な役割を担っている。しかし、このサイクルに、いま重大な欠陥が起っている——ハチが急速に姿を消しているのだ——。

1950年代に、イギリスではじめてこの問題が着目されて以来、数々の研究が、ハチの種の長期的な減少を確認してきた。実際にはハチに限らず、授粉をおこなう昆虫はすべて、20世紀後半に世界中で大きく数を減らしている。

イリノイ大学の昆虫学者、シドニー・キャメロンの研究は、そのスピードの速さを思

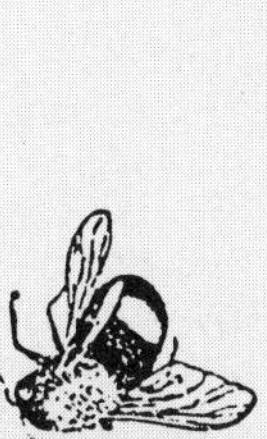

い知らせてくれる。彼女は、アメリカに生息する「マルハナバチ」8種の遺伝的多様性と病原体に着目した。2011年に「米国科学アカデミー紀要」で発表された研究結果によると、ここ数十年のうちに、アメリカでもっとも一般的なマルハナバチ4種の数は、なんと96パーセントも減少していた。

彼女はまた、昆虫にかんする最新の個体数調査データを、博物館の記録と比較することによって、研究の対象にしたハチ4種（ボンブス・オクシデンタリス、ボンブス・アフィニス、ボンブス・ペンシルバニクス、ボンブス・テリコラ）の地理的分布が縮小していることを知った。しかもその一部は、過去20年間のうちにだという。

これらの発見は、世界中でおこなわれている同様の研究とも合致していた。イギリスの生態学水理学研究センターによると、イギリスに生息するマルハナバチ25種のうち、3種はすでに絶滅し、残りの半分も1970年代前後から、70パーセント近く数を激減させていた。加えて、イギリスに生息するチョウの種も、その75パーセント近くが数を減らしている。

大半の西ヨーロッパ諸国に加え、カナダ、ブラジル、インド、そして中国でも、ハチたちは同様の苦境に立たされている。全米研究評議会は、北米のハチが2035年までに絶滅するかもしれない、と警告を発した。

✝鍵を握る受粉仲介者

マルハナバチは、その身体の大きさ、長い舌、そして花から花粉を解き放つ高速度の羽ばたきによって、世界中の野生植物や農作物の重要な授粉仲介者となっている。

ハチは全体で、大半の果物、野菜、堅果を含む、世界の商業植物の約90パーセントを授粉させている。コーヒー、大豆、綿花の収穫増は、いずれもハチによる授粉が頼りだ。それはまた、野生の鳥や動物たちを支える、食物連鎖の一部を担っている。

果物や野菜の品質についても、授粉仲介者は重要な鍵を握っている。たとえば、完璧な形のイチゴは、昆虫による授粉なしには生まれない。カボチャの種の数も、授粉にかかわった昆虫の種の数次第で変わる。

「授粉仲介者が10種いれば、1種しかいない場合よりも、カボチャの種の数が多くなります」

と英国食料環境研究庁のジャイルズ・バッジは語る。

「多様性を持たせることが重要なんです」

✝なぜ、ハチは減っていくのか？

では、急激な減少の原因はなんなのだろう。

科学者は、病気と、農作業の変化の組み合わせだと考えている。

「工業化された農業の普及、農薬、殺虫剤の使用量増、そして居住地の喪失が、野生の昆虫の役割を減少させ、現在では世界的な作物授粉の15パーセントを担っているにすぎないといわれています」

と、国際農薬行動ネットワークのヨーロッパ支部でコーディネイターを務めるエリオット・キャネルは語る。

「それを受けて農夫たちは、ミツバチを使って畑の授粉をさせるようになり、『授粉市場』が生まれました。需要によって産業が生まれましたが、そのおかげで現在では、ミツバチが乱獲されたりしています」

また、アメリカのハチにかんする研究のなかで、シドニー・キャメロンは2つの原因を指摘した。1つは、「ノセマ・ボンビ」という病原菌、1つは、残存するハチの遺伝的多様性が、全体的に減っていることだ。

この病原菌は、個々のハチの寿命を縮め、さらに集団のサイズを低下させる。そのうえ、遺伝的多様性が減少すれば、病原菌と闘う力や、汚染や捕食者に抵抗する力の弱い個体群ができあがってしまうのだ。

ハチたちが抱えるもう1つの問題は、血を吸う「ミツバチヘギイタダニ」だ。このダニは、何千年も前から、アジアで現地種のミツバチと共生してきた地方固有種だった。しかし、1916年にシベリア横断鉄道が完成し、その路線に沿って交易や交流がおこなわれるようになると、西洋のミツバチは、思わぬ問題に悩まされることになった。一度もこうしたダニに遭遇したことがなかったせいで、身を護る術が備わっていなかったのだ。

1950年代になると、ミツバチへギイタダニはソ連に侵入し、20年後には人為的なハチの移動によって、西ヨーロッパと南アメリカにも広がっていた。現在、ミツバチへギイタダニと無縁な大陸はオーストラリアだけだ。虫たちにとって致命的なウィルスをばらまくこのダニのおかげで、何十億匹ものミツバチが死んでしまった。

しかし、なんといっても過去数十年間、ハチたちにとって最大の脅威となってきたのは、圧倒的に農薬、とりわけ「ネオニコチノイド」と呼ばれる殺虫剤の使用増加だった。

1990年代初頭のある冬、フランスの養蜂家たちが、ハチの個体数の急落に気づいた。彼らはすぐさま、その前年にはじめて使用されたイミダクロプリドというベストセラー殺虫剤に眼を向けた。アメリカの環境保護庁は、それを、ハチにとっては「非常に有毒」な薬と分類している。大量のハチが一気に死んだことを受けて、フランスはネオニコチノイド系のイミダクロプリドの使用を禁止した。

2008年、クロチアニジンという殺虫剤が使用された場所の周辺で、ハチの3分の2が死んだという、バーデン＝ヴュルテンベルク州の養蜂家たちの報告を受けて、ドイツはクロチアニジンを含むネオニコチノイド系殺虫剤3種の使用を差し止めた。この化

学物質は、ライン川沿岸に植えられたスウィートコーンの種に使用されていた。

殺虫剤の効果にかんする研究によると、化学物質はニューロン間の電気的、科学的信号をブロックし、ハチの脳にダメージを与える。ハチの専門家によると、ほんのささいな変化だけでも、昆虫の脳は深刻な障害を負ってしまう。餌集めの旅を終えても、なかなか巣に帰れなくなってしまう。また、ハチは独自の「尻振りダンス」で餌にかんする情報を巣の仲間たちに伝えるのだが、その能力が阻害されたりしてしまうのだ。

†大量死を防ぐことはできるか？

2010年11月に、ミズリー州のセントルイス動物園で開かれた科学者の会合では、ボンブス・アフィニス、ボンブス・テリコラ、ボンブス・オクシデンタリスの3種を、国際自然保護連合（IUCN）が定める絶滅のおそれのある生物種のリストに加えるべきだ、という提案がなされた。

彼らはまた、ハチの個体数低下に取り組む政策決定者や政府の手助けをする「マルハナバチの専門家グループ」を、IUCN内につくるという案も出している。

ブリストル大学の科学者たちは、ブリストル、レディング、リーズ、エジンバラの各都市で、昆虫の生物学的多様性のホットスポットを特定しようとしている。これらの都市を、ハチやそのほかの昆虫たちがより暮らしやすい場所にするためだ。

彼らは、庭から小さな荒れ地、産業用地、そしてショッピング・センターまで、あら

ゆる場所を調べ尽くして、授粉をおこなう虫たちのオアシスとなりうる場所を探しだしたいと考えている。

野生のハチのＤＮＡを分析し、野生の女王バチがどのくらい遠くまで飛んで新しい巣をつくれるのか、そして働きバチがどのくらい遠くまで食料を探しに行っているのかを、突き止めようとしている科学者もいる。個体数の保全を考える場合には、個々のハチだけでなく、巣の数も考慮に入れなければならない。ただしそこには大きな障害がある。野生のマルハナバチの巣を見つけるのは、ほぼ不可能に近いからだ。

かりに、そうした努力が実を結ばなかった場合には、マルハナバチに代わる新たな授粉仲介者を探すことになるかもしれない。米国農務省の花粉媒介昆虫研究ユニットは、「ツツハナバチ」に着目している。

ミツバチと同様、ツツハナバチはアーモンド、モモ、リンゴを含む、さまざまな植物を受粉させることができる。巣をつくることはなく、ほかの生き物がつくった枯れ木の穴や、人が木にドリルで開けた穴のなかで暮らすことを好む。しかも、このハチは効率的だ――果樹の受粉にかんしては、２０００匹でミツバチ10万匹ぶんの仕事をこなすことができる。

未来がどちらに向かおうと、ハチの羽音が決して消えないことを願おう。

外来侵入種

地球の動物、植物、そして微生物は、数十億年以上にわたる複雑にからみ合った相互作用を通じて、ともに進化をとげてきた。世界の生態系はそれぞれが、特定の住人たちを生かしつづけるために、注意深くバランスを取っているのだ。しかし、そこに自然の意図しない植物や動物が紛れこむと、とたんに大混乱がはじまってしまう。

種の個体は、食料や空間を求めて競い合う。動物はお互いに狩ったり、狩られたりし、微生物は、ほかの植物や動物と共生したり、それらに寄生したりする。こうした相互作用がときを重ねるうちに、多様な生命を擁する生態系は築きあげられてきた。

では、バランスの取れた生態系に侵入者が入りこんできたらどうなるか、想像してみてほしい。

侵入者が捕食動物や成長の早い植物、あるいは病原微生物だった場合には、やすやすといまある生態系内に獲物を見つけられるだろう。何しろ、そこで暮らす生命体は、進化の過程で、侵入者に対抗する手段をいっさい身に着けてこなかったのだから。捕食習性を阻止する手段を持たない環境内で、侵入者の個体数は急増し、かつてバランスを保っていた生態系は、急速に崩壊に向かって行くはずだ。

「アジアの米作農家に、体長10センチほどの茶色か緑色のタニシについて訊ねたら、まるで火星からやって来た邪悪な生物について訊かれたような顔をされるでしょう」と国際連合環境計画のアヒム・シュタイナー事務局長は語る。

「『ジャンボタニシ』は田んぼのならず者と化し、旺盛な食欲によって主要な作物に被害を与えています。これを、化学薬品で制圧しようとすると、ひと財産かかってしまいますし、環境的にも問題があります。これだけでもやっかいな生き物ですが、この軟体動物は、侵入生物種に分類される、文字通り何万という生命体の1つにすぎません」

外来侵入種が世界経済に与える被害額は、年間で少なくとも1兆4000億ドルにのぼる。そうした種は、各地の生態系を破壊し、世界中にウィルスを伝搬させ、土壌を汚染し、農業に被害を与える。しかも、簡単に阻止する手立てはない。

✝グローバル化による被害の拡大

侵入生物は、世界のグローバル化による副産物の1つだ。観光や交易が盛んになれば、ある「種」が旅行者の荷物や衣服にくっついて、あるいは船の貨物やバラストや廃水に紛れて、国と国、大陸と大陸の間を旅するチャンスも増えてくる。ある国の水の中で、植物や動物が船の側面にくっつき、数カ月後には何千マイルも離れた国の波止場や水路に行き着くわけだ。

1990年代から2000年代にかけて、北海で魚たちが群れをなして死にはじめた際には、中国の沿岸からバラストの水に紛れて持ちこまれた藻が、その原因だとされていた。

ジャンボタニシは1980年代、観賞用のペットおよびグルメ食材として、南米からアジアに持ちこまれた。しかし、売りものにならなかったため、輸入業者たちはタニシをアジアの湖に放ち、それが今では10以上の国に広がっているのだ。

逆の道をたどったのが、日本、韓国、中国の固有種だった「ツヤハダゴマダラカミキ

リ」だ。この種のメスは、硬木（トネリコ、カエデ、クリ、ヤナギなど）の樹皮に穴を開けてタマゴを産む。タマゴがかえると、幼虫は幹にさらに深い穴を開け、そのダメージで木が死んでしまうこともあるのだ。

ここ何十年か、このカミキリムシは木の梱包材経由で輸入され、北米やヨーロッパでも見かけられるようになっている。北イタリアで1匹の成虫が侵入した際には、蔓延を防ぐために、周期の木が300本以上伐採された。

✝固有種を駆逐していく侵入者

イギリスには10億ヘクタール以上の硬材林があるが、かりにツヤハダゴマダラカミキリがこれらの林に定着した場合、経済に与える被害は4億3000万ポンド以上にのぼると政府は見積っている。これには、被害樹林に加え、その区域を隔離するために、伐採される樹木による収入源も含まれる。これがアメリカのような広い国になると、かりにカミキリムシの蔓延が原因で硬材産業が廃業を余儀なくされた場合、被害額は1380億ドルという、圧倒的な数字に達してしまう。

侵入植物もやはり、人々の暮らしを破壊する。

「『ホテイアオイ』を例に取ってみましょう」

とシュタイナーは語る。

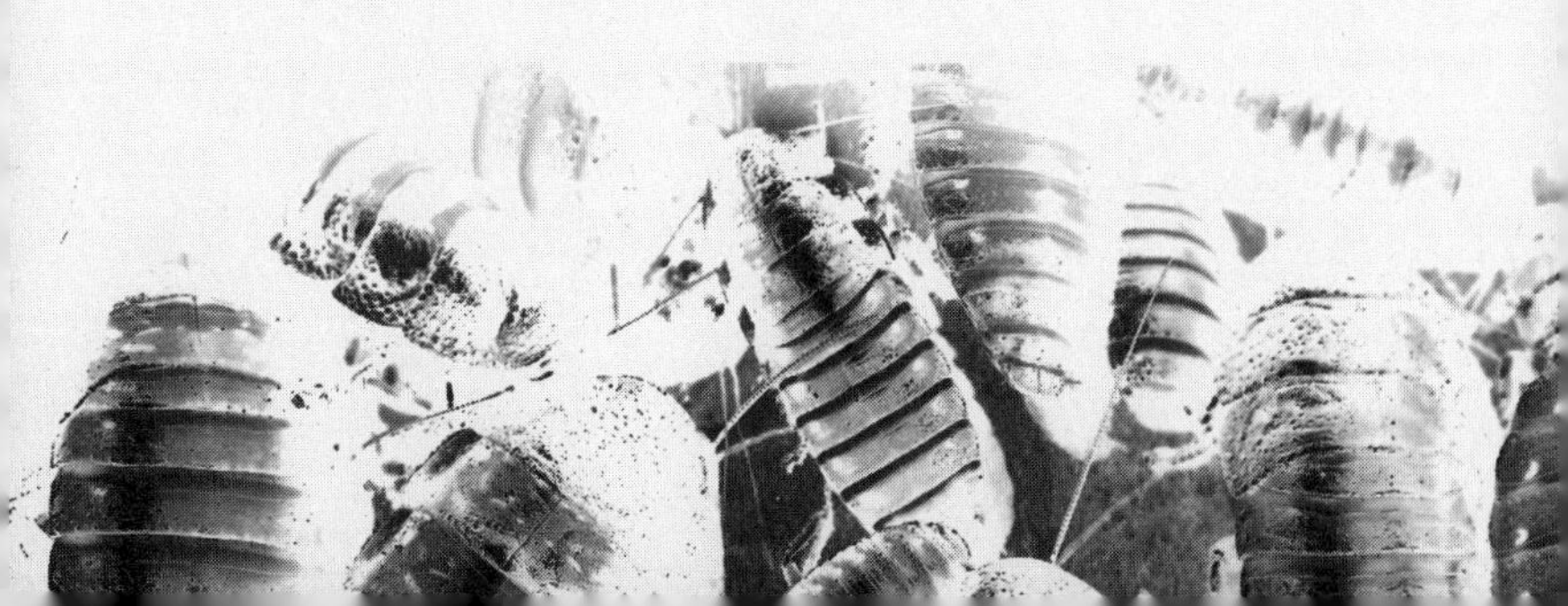

「アマゾン流域が原産のこの植物は、紫の魅力的な花を咲かせるため、アフリカなどに、鑑賞用の池の飾りとして移入されました。しかし、この花がルワンダかブルンディから、キゲラ川を経由して１９９０年ごろ行き着いたと思われるヴィクトリア湖におよぼした影響には、いっさい魅力的なところがありません」

水に浮かぶ毛布のように繁殖したホテイアオイは、船の航行を妨げ、漁獲量を減らし、水力発電や人間の健康に害をおよぼしてきた、とシュタイナーはつづける。

「この植物は今や50カ国以上に侵入し、ウガンダの経済だけでも、年間1億１２００万ドルの損失を与えています。サハラ以南のアフリカでは、侵入種の有害植物が原因で、毎年、トウモロコシの損害が70億ドルに上っています。アフリカで栽培される8種類の主要作物にかんしていうと、外来種による損害は、トータルでおよそ１２０億ドルに達するでしょう」

外来侵入種は、世界の各地で生物多様性の喪失を招く、主要な原因の1つと見なされている。

「国際自然保護連盟（ＩＵＣＮ）レッド・リストで絶滅危惧ＩＡ類にリストアップされた１７４のヨーロッパの種のうち、65種は外来の種のせいで危険に瀕している」と、欧州環境政策研究所（ＩＥＥＰ）の２０１０年の報告書にはある。

世界的なレベルでも、絶滅危惧種のレッド・リストに記録された絶滅例の54パーセントで、外来侵入種が主要因として特定され、20パーセントでは唯一の要因とされている。報告書によると、「鳥類にかんしては、2番目に重大なプレッシャーとして、絶滅を危惧されている種の半分以上に影響を与え、哺乳類については3番目、両生類については4番目の脅威となっている」

✝ただ乗りを放置してはいけない

外来侵入種の危険性を重く見る一部の国では、国境を越えた外来の植物や動物の持ち込みが、厳重に禁止されている。だがシュタイナーにいわせると、そのスケールをきちんと把握している国は決して多くない。解決策は、とくに発展途上国において、早めに外来侵入種にかんする警告を出せる研究機関、検疫所、税関の能力を高めることだ、と彼はいう。

「侵入された地域の管理を改善させることも重要でしょう」

とシュタイナーは語る。

「ジャンボタニシに侵入された水田に、地元産の淡水植物を何種類か植えると、米作への影響が減じることを示す証拠があります。船による輸送を含むグローバルな交易によって、外来侵入種は、生物多様性が抱える大きな課題の1つになっていますが、それは、われわれがあまりにも長い間、連中をただ乗りさせてきたせいなのです」

地球の砂漠化

それは、「われわれの時代における最大の環境課題」と呼ばれ、国連の幹部からは「世界の福利に対する脅威」と評されている。何百万もの人々を立ち退かせ、戦争を引き起こし、生存に必要な食物をつくれなくしてしまうのだ。

地球の広い地域が、数百万年のうちに荒涼とした砂漠と化していくのは、気候の変動に合わせて起こる自然なプロセスだ。

だが、現在では、環境に対する人類のおこないのおかげで、このプロセスが、人の一生と同じくらいの期間内に完了してしまう可能性もある。

「われわれと絶滅を隔てているのは、20センチの表土だけなのです」と、国連砂漠化対処条約（UNCCD）のルック・ニャカジャ事務総長は語る。

健全な土は大量の炭素を封じこめ、そのなかで生息する生命体が、作物や林の生育にとって、重要な意味を持っている。ニャカジャは、土地の劣化と使用過多が、ソマリアでの紛争、アジアの砂塵嵐、そして、近年における食物の価格上昇の原因だと主張する。

1980年代以降、この惑星の土地の4分の1が役に立たなくなり、現在もそれは年に1パーセントの割合で進行中なのだ。

国連の食糧農業機関によると、およそ1000万ヘクタールの耕地に相当する750億トンの土壌が、毎年、浸食、湛水、および塩水化によって失われている。さらに2000万ヘクタールの土地が、劣化を理由に捨て去られている。

そしてこれは、早急に解決することができない問題だ。地球政策研究所のレスター・ブラウンにいわせると、厚さ3センチメートルの土壌層を刷新するためには、1000

年もの時間がかかる。

世界の人口が増加の一途をたどるなか、より多くの食料を生産するために、土地にかかるプレッシャーは高まりつづけている。

「乾燥の度合いが増しているおかげで、乾燥地帯は世界でもっとも紛争が起こりやすい地域になっています」とニャカジャは語る。

「ソマリアやダルフール、そしてアジアの乾燥地帯で起こっている紛争の根本的な理由に眼を向ければ、豊かな土地と生活のための水を求める人々が、最終的には紛争に行き着いていることがわかるでしょう」

✝なぜ、砂漠化してしまうのか？

地表面の3分の1をおおう広大な砂漠は、何百万年にもおよぶ土地と気候の相互作用によって形成された。こうした乾燥地には20億以上の人々が暮らし、植生や降雨の変化、そして人類による土地の活用に応じて、そのエリアは拡大や縮小をつづけてきた。

アメリカ地質調査所（USGS）によると、「乾燥地帯が砂漠と呼ばれる条件は、そこがからからに乾いていること」だ。

「熱いかもしれないし、寒いかもしれない。砂地かもしれないし、ところどころに植物が生えた、砂利と岩の広大な地域かもしれない。だが砂漠は例外なく乾燥している」

砂漠化とは、農場として、あるいは野生動物や森林を支える場として、かつては生産的だった土地が劣化していくプロセスのことだ。砂漠そのものは自然に増減するが、「自然の砂漠から遠く離れた地域も、おそまつな土地管理を通じて、すぐさま不毛な土壌、岩、あるいは砂地に劣化してしまう」と、ＵＳＧＳはいう。「近くに砂漠がないからといって、劣化に直接的な関係があるわけではない。残念ながら、砂漠化が人々の注意を集めるのは、そのプロセスがかなり進んでからのことだ。生態系のかつての状態や、劣化のペースを示すデータはほとんど、あるいはまったく手に入らないことが多い」

おそらく、近年でもっともよく知られた砂漠化は、１９３０年代に起こったものだろう。干ばつと家畜の過放牧が原因で、アメリカの大草原地帯が、「黄塵地帯」（ダスト・ボウル）と化してしまったのだ。この時期には、３５０万以上の人々が、家や家畜を捨てることを余儀なくされた。現在ではゴビ砂漠の砂塵嵐が、北京や韓国を含む周辺諸国に吹きこんでいる。最大級の嵐は北米に到達することもあるほどだ。

砂漠化の根本には干ばつがあるという考え方も、やはり誤解の１つだ。たしかに、潜在的に危険な状態にある土地は、乾燥していることが多い。だが、ＵＳＧＳによると、管理がうまく行っている土地であれば、雨が戻ってくれば干ばつから立ち直ることができる。

「しかし、干ばつ期にも土地の乱用をつづければ、土地の劣化はますます進行するだろう。西アフリカのサヘルでは、1968年にはじまった干ばつと現地での土地利用慣行が原因で、1973年までに10万人以上の人々と1200万頭以上の家畜が命を落とし、村から国家的なレベルにいたるまでの、社会組織が分断されてしまった」

アフリカでは、土地の約75パーセントが乾燥地に分類され、農業の勃興によって、砂漠化の危険にさらされている。1950年、この大陸には2億2700万人の人々と、2億7300万頭の家畜が暮らしていた。だが、それからわずか半世紀のうちに、そこには10億人近い人々と、8億頭以上の家畜が暮らすようになっている。

しかし、現在、無計画な砂漠化がもっとも急速に進んでいる場所は中国だ。中国では、土地の4分の1以上が劣化するか、砂と砂利に取って代わられている。これは、乾燥した気候と、数百年におよぶ過剰耕作、そして世界中のどこよりも速く、経済が急成長をとげていくなかで、水と土壌に対する過度の需要が合わさった結果だった。

中国における家畜の数は急激に増加しているが、逆に放牧に使える土地は減少している。現地の科学者によると、1950年から1975年までの間に、およそ1550平方キロメートルの土地が毎年、砂漠と化していた。世紀の変わり目になると、それがいきなり毎年3625平方キロメートルに跳ね上がった。

「過去半世紀のうちに、中国の北部と西部では、流砂に襲われた結果、およそ2万4000万の村落が完全に、あるいは捨て去られています」

とレスター・ブラウンはいう。

✝砂漠化は阻止できるのか？

砂漠化を阻止したり、緩和したりするためには、農夫たちがもっと優れた土地管理法を採り入れ、水をさらに持続的に使う必要があるだろう。負荷のかかった地域では、耐乾性の種を使うという手もある。土壌を護りながら食糧を得られる、一石二鳥の方法だ。

物理的な境界を設けるという方法もある。中国当局は、北京からモンゴルまで、全長4830キロ以上におよぶ樹木の壁を植え、自国の都市をゴビ砂漠の砂塵嵐から守ろうとしている。2011年には、アフリカの角にあるジブチからセネガルのダカールまで、長さ8000キロメートル、幅14・5キロメートルの樹木を植える計画が、UNCCDのミーティングで承認された。この「汎アフリカ緑の壁」の目的は、サヘル地域の砂漠化を阻止することだ。

現代の農業技術も、やはり助けになるだろう。土地を耕し、そこに種をまくのが旧来の農業だった。何世代にもわたって有効だった手順だが、この手法は土壌の構造を崩すため、雨や暴風で浸食される度合いも高い。

「不耕起」農業は、こうした問題の提起に役立っている。農夫が、種をドリルで直接地面に植えるというテクニックだ。この手法はアメリカ、ブラジル、アルゼンチン、カナダなど、数多くの国で採用されている。

砂丘を大きめの丸石でおおえば、風の流れを妨害し、砂塵の移動を阻止できるだろう。表面にわらを格子状に配置すれば、風の速度を遅らせることもできる。「格子のなかに植えられた灌木や樹木は、根を張るまで、わらによって保護される」とUSGSはいう。

「灌漑用の水がある程度手に入るエリアでは、風上側の下3分の1に植えた灌木が、砂丘を安定させるだろう。この植生は砂丘の基部近くにおける風力を低下させ、大部分の砂をその場に押し止める。砂丘のてっぺんで吹く強い風は、その部分を平坦化させるので、そうして平らになった表面には、樹木を植えることも可能だろう」

砂漠を再緑化させるための、さらに野心的なプランもある。「サハラ森林プロジェクト」は、巨大な「海水淡水化温室」の建設を目指している。鏡を使って太陽光を集中させ、熱と電気を生み出す「集光型太陽熱発電」（CSP）と、合体させたアイデアだ。

プロジェクトの設計者によると、この設備は砂漠を緑豊かな土地に変え、しかも真水を求めて井戸を掘る必要はない。

太陽光で海水蒸発器を動かし、湿った空気を温室内に送りこむというのがこのプランのポイントだ。湿った空気は冷たくなり、気温は外よりもおよそ15度低くなる。さらに、水蒸気は温室内で濃縮され、真水となる。その一部が、作物の灌漑に使用され、残りは太陽鏡の洗浄という、決して欠かせない作業に使用されるのである。

試験用の温室では、このかすかに靄がかかった、多湿な環境内に植えられた作物は、ことのほかよく育っていた。

中国当局は、砂漠化の防止対策として、植林、何百万もの人々の移住、牧畜や農業に対する制限などに巨費を投じる予定だが、はっきりとした効果があらわれるまでには、300年かかることも認めてもいる。

われわれには、惑星の劣化を止められる解決策がある。各国の政府も、前向きな姿勢をみせている。いちばんの問題は、何世代もかかる修復作業をわれわれがやり抜いていけるのか、ということなのだ。

世界規模の食糧危機

ロンドンでパンの値段が上がったり、メキシコでトルティーヤの入手がむずかしくなったりしたらどうなるだろう？　食糧がとてつもなく高価になり、富裕層にしか手が出せなくなったら、世界はどうなってしまうのだろう？　飢えてしまうのか？　農業が駄目になっても、この世界は生き延びていけるのか？

農業は、技術革新によって、より多くの人々を、より効率的に養ってきた。けれども、世界の人口増によって、農業に対する要求はますます高まりつづけている。一方で、気候の変動は、農業に適した地域に影響を与えている。はたしてこの先は？

✝余剰していた食糧が足りなくなった

食糧不足のシナリオは、何世紀も前から取り沙汰されてきた。この星の食糧資源には限りがあるという理由で、悲観的な学者が「人類の文明は終わる」と予測を繰り返してきたが、そのたびに、それは誤りだったことが証明されてきた。となると、現在そうした警告を発することに、いったいどんな意味があるのだろう？

環境保護問題の第一人者で、ワールドウォッチ研究所とアースポリシー研究所を設立したレスター・ブラウンは、21世紀の食糧不足に対する懸念の多くが、世界の安定に対する大きな脅威になるという。

ブラウンによると、テクノロジーを用いて農業の生産性を高めた1960年代、1970年代のいわゆる「緑の革命」はすでに限界に達し、1つの土地でわれわれが育てることができる作物の量は、次第に頭打ちになりつつある。

「1950年から1990年までの間に、世界の農夫たちは1エーカーあたりの穀粒収量を、人口増のペースを上まわる、年に2パーセント以上の割合で増加させてきた」と、ブラウンは２００９年、「サイエンティフィック・アメリカン」誌に記事を寄せている。

「だが、それ以降、年ごとの収量の伸びは低下し、１パーセントをわずかに超えるのみだ。一部の国々における収量、たとえば日本や中国における米の収量は、実用限界に達しつつあるように思える」

われわれの環境の生産力は、そろそろ限界に近づいているのだ。

米国科学アカデミーは、地表の温度が1度上昇するたびに、小麦、米、トウモロコシの収量は10パーセント下落すると見積もっている。

しかもそこに、世界的な真水の急激な使用増が加味されるのだ。一部の国では、作物を育てるために、化石帯水層などの再生不能な水源まで掘り返されている。

一方で、穀物の需要は高まるばかりだ。「穀物がカロリーの60パーセントを占める、インドのような低所得国の人々は、毎日約４５０グラムをわずかに超える穀物を、直接的に消費している」とブラウンは語る。

「アメリカやカナダのような富裕国では、１人あたりの穀物消費量がその4倍近くに達する。だが、おそらくその90パーセントは、穀物で育てられた動物の肉、タマゴ、ミ

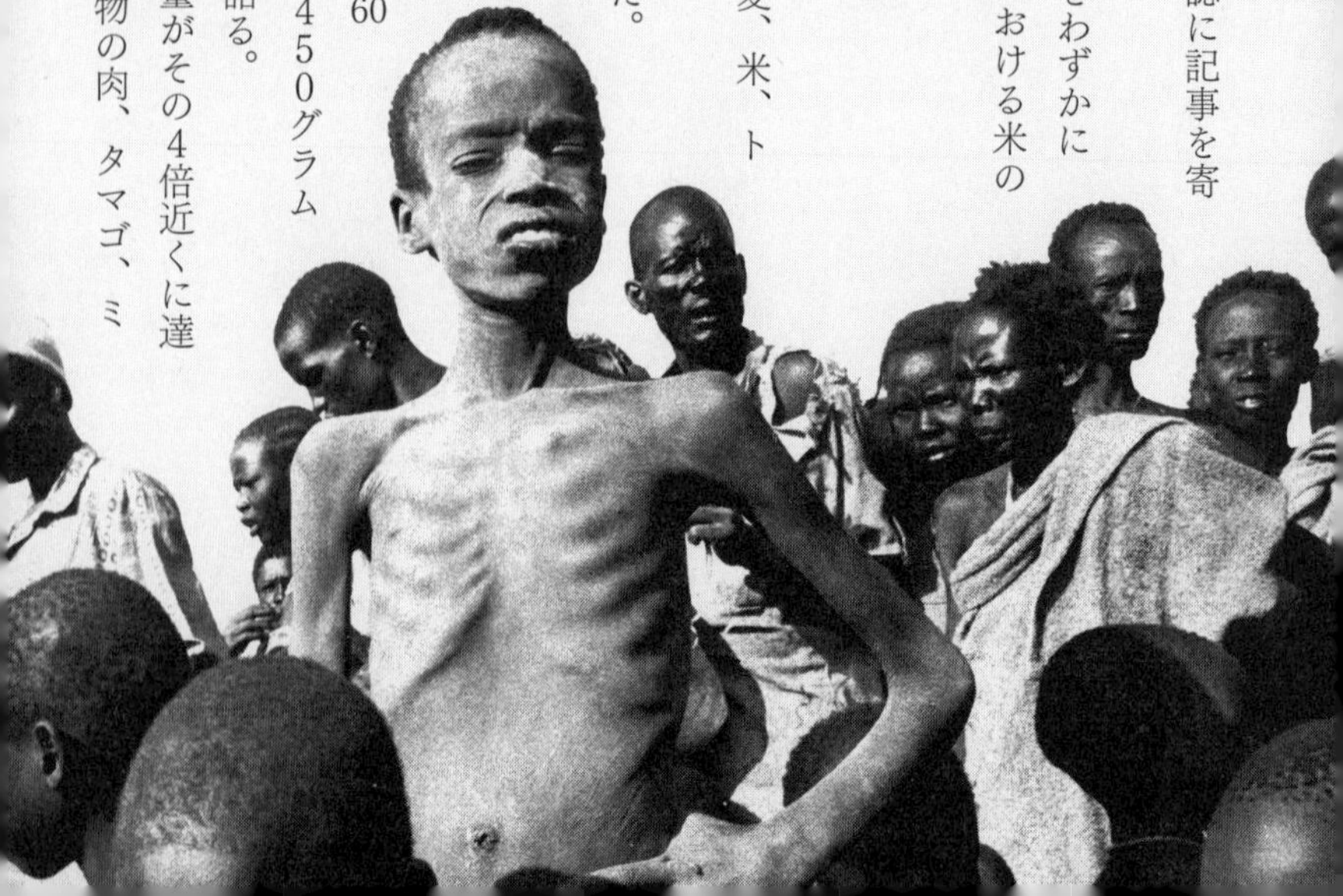

ルクというかたちで、間接的に消費されているのだ」

インドや中国では、かつては高価すぎて手が出なかった肉を消費する人々が増えている。間接的に消費される穀物に対する需要も、ますます切迫度を増しているのである。

ネブラスカ＝リンカーン大学の農学者、ケネス・カスマンは、１９６０年代にはじまった「緑の革命」以来、人間の食糧は、通常では考えられないほど長期的に余剰状態がつづいてきたと考えている。

「こうした流れが経済成長を支え、世界の飢えと貧困を大幅に減少させてきた」と彼は書いた。

「しかし、もっとも人口の多い国々における高度経済成長、そして適切な農耕地の喪失を考えると、急速な逆転の可能性も無視できない。人々の収入が増えれば、肉や畜産品の消費も増え、それが今度は、生産される食糧の単位あたりに必要な穀物の量を増加させるのだ。バイオ燃料の急速な生産増も、食糧と燃料間の競争を、よけいに複雑化させている」

気候の変動を阻止するために、なんらかの手を打つ必要があるという認識のもと、世界各国の政府は、車やトラック用に、旧来の化石燃料に代わるバイオ燃料の生産を支援している。エタノールなどの、持続可能燃料に転用が可能なトウモロコシ、サトウキビ、

ヤシ油、菜種の栽培を奨励されているのだ。

アメリカ農務省の統計によると、2008年に生産されたトウモロコシほかの穀類作物のうち、4分の1はエタノールの生産に使用されていた。世界の平均的な消費量で考えると、その1億7000万トン分の穀物は、年間で3億3000万人の人々を養える計算になる。

そしてこの問題は、さらに悪化しようとしている。海外からの石油輸入を削減する目的で、ジョージ・W・ブッシュ大統領（当時）は、農業従事者たちに、バイオ燃料の生産量を、2017年までに現在の5倍にあたる35億ガロンまで増やしてみろ、とハッパをかけていた。「海外の石油に対する依存度を、穀物ベースの燃料で置き換えて低減させるという、誤った方向の努力によって、アメリカはかつてないスケールで、世界的な食糧不安を生み出している」とブラウンは語っている。

この主張を裏づけるように、2008年の世界銀行の報告書は、アメリカ政府とヨーロッパ政府によるバイオ燃料の奨励は、食糧の価格を75パーセント引き上げた、と結論づけている。イギリスでは1斤のパンがより高価になり、メキシコではトルティーヤが買えなくなった。食糧の価格上昇は、地中海南岸と北アフリカの諸国で、何千もの人々が参加するデモを誘発した。

✝食糧不足が招く国家の破綻

「食糧不足とその結果生じる価格上昇は、貧困国を混乱に陥れている」とブラウンはいう。「そうした『破綻国家』は病気、テロリズム、違法ドラッグ、兵器、そして難民の輸出元となる。地球温暖化による水不足、土壌の喪失、そして気温の上昇も、食糧の生産に厳しい制限を課している。この3つの環境要因に対し、早急かつ大々的な取り組みがなされなかった場合には……次々に政府が瓦解し、世界の秩序が脅かされることになるだろう」

破綻しつつある国家は、もはや、個人の安全を保証したり、教育や医療などの基本的な社会サービスを提供したりすることができない。

食糧不足がすぐに先進国の豊かな人々に影響を与えることはない、と思っていたら考え直した方がいい。こうした国の住人たちは、地元ばかりでなく、遠く離れた地域の政治的な安定も脅かす。国連が認めた破綻国家のうち、ソマリアは海賊行為の本拠地、イラクはテロリストの温床と化し、アフガニスタンは世界一のヘロイン供給地となっている、とブラウンは指摘する。

もし、個々の国家が崩壊しはじめたら、国際金融はさらに困難をともない、世界的に蔓延する病気の管理も、よりむずかしくなるだろう。「かりに、ポリオやSARSや鳥インフルエンザといった伝染病を抑えこむシステムが崩壊してしまったら、人類は大きな苦難に見舞われるだろう」とブラウンは主張する。

「ある程度の数の国家が瓦解すると、今度は地球の文明そのものの安定が脅かされてしまうのだ」

✝第2の緑の革命を起こすために

技術的な解決策が生み出される可能性はある。遺伝子操作で穀物の収量を上げたり、水がほとんどない場所や、土壌内の栄養が乏しい場所でも育つようにしたり……だが、いまのところはまだ、夢物語の域を出ていない。

いや、もしかすると解決策はもっと、身近なところにあるのかもしれない。技術に頼る代わりに、自分たちの行動を変化させるのだ——たとえば土壌を保全する、あるいは米の代わりに麦を食べるといったかたちで（後者の方が水の使用量は圧倒的に少ない）。

2010年の「ネイチャー」誌に掲載された論説は、われわれの未来を楽観視していた。世界の人口を支えられる量の食糧を産出するのは簡単だ、とその文章にはあった——ただし、それを持続的におこなうのはむずかしい、とも——。

「何億ヘクタールもの荒れ地——その大半はラテンアメリカとアフリカの土地だろう——を開墾しつつ、今日の資源集約的、環境破壊的な農業を拡大させていくのは、決して望ましい選択肢ではない。そこに、この先の数十年間における、真の課題が潜んでいる。

使用する土地の量を大きく増やすことなく、いかにして農業の生産量を大幅に拡大させるのか」

その論説では、新たな方法論が提唱されていた。英国王立協会が「世界農業の持続可能な強化」と呼んだ、「第2の緑の革命」である。これは、使う水の量が少なく、害虫や熱により耐性があり、しかも生産の過程でいっさい無駄が出ない、新たな穀物の品種を見つけ出すという革命だ。世界で生産される食糧の3分の1は、捨てられるか、腐っていることを、われわれはもっと知るべきだ。

「文明の崩壊を阻止するには、こうした目標を達成する必要があるだろう」とブラウンはいう。

「こうしたやり方で文明を救うために必要なコストは、年間に2兆ドル以下と見積もられている。現在の世界全体における軍事費の、6分の1にすぎない額だ。実質的に、これは新しい防衛予算なのである」

水争奪戦争

地球から水がなくなる？　馬鹿馬鹿しい、と思われるかもしれない。何しろ、われわれの星は大部分、水におおわれているからだ。生命と、それにともなうすべて（食糧、発電、製造などなどなど）に決して欠かせない要素——水——は、それこそいたるところにある。そうではないのか？

世界には、トータルで約3億3000万立方キロメートルの真水がある。人が毎年使用する水の、何千倍にも達する量だ。人間は、平均で1年に1立方メートルの水を飲み、掃除や洗濯にその100倍の量を使っている。われわれが毎年食べる食糧の栽培にも、さらに1000立方メートルが必要だ。

だとしたら、世界各国の政府、そして気候変動に関する政府間パネル（IPCC）や国連のような国際機関はなぜ、「やがて水危機が起こる」と警告を発しているのだろう？

あるいは「水資源へのアクセスをめぐって、紛争が発生するかもしれない」と？

あるいは「今世紀のなかばまでに、10億人が真水を使えなくなる」と？

たしかに、直感的には納得しづらいかもしれない。

だが、地球の井戸が干上がりつつあるのは、まちがいのない事実なのだ。「もしかすると、われわれはやがて、浪費家が自宅の庭の芝生に貴重な水を惜しげもなく撒き、週末になると貴重な石油で動く芝生機を使って芝を刈っていた日々のことを、過去のめずらしい出来事としてふり返るようになるのかもしれません」とテキサス大学オースティン校で国際エネルギー環境政策研究所の副所長を務めるマイケル・E・ウェッバーは語る。

「前の世代はなぜあんなに愚かだったのか、とわれわれの子どもたちや孫たちは首をひねることでしょう」

✚水はどこにでもある……わけではない？

2008年、「ネイチャー」誌に、水問題のあらましを描いた論説が掲載された。発展途上国では、10億以上の人々が安全な飲み水にアクセスできず、20億以上の人々が、適切な衛生施設を欠いている。近い未来には水不足が、とりわけ農業やエネルギーにも波及するだろう。

この危機を一部で加速させているのが、気候変動だ。気温の上昇は土壌を乾燥させ、世界各地で降雨量を減少させる。そこにはさらに、「人口増という影響もある」と「ネイチャー」は書いている。

「たとえばインドや中国のような国々が繁栄していくにつれて、その国民たちはよりタンパク質が豊富な西洋風の食事に移行していく。産業用の牛肉を1キログラム生産するには、約1万5500リットルの水が必要になる。1キロの小麦を生産するのに必要な水の10倍だ。同様に、これらの国のエネルギー消費も、先進国と同様の高いレベルに移行しつつある」

アメリカは、1日に5兆リットルの真水を、発電所の冷却に使用している。これは、アメリカにおける真水使用の、40パーセントを占める量だ。そして、それと同じ量を、

灌漑のために使っている。その結果、水の供給にはつねに多大な重圧がかかっている。「世界的なエネルギー需要は、２０３０年までに57パーセント増加すると予測され、食糧生産に必要な水の需要は、優に倍加するだろう」と「ネイチャー」は主張する。「２０５０年までに、毎年３０００立方マイルの水が、増えつづける人口を養うために必要となるだろう。だが世界の川や湖の多くは、すでにいちじるしく酷使されている。中国の黄河は枯れて海に行き着けないことさえある。アメリカ南西部のミード湖は、水の使用を削減しない限り、２０２１年までに干上がってしまいかねない」

２００５年に国連は、「２０５０年までに、水が乏しい、あるいは水ストレスがあるとされる国に暮らす人々の数が、１９９５年の5億から、40億以上に増加するだろう」と報告した。その1年後に国際水管理研究所がおこなった研究では、すでに世界人口の3分の1が、水の乏しい地域に暮らしていることが明らかにされた。同じチームが同じ分析を6年前におこなった際には、２０２５年までそうした事態は起こらないだろう、と予測されていたにもかかわらず、である。

今世紀の気候を予測したモデルによると、温室効果ガスの放出による世界的な気温上昇が原因で、高緯度の地域や熱帯の一部では降水量が増加するが、地中海沿岸地方、アメリカ西部、アフリカ南部、そしてブラジルの北東部を含む亜熱帯および低、中緯度地

域では降水量が減少する。

厳しい干ばつが当たり前に起こり、広い範囲の植生が消え去るだろう。現在、そうした厳しい干ばつが起こる地域は、世界の1パーセントにすぎないが、2100年にはそれが30パーセントに広がるという予測もある。

✝使える水の量が減っていく?

2025年までに、アフリカの東部と南部に位置する9カ国では、1人の人間が1年に使える水の量は、わずか1000立方メートルになってしまうだろう。アフリカ大陸では、さらに12カ国が、年間の使用量を1000〜1700立方メートル限定され、水ストレスのリスクを抱えた人々の数は、おもにアフリカ西部で、4億6000万人に達する。

「加えてある調査によると、水ストレスおよび水不足のリスクを抱えたアフリカ人口の割合は、2000年の47パーセントから、2025年には65パーセントに増加すると推計されている」と、IPCCは、気候変動と水にかんする2009年の報告書で伝えている。

「これはとくに乾燥地域や半乾燥地域で、紛争の火種となりかねない」

ベトナムのメコン・デルタ周辺では、大気中の二酸化炭素が倍増し、それによって生じた気候変動が、雨季に激しい洪水、そして乾季には激しい干ばつの引き金を引く可能性がある。

ＩＰＣＣの立てたシナリオでは、気候と人口統計学的な要因を考えあわせると、インドは２０２５年以前に水ストレス状態に陥り、使える水の量は１人あたり１０００立方メートルを下まわる。

水の減少は、目に見えるかたちでも起こっている。たとえば、１９４０年、ボリビアのチャカルタヤ氷河の広さは０・22平方キロメートルだった。だが２００５年には、0・01平方キロメートル以下になっている。１９９２年から２００５年にかけて、この氷河は表面部分の90パーセントを失い、氷の量は97パーセント減った。

＋水よ、水よ、水よ

「水の使用を効率化することは、あらゆる分野で可能だ。旧来の湛水灌漑から、ドリップチューブや精密なスプリンクラーに切り替え、土壌水分をより正確にモニターして管理すれば、より少ない水で、より多くの食糧を育てることができるだろう」とパシフィック研究所の所長、ピーター・Ｈ・グリックは「サイエンティフィック・アメリカン」に書いている。

「旧来の発電所も、水冷から乾式冷却に切り替えることができる。また太陽光や風力など、ほとんど水を使わないソースから、より多くのエネルギーを生み出すことも可能だろう。家庭では、水効率の悪い製品――とくに洗濯機やトイレやシャワーヘッドなど

——を使っている何百万もの人々が、それをより効率のいい製品と取り替えることができる」

「ネイチャー」誌によれば、食糧が不足している地域でこの問題に取り組む際に鍵となるのは、いわゆる「土壌水」——降雨によって土壌に染みこみ、植物の根に吸い上げられる、豊富な水分の管理だ。

「作物の95パーセントが天水栽培されている、サハラ以南のアフリカのような地域では、降水のわずか10~30パーセントが生産的に用いられているにすぎない、と専門家は見積もっている。彼らの提案する解決策は、徹頭徹尾、ローテクなものだ——雨水を貯め、根をもっと深く植え、段畑のつくりをよくし、土を掘り起こさずに耕す。だがこれによって得られるものは大きい。一方で南アジアのように、過度の灌漑がおこなわれている地域では、同様に単純なやり方で水の使用法を改善するだけで、貴重な真水の供給に対する負荷が軽減され、飲み水にも困らなくなるだろう」

しかし、もっとも根本的に変化させなければならないのは、水に対するわれわれの考え方だ。もはや、空から降ってきて海や川を満たし、いつでも好きなように使える、無料にして無限の資源と見なすのは間違っている。

もっと思慮深く使うようにすれば、ときを超える大河のように、未来にももっと潤沢に水がいきわたるだろう。

資源の枯渇

21世紀の生活は、大部分が目に見えない原料によって支えられている。前世代の「岩」や「鉄」や「火」のことは忘れてほしい。今日のわれわれが頼っているのは、元素周期表のなかでも、とりわけ馴染みのない領域に属する原料だ。電子機器も薬物もプラスティックも、それ抜きでは存在しえない。ところが、そうした原料は「枯渇」しつつある。

われわれは、コンピュータがプラスティックとアルミニウム、スチールでできていることを知っている。だが、その奥深くには、もっと興味深い元素の微小な痕跡がある。これらの元素は、磁石をより強力にし、それによってハードディスクを小型化してくれる。これらの元素は、工場内での化学反応をより迅速化し、われわれに必要な製品がより安く、簡単に手に入るようにしてくれているのだ。こうした元素がなかったら、現代の社会は存在できなくなってしまうだろう。

✝世界人口が720億に？

産業革命以来、原料に対する需要は増加の一途をたどってきた。コロラド・スクール・オブ・マインズの鉱業経済学者、ジョン・E・ティルトンは、「人が過去1世紀のうちに使ったアルミニウム、銅、鉄、鋼鉄、リン鉱石、硫黄、石炭、石油、天然ガスの量、さらには砂や砂利の量は、それ以前の世紀における使用量の総計を上まわるのではないか」と考えている。

カリフォルニア大学ロスアンジェルス校の地理学教授で、「銃・病原菌・鉄」や「文明崩壊」などの著書があるジャレド・ダイアモンドは、北アメリカ、西ヨーロッパ、日本、そしてオーストラリアの人々が、石油や金属のような資源を消費し、プラスティックや温室効果ガスをふくむ廃棄物を生み出すペースが、発展途上国の人々にくらべ、32

倍もの速さにおよぶと推計している。

世界でもっとも急速に経済成長をとげてい
国、13億の人口を擁する中国も、そうしたペー
に追いつきつつある。「中国における1人あたりの消
費率は、いまのところまだ、われわれの11分の1以下だ
が、かりにそれがアメリカのレベルまで上がったとしよう」
とダイアモンドは、
「ニューヨーク・タイムズ」
紙に書いている。

「話を簡単にするために、その変化を除くと
世界の消費は、いっさい増加しないと仮定しよう。
まり、ほかの国ではいっさい消費が増えず、
界中の国々（中国を含む）の人口に変化が

なく、移民もいっさいおこなわれないという意味だ。その仮定のうえで、中国が追いついてくるだけで、世界の消費率はほぼ倍増する。たとえば石油の消費は106パーセント、そして世界の金属消費量は、94パーセント増加するだろう」

この計算に中国だけでなくインドも加えると、世界的な消費率は3倍になる。「もし、すべての発展途上国が、一気に先進国に追いついてきたら、世界の消費率は11倍に増えてしまう」とダイアモンドは主張する。

「これは世界の人口が、720億にふくれあがるようなものだ」

枯渇の問題が懸念されているのは、あなたがよく耳にする資源――つまり、「石油」――よりも、むしろわれわれのハイテクな世界を下支えしている物質だ。21世紀の最初の10年間で、「物質の安全保障」という考え方が急速に注目をあびはじめた。

たとえば、宇宙で2番目に豊富な元素、ヘリウムを取り上げてみよう。ヘリウムの2つの安定同位体、「ヘリウム3」と「ヘリウム4」は低温技術に欠かせない要素だ。超伝導磁石が必要な場合には、その温度を絶対零度の数度以内(マイナス273・15度)まで下げなければならず、そのためには過冷却ヘリウムが欠かせない。

宇宙で2番目に豊富な元素であるにもかかわらず、地球上には希少なため、液体ヘリウムの性質を発見したノーベル賞受賞者のロバート・リチャードソンは、「5年の誤差こみで、25年以内に枯渇するだろう」と述べている。

国連とEUの出資を受けて、ドイツのエコ研究所がおこなった分析では、未来の持続的なテクノロジーのために必要とされるいくつかの金属が浮き彫りにされた。そのなかにはタンタル、インジウム、ルテニウム、ガリウム、ゲルマニウム、コバルト、リチウム、プラチナ、そしてパラジウムが含まれていた。

こうした重要な元素が、地球上にどれだけ存在しているのかを、正確に突き止めるのはむずかしい。鉱業会社や金属のトレーダーが、秘密にしたがることが多いからだ。だが、無限ではないことははっきりしているし、世界の人口が増えるにつれて、枯渇していくこともはっきりしている。

✝レア・アースは「希少」ではないが……

「石油、水、食糧といった貴重な資源の確保をめぐっては、歴史を通じて、数々の政治闘争や国家間の戦争がくり広げられてきた」と「ネイチャー・フォトニクス」誌は2010年の論説のなかで断じている。

「現在、周期表のなかで『レア・アース』（希土類）と呼ばれる17種類の元素が、光通信産業を脅かす、政治的な動揺の渦中にある」

こうした元素の重要性は、わかりづらいかもしれない。だが、それがなかったら、われわれは現在の暮らしをつづけていけなくなるだろう、とその論説は主張している。

「エルビウム、イッテルビウム、イットリウム、ネオジム、ツリウム、そしてユウロピウムなどの元素は、多くのレーザー、光増幅器、蛍光体の核心を占める、重要な光学活性要素だ。簡単にいうと、通常はこれといって特徴のない結晶やグラスファイバーや薄膜を、光を発し、増幅する物質に変貌させるのがレア・アースなのだ」

つまり、レア・アース元素は、いまやわれわれがスーパーマーケットのレジから宇宙船まで、いたるところで目にするレーザーに欠かせない要素だということだ。それ以外に、磁石、バッテリー、軽量の金属合金にも使われている。これらの元素はその化学的、物理的な特性によって、コンピュータのハードドライブ、触媒コンバータ、携帯電話、ハイテクTVなどの性能向上に役立っているのだ。

技術が進歩すれば、金属の需要も高まる。過去10年間のうちに、その使用量は倍増した。トヨタやホンダが製造するハイブリッド・カーには、こうした元素が数キロ分使用されている。この市場はこれからも、ますます伸びていくだろう。

ところで、名前とはうらはらに、レア・アース元素はかならずしも「稀少」(レア)ではない。英国地質調査所が2010年に発表した報告書によると、自然界には、銅や鉛と同程度にレア・アースが存在する。

問題は、アクセスと供給だ。こうした元素の採掘は、中国がほぼ独占している。3600万トンと見積もられる世界の貯蔵量のうち、37パーセントを所有する中国が、生産の97パーセントを管理しているのだ。かつてのソ連圏が約1900万トン、アメリカが1300万トンを所有し、オーストラリア、インド、ブラジル、マレーシアにもかなりの量が埋蔵されている。

いまだに未開発ながら、グリーンランドには、世界需要の25パーセントに相当する量のレア・アース元素が埋蔵されているのではないかと期待されている。ほかに有力な埋蔵地と考えられているのは、南アフリカ、マラウイ、マダガスカル、ケニアなどだ。

✝消費格差を知ってしまうと?

先進国と発展途上国における、全般的な消費のアンバランスは、トラブルを招きかねないとジャレド・ダイアモンドは警告する。「第三世界の人々は、1人あたりの消費量に差があることを知っている。ただし32倍もの差があるとは思っていない」と、彼は「ニューヨーク・タイムズ」紙に書いている。

「追いつけるチャンスはないとわかったら、欲求不満を覚え、怒りを感じる者もあらわれるだろう。そして一部はテロリストとなったり、テロリストを許容、支援するようになったりするかもしれない。2001年の9月11日以来、かつてアメリカを守っていた海が、もはやその役には立ってくれないことが明らかになった。われわれやヨーロッパ、そして場合によっては日本とオーストラリアに対するテロリストの攻撃も、32倍という消費格差が存在するかぎり、増加の一途をたどるだろう」さらに、ダイヤモンドは語る。

「わずかな消費しかしていない人々は、高消費なライフスタイルを享受したがっている。発展途上国の政府は、生活水準の向上を、国政の主要目標としている。そして発展途上世界の何千万という人々が、とくにアメリカと西ヨーロッパ、そして日本とオーストラリアに移民することで、先進国のライフスタイルを追い求めているのだ。こうして高消費国に人が移り住むたびに、世界の消費率は上昇するが、すぐさま消費量を32倍に増やせるほどに、移民は多くない」

†われわれに何ができるか？

電化用品に組みこまれたり、産業用に使用されたりしても、原子が破壊されることはない（ただしヘリウムは大気圏から宇宙に滲出する）。だから、理論的にいうと、最高に稀少な元素であってもリサイクルは可能だ。

世界的にみると、毎年4億トン以上の金属がリサイクルされている。日本の物質・材料研究機構は、日本で放棄されたスマホなどのハイテク・ガジェットから、より多くの価値を引き出せるようになると考えている。彼らの概算によると、日本の「都市鉱山」には、6800トン前後の金（世界の埋蔵量の16パーセント）、6万トンの銀（22パーセント）、そして1700トンのインジウム（15・5パーセント）が埋もれているのだ。

「希少な資源」なら、それだけ代用も重要になってくる。われわれの家では、過去20

年のうちに、フラット・パネルのテレビが旧来のブラウン管を駆逐してしまった。これらのスクリーンは、携帯電話ほかの機器にも使用されているのだが、そこには火急の問題がある。スクリーンはいずれも、抽出のむずかしさで知られる「インジウム」が使われているのだ。

２００２年、細野秀雄と東京工業大学の同僚たちは、インジウムの代わりにアルミナと石灰を用いることに成功した。稀少な物質を、より豊富なアルミニウム、カルシウム、そして酸素で代用することが可能だと立証したのだ。

「炭素は、いたるところに豊富に存在し、さまざまな種類の化合物に変化させることが可能だ」と、東京大学の化学者、中村栄一と佐藤健太郎はいう。

「それゆえ、さまざまな機能に対し、代替物質の要素として、非常に有望な候補となる。その先駆的な事例が、有機発光ダイオードや被膜太陽電池に使用されている『有機半導体』だ。これは、エネルギー政策だけでなく、エネルギー戦略という側面からも評価する必要があるだろう」

✝紛争の種か、新たな創成の種か？

ある種の元素に依存する人類が、資源不足を経験するのはこれがはじめてではないと、中村＝佐藤はいう。

「１世紀ほど前、窒素肥料の不足で食糧不足が顕在化しはじめた際には、当時の先進的な化学が惨事を未然に回避した。『ハーバー・ボッシュ法』が世界を危機から救ったのだ。これは空中の窒素から、食糧の生産に欠かせないアンモニアと硝酸エステルを合成する手法だった」

コロンビア大学地球研究所の所長を務め、元国連事務総長、コフィー・アナンの特別顧問でもあるジェフリー・D・サックスは、「サイエンス」誌に寄せた文章にこう書いた。「持続可能な発展を下支えする、将来的なテクノロジーのための予算は、軍事費にくらべると微々たるものでしかない。そして世界の最貧困層の健康、エネルギー、そして環境的なニーズのために費やされているのは、そのごく一部に過ぎないのだ」

稀少な元素の枯渇は、たしかに新たな紛争を招くかもしれない。しかしそれは同時に、新たな科学やテクノロジーの創成という、夢を実現させるチャンスとなる可能性もある。ダイアモンドは、警戒しつつも楽観的だ。近年では世界中で環境問題に対する意識が高まりをみせているからだ。

「世界は深刻な消費問題を抱えているが、われわれがその気になれば、解決は可能だ」

Environmental Collapse

環境崩壊

人は生きるために、食糧、飲料、エネルギー、そして資源を必要とする。都市を造り、食物を育て、工場を建てるための空間を必要とする。そうしたすべてはつまるところ、地球から得られるものだ。

そしてヒトという「種」の繁栄は、何十万というほかの種を締め出している。

020

われわれは、広大な森を切り倒し、海の魚介類を獲りつくし、土地を汚染してコンクリートでおおってきた。

何万という動物や植物の種を打ち負かし、絶滅に追いこんでいる。われわれは、恐竜の時代以来となる、やがて来る大量絶滅の時代を生きているともいえる。ただし、その原因を引き起こしているのは、ほかならぬわれわれ人類なのだ。

「これは、生態系の継続的な供給を脅かし、さらに、生物多様性と生態系の健全性を脅かす」と、環境チャリティ団体の世界自然保護基金（ＷＷＦ）は、２０１０年の「生きている地球レポート」で報告している。

「重要なのは、人間社会が生態系に依存していること、そしてその喪失が、世界中のあらゆる人々にとって、将来的な福利や発展に対する深刻な脅威となることだ」

地球における10億年の進化は、生存のためにお互いを必要とする、生命体の複雑な網をつくりあげた。世界の動物や植物は生態系の基盤となり、われわれヒトも、自分たちが思っている以上にしっかり自然に組みこまれ、依存している。もし自然が崩壊したら、われわれも一巻の終わりなのだ。

✝地球が2つないと……

人は、さまざまなやり口で、自分たちの環境を劣化させている。われわれは、自然の生息地を破壊し、ズタズタにする――森林は農地や新しい街や工場用の土地を得るために切り拓かれる。川は水力発電所を建造したり、近隣の畑の灌漑を向上させたりするために、ダムでせき止められる。われわれは、食糧、原材料、医学、あるいはスポーツのために、野生の動物や植物を乱獲する。われわれは、種の生息地を移動させ、そのおかげで在来種は、数々の問題を背負わされている。資源をめぐる争いに巻きこまれたり、邪魔者が持ちこんだ病気にやられてしまったりしている。

公害や気候変動を通じて、人類は世界全体の活況を汚染し、変化させているのだ。

２００５年の「ミレニアム生態系評価」で、研究者たちは、過去50年における生物多様性の変化が、人類史におけるほかのどんな時期よりも急速に進み、そうした変化の推進力は、いっさい衰える気配をみせていない、と結論づけた。

「われわれは、化石記録を1万倍上まわる大量絶滅の時代を生きている」と「ディスカバー」誌の元編集者、スティーヴン・ペトラネクは、TED.com用の講義のなかで語っている。

「過去20年間に、ハワイの固有種を20パーセント失い、カリフォルニアは以後の40年間に、２５５の種を失うと予測されている」とペトラネクはいう。

「アマゾンの森のどこかに、『限界の木』が生えている。その木を切り倒すと、生態系としての熱帯雨林は崩壊してしまうのだ。その生態系が崩壊すれば、大気圏のような、大規模な生態系も共倒れしてしまうだろう」

２０１０年、ＷＷＦは、世界の生物多様性の健全性にかんする報告をおこなった。それによると、熱帯における種の個体数はとめどなく低下しているのに、天然資源に対する人類の需要は急上昇していた。

人類の自然消費は、過去40年で倍増し、一方で「生きている地球指数」（海洋、河川、陸上に生息する２５００以上の種の８０００近い個体群について、その数の増減を計測したもの）は、熱帯で60パーセント、全体でも30パーセント低下していた。

「熱帯の低所得国では、生物多様性が驚くべき速さで失われているのに対し、先進国世界は過度の消費と大量の炭酸ガス放出に支えられた、いつわりの楽園に暮らしている」とＷＷＦの会長、ジム・リープは、２０１０年の報告を開始した際に語っている。

ＷＷＦは、貧困国の天然資源を枯渇させた、富裕国の持続不能な消費を非難した。その報告によると、1人あたりのエコロジカル・フットプリント（人間活動における地球の環境容量）がもっとも大きい10カ国はアラブ首長国連合、カタール、デンマーク、ベルギー、アメリカ、エストニア、カナダ、オーストラリア、クウェート、そしてアイルランドだった。さらに、世界でもっとも経済的に富裕な国々を含む31の経済協力開発機構（ＯＥＣＤ）加盟国が、全世界のエコロジカル・フットプリントのうち、40パーセント近くを占めていた。

経済新興国のブラジル、ロシア、インド、中国にはその2倍の人口が住んでいる。もしこれらの国々が同じような発展の道をたどるとしたら、1人あたりのエコロジカル・フットプリントはやがて、OECD諸国のそれを上まわってしまうかもしれない。

人間が地球の限界を超えた暮らしをつづければ、2030年には「地球が2つない」と、年間の需要を充たせなくなってしまうだろう。「この報告は、もし現在の消費トレンドがこのままつづけば、取り返しがつかなくなることを示している。世界中の人々が平均的なアメリカ人の暮らしをはじめたら、4・5個の地球が必要になるだろう」とリープは語っている。

✝消えゆく霊長類、サメたち

2010年の時点で、ベトナム北東部のカットバ島にしかいない「金頭ラングール」の個体数は、60~70に減っていた。マダガスカル島の「キタイタチキツネザル」は100頭以下、ベトナム北西部の「ヒガシクロテナガザル」も110頭前後しかいなかった。「スマトラオランウータン」は、生息地が分断化されたり、たとえばヤシ油のプランテーションのような、農用地をつくるために森林が除去されたりした結果、6600頭前後に減っている。

国際自然保護連合（IUCN）によると、熱帯林の破壊、および違法な狩猟と取引が原因で、世界の霊長類種の約半分が絶滅の危機に瀕している。マダガスカル、アフリカ、アジアから、アメリカにいたる地域の霊長類が、絶望的な苦境に立たされている。

世界の６３４種の霊長類のうち、48パーセントが絶滅を危惧され、その多くは差し迫ったリスクにさらされているのだ。

海では、サメが急速に消えつつある。

世界では、「アカシュモクザメ」がこの30年のうちに99パーセント減少した。絶滅のおそれがある生物種を記載したＩＵＣＮのリストには、１３０種以上のサメが掲載されている。

２００７年には、サメ漁をつづけている21の国が、1万トン以上のサメを捕獲したと報じられている。この数字の42パーセントは、トップ5諸国——インドネシア、インド、台湾、スペイン、メキシコ——によるものだ。

サメがとりわけダメージを受けやすいのは、成熟するのに数十年かかり、稚魚の数も少ないからだ。「わたしたちの生きているうちに絶滅する可能性がある海洋生物のリストをつくったら、サメは間違いなくそのトップに来るでしょう」と、カリフォルニアのスクリップス海洋研究所に在籍し、ＩＵＣＮの

サメ専門家グループにも入っているジュリア・バウムは語る。

「もし、わたしたちがこの先もやり方をあらためなければ、こうしたサメの種の一部が以後数十年のうちに絶滅するリスクは、非常に高くなるでしょう」

人類が勢力を広げるにつれて、なんらかのかたちで存続を脅かされてきた動物や植物の例は、ほかにもそれこそ山のようにある。トラ、珊瑚、ゴリラ、キタシロサイ、アホロートル、オサガメ、ヨウスコウアリゲーター、ハワイガラス、ユキヒョウなどなどは、絶滅にさらされている種の、ほんのごく一部にすぎない。

それらの種が多少いなくなったからといって、人間になんの関係が？　影響は、ある。

たとえば、アメリカの東海岸に限っては、サ

メの99パーセントがいなくなった。サメの数が激減すると、その餌食になっていた大型のエイが爆発的に増えはじめた。すると、このエイが2004年に、ノースカロライナ周辺のイタヤガイを激減させ、地元の漁業に多大な損害を与えた。結果、1世紀以上にわたって好調だった現地の経済がストップしてしまったのだ。

また、WHOによると、動物、植物、微生物から得られる「天然化合物」は、ヒトの病気を治療する薬の重要なソースとなっている。

現存する合剤の半分は、アスピリン、ジギタリス、キニーネなどのように、天然の産物として開発されたものなのだ。

✝「名古屋目標」は無味乾燥な約束か?

現在の消費率と自然環境の悪化がつづけば、50年以内に生態系は崩壊する、とWWFは警告する。「人類は自分たちの消費と、人類の廃棄物を吸収・再生する自然界の能力のバランスを取らなければならない。さもないと、取り返しのつかないダメージを与えてしまう危険がある」とリープはいう。

損失の一部を阻止しようとする国際的な計画も進行中だ。気候変動に対する取り組みの1つとしてはじまった国連のREDD（森林減少・劣化による温室効果ガス排出量の削減）プログラムは、霊長類の個体数維持についても、重要な役割をはたすだろう。

これは、豊かな国が発展途上国に金を支払い、森林を維持させることによって、炭素を閉じこめ、さらなる温室効果ガスの排出を食い止めるというアイデアだ。発展途上国に植林をうながし、森林地帯を広げさせるという、拡張版アイデアもある。

2010年、多くの国の環境相が、この破局的な状況に応え、恐竜の絶滅以来、最悪となる生命の喪失を阻止するための計画に合意した。日本の名古屋で開かれた会議で、彼らは、2020年までに自然生息地の破壊を半減させ、世界の陸地部分に占める自然保護区の割合を、現在の10パーセント以下から17パーセントに上昇させることを決議した。

この「愛知目標」は、海洋生物にもより多くの避難所が与えられることを示し、現在は世界の海の1パーセント以下をカバーしているにすぎない海洋保護区を、10パーセントに増やすことになっている。

愛知目標が効力を発するのは、2020年のことで、調印国はすべて、生物多様性のプランを打ち出すことになっている。こうしたプランがそれぞれ合わさって、なによりもまず、魚の乱獲を止め、汚染を減らし、侵入生物種を抑制することが期待されているのだ。

しかし、目標に合意するのと、それを実行に移すのはまったく別の話だ。

名古屋で決議が可決されたあと、環境ジャーナリストのジョージ・モンビオは、はたしてそれでなにかが変わるのだろうか、と疑念を呈した。「草稿によると、2020年の目標として、政府は『地球レベルでの達成を希求』するだけでよく、『柔軟な枠組み』

のなかで、それぞれの国はなんでもやりたいことができる。かりにこの草稿が承認された場合、各国の政府はいっさい、政策を変更する義務を負わないのだ」と彼は書いている。「わたしには、各国の政府が、世界を食いつくすシステムを守ろうと決めたように思える。生命ではなく、それに取って代わろうとしている刹那的なクズを。彼らの上層部は、熱帯雨林をパルプに変え、海洋生態系を魚肉に変える権利を死守したがっている。そして中堅クラスの公僕を送りこみ、自然の世界を守るという、無意味な約束を承認させるのだ」

この星をメチャクチャにさせるほうが、政府にとっては好都合なのだ、とモンビオはいう。「それはたんに自然の富を換金したほうが、大企業にとっては失うものより得るものが多い、というだけの話ではない。生物圏への拡張をつづけることで、各国政府は分配や社会正義といった問題への取り組みを回避できるのだ。永遠の成長を約束すれば、広がる格差に対するわれわれの怒りを鈍化することができる。われわれは権力のある人々のつま先を踏む代わりに、自然を踏みにじっている。日本の会議で結果が示されたばく大な計算は、この方程式を変えることが目的だった」

生態系は、いまも脅威にさらされている。われわれはまだその問題解決の、端緒にすら立っていないのだ。

Rising Sea Levels

海面上昇

海面上昇は、地球の気候が変動していることを示す、もっとも明確な徴候の1つだ。科学者たちはまだ、そのスピードや上昇の規模、そしてそれがもっとも顕著に起こる場所を突き止めきれていないものの、われわれの海は、ほぼ間違いなく、ふくれあがってきている。

021

世界の低平地は、ゆっくりと水没しつつある。嵐の回数が増え、沿岸の町や都市は、以前よりもひんぱんに大洪水に見舞われている。最悪なのは、これまでに起こったことが、ほんのはじまりにすぎないことだ。

気候変動は、ことに海のそばに暮らす人々に、ずっと多くの苦難を用意している。今世紀の終わりごろには、内陸部で暮らす人々にも苦難がやって来るかもしれない。

世界の温暖化がつづけば、海面が上昇することはわかっている。それが何百万という人々にとって、死や生活の破綻を意味することも。

地球には、ほぼすべての人類を溺死させることができる量の水がある。しかも始末の悪いことに、われわれは、大都市の大半を海や川のそばに築いてきた。海面が大幅に上昇すれば、人類の生活が変化するだろう。海面が高くなればなるほど、人類がつくれる食糧は減り、嵐は激しさを増し、人口は減少する。問題は、われわれがどこまで図に乗った行動をとると、地球は全力で反撃してくるのか？　ということだ。

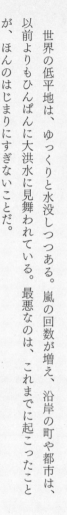

＋世界は60メートル水没する？

地球上の水は、３つの大きく異なる形態で存在する。海を満たし海岸線に打ち寄せるおなじみの液体、空気中の蒸気、そして大陸をおおったり海に浮かんだりしている広大な氷床だ。この３つのバランスは、短期的には現地の気温や気候の変動次第で変化し、長期的には、地球全体の気候やエネルギーの流れ次第で変わってくる。

海の水量は、２つの理由で増加する――温かくなって水が膨張するか、氷床が溶けて、その分の水が海に入ってくるかだ。これらは、どちら自然のサイクルの一環として、太古から起こっていたが、われわれが化石燃料を燃やし、大気中に温室効果ガスを投じるなかで起きる、人造の地球温暖化によって加速されてきた。

「世界各国の検潮所が測定した数字によると、地球の海面は１８８０年以来、20センチ近く上昇している」と、ポツダム気候影響研究所の気候・海洋科学者、シュテファン・ラムストルフは語る。「１９９３年以降は、地球の海面が衛星から正確に計測されるようになった。そこにあらわれる数字は、海面が10年ごとに３・２センチずつ上昇していることを示している」

世界一巨大な氷床の１つは、北極圏にほど近い、グリーンランドの陸塊上にある。この土地は、つねに氷でおおわれていたわけではない。地球が現在よりもはるかに暖かかった約6億年前のグリーンランドは、太古の哺乳類が生息する、草深いツンドラだった。

一部では厚さが3キロメートルに達する現在の氷床は、およそ2万年前の最後の氷河期に形成された。それがいまでも残っている理由は、現在までの平均気温が、その氷を溶かせるほど上昇しなかったからだ。周囲の海に溶け出した氷はすべて、その間の定期的な降雪で置き換えられてきた。

だが、グリーンランドの均衡はいまや、危機に瀕している。予想される最悪の気候シナリオによると、グリーンランド周辺の平均気温は２１００年までに8度上昇する。もし、グリーンランドの氷がすべて海に溶け出したら、地球の海面はおよそ7メートル上昇するだろう。

かりに、グリーンランドの平均気温が3度しか上昇しなかったとしても、氷床は大部分が消え去るが、完全に溶けてしまうまでには、長い時間——約１０００年——が必要とされる。

地球の反対側には、さらに大きい氷の大陸がある――南極だ。全体的にはグリーンランドよりも安定しているものの、南極の氷床がほんの一部溶けただけで（過去10年間に大々的な崩落が続出していることを考えると、これは決してありえない事態ではない）、世界の海面は一気に5メートル上昇してしまう。

むろん、もし気温が加速して上昇しつづければ、さらに多くの氷が海に落ち、海面は上昇しつづけるだろう。世界の高い山脈から、グリーンランドから、南極から、世界中の氷がすべて溶け出してしまったら、その結果は壊滅的なものになるだろう。

「グリーンランドと南極の陸上にある氷床は、地球の海面を優に60メートル上昇させることができる量の水を貯えています」と、コロンビア大学のラモント＝ドハティ地球観測所に所属する南極の専門家、ロビン・ベルはいう。この規模の海面上昇が起こったら、世界の大都市の大半が壊滅してしまうだろう。

＋リスクが高い大都市は？

低平地国や沿岸部に暮らす人々は、例外なく世界的な海面上昇のリスクにさらされている。ロンドンやニューオーリンズを含む多くの大都市が、すでに高潮に対する防護策を必要としているが、もし海面が上昇すれば、さらに徹底した策を講じなければならなくなるだろう。
1メートルの上昇で、アメリカ東海岸の都市は水びたしになる。6メートル上昇すれば、フロリダの大半が水没してしまうはずだ。モルジブやツバル（もっとも高いところでも、海抜が4メートルしかない）のような場所、そして太平洋の島々の多くは、海面が数メートル上昇しただけで、完全に水に呑まれてしまうだろう。

気候変動の影響を経済的に分析した、ロンドン・スクール・オブ・エコノミクスのニコラス・スターンは、現在、20億の人々が海面から1メートル以内の高さで暮らしていると計算した。このなかには世界の10大都市の中の8都市、そして発展途上世界のメガシティがすべて含まれている。

「3フィートの上昇で損なわれる財産の価値で測定すると、世界でもっとも危険が大きい都市はマイアミだ」と西カロライナ大学の地球科学者、ロブ・ヤング、およびデューク大学のオーリン・ピルキーは主張する。

「マイアミ・ビーチはすべて水没し、マイアミのダウンタウンは島と化して、フロリダのほかの地域から孤立するだろう」

リスクの大きいアメリカの大都市には、ほかにニューヨーク、ニューアーク、ニューオーリンズ、ボストン、ワシントン、フィラデルフィア、そしてサンフランシスコがある。北アメリカ以外では、大阪、神戸、東京、ロッテルダム、アムステルダム、そして名古屋も洪水や水面上昇のリスクが高くなっている。

コロンビア大学気候システム研究センターのヴィヴィアン・ゲーニッツは、上昇する海が、約2000万人が暮らすニューヨークとその周辺で、海岸線の2400キロメートル近くを浸食するだろうと予測した。「ニューヨーク・シティの海抜はすでに約27センチ上昇し、ニュージャージーの沿岸では、20世紀の間に38・5センチ上昇しています」と彼女はいう。

「この上昇率が、1世紀あたり10～25センチという世界平均を上まわっているのは、およそ1万5000年前の最後の氷河期以来、ずっとつづいている氷の減少に合わせて、西海岸がゆっくりと沈下しているからです。さらに、現在の海面上昇率は、熱せられた海面上部が膨張するにつれて、数倍に加速するかもしれません」

海面の上昇はまた、高潮や危険な洪水の頻度を高める。

東アジアでは、ベトナムの全人口の5分の1、そして耕作地の40パーセントが、メコン・デルタに集中している。ベトナムの米の半分、魚とシーフードの60パーセント、そして果物の80パーセントが、この地域で生産されているのだ。

海水が1メートル上昇すれば、700万の人々が住居を奪われ、2メートル上昇すれば、その数は2倍になる。この地の人々には経験がない、頻発する洪水の影響は、あえて指摘するまでもないだろう。来たる変化を念頭に置いて、政府はすでにアンザン省の一部地域で、メコン川の支流沿岸に暮らす人々を転居させている。

✝融氷は加速し合流する

2007年、気候変動に関する政府間パネル（IPCC）は、地球温暖化の影響にかんする第4次評価報告書を発表し、海面は2100年までに、180〜590ミリメートル上昇するだろうと予測した。氷床の動きや溶け方にかんする、より先進的なモデルを採り入れたその後の研究では、世紀末における上昇は、IPCCの推定の2倍におよぶ可能性が指摘され、上限は2メートル前後とされた。

20世紀の海面上昇は、温められた海水の膨張がおもな原因だった。山の氷河や巨大な氷床の熔解がおよぼす影響は微々たるものでしかなかったのだ。

「しかし、現在では気候科学者の大半が、21世紀の海面上昇をおもに牽引するのは、西南極氷床（すべて溶けると、海面は5メートル上昇する可能性がある）、そしてグリーンランド氷床の熔解だと考えている」とヤング＝ピルキーはいう。

「直線的に進行しない熔解は、予測が非常に困難だ」

近年の研究で明らかになった、さらに複雑な要素もある。氷床の下には川、湖、融氷水の複雑なシステムが存在し、それによって巨大な氷塊が海に流れ出しているのだ。

「何千年もの間、流出する氷は降雪によって補われてきた」とロビン・ベルはいう。

「だが、暖気や表面の融氷水がさらに流れを滑らかにした場合には、大量の氷が海になだれこむだろう。海面上昇のモデルはこれまで、海に入る全体的な流れに合流する大量の氷を無視してきた」

世界の海面が、予想以上のスピードで上昇しているのは間違いのないところだろう。

「沿岸防衛のプランつくりを手伝うために、オランダ政府の要請で集まった20人の国際的な専門家委員会は、2100年までに55センチから110センチ上昇するという予測を発表した」とシュテファン・ラムストルフは語る。

「同様に重要なのは、この委員会が、海面上昇は2100年に終わるわけではない、とあらためて強調したことだ。温暖化を止めない限り、海面は2200年までに、1・5～3・5メートル上昇するだろうと彼らは予測した。それは沿岸の都市の多くが、滅びてしまうことを意味している」

科学者たちが予測できるシナリオは、かろうじてそれだけなのだ。

メキシコ湾流の遮断

地球の気候は、ゆっくりと変化しているように見えるかもしれない。

だが、過去の記録を調べると、短い時間で1つの気候から別の気候に移行する、なんともやっかいな能力を持っていることがわかる。

もしも、周囲の世界が一夜にして変わってしまったら、生物はどうなってしまうのだろう?

地球のある部分から別の部分にエネルギーを運んでいく、「熱塩循環」があればこそ、地球全体の気温と、エネルギーのバランスが保たれ、陸地はより居住に適した場所になっている。

だが、この水のコンベア・ベルトが不調に陥り、何十億という人々の生活を破綻させるのは、残念ながらさほどむずかしいことではない。

もし、熱塩循環が遮断されたら、暖流のメキシコ湾流がストップし、北大西洋、ヨーロッパ、および北アメリカの冬は厳しくなるだろう。平均気温は5度下がり、土壌内の水分は減少し、風は激しさを増す。世界の食糧のかなりな部分を担っている地域だけに、世界人口を養う能力は、急落してしまうはずだ。

「地球の気候が、10年でギアをシフトし、数十年から数世紀つづく、新たなパターンを打ち立てる場合もあることを、化石証拠ははっきりと示している」と、海洋リーダーシップ・コンソーシアムの会長で、以前はマサチューセッツにあるウッズホール海洋研究所の所長だったロバート・B・ガゴシアンはいう。

「地球全体が徐々に温暖化していても、広い地域が急激に寒冷化するケースもありうる」

十海の循環は唐突に変わる

地球を照らす太陽のエネルギーは、緯度によって異なる。赤道では極地よりも多くの陽光が得られ、地球の海流はそのエネルギーを世界中に移動させる。

赤道の陽光によって多くの水が蒸発し、塩分の多い海が発生する。すると熱塩循環が、温かくて塩分の多い水を、大量に、熱帯からアメリカの東海岸やヨーロッパに運びこむのだ。

「この海の熱ポンプは、赤道から極地までの温度差を減らす、重要なメカニズムだ」とガゴシアンはいう。

「これによって地球、とりわけ北大西洋の気候は、穏やかなものになっている。コンベア的な循環は、メキシコ湾流内で北側に運ばれる温かな水の量を、およそ50パーセント増加させる。寒冷な北の緯度で、海はこの熱気を大気中に放出する。とりわけ大気が海より冷たく、海洋温度と大気温度の差が大きくなる冬の季節に。このコンベアは北太平洋地域の気温を最大で5度上昇させ、冬の平均気温を大きく緩和しているのだ」

北太平洋周辺の海域――ラブラドール海、イルミンガー海、グリーンランド海――でも、熱塩循環は大量の熱を大気中に放出する手助けをする。これらの海を通過すると、アイスランド周辺の冷たい風が水を冷却し、沈んだ水は南に移動して、最終的には南極のまわりを流れる。これはまさしく、大量の水とエネルギーの移動だ。

けれども、氷床コア（氷床から取り出された筒状の氷の柱）や極地の堆積物を調べた記録によると、このコンベア・ベルトの動きはかならずしも安定してはいなかった。

「高緯度における表層水の密度を決める条件が変化すると、海の循環が唐突に再編成されることもある。気候記録によって明らかにされたのは、そうした大気変化の範囲、速さ、そして度合いが、われわれの予想を大きく上まわっていたことだ」と、コロンビア大学ラモント＝ドハティ地球観測所の気候学者、ウォーレス・ブロッカーは、1997年の「サイエンス」で発表した論文に書いている。

✝遮断される海流のコンベア

熱塩循環が起るのは、世界の海の温度と塩分に差があるからだ。それによって天然のポンプのように、水を1つの場所から別の場所に運ぶのである。それを途中でさえぎったら、全体的なコンベア・ベルトも悪影響を受ける。

「塩水は真水より密度が高い。冷たい水も温かい水より密度が高い。北大西洋で温かくて塩分が多い水が大気中に熱を放出すると、冷たくなって沈みはじめる」と、ガゴシアンはいう。「冷たくて塩分の多い北大西洋の水が沈まなかったら、全地球の海洋循環を引っぱる力がたわみ、止まってしまうだろう。既存の海流は弱まるか、方向が変化する。その結果起こる海洋循環の再編成は、地球の気候パターンを様変わりさせるはずだ」

以前にもこういうことは起こっていた。地球が約1万3000年前、いまのところ最後となる氷河期を脱した際に、熱塩循環が妨げられてしまった。その結果はじまった、

「新ドリアス期」と呼ばれる寒冷な時代は1000年以上にわたってつづき、氷山ははるか南のポルトガルまで達していた。

✝世界に起る国際緊張

シュウォーツ＝ランドールのシナリオによると、熱塩循環が遮断されるようなことがあれば、その影響はさらに全世界におよぶ。年間の平均気温は、アジア、北アメリカ、北ヨーロッパの全域で低下し、農業や居住の重要な中心地で、少なくとも10年間干ばつがつづく。しかし、オーストラリア、南アメリカ、南アフリカの全域では、逆に気温が上昇するだろう。

「環境収容力が世界的にも地域的にも低下すると、世界中で緊張が高まり、最終的には2つの基本的な戦略に行き着くだろう――防御と攻撃だ」と、シュウォーツ＝ランドールは書いている。

「資源のある国は、自分たちの国のまわりにバーチャルな砦を築き、資源を自分たちのために保存しようとする。そこまで運のよくない国、とりわけ隣国に古くから敵意を抱いているような国は、食糧、清潔な水、あるいはエネルギーへのアクセスを求めて、紛争を仕かけるかもしれない。防衛上の優先順位が変化するにつれて、通常では考えられない同盟が組まれ、その目的は宗教やイデオロギーや国家威信というより、生存のための資源になるだろう」

　アメリカでは、寒冷で風の強い気候が原因で、食物をつくるのが困難になる。中国では、通常なら頼りになるモンスーンの雨がしばしば降らず、広範な飢饉を招く。

「作物の収量は、10～25パーセント減少し、重要な地域が温暖化から寒冷化の流れに移り変わるせいで、予測しづらくなるだろう。温度の変化で一部の害虫が死に絶える一方で、乾燥度の高さと風の強さに乗じて、一気に増える種もあらわれる。そして別種の殺虫剤や、処理部隊が必要になるのだ。ある特定の地域の漁業権を持つ漁師は、獲物の大量移動に戸惑うばかりだろう」とシュウォーツ＝ランドールはつづける。

「世界には、主要な穀倉地帯が5、6カ所（アメリカ、オーストラリア、アルゼンチン、ロシア、中国、インド）しかないため、同時に複数の穀倉地帯が過酷な気象条件に見舞われただけで、世界に十分な食糧供給をまかなうことができなくなってしまう。世界の経済的な相互依存状態は、世界各地の重要な農業地域や人口の多い地域で起こる、極地的な天候変化によって生じた経済崩壊に対する

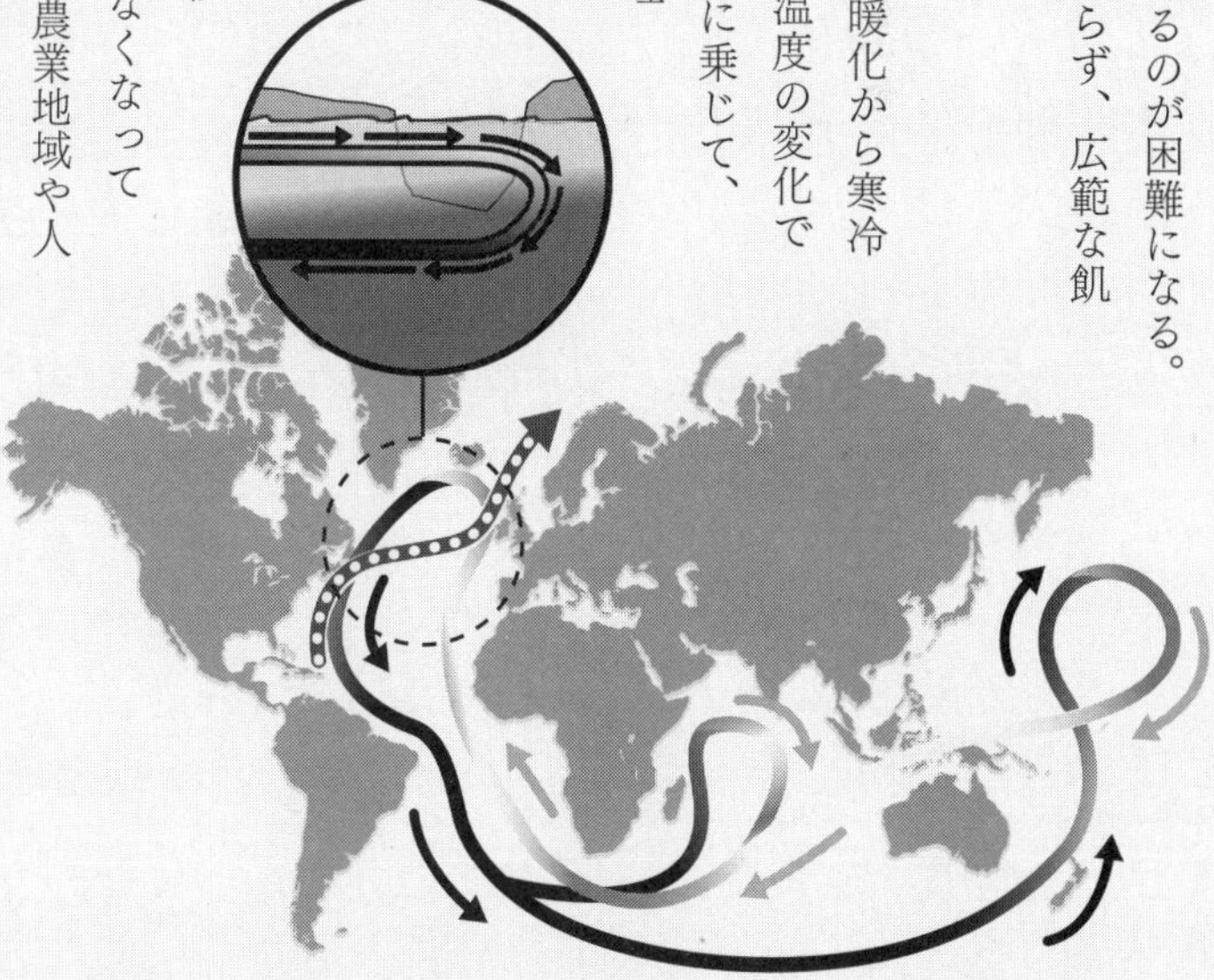

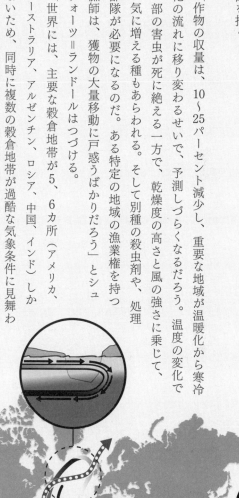

耐性を、ますます低下させている」

✝可能性は？

「熱塩循環の運命を決めるのはグリーンランドだ」と、気候学者のシュテファン・ラムストルフは「ネイチャー」に語っている。「もし、グリーンランドがすぐに消えてしまったら、それは深層水形成にとって、よくない報せとなるだろう。だがグリーンランドが安定していれば、循環が完全に遮断される可能性はかなり少ない」

2002年の論文のなかで、科学者たちは、真水が過去40年にわたって北大西洋に流入していること、そしてこの10年間で、そのペースが速まっていることを発表した。1960年代のなかば以来、北大西洋の水の塩分は、着実に薄められているのだ。

「北大西洋に真水をもたらしているとおぼしい、さまざまな水源がそれぞれどの程度まで関与しているのかも、科学者たちはまだ突き止めていない。おもな容疑者は、熔解する氷河、北極の氷床、直接、海に降る雨量、大西洋に流れこむ大河の雨量の増加だ。地球温暖化が悪化要因となっている可能性もある」とガゴシアンはいう。

地球全体がゆっくりと温暖化していく中で、一部地域が、熱塩循環の遮断によって急激に寒冷化するという事態もじゅうぶんありうるのだと、ガゴシアンは付け加える。

全球凍結

世界はかつて、氷におおわれていた。それは、たんなる氷河期ではなく、はるかに過酷な時代だった。氷河が極地から赤道まで広がり、すべての海面が凍りついていたのだ。7億年前、われわれの星は、宇宙を飛んでいく巨大な氷玉だった。

空を見上げると、雲がかすかにたなびいているだけ――それは多くの場合、水ではなく、氷点下の気温のせいで世界を巡れなくなってしまった、凍った二酸化炭素の結晶だ――。

「全球凍結」は最悪の災厄だ。それまで、われわれの惑星は、ほどよい温かさを保ち、申し分のない条件がそろっていた。多細胞生物があらわれ、食糧を有用なエネルギーに変えてくれるちっぽけな発電所であるミトコンドリアが、単純な有機体との間に共生関係を築きはじめていた。

全球凍結で、そのすべてが消えた。地表、あるいはその近くに生息していた生命体は全滅した。かりに、マイナス50度の温度に耐えられる生命がいたとしても、水の欠如はいかんともしがたかった。少しでも生存のチャンスがあったのは、キロメートル単位の厚さがある氷の下で、熱水孔や、比較的温かい海底火山周辺の水のまわりに集う、もっとも原始的な生命体――藻類やバクテリア――だけだった。

全球凍結は、何百万年も前に生命を壊滅させた。もし、同様のシナリオが、いまの時代に実現すれば、はるかに重大な悪影響が生じるだろう。氷河の下に囚われた都市では、すべてのインフラが無力化し、水へのアクセスがひどく限定された状態を想像してほしい。氷は作物を育てる畑をおおい、われわれのエネルギー源は大きく損なわれ、何十億もの人々が飢えと寒さで死ぬ。地球にとっては、ほんの一瞬で終わる、ささいな出来事終焉を意味するのだ。

でしかないのかもしれない。だが、そのささいな出来事が、われわれの文明にとっては

✝全球凍結仮説とは？

地球では、過去に、全体的な気温が低下し、世界の広い部分が氷でおおわれる、氷河期が何度も到来していた。しかしこの数十年の間に、科学者たちはわれわれの知る氷河期をすべて片隅に追いやってしまう、はるかに過酷な凍結化の証拠を見つけ出している。過酷な氷河作用が最初に起こったのは、地球がいまの半分の年齢だった約22億年前のことだと考えられている。7億年前にも新たな凍結がはじまり、そこから1億3000万年以上を経た、原生代末期に終わっている。

最後の全球凍結時の地球は、今日とはかなり異なる見てくれをしていた。直前に、超大陸の「ロディニア」が、赤道周辺に群れをなす一連の大陸塊に分裂し、太陽の光は現在よりも、およそ6パーセント少なかった。

氷ができはじめたのは、地球の自然な温室効果が損なわれてしまったからだ。大気中の温室効果ガスは、その分子構造ゆえに、太陽から届く高エネルギーの電磁波放射線の波長の一部を吸収し、それ以外（主に可視光）は通過させる。このガスはまた、地球の表面から宇宙に放射される熱の一部を捕らえる。おかげで地表は、大気圏が存在しない

場合よりも、温かく保たれている。

主要な温室効果ガスは、二酸化炭素だ。現在、われわれは二酸化炭素の増加と、それによって起こるとされる、地球の段階的な温暖化について憂慮している。しかし、最後の全球凍結前に地球の気温が低下したのは、大気圏から、大量の二酸化炭素が失われたせいではないか、と科学者たちは考えている。

彼らの説明はこうだ——。

それまで、ロディニアの内陸にあった地域が、超大陸の分裂によって、海や湿地に近づく。これによって降雨が増え、雨水が空中の二酸化炭素を吸収して炭酸をつくりだす「ケイ酸塩風化」という自然のプロセスを増大させる。それが、今度は地質年代的なスケールで岩を分解し、土壌をつくりだすのである。雨が増えると、空中から吸収される二酸化炭素の量も増え、より多くの岩がゆっくりと崩壊していく。

過度の降雨が数百万年つづくと、二酸化炭素のレベルが下がり、ついには温室効果が損なわれてしまう。地球が凍結しはじめるのだ。氷床が極地から広がりはじめ、気温の急激な低下は、白く輝く氷河の表面のせいで

さらに加速する。広がっていく白い表面は、太陽から届く光を反射してしまうからだ。

大気中には、すでにその反射を吸収する温室効果ガスが乏しくなっているため、エネルギーはそのまま宇宙に消え去り、地球を温かく保つことができなくなってしまうのである。

「このシミュレーションでは、フィードバックが強くなりすぎるせいで、表面温度は急落し、惑星全体が凍結する」と、全球凍結の発生と影響に詳しいハーバード大学の地質学者、ポール・ホフマンとダニエル・シュラグはいう。以後３０００万年間、白く輝く氷河が引き起こす、破滅的な状況と温室効果の欠如によって、地表の温度は極地でマイナス50度、熱帯でもマイナス30度に留まりつづけるのだ。

凍結のあとにやってくる灼熱

カリフォルニア工科大学で古地磁気を専門に研究するジョー・カーシュヴィンクが、全球凍結の過酷な状況を描き出したのは、１９９２年のことだ。ただし、その説を支持する科学者は、多くはなかった。地球の気象条件下で氷山が熱帯にできるとは、とうてい考えられなかったからだ。

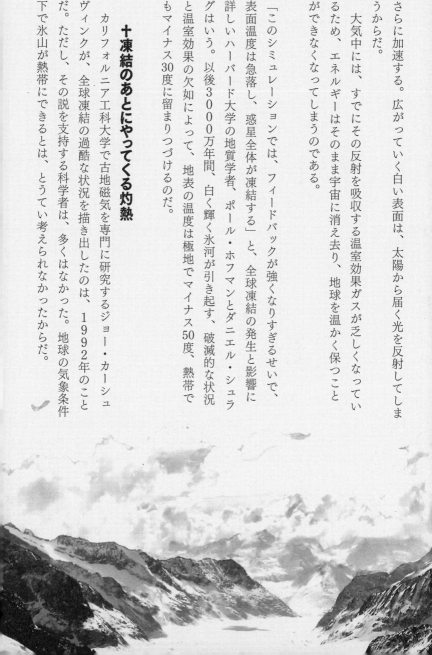

それに、もしそのプロセスが「自己増強型」だとしたら、いったいいつ終わりが来るのだろう？　なぜいまの地球は雪玉ではないのか？

カーシュヴィンクは、2番目の疑問に対する答えとして、移動する地球の構造プレートが火山をつくりつづけ、二酸化炭素を空中に送り出していることを指摘した。同時に、世界が氷でおおわれているため、大気から二酸化炭素を取り除く通常の科学サイクル（平たくいうと、雨）も、やはりストップしてしまう。

こうしたすべてが意味するのは、何百万年もつづく凍結の間に二酸化炭素が蓄積されはじめ、ガスのレベルが1000倍に達すると、温室効果が復活して氷を溶かしはじめるということだ。

「解氷はわずか数百年で完了するが、その間に新たな問題が発生する。容赦のない温室ガス効果だ」とホフマン＝シュラグはいう。

「氷室を生き延びてきた生き物は、今度は温室に耐えなければならない。いかにありえないことのように聞こえようと、われわれはこの著しい気候反転が、7億5000万年前から5億8000万年前までのあいだに4度も起こったことを示す、明確な証拠を目にしているのだ」

最後の全球凍結を終えて、熱帯の海が解氷すると、その水は蒸発し、二酸化炭素ともども、地球の温室効果を熾烈なものにする。赤道の気温は50度に達し、雨が絶え間なく降りつづける。熱い海はパワフルなハリケーンの温情となるだろう。

凍てついた数百万年間を経て、地球は目を覚まし、通常の気候を取り戻すにつれて、やがて生命の繁栄にうってつけな条件が整う。それが頂点に達したのが、5億7500万年前から5億2500万年前にかけての、いわゆる「カンブリア爆発」だ。この時期には地球の生命体の数が、一気に激増した。

✝凍結が生命の爆発を生んだ

全球凍結はそれだけで、ほぼすべての生命を死滅させる。だが地質記録には、最後の過酷な凍結が溶けると同時に、最初の多細胞動物があらわれたことが示されている。ではこうした過酷な事象が、どうして地球上の生命進化に弾みをつけたのだろう?

地質学者は、爆発的な発生の理由を、広大な環境があったからだと考えている。全球凍結が終わったとたん、極寒のなかで何百万年も生命にしがみついてきた有機体には、いくらでも進出できる広大なからっぽの環境が与えられたのだ。

凍結中に広がった氷河は、その際に、無機物や栄養素を含む土地の最上層を一緒に運んでいった。それから数百万年がすぎて、凍結した地球が溶け、氷河が後退したとき、これらの無機物や栄養素は再び海に解き放たれ、藻類を大量に増やしつづけた。するとそれらの藻類が、今度は動物の進化に必要な大気条件をつくりだしたのである。

たしかに過酷な凍結は、地球上の生命をほぼ全滅させたかもしれない。だがそれは同時に、今日のわれわれが目にしている生物多様性に必要な状況をつくりだしたのだ。

✝再発の可能性は？

現在、世界の大陸は、ある程度まで地球上にまんべんなく広がり、おかげで大気中から二酸化炭素を一掃するのに必要な、激しい降雨の可能性は少なくなっている。さらにわれわれの太陽は、最後の全球凍結がはじまったころにくらべると、はるかに明るく、はるかに熱く輝いている。

けれども、ホフマン＝シュラグは、急激に変化をとげるこの星の能力を甘く見てはいけないと主張する。

次の氷河期がピークを迎えるのは、8万年以上先のことだ。しかし数百万年の間に、地球の気候がどう横滑りするのかを、予見するのはむずかしいと2人の地質学者はいう。

「地球は過去100万年にわたり、動物がはじめて登場して以来、もっとも寒冷な状態にあるが、過去100万年間のトレンドがそのままつづき、寒帯大陸の安全スイッチが故障するようなことがあれば、われわれはいま一度、氷による地球全体の破局を経験するかもしれない。そうなれば生命は無理にでも、新たな方向に進むしかなくなるだろう」

化学汚染

ある意味でこれは、終末がもうはじまっているように聞こえる話だろう——ペニスに似た突起があるメスのシロクマ。睾丸が萎縮したパンサー。睾丸内で卵子を育てているオスのサケやゴキブリ——。これは怪しげなサーカスの見世物ではない。現代の社会を築いた物質とともにはじまった、一連の出来事の結果なのだ。

食糧の育成、自分たちが着る服の製作、都市を築き維持する管理運営。そのすべてが、われわれの惑星を汚染している。

農薬、放射性廃棄物、重金属、排気ガス、それに過剰な肥料は、人類が川、海、空中に大量に投棄している有毒な化学薬品のほんの一例にすぎない。こうした汚染の影響を無視することができていたのは、もっぱら地球のサイズのおかげだった――ガスは大気中に消散し、廃水や産業廃棄物は川に溶けこみ、仕事を終えた農薬は地中に浸出する。

人類（とこの星）にとっては幸運なことに、投棄物の大半は希釈されて危険性を失い、あるいは自然に劣化して無害な物質になる。

しかし、有害な化学物質の多くは消え残り、食物連鎖や飲料水の水源に入りこんでくる。植物のなかに入ると、それを動物が食べ、その間に化学物質はより濃縮されていく。そして、ある時点で、植物、魚、そして鳥たちが死にはじめ、生態系の崩壊がはじまる。人間に残された食糧は、われわれのＤＮＡを損傷して、病気を引き起こす。この毒の効き目は遅いかもしれない。だが、生命に壊滅的な影響をもたらすものなのだ。

✝われわれが地球に捨てているもの

われわれは、世界をゴミ箱のようにあつかっている。都市の空気は車やトラックの噴煙で満たされ、工場の煙が放出する重金属や微粒子は、強力な気流に乗って世界中に広がっている。農場では肥料や農薬が好き勝手に使用され、その大半は地中に染みこむか、川に流出するかして、生命のバランスを崩している。

1930年から2000年までの間に、人造の化学物質の年間生産量は100万トンから4億トンに増加している。過去の数十年だけでも、われわれは8万種近い新たな化学物質をつくりだし、おそらくは毎日のように「出会っている」にもかかわらず、そのほとんどは目で見ることができない。

たとえば、「DDT」を見てみよう。長期的に環境内に留まり、簡単には分解しない生物濃縮性化学物質だ。この種の物質は、動物の組織内に蓄積され、食物連鎖を通じて伝えられたり、胎盤や授乳を通じて次世代に受け継がれたりする。

DDTは、殺虫剤として第2次世界大戦の前後に導入され、蚊のような病気を媒介する生命体と戦うための兵器として、農業や公衆衛生の世界で広く使用されるようになった。数十年後、地球の自然風や水流によって広がり、渡りをする鳥たちや回遊する魚たちによって、数千マイル先に運ばれたこの物質は、環境内のあらゆる場所にはびこっていった。

DDTは都市の大気、野生の生物、さらには南極に生息するアデルペンギンのなかからも見つかっている。また、ヒトの脂肪組織内にも蓄積しはじめていた。現在この物質は、世界の生物全般に有害な影響をもたらすという理由で、使用が禁止されている。

もう1つの厄介な汚染物質が、ホルモンに類似した「環境ホルモン」だ。「テストステロンのようなホルモンの分子構造をみると、炭素が輪をつくっていますが、ポリ塩化ビフェニル（PCB）のような農薬の多くに見られるのも、まさしくそうしたパターンなのです」と、アルバート大学の生物学教授、アンドルー・デローシャーは語る。

動物たちは、進化の過程で体内に侵入する自然発生的な化学物質に対処する術を身に着けてきた。だが、人造の化学物質が開発され、環境に解き放たれるペースの速さは、壊滅的な影響をおよぼしている。「こうした人造の化学物質に、対処できる生命体はいません」とデローシャーはいう。その結果、それらの物質はシロクマやパンサーのような最上位捕食者の体内に蓄積されるのだ。

肥料もやはり大きな汚染源だ。作物を育てるために、肥料は大量の窒素とリンを含んでいるが、実際に作物が消費するのはそのごく一部にすぎない。残りは川や海に漏れ出し、そこでは、急増した窒素が藻類を大量に繁殖させる。分厚い藻で覆われた水域の酸素は激減し、ほかの植物を死滅させ、魚や海棲哺乳類を遠ざける「デッド・ゾーン」ができあがるのだ。

✝野生動物を蝕んでいく汚染

動物の体内で、農薬や汚染物質の濃度がある一定線を超えると、その動物はすぐさま死んでしまう。もっと少量でも、繁殖力を弱めたり、成長を妨げたりすることがある。

生理的な面から見ると、動物の生体機構は汚染物質の分子と、自分自身のホルモンの分子を見分けることができない。おかげで、侵入する分子に対処する自然防御機能が過度にはたらきはじめ、汚染物質以外の分子も破壊してしまう。その結果として不均衡が生じ、ホルモンは成長や発育を調節しているため、否応なく身体に異常が生じるのだ。

「汚染されればされるほど、クマの免疫反応能力は弱まります」とデローシャーはいう。彼は、その原因を禁止から数十年がすぎても環境に残存するＰＣＢに求めている。

地中の農薬や汚染物質は、もっと目に見えない影響をおよぼす。土壌の構造、肥沃度、そして形成は、地表から数インチ内に生息する大量の無脊椎動物（ちっぽけな原虫、線虫、ミミズなど）次第で変化する。１平方メートルの土壌内に、１００万匹もの節足動物

（トビムシ、甲虫、ヤスデ、クモ、アリなど）が生息している場合もある。

「こうした動物がごくわずかしかいない場所では、土壌の構造がもろく、地表近くには分解されていない有機物が、はっきりと層をなしている」と、ハートフォードシアにあるロザムステッド農業試験場のクライヴ・エドワーズは語る。

「無脊椎動物がほとんど、あるいはまったくいない土壌でも、よく耕し、人工的に肥沃にすれば、作物を生み出すことは可能だ。しかし、森林地帯の土壌に無脊椎動物がまったくいない場合、土壌形成のプロセスが非常に遅くなるか、完全にストップしてしまい、土地の肥沃度に劇的かつ決定的な影響をおよぼすだろう」

✝人間を蝕んでいく汚染

地球を丸ごと巻きこんだ化学物質の乱舞のなかで、ヒトは——食物連鎖のトップにいるとはいえ——たんなる動物の1つにすぎない。

「有害なレベルの化学物質に個体をさらしつづけたら、乳房、前立腺、睾丸などの、ホルモンに関連したがんが増加するでしょう」と、ヒトと野生動物を、有害な化学物質から守るための活動を進めているチャリティ団体、ケム・トラストの理事を務めるグウィン・ライアンズは語る。

「同様に出生異常、生殖器官の問題、停留精巣も増えるはずです。そして、女の子の思春期は早まる。現にこうした現象は、すでにはじまっているらしいのです」

だが、浪費の時代だった20世紀を経て、われわれはどの物質を使うべきかを、より慎重に、より持続性を考えて判断しなければならない。たとえば、農業では作物の収量をさほど減らすことなく、肥料の量を減らすことができる。寿命の長い化合物の使用を減らすことも、やはり有効な手段となるだろう。そうすれば環境に漏れだした物質も、早々と無害な生成物に分解される。

早くも、1967年の段階で、環境科学者のジョージ・M・グッドウェルは、地球の生態循環内における、難分解性有毒物質の蓄積にもっと注意を払うべきだと書いている。われわれの惑星のサイズでは、この問題を永久に隠し通すことはできないだろうと指摘したのだ。

「それは、社会のさまざまな側面に影響する。たんに廃棄物の処理について、もっと考える必要があるということではない。有害生物の防除についても、革命的な転換が必要とされるのだ」と彼は書いた。

「生態循環の汚染がはらむ危険について、これまでにわかっていることだけでも、地球の広大さがもはや安全とはいえないことを、じゅうぶん証明できるはずだ」

オゾン層の破壊

人々がもっとも懸念する環境の激変の1つは「オゾン層」の破壊だ。このデリケートなガスの帯について心配する理由は――それはいたって簡単な話で、大気中のオゾンが減ると地球上の生命体も減ってしまうからだ。

オゾン層に対する懸念がもっとも高まったのは、１９８０年代の末から１９９０年代の初頭にかけてのことだ。なかには、遠い未来の破局を思い描く人々もいた。もしオゾン層が完全に消えてしまったら、われわれが生存する可能性はどの程度残されているのか？と。

生き物を守るオゾン層

「オゾン」は決して好ましい物質ではない。これは原子を３つ含んだ形態の酸素で（通常の２つ）、腐食性があり、大気圏全般に行きわたっている。「オゾン層」は上空10～16キロメートルから、最高で48キロメートルの高さまで広がっている。ここ成層圏でのオゾンは、ほかのいかなる場所よりも濃縮され、空気中の分子１０００万個あたり、およそ3個を占めている。たった3個では、たいした量には思えないかもしれない。だが、この層には大気中のオゾンの90パーセントが集中し、地球上の生命活動は、それによって維持されているのだ。

この成層圏オゾンが重要なのは、太陽から来る有害な紫外線放射の大半（最大で99パーセント）を吸収してくれるからだ。このフィルターがなかったら、植物や動物は、高エネルギーの紫外線によって、ダメージを受けてしまうだろう。ＮＡＳＡによると、地球のオゾン・シールドが1パーセント減るごとに、大気の下部に到達する紫外線は2

パーセント増加する。

「紫外線」、すなわち、われわれの太陽が発する光の高周波形態は、エネルギーの量によって、大きく3つに分けられる――エネルギーの低い順からA波、B波、C波となる。生命にとって、もっとも危険な紫外線「C波」は、オゾン層によってすべて遮断され、地表に届くことはない。「B波」も大半がオゾン層に吸収されるが、一部は地表に到達する。ヒトの皮膚には有害で、日焼けのおもな原因となるのだが、われわれにはこの放射線が欠かせない。健康な骨や神経系の重要な要素となる、ビタミンDを生成する手助けもしてくれるのだ。しかし、過度にあびてしまうと、遺伝子損傷や皮膚がんにつながることもある。

太陽が発するもっとも低エネルギーの放射線、「A波」は大部分がオゾン層をくぐり抜け、地表に到達する。大量にあびれば危険かもしれないが、ほかの紫外線にくらべると、圧倒的に不安が少ない。

人工的に高エネルギーの光線を発する紫外線ランプは、空気や水のなかのバクテリアやウィルスを殺菌するために、日常的に使用されている。放射線が微生物のDNAの分子結合を壊し、再生できなくしてしまうのだ。

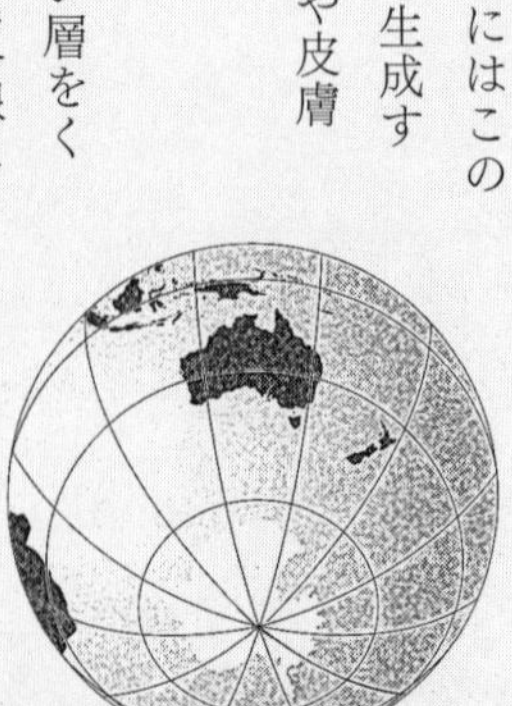

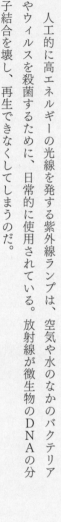

✝オゾン・ホールの出現

地球を保護するオゾンのシールドに空いた穴について、科学者が懸念しはじめたのは1970年代のことだった。数十年間におよぶ証拠の積み重ねが、オゾンの分子を分解できる合成化学物質の蓄積を指し示していたのだ。

これらの化合物――「ハロカーボン」として知られる塩素、フッ素、臭素、炭素、および水素の結合体や、「クロロフルオロカーボン」（フロンガス）と呼ばれる塩素、フッ素、および炭素の結合体――は、数十年前から、消火器、冷蔵庫、エアコン、そしてエレクトロニクスの製造に、幅広く使用されていた。

これらの化合物は、非常に安定性が高く、大気中に漏れだすと、ひとかたまりになって成層圏に浮上する。オゾン層に到達すると、分子は高エネルギーの紫外線によって分解され、塩素原子が連鎖反応を起こす。その結果、何十万というオゾンの分子がバラバラにされてしまうのだ。

これは、大量の紫外線B波が、吸収されないまま地表に届くことを意味する。

衛星による大気中のオゾン測定によると、これらのオゾンの分子を分解できる気体は、主として極地に集まることがわかった。南極大陸の上空では、毎年、数カ月にわたって、オゾン層の激減が実質的に「穴」をつくりだす。2000年代の初期に、南極でおこなわれた測定によると、9月から11月の間に、空中のオゾンが最大で60パーセント消え

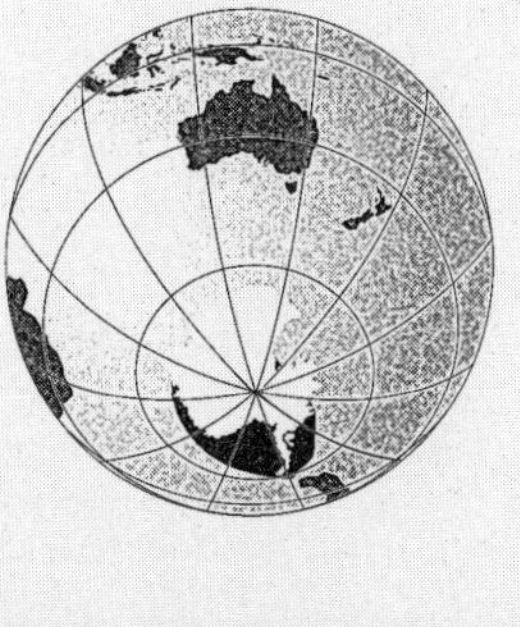

去っていた。北極の上空でも、毎年1月から4月までの短い期間、オゾンが20〜25パーセント少なくなる。

こうしたオゾンの減少はすべて、局地的な紫外線放射の増加と結びつけられている。

✝オゾン層が消え去る可能性は?

すでに、ハロカーボンとフロンガスが引き起こす多大なダメージが確認されていた1986年、各国の政府が集まって「モントリオール議定書」に調印した。これによって、195の調印国は、オゾン層破壊ガスの製造を止め、オゾン層に優しい代替物質を開発するようになった。

これまでのところ、この策は奏功しているらしく、この10年間の成層圏におけるオゾン喪失のペースは遅くなったと、科学者たちは指摘している。アメリカ海洋大気庁（NOAA）によると、モントリオール議定書によって、オゾン層が回復のチャンスを得たことを意味し、50〜100年で常態に復することが期待されているという。

ストックホルム・レジリエンス・センターは、2009年、文明に対する環境上のさまざまな脅威を査定した報告書を発表し、成層圏のオゾン層に対しては、比較的クリーンだという健康証明書を出した。

「南極のオゾン・ホールの出現は、人為的なオゾン層破壊物質濃度の上昇が、南極成層

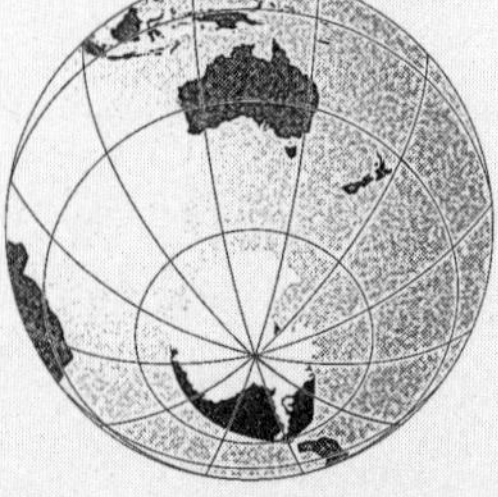

圏を新たな型に移行させたことの証明だった」とその報告書は断じていた。

「さいわい、モントリオール議定書に沿って取られた行動の結果、われわれはどうやらこの先も、境界内に留まっていられそうだ」

しかし、NOAAの物理学者、デイヴィッド・W・フェイヒーによると、現在の成功は、いくつかの要因に支えられているという。各国政府は、この先も、予想外の急変に備えてオゾン層の観察をつづける必要がある、と彼は主張する。

ワイルドカードはもう1枚ある。フロンガスはたしかに全廃されたかもしれない。だが、オゾンを破壊できるガスは、フロンだけに限らない。窒素酸化物や水酸化イオン（水の分子が高高度の大気圏で分解した際に発生する）にも、やはりそうした力がある。2009年、NOAAの地球システム調査研究所は、亜酸化窒素がいまや、人間の排出する最大のオゾン層破壊ガスとなっていると発表した。このガスは、農業ほかの産業プロセスが生む副産物で、歯科医も麻酔薬として使っている。いわゆる笑気ガスだ。

NOAAの科学者たちは、このガスが早々に廃止されるとは考えられないため、少なくとも21世紀いっぱいは、亜酸化窒素がオゾン層を浸食しつづけるだろうと考えている。現状、オゾン層は回復しているかもしれない。だが近いうちになんらかの重大なリスクに直面する可能性は、決して低くないのである。

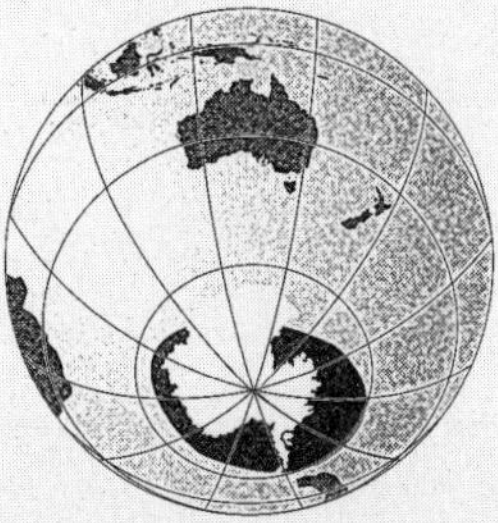

小惑星の衝突

破滅の物語としては、もはや古典的ともいえる。外宇宙から地球に向けて飛来する天体は、その進路を変えることはできず、われわれの星が決定的なダメージを受けるのは必至だ。かりに、生命が衝突後も生き延びたとしても、その数は圧倒的に少なくなっているだろう。

地質記録によると、地球は過去に何度か巨大な天体に衝突されている。

6500万年前、恐竜たちは、ほかの50万以上におよぶ種ともども、メキシコ周辺に衝突した直径9・6キロメートルの小惑星によって一掃された。1908年には、シベリアのツングース地域にある5000平方キロメートルの森林が、宇宙から飛来した直径91メートルの星屑によってぺしゃんこにされた。

2004年の末になると、科学者たちは、直径400メートルの小惑星が、2036年に地球のすぐ近くを通過するのではないか、と懸念しはじめた。悪と破壊を象徴するエジプトの精霊にちなんで、小惑星は「アポフィス」と命名された。

かりに地球に衝突すれば、アポフィスは、広島の上空で爆発した原爆の10万倍に相当するエネルギーを放出するだろうと、NASAは試算している。爆発によって、何千平方キロもの土地が直接的な被害を受けるだろう、と。

十空の先まで監視せよ

地球に厄介ごとをもたらす天体には、2つのタイプがある。

「彗星」は、惑星の生成時に取り残された氷や塵の球体だ。通常は太陽系の周辺に潜んでいるが、太陽の重力に引っぱられ、惑星の進路に入ってくることもある。

「小惑星」は、火星と木星の間で惑星になりそこなった硬い岩のかたまりの群れで、100万個以上の存在が確認されている。

NASAは、何1つ地球に近づきすぎることがないように、900以上の「地球接近天体」(NEO)に目を光らせている。いまのところ、とくに懸念すべき天体はないが、いずれにせよ、現在のわれわれなら、宇宙から飛来する石に対して、なんらかの手が打てるかもしれない。科学者たちは、理論上、飛んでくる小惑星を逸らせたり、破壊したりすることが可能な宇宙ミッションを考案中だ。

✝衝突の影響

地球は常時、秒速16キロメートル以上のスピードで、宇宙デブリ(宇宙に漂うゴミ)や流星物質の直撃を受けている。毎日、100トン前後の破片が地球に衝突しているが、その大半は大気中で燃えつき、せいぜい流れ星が見える程度の影響しかない。一部は隕石として着地するが、それらはロンドンの自然史博物館などのコレクションになる。

高密度の岩のかたまりが、太陽およびその周辺惑星の重力に引きよせられ、地球との衝突軌道に乗ったと想像してほしい。秒速16キロで大気圏に突入すると、その表面は過熱され、最外層は蒸発しはじめる。そして、その天体は火の玉と化す。周囲の空気が急速に膨張することで衝撃波が発生し、何百キロも向こうの建物や木々をぺしゃんこにしてしまうのだ。

2003年にNASAが提出した、小惑星の潜在的影響力にかんする報告書によると、直径150メートルまでの天体はすべて大気中で崩壊し、地上にクレーターをつくりだすようなことはない。地上に大きな穴は開けないが、隣接区域には流星物質が雨あられと降り注ぐ。

もし、小惑星が150メートルよりももっと大きければ、相当なサイズのかたまりが地表を直撃するだろう。海に落ちれば、衝撃点から巨大な津波が放射状に広がり、沿岸の都市を水没させる。たとえば200メートルの天体が大西洋に落下した場合には、それだけで、南北アメリカ、ヨーロッパ、アフリカの沿岸都市がすべて、大洪水に見舞われるだろう。

「細かな事象は、けっこうひんぱんに起こっていますが、ここでNASAが取り上げているのは、数千年に1回の事象です」と、小惑星と彗星の第一人者、サルフォード大学のダンカン・スティールは語る。

小惑星が地面に落ちると、大量の粉塵が大気中に舞い上がる。衝突の規模が大きければ、粉塵は成層圏に達するだろう。粒子は地球の気象系に乗って循環し、しばらくの間は居座りつづける。その間、陽光は遮られ、地表の植物は枯れてしまう。そしてその植物を餌にしている動物も、やがては死んでしまうだろう。

✚衝突をいかにして阻止するか？

地球に向かってくる小惑星を食い止めるアイデアは、宇宙に浮かぶ巨大な鏡で蒸発させるというひねったものから、ロケットを打ちこんで向きを逸らせるといったより荒っぽいやり方まで、すでに数多く出されている。

ただし、誰かが乗り込んでいって核爆弾で小惑星を粉砕するという、ハリウッド的な解決法は一顧だにされていない。

どんな手法を用いるにせよ、できるのはせいぜい、小惑星の進路をごくわずかに動かす程度のことでしかない。だが、ほんのわずかな変化でも、長距離をやってくる物体に対しては、軌道を大きく変えることが可能になるのだ。

また、講じられる対策は、小惑星のタイプ次第で変わってくる。

「瓦礫の山」として知られる小惑星は、岩や氷の緩やかな集合体なので、ロケットを打ちこんでも意味がない。この場合はむしろ、太陽光を集中させ、表面の一部を溶かす手法が有効だろう。巨大な鏡で太陽の光を小惑星の表面に反射させ、その一部を焼き尽くしてしまうのだ。そこからガスが噴出するため、わずかとはいえ恒常的な推進力を生み出し、やがては小惑星を新たな軌道に逸らしていく。

集合体ではない1個の小惑星の場合には、数々の選択肢がある。たとえば、小惑星表面にエンジンを設置し、そこから生じるごく少量の推力で、長い時間をかけてじょじょに小惑星を移動させることもできるだろう。あるいは、その進路に直接、宇宙船をぶつける手もある。といっても、物理的に小惑星を押しのけるのではなく、衝突を利用して小惑星を削り取るのだ。すると、放出された岩の反動で、天体は別の方向に押しやられるのである。

欧州宇宙機関は、すでに、地球から小惑星を逸らせるための実験をおこなう計画を立てている。その「ドン・キホーテ計画」は、2基の宇宙船——ヒダルゴとサンチョ——で構成される。ヒダルゴは高速で小惑星にぶつかり、サンチョはその衝突を観察して、小惑星の軌道に変化が起こるかどうかを記録する。

プリンストン高等研究所のピート・ハットは、みずからを小惑星につなぎ、地球の進路から押し出す「ロボットのタグボート」というアイデアを提唱している。地上での追跡と、軌道の予測によって出された早期警戒をもとに、このタグボートは、予想される衝突の10年以上前から配備される。

タグボートの性能は、「イオン・エンジン」と呼ばれる高性能電気推進装置が、どの程度発達するかによって変わってくる、とハットはいう。燃料用に化学薬品を燃やす代わり

に、荷電粒子を逆の方法に噴出することで、宇宙船を前に進めるのだ。

推力は極小――手に乗せた紙切れの圧力程度――ながら、エンジンはおそろしく効率がよく、通常のロケット・エンジンよりもはるかに長持ちする。ハット教授はそうした宇宙船が、NEOを最大で半マイル逸らせることができるだろう、と計算している。

イオン・エンジンは、「重力トラクター」という、別種の探査機にとってもきわめて重要なパーツだ。小惑星上に着陸する代わりに、重力トラクターはその近くを漂い、探査機とNEOの間に生じるかすかな重力を利用して、その進路を変化させるのだ。

✝直撃の可能性はあるのか?

90メートルの天体が地球に衝突する頻度は1万年に1回だ。それによって起こる爆発の規模は100メガトンと、これまでにテストされた最大の水爆をも上まわる。

オープン大学に籍を置く隕石の専門家、モニカ・グレイディにいわせると、NEOと地球の衝突は、「ありうるのか」どうかではなく、「いつ起きるのか」の問題だ。

「小型の天体は、地球の大気圏に入ると壊れ、なんの影響もおよぼしません。しかし直径1キロメートル以上のNEOは、数十万年に1回のペースで地球に衝突していますし、大量絶滅を引き起こす6キロメートル以上のNEOも、1億年に1回地球に衝突しています。いつ大きいやつが来ても不思議はありません」

超火山

数千キロれた場所にいる人々が最初に耳にするのは、一連の大地を揺るがすような爆音だ。外に出て、音がしたほうに目を向けると、大気圏の上層部に昇っていく灰の黒い雲が見える。噴火が彼らの街に到達するのは、そう遠い時間ではない——そして、彼らの街が壊滅するのも。

027

彼らは気づいていないかもしれない。だが、遠方の火山から立ちのぼる、あの雲から数百キロ以内の場所は、すでに全滅し、黒こげにされ、灰でびっしりとおおわれている。尖った岩の破片をいっぱいに含んだ熱風が彼らの街の建物を襲い、触れるものすべてを炎上させ、進路内の生き物をすべて死滅させる。噴火によって発生した津波は、海の向こう側にも破壊力を伝える。噴火による死者と被害は、初日で早くも想像を絶したレベルに達するだろう。

しかし、その影響はまだまだつづく。作物の収量が減り、飲料水は汚染され、そのおかげで数十億の人々が、以後数年のうちに餓死してしまうのだ。現代の生活はもはや成り立たないだろう。

人類がどれだけテクノロジーを誇ろうとも、われわれには何1つ、この噴火を防ぐ手立てがないのだ。

✝エベレスト2つ分が吹き飛ぶ超火山

「超火山」は、並はずれた存在だ。とにかく巨大で、ばく大な破壊力を秘め、一度の噴火で地球の文明全体に影響をおよぼす。火事、塵雲、岩屑、津波などを巻き起こし、その影響は、直径900メートルの小惑星が地球に衝突したのに等しい。

これから数千年の間に、超火山が噴火する確率は、小惑星が衝突する確率の5～10倍高くなっている。

地質学者は、地球規模の災害をもたらす噴火の頻度を、10万年に数回と見積もっている。ただし、人間が記録を残せるようになって以来、そうした噴火は一度も起こっていない。タンボラ山（1815年）、クラカトア（1883年）、そしてピナツボ山（1991年）の大噴火は、いずれも大きな被害を出し、数カ月、あるいは数年にわたって気候に影響をおよぼしたものの、人類の文明を左右するまでにはいたらなかった。

超火山の噴火は、これらの噴火より何百倍も大規模なものだ。むろん、その影響ははるかに深刻で、大陸が丸ごと泥と灰と炎におおわれ、火山が噴出した細かな粒子が世界中に広がり、太陽光を遮るせいで、地球の平均気温は以後何年も下がったままになる。世界の農業は壊滅的な打撃を受け、食糧の供給は滞り、何十億もの人々が餓死してしまうのだ。

ごくごく簡単にいってしまうと、火山は地球内部のマグマ、灰、高温ガスが放出される地殻に開いた「穴」だ。通常は、構造プレート間の境界に存在し、蓋の下の圧力を抑えきれなくなると噴火する。

科学的な定義では、噴火時に1兆トン以上の物質を排出するのが「超火山」だ。地球史上で最後の事例といわれている、スマトラの「トバ火山」が噴火したのは、地質記録によるとおよそ7万4000年前のことだった。この火山を含め、すべての超火山にかんする知識は、噴火が地球におよぼした歴史的な影響から、科学者たちが推論したものだ。

トバは、過去200万年における最大の噴火で、エベレストの体積の2倍に相当する、2500立方キロメートルの物質を排出した。厚さ15センチの灰が、インドと中国の南部に降り積もった。

トバが噴出した火山灰は、近年で最大の噴火である、1815年のインドネシア、タンボラ山噴火の300倍以上に達していた。タンボラ山が噴火した際には、そのあとに「夏のない年」がつづいた。その寒さの影響があったので、バイロン卿は陰鬱な「暗闇」という詩を、そしてメアリー・シェリーは不気味な物語である「フランケンシュタインの怪物」を書いたといわれている。北半球の気温は、しばらくは2年近く下がったままだった。

トバが噴火した時代には、文明もインフラもまだ存在していなかったが、それでもスタートしたばかりの人類は、生存の瀬戸際に立たされた。

一部の場所では、気温が最大で10度低くなり、その結果生じた環境破壊によって、おりしもアフリカから旅立とうとしていたこの時期、ホモ・サピエンスはわずか数千人にすぎなかった。

過去、200万年よりも前にさかのぼるとどうだろう。じつは、トバより規模の大きい噴火は起こっている。史上最大の事象では、9000平方キロメートルの岩と灰が排出された「フィッシュ・キャニオン・タフ噴火」がある。これは、およそ2700万年前にアメリカのコロラド州で発生した。

超噴火の影響は壊滅的で、地質学者のなかにはそれが、一部の大量絶滅の原因だったのではないかと主張する人々もいる。たとえば、2億5000万年前のペルム紀に起こった「シベリア・トラップ噴火」のあとには、世界の海洋生物の90パーセントが絶滅したと推定されているのだ。

成層圏にとどまり続ける二酸化硫黄の雲

超火山の潜在的な危険性に対する意識を高めるために、ロンドン地質学会は、かりに噴火が国会議事堂からわずか1マイルの距離で発生した場合、どういう事態が起きるかを予測した。

「ロンドンのトラファルガー広場で超噴火が発生し、300立方キロメートルのマグマが噴出した場合、グレーター・ロンドン（トップ行政区画）全域が厚さ150メートルの火山性堆積物で埋めつくされるだろう」と、作業グループの報告書には記されている。「より大規模な超噴火（1000立方キロメートル）が発生すれば、同じ地域が厚さ420メートルの堆積物で埋もれてしまう。この厚さには、広範囲におよぶ降灰の堆積は含まれていない」

噴火の近隣地域は手の施しようがないほど破壊され、灰がすぐさま水道水に入りこむせいで、生活は困難になるだろう。土石流は川をせき止め、洪水を引き起こす。

ほかにも、数万平方マイルにわたり、破壊の波が、火砕流と呼ばれる「白熱したガスと岩のハリケーン」というかたちで押し寄せるだろう。その温度は1000度にも達し、ジェット機に近いスピードで移動する。「火砕流に捕らわれた生物に、生き残るチャンスはまったくない」と地質学者たちは書いている。

しかし、この事態さえまだ最悪といえる段階ではない。

「地球全体でみると、もっとも過酷な影響をおよぼすのは、突然、大気中に解き放たれた火山灰と火山ガスだろう」と、彼らはつづける。この雲は大気の上層に達し、太陽光

を遮り、水蒸気を吸収する。

「ガスには通常……大量の二酸化硫黄、二酸化炭素、塩素が含まれている。噴火によって大気中に放出された塵とガスは、太陽放射を反射し、あるいはそれ自体が熱を吸収して、大気の下層を冷却する。この事実によって導き出されたのが、『火山の冬』というコンセプトだ。地球冷却を引き起こす最大の原因は、二酸化硫黄ガスだ。このガスは、水に反応して硫酸の小さなしずくを形成し、それが粒子を含む雲となって、成層圏内に2、3年滞留しつづけるのである」

氷床コアの最近の分析によると、トバ噴火の降下堆積物は最長で6年間つづき、そのとき地球の気温は3〜5度低下していた。たいした変化には思えないかもしれないが、4度の冷却が長期間にわたってつづくと、新たな氷河期のはじまりを招くこともある。

地質学会にいわせると、「地球の気候のような複雑なシステムにおいて、原因と結果を考える場合には、詳細にわたるモデリング調査が必須となる。イギリス気象庁のハドリー・センターが、いまトバ級の噴火が起こったことを想定して作成したコンピュータ・モデルによると、北半球の気温は10度低下した。こうなると赤道の熱帯雨林も凍りつき、枯れてしまうだろう」

✝次の超火山はどこだ?

次の「超火山」候補はたくさんある。ワイオミングにあるイエローストーン火山は、地球の奥深くで発生する溶岩のプルーム(対流運動)によって、ときおりゴロゴロ音を立てている。この地域では、210万年前に、ハックルベリー・リッジでトバ級の爆発が起こっている。このとき、アイランド・パーク・カルデラが形成され、現在のアメリカの大半が灰で埋もれた。また、130万年前には、もっと小規模な噴火によってヘンリーズ・フォーク・カルデラが誕生している。

世界にはほかにも、ニュージーランドのタウポ湖や、イタリアのナポリ西部に位置するフレグレイ平野の火山などの危険地帯がある。インドネシアやフィリピン周辺の地域は火山活動が活発なことで知られている。地質学者は、日本、中央アメリカ諸国、ロシア東部のカムチャッカ半島にも注視しつづけている。

✝阻止できるのか?

新たな超火山の噴火は、避けようのない事態だ。

地球温暖化、小惑星の衝突、自然資源の急速な使用、核廃棄物処理などの問題にかんしては、世界の指導者や政府が、国際社会のために長期的な視野に立って取り組む必要があると感じ、すでに緊急時に備えて対策案を立てている。ならば、超火山に対して、もそうした案を用意する必要がある、というのがロンドン地質学会の作業グループが下した結論だ。もし、数十億の人々が、アジアの大半の地域から避難しなければならなくなったら、そして同時に、ヨーロッパとアメリカの農業が、数年にわたって壊滅してしまったらどうなるだろう？　と、彼らは問いかけている。

「これはたんなる空想ではない。次に超噴火が発生したら、間違いなくわれわれが直面することになる問題なのだ」と地質学会の左表グループは主張する。

「遅かれ早かれ超噴火は発生するだろう。これは真剣に着目すべき問題なのだ。小惑星ならば、軌道を逸らせたり、なんらかのかたちで衝突を避けたりすることが可能になるかもしれない。けれども、ＳＦですら、超火山を回避するための、もっともらしい言い訳を生み出すことができていないのだ。ここは大事なポイントなので、あえてくり返そう。大規模な火山噴火のパワーを弱めるための戦術は、いっさい構想されていないのだ」

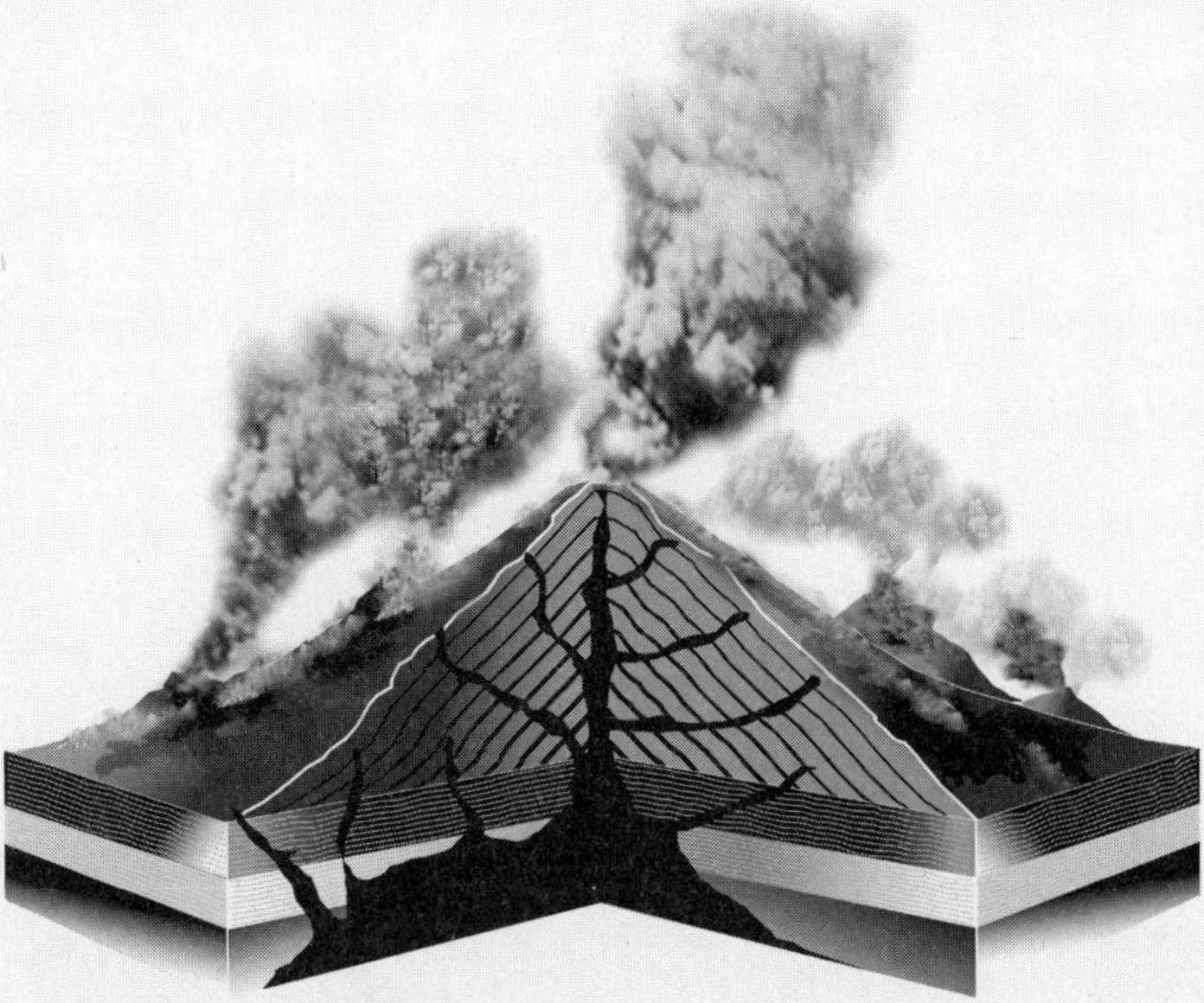

メガ津波

大西洋、アフリカ北西部のすぐ沖合に、いまにも崩れそうな島がある。もしその一部が海に崩落すれば、その結果生じる津波は、世界の大都市の多くを一掃し、壊滅的な数の犠牲者を出すだろう。しかもそれは、いつ起こってもおかしくないのだ。

数百万年前に、火山活動によって形成されたカナリア諸島の「ラ・パルマ」島は美しい島だ。まばゆい陽光や、さまざまな動植物であふれかえる渓谷を楽しもうとする、バカンス客に人気を博している。

ラ・パルマは、全カナリア諸島のなかでもとりわけ火山活動が活発な島で、15世紀にスペイン人に占拠されて以来、7度の大噴火を経験している。噴火そのものももちろん危険だが、この島にはもう1つ、地理学者たちを懸念させる要素が潜んでいる。

彼らは将来的な噴火によって、南端部の巨大な岩が、崩落するのではないかと危惧しているのだ。

「これは史上最大の自然災害となるでしょう」と、ユニヴァーシティ・カレッジ・ロンドンのエーオンベンフィールド・ハザード研究所所長、ビル・マクガイアは語る。

「大規模な自然災害につきものの問題があります。それは一度もそうした経験をしたことがないせいで、自分たちの身にはそんなことは起こらないと思いこんでしまうことです。単純に、無視してしまうんですよ。ですがこうした事象は、地質学的な歴史を通じて、つねに発生しています。われわれがいるうちは起こらない、と考える根拠はどこにもありません。ラ・パルマは北大西洋に崩落するでしょう。そのことに疑いはありません。問題はそれがいつ起こるのか？　なのです」

崩壊し、壊滅的なメガ津波を引き起こす可能性がある火山島は、ラ・パルマだけに限らない。世界の海にはそうした島が、何十となく点在しているのだ。

✝メガ津波とはどんなものか?

「津波」は、非常に大量の水が、急激に動かされて起こる波に与えられた呼称だ。たいていは、海底の地震や火山が津波を引き起こすが、地滑りや小惑星の衝突が原因となることもある。

津波は、時速800キロ以上のスピードで移動する。開けた大海原では、津波によって起こった波の高さがこれといって目立つことはない——海面が軽くうねっているように見えるだけだ。

典型的な津波の波長（連続する波頂間の距離）は200キロ以上におよぶ。風によって起こる普通の波の波長は90メートルだから、その規模がわかるだろう。津波が陸地に近くなると、その水深は浅くなり、波は圧縮されてスピードを落とす。そしてその高さは急激に高くなるのだ。

最初にメガ津波が直接観測されたのは、1958年、マグニ

チュード7・7の地震によって、アラスカの南西部にあるリツヤ湾の奥に9000万トンの土砂や氷塊が崩落したときのことだ。その力で発生した津波の高さは490メートルに達し、湾周辺の土地を水没させた。表土ははぎ取られ、木々は根こそぎにされ、船はことごとく沈没した。

その地域の岩に残された証拠から、地質学者たちは、リツヤ湾が数回のメガ津波に襲われているのではないかと考えている。

これらの破壊的な巨大な波は、何百万年も前から発生しつづけている。およそ6500万年前に恐竜を一掃し、ユカタン半島にチクシュルーブ・クレーターをつくりだした小惑星の衝突後にも、おそらくメガ津波は起こったはずだ。また、3550万年前にチェサピーク湾クレーターをつくりだした小惑星の衝突後にも、一連の津波が発生していた。

そして、津波は内陸でも発生する。1980年にはセント・ヘレンズ山の山頂部が400メートルにわたって近くの湖に崩落し、それによって起こった波は、最大で260メートルの高さに達した。

✝ラ・パルマの巨大岩が落ちると

ラ・パルマ島が注目されるようになったのは、1949年に、この島のケンブレビエハ火山が噴火し、西の側面に亀裂が入ってからのことだ。同時に巨大な岩の塊（全長19キロメートル、体積500立方キロメートル）が、周辺の海に4メートルずり落ちたた。科学者は、この岩の塊はいまも動いていて、もう一度噴火が起これば、完全に切り離されてしまうのではないかと考えている。

予想される崩落のコンピュータ・モデルによると、岩の崩落によって解き放たれるエネルギーは、アメリカの電力消費量半年分に相当する。岩が水に入ってから2分以内に、波の高さは800メートルに達する。10分後、その波は240キロ先に移動している。1時間後、波の高さは90メートルまで低下するが、それでも周辺の島々は水没し、その数時間後には、波がアフリカやヨーロッパの大西洋岸に到達するだろう――イギリス、スペイン、ポルトガル、フランスは、いずれも直撃を受けてしまうのだ。

ブラジルの北海岸もやはり、40メートルの波に襲われ、火山の崩壊から8時間ほどたつと、高速の波はアメリカの都市に到達しはじめる。

「もしあなたが、マイアミの浜辺に立っていたら、最初に目撃するのはいわゆる『引き戻し』という現象でしょう」と、ハワイ大学のゲイリー・マクマーティは、ラ・パルマ島崩落の可能性を取り上げたBBCのドキュメンタリー番組に出演した際に語っている。「海がいきなり遠ざかっていく。とんでもない引き潮がはじまるんです。思わず見入ってしまうかもしれませんが、その向こう側には、こちらに迫ってくる、巨大な壁が見えているでしょう」

強大な波は、港を経由して内陸にも数キロ入りこみ、何百万人もの命を奪うと同時に、土地や資産に数十億ドル相当の被害をもたらす。経済に与える長期的な影響は、計り知れないものとなるだろう。

✝われわれにできることは？

もし、ラ・パルマ島が明日崩壊したら、われわれはほぼなすすべもなく、メガ津波の広がりと、それによって起きる被害を眺めているしかない。だが、いずれ起きることを意識していれば、その日のために準備を進め、被害を減らすことも可能になる。

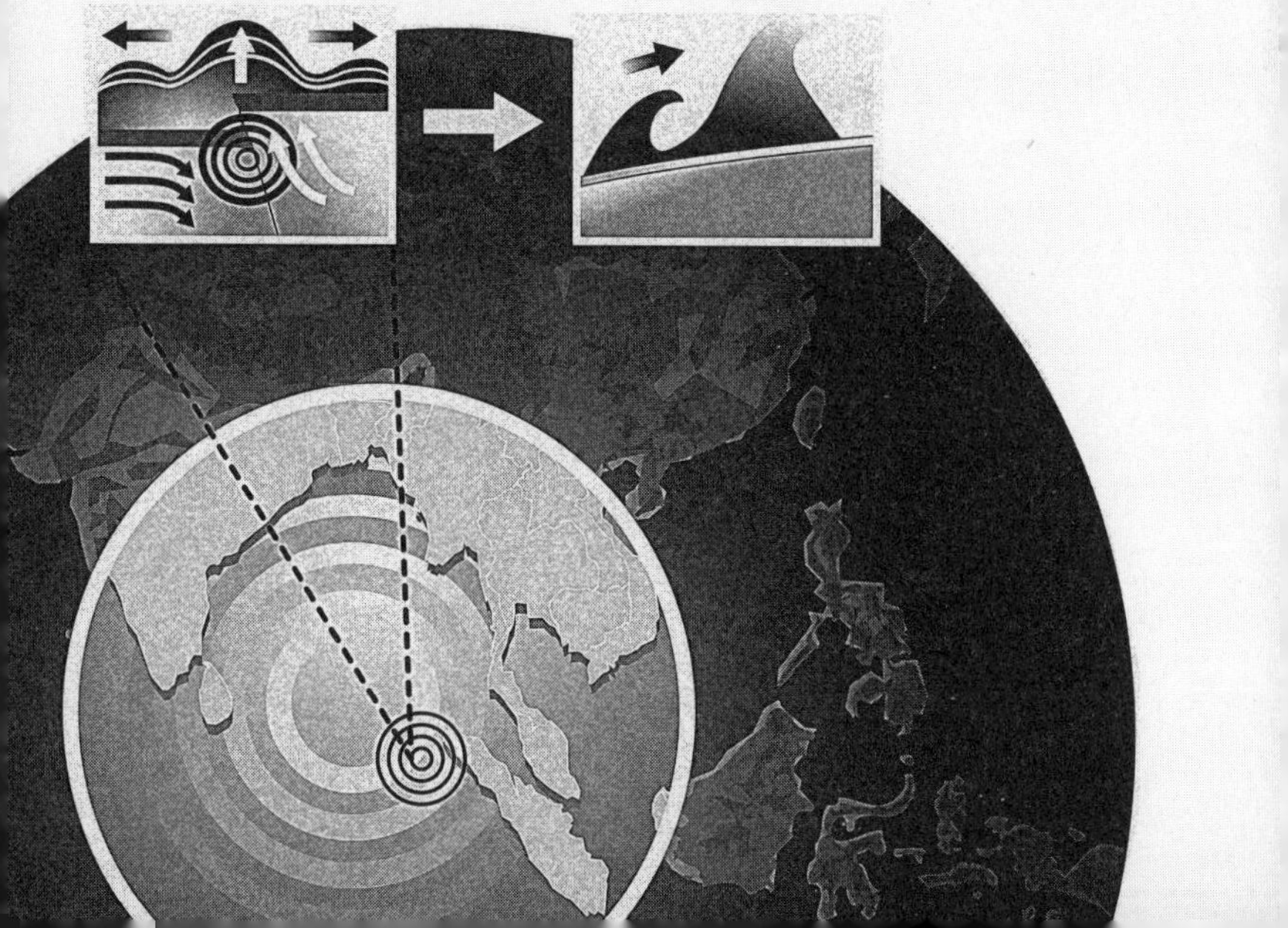

火山が崩壊するのは、まちがいなく噴火の最中だ。それに先だって、数日間、あるいは数週間にわたって、地震や火山周辺の変形がつづく。地球内部のガスや溶岩が、火山の下で膨張しているからだ。そうした徴候に目を光らせておけば、崩落を数日前に察知し、緊急避難をおこなえるかもしれない。

津波が多発する太平洋では、すでに早期警戒システムが稼働中だが、大西洋でも、異常の検出とすばやい情報伝達のために、同様のシステムを構築するべきだろう。

もし、科学者が火山による決定的なダメージがあると判断した場合、今度は世界各国の首相や大統領が、危険地帯の住民たちを避難させるべきかどうかを判断しなければならなくなる。これは決して簡単な仕事ではない。だが、警告は発せられるべきなのだ。

不意に、ニューヨークがメガ津波に直撃されるような事態にくらべたら、避難警告の混乱などずっとマシではないか。

酸素欠乏

地球の植物や動物は、酸素がないと生きていけない。なんらかの理由で、空気中や海中の酸素量が減少した場合、現在のかたちで生命が存続するのは難しくなるだろう。酸素の量がほんの少し減っただけでも、何十億という生物の個体がその場で死に絶え、互いに結びついた生態系のなかで、それらの生物に依存しているさらに数十億の個体も、やがて死に絶えてしまうのだ。

地球が、その表面をうごめく生物のために、つねに潤沢な酸素を用意してくれていると思ったら大まちがいだ。

地球史上、酸素量は、大々的な問題を引き起こすレベルで変動してきた。たとえば、恐竜が全盛期だった白亜紀には、海中の酸素がいちじるしく不足していた時期があった。おそらくは、海中における火山活動の増加が原因だったと思われるこの酸素不足は、結果として大量絶滅を招いた。

地質学的事象にかんする研究が進むにつれて、過去の酸素変動期と、温暖化する今日の世界との共通点が、次々に見つかっている。もしかすると、歴史はくり返そうとしているのかもしれない。

✝海洋無酸素事変とは?

およそ9300万年前、地球は異常な火山活動の時期を迎えていた。海底にたまった溶岩は巨大な山を成し、たとえばカリブ諸島をつくりだしている。当時のこの星は非常に暑く、アラスカにもヤシの木が生え、巨大な爬虫類がカナダの北部をうろついていた。同時に、海中の酸素は、おそらく同じ火山活動が原因で、極端に少なくなっていた。強大な溶岩の山が海洋循環を低下させ、炭素と酸素の移動が滞ったせいではないかと、科学者たちは考えている。とくに、海底では生命維持に必要な酸素が不足し、生物にとっては非常に危険な状態だった。

「地球の歴史のなかで、いわゆる『海洋無酸素事変』（Oceanic Anoxic Events OAE）は定期的に発生しているが、9300万年前、白亜紀の最中に起こった事変は、そのなかでもとりわけ過酷だった」と、ペンシルヴェニア大学地球科学部のティモシー・J・ブラロウワーは、2008年に「ネイチャー」に寄せた記事で書いている。「このOAEは、海底に生息していた大型のイノセラムス科二枚貝や、有孔虫というちっぽけな原生生物を絶滅させた。海洋循環の抜本的な変化はまた、ばく大な量の海洋有機物質を生み出し、埋蔵されたその物質が石油に変化していったのである」

彼はまた、この時期の火山活動が、この奇妙な無酸素環境を引き起こしたプロセスについても考察した。「1つの可能性は、火山活動が上部海洋にまき散らした金属微量栄養が、植物性プランクトンの繁殖を招いた。そして次には、有機物質が腐敗するために、大量の酸素が使用されたというものだ。もう1つの可能性は、火山から発生した二酸化炭素に起因する地球温暖化の結果、海がより階層化し、深海への酸素供給が制限されてしまったというものだ。この2つは両立することもできる」とブラロウワーは書いている。

地表と海から発せられる熱と気体が、こうした太古の酸素欠乏を招いたとするなら、同じような致死性の温室的状況が、再び進行する可能性もあるのではないか？　ワシントン大学の生物学部教授、ピーター・D・ウォードは、じゅうぶんありうると考えている。

地質記録のなかで、大量絶滅事象を指し示す層状岩盤内で見つかる証拠は、たとえば「小惑星の衝突によるもの」などは、例外的なケースだったことを明確にあらわしている。

「たいていの場合は、地球そのものが、思いもよらないかたちで生命に対する最悪の敵となっていたようだ」と、ウォードは、2006年の「サイエンティフィック・アメリカン」に寄せている。「そして現在の人類の活動は、生物圏をいま一度、危険にさらしているのかもしれない」

彼はこうつづけた。

「かなり前から、大量絶滅の時期の酸素濃度は、現在より低かったことが判明しているが、その原因はまだきちんと特定されていない。大規模な火山活動が、大気中の二酸化炭素の濃度を上げ、酸素を減らし、より熾烈な地球温暖化を招いた可能性もある。しかし、火山活動によって引き起こされた変化だけでは、ペルム紀の末に起

こった海洋生物の大量絶滅を説明することはできない。また、陸上の植物が死滅した原因を、火山に求めることもできない。なぜなら、二酸化炭素が増えれば植物は繁殖し、おそらく温暖化をも生き延びることも、できていたはずだからだ」

＋おそるべき「海のげっぷ」

いまの海には、上層から海底まで、ほぼ等量の酸素が含まれている。大気のガスは海面で分解され、海洋循環がそれをさらに深いところへ運んでいくからだ。ところが、たとえば黒海のような場所では、ある程度の深さになると「無酸素状態」があらわれる。酸素がなくても生息でき、硫化水素を利用する緑色硫黄細菌や紅色硫黄細菌にとっては、理想的な条件だろう。

海中の硫化水素は、泡となって上昇し、最終的には海面下に広がる酸素と出会う。この2つの「硫化水素領域」と「酸素領域」が出会う場所は、「化学的変水層」と呼ばれている。

海洋が酸素欠乏状態のときには、深海の硫化水素濃度が臨界値を超えた場合、化学的変水層が、突然、海面まで浮上することがあった。するとおそるべき結果が生じる。硫化水素の巨大な泡が破裂し、大気中に有毒なガスが噴出してしま

うのだ。

計算によると、ペルム紀末期に「海のげっぷ」から生じた硫化水素は、陸上と海中の生物を、十分全滅させることができる量だった。

さらなる科学的モデルによって、硫化水素が、オゾン層を攻め立てていた可能性も示唆された、とウォードはつけ加える。

「ペルム紀末期にそうしたオゾン層の崩壊が起こったことを示す証拠が、グリーンランドで採取された胞子の化石に存在する。そこにあらわれた変形は、高レベルの紫外線に長期にわたってさらされたものと同じなのだ。とくに北極では、オゾンの『穴』のせいで、植物性プランクトンが急激に減少することがわかっている。食物連鎖の基盤が破壊されたら、その上位にいる生物も、じきに窮地に陥ってしまうのだ」

ペルム紀最後期と三畳紀の海洋堆積物からは、硫化水素を消費するバクテリアが海一面に繁殖していたことを示す、化学的な手がかりが見つかっている。

「これらの微生物は酸素のない環境でしか生息できない。けれども、光合成のために太陽光を必要とするので、浅い海洋環境を好む。海面近くまで、それらのバクテリアが進出しているということは、ペルム紀末期の海は、表面にも酸素がなく、逆に硫化水素が豊富だったことを示しているのだ」

ペルム紀の末期に、大気中に紛れこんだ硫化水素の量は、今日の火山が発する量の2

000倍以上におよび、それが植物や動物を死滅させた、と科学者たちは考えているのだ。

✝世界に広がるデッド・ゾーン

世界の水域には、すでに何百もの「デッド・ゾーン」、すなわち硫化水素が酸素と闘っているエリアが存在する。なかでも特筆に値するのが、チェサピーク湾の周辺部を含むアメリカの東海岸沖、日本および中国の南海岸、アドリア海の北部、そしてスカンジナビアのカテガット海峡だろう。「サイエンス」誌に発表された2008年の研究によると、世界には405か所のデッド・ゾーンが存在し、バルト海に位置する最大のデッド・ゾーンでは、酸素がほぼ1年を通じて水底に届かない。

こうしたゾーンの出現は、地上で使用された肥料の流出が原因だとみられている。肥料に含まれる大量の窒素は、水中で藻類を繁殖させる。枯れた藻類は海底に沈み、微生物によって分解されるが、その際に、酸素を消費する。つまり、藻類が増えれば増えるほど、水中の酸素は少なくなり、魚や二枚貝を含む、そのほかの生物や植物を死滅させてしまうわけだ。

邪魔者がいなくなり、無酸素の状況ができあがると、嫌気性の微生物がのさばりだす。

†はたして再現はありうるのか?

「太古の絶滅の期間中に、大気に入っていた二酸化炭素の割合は定かでないが、大量死が起こる極限値はわかっている」と、ウォードは書いている。暁新世の末期に起こった絶滅がはじまったのは、大気中の二酸化炭素濃度が1000ppm前後に達したときだった。

現在の二酸化炭素濃度は、390ppm前後なので、破局はまだまだ遠い話のように思えるかもしれない。だが、現在の化石燃料の消費量でも、われわれは毎年、その濃度を2ppmずつ押し上げている。発展途上国がさらに多くの石油や石炭を燃やすようになれば、この割合は3ppmに加速していくだろう。

しかも、われわれは二酸化炭素のほかにも、不安材料を抱えている。温暖化がある程度まで進むと、凍結して海底に沈んでいる巨大なメタンのかたまり(およそ1万ギガトン)が溶けはじめ、大気中に漏れ出すだろう。メタンの温室ガス効果は、二酸化炭素の25倍にもおよぶため、温暖化はますます加速されるはずだ。

このことは、次世紀のなかばまでに、かつての大量絶滅期における、二酸化炭素のレベルに近づくことを意味する。海洋無酸素事変を引き起こす条件は、もうすでにそろっているのかもしれない。「再び、無酸素事変による絶滅が起きるまでに、どれだけの時間が残されているのだろう?」とウォードは問いかける。

「われわれの社会が、その答えを見いだすようなことがあってはならない」

地磁気の逆転

磁石は何世紀も人々を導いてきた。そのおかげで船は海を渡り、旅人は砂漠を越えることができたのだ。地球の磁場に合わせて、位置を調節するちっぽけな金属片。じつにシンプルだが、じつに頼りになる——少なくとも地球の磁場が動かずにいてくれる間は——。

もし、地球の磁極がうろうろしはじめたら、磁石は無用の長物と化す。

そうした事態は、そうしょっちゅう起こることはないが、地球の磁極は、数億年に1回のペースで動きはじめ、最終的には入れ替わってしまうことがわかっている。そして、その入れ替え期には、大問題が山積みとなる。

磁石で方向を知らせることだけが、地球の磁場の役割ではもちろんない。地球の磁場は、宇宙にも放射され、われわれの太陽から降り注ぐ有害な粒子や放射線に対する、シールドの役目をはたしているのだ。

もし、こうした物質が大量に地表に到達するようなことがあれば、生物相はズタズタにされてしまうだろう。高エネルギーの放射線はDNAを引き裂き、デリケートな生体細胞に取り返しのつかない損傷を与える

✝地球はなぜ磁場があるのか?

われわれの惑星は、ちょっとスモモに似ている。小さな堅い核を、厚さや密度の異なるいくつかの柔らかい層が包みこんでいるのだ。

陸地と海は、このスモモの皮(「地殻」と呼ばれる、比較的薄くて堅い層)に乗っている。地殻のすぐ下には、溶岩の広大な層がおよそ3200キロの深さまで広がる「マントル」がある。さらにその下は、鉄分の豊富な流体の領域となる。鉄とニッケルでできた、

熱くて堅い「内核」の周囲を、「外核」がつねに動いている状態だ。この「液体」と「堅い核」が、地球の磁場の発生源だ。

地球の磁場は、しばしば、惑星の内部に「巨大な棒磁石」が埋めこまれているかのように説明される。N極とS極は、ほぼ地球の北極と南極に相当し、両サイドから発生する力線は、学校の実験でおなじみの、特徴的な半円パターンを描く。

簡潔な表現としては有用だが、実物ははるかに複雑で変化に富み、地表のどこで測定するかによって、強さや向きも変わってくる。しかも、時間が経つと変化するのだ。

英国地質調査所（BGS）によると、核とマントルの境界に存在する「逆磁束斑」（通常の向きとは逆の磁場）は、ときとともに増大している。「これらの領域では、核の中でも外でも、磁石はその周辺のエリアと逆の方向を指す。主要な『双極子場』（通常の磁場）の減衰はおもに、南大西洋の下で、そうした逆磁束斑のエリアが増えていることによるものだ。この逆磁束斑はまた、ブラジルの北西部を中心とする、『南大西洋異常帯』と呼ばれる磁界低下の原因ともなっている」

✚逆転はいつ起こるかわからない

極の位置を移動させるのは、多くの場合、「流体の外核」の動きと「固体の内核」の相互作用だ。ただし、何が引き金となるのかは、正確にはわかっていない。

地磁気逆転とは、つまり、北極と南極が入れ替わるということだ。この事象は、いまから約78万年前に発生した。

しかし、逆転の歴史の完全な記録はいっさい残されていない。そのため、逆転が起こる速さになどにかんする科学者たちの計算は、数理シミュレーションに加え、太古の磁場が形成された際の形跡を留めた、岩に証拠を求めている。地質学者の間では、逆転は数千年がかりで完了する、という見方が大勢を占めているようだ。地質学的な基準からすると、光なみの速さだが、それよりも速く進行するという証拠もある。

オクシデンタル大学の地質学者、スコット・ボーグが、ネバダで発見された1500万年前の岩を調査し、地磁気逆転が4年で終わった可能性を示す証拠が見つけたのだ。「逆転の興味深い点の1つは、その発生にこれといった周期性がないことだ」とアメリカ地質調査所はいう。「逆転は不規則な事象だ。1万年に1度のペースで起きることもあれば、5000万年以上にわたって発生しないこともある」

✝磁場が消えると生物が消える?

1980年代のなかば、科学者たちは、地磁気逆転と大量絶滅のタイミングが一致していることに着目しはじめた。

「地球の磁場の逆転と、地球外の原因による破局的事象との関連性を取り上げた論文が、ここ2年ほどの間に急増している」と、ケンブリッジ大学の地球学者、J・A・ジェイコブスは1986年の「ネイチャー」誌に書いている。「急に関心が高まった理由は、地磁気の逆転、彗星や小惑星の衝突、そして大量絶滅の頻度に、約3000万年という周期性があると報じられたことだろう」

その1年前、この見かけ上は一致したタイミングを分析した、シカゴ大学の地球科学者、デイヴィッド・ラウプは、絶滅と地磁気逆転の間に決定的なつながりを見いだすことはむずかしい、と結論づけた。

たしかに、大量絶滅と小惑星の衝突の間には、つながりがあるのかもしれないし、小惑星の衝突と地磁気弱点の間にも、ごく薄いつながりがあるのかもしれないとしながら、「だから少なくとも逆転の一部が、彗星か小惑星の衝突によって引き起こされた可能性は否定できない。だが、逆転活動の周期的な増大と、周期的な絶滅を関係づけるのは、あくまでもこうした前提があっての話なのだ」と、彼は「ネイチャー」に書いている。

過去の絶滅の話はともかく、逆転は、われわれの生命に悪影響をおよぼすのではないのか？　いま、磁場が消えるようなことがあれば、地球の表面は有害な放射線にさらされ、われわれは大損傷を受けるという話ではなかったか？

USGは、さほど深刻ではないと考えているようだ。「1億年前後に1回の大量絶滅にくらべると、地磁気の逆転は１００万年前後に1回と、かなりひんぱんに起こっている。つまりは、大半の逆転は絶滅につながらないということだ」

　地球から発散され、太陽から飛来した粒子の風に対抗する力線のパターンは、「磁気圏」として知られている。この磁気圏は、太陽から降り注ぐ高速の荷電粒子からわれわれを守ってくれているが、そのはたらきは大気圏にもあるのだ、とＵＳＧはいう。

「磁場が比較的弱くなる『極遷移』の最中に、地表に届く放射線が影響して、たとえば、恐竜の絶滅のような事態を引き起こせるのかどうかははっきりしない。おそらく、絶滅させるには、放射線の量が足りないのではないだろうか」

　さらに、ＢＧＳによると、たとえ磁気圏が役に立たなくなっても、地球の大気は「厚さ13フィートのコンクリート」なみの効率で、われわれを高エネルギーの放射線から守ることができるという。

　磁場の喪失は、ほかの動物たちに影響を与えるのだろうか。

「ハトやクジラなどの動物は、方向探知に地球の磁場を使っている可能性がある」とＢＧＳはいう。

「逆転が、数千年がかりで進行すると仮定した場合、個々の種、個々の動物は、世代を重ねていくうちに、変化する磁場環境にうまく適応するか、舵取りの新たな方法を身

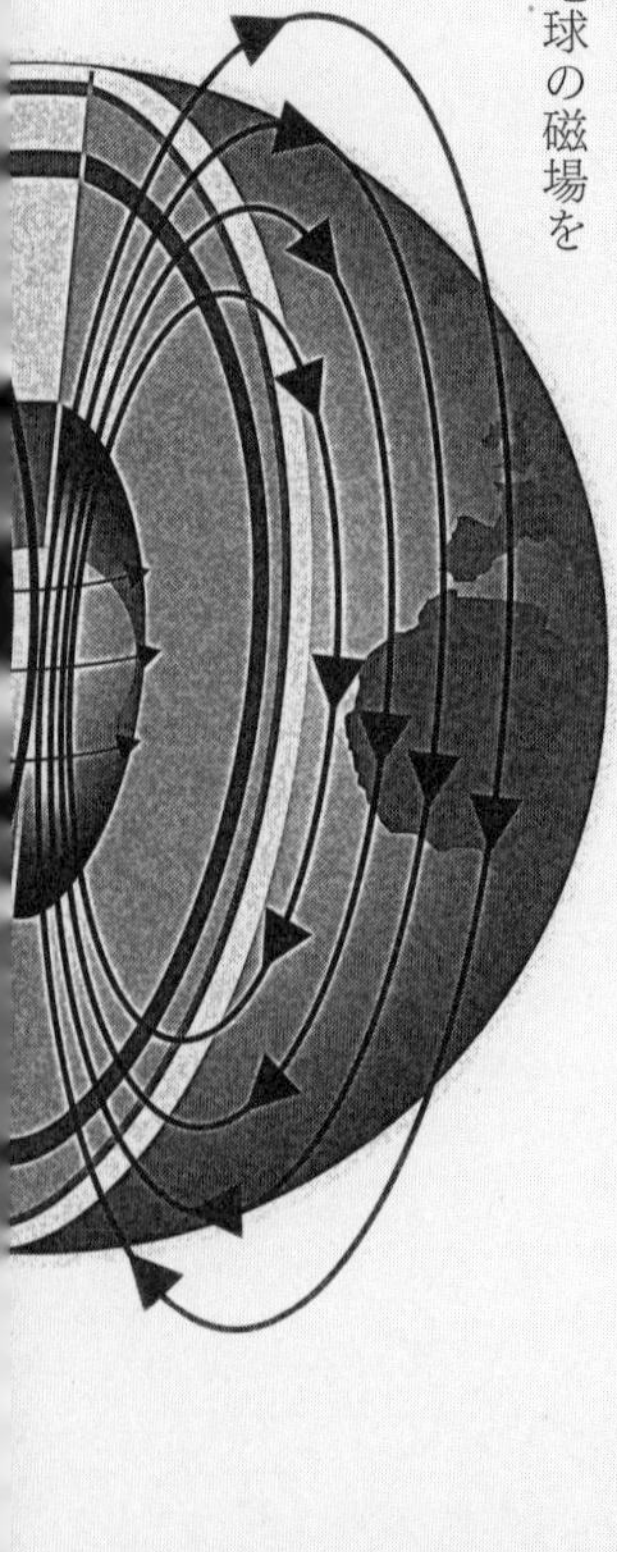

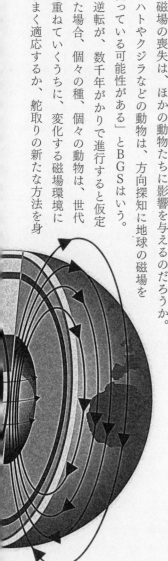

に着けていくだろう」

また、地質証拠によると、最後に大規模な地磁気逆転が起こったときには、人類以前のわれわれの祖先もその場に居合わせていたが、とくにダメージを受けた様子はなかった。こうしたもろもろを考えると、地磁気逆転が起こってもわれわれは、そこそこ安全でいられるのではないかと思えてくる。

とはいえ、1つだけ「ただし書き」が残されている。つまり、人類以前の祖先は、iPhoneも持っていなかったし、インターネットも使っていなかった、ということだ。われわれの社会は現在、配電網や衛星に大きく依存している。磁極の逆転中に、地球の磁場が一時的に消失するようなことがあれば、電子機器のすべてが、宇宙と太陽の放射線によって、修復不能なダメージを受けてしまうのだ。ただし、これは地磁気逆転とは、また別の話なのだが……。

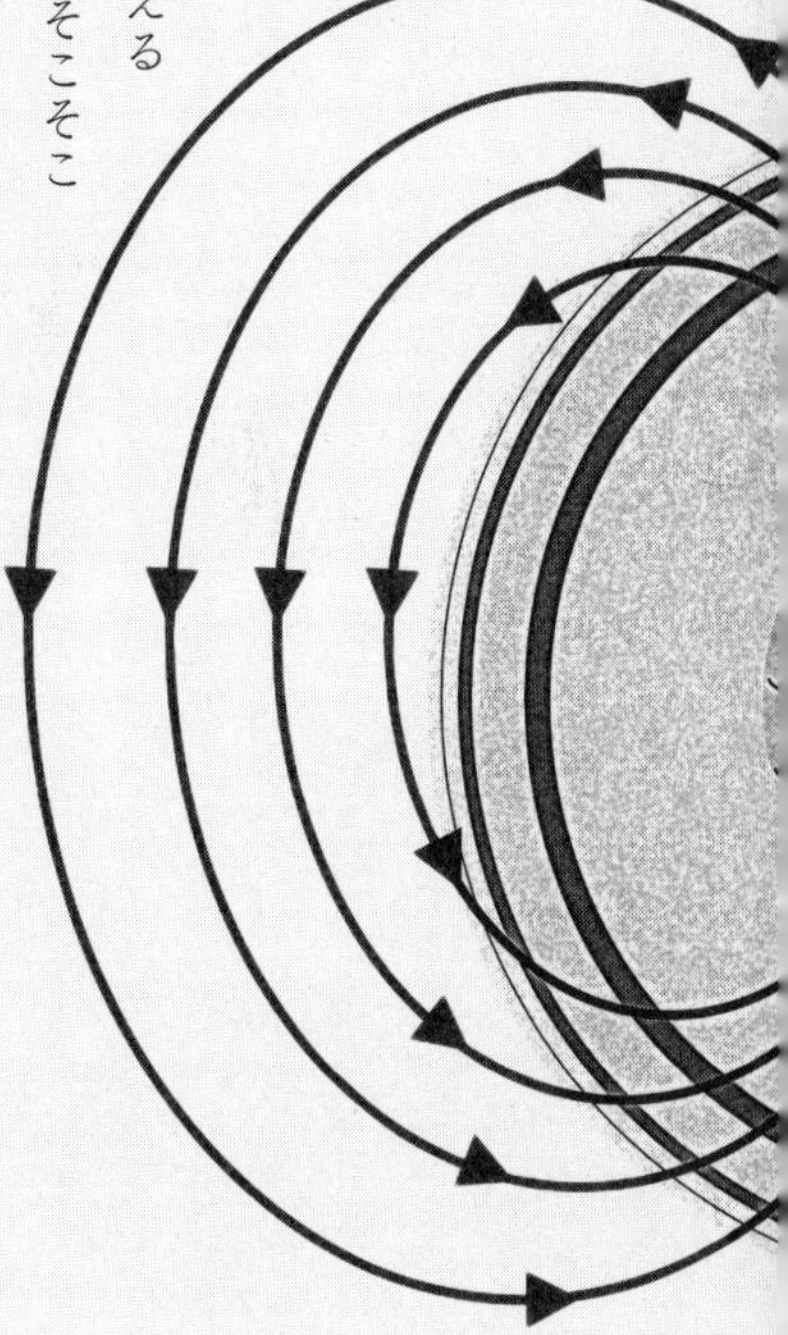

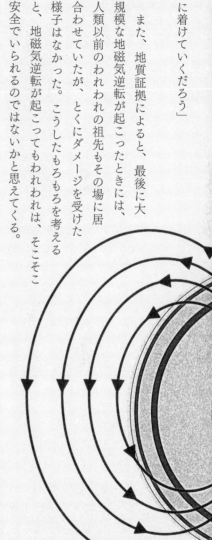

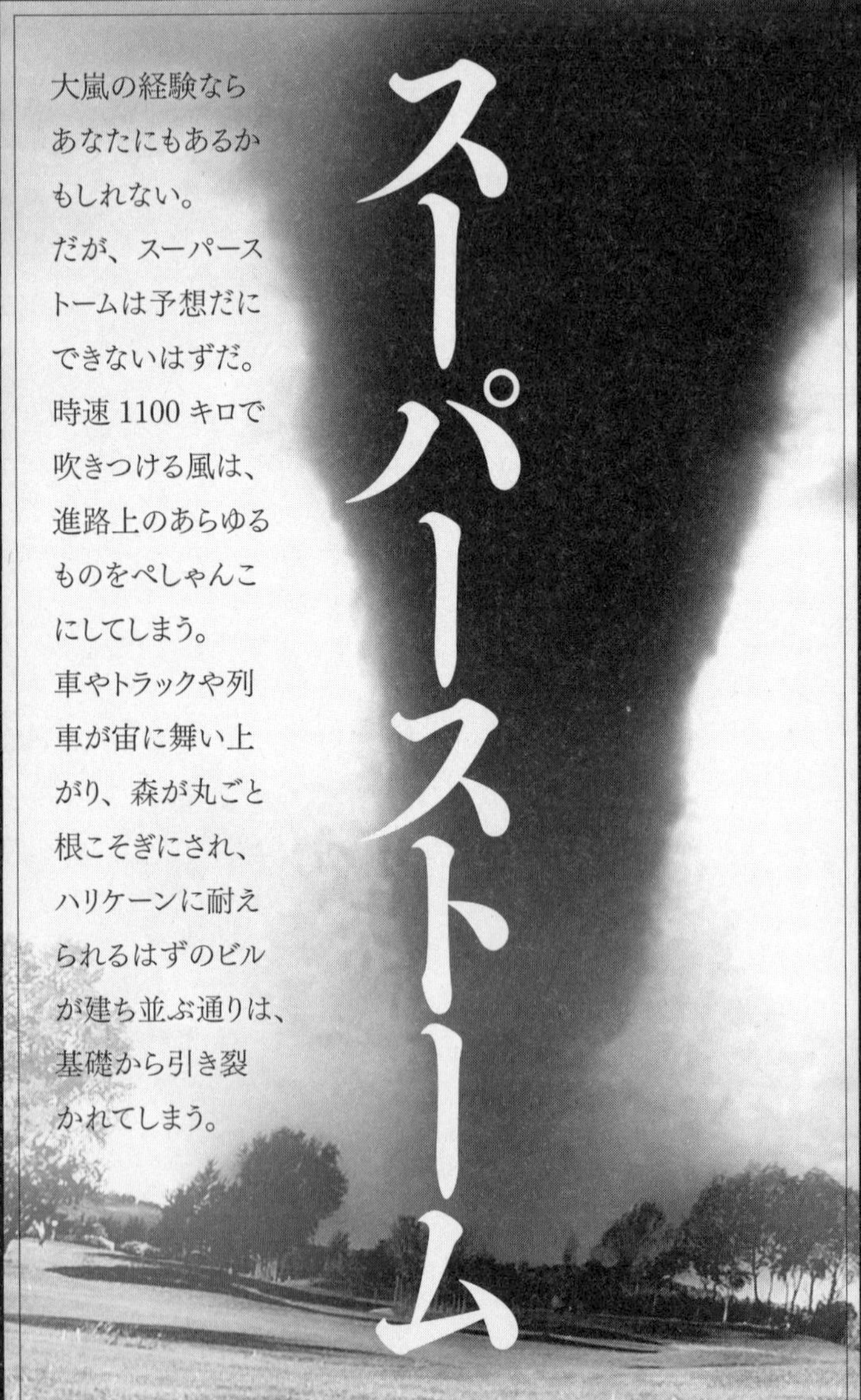

スーパーストーム

大嵐の経験ならあなたにもあるかもしれない。

だが、スーパーストームは予想だにできないはずだ。

時速1100キロで吹きつける風は、進路上のあらゆるものをぺしゃんこにしてしまう。

車やトラックや列車が宙に舞い上がり、森が丸ごと根こそぎにされ、ハリケーンに耐えられるはずのビルが建ち並ぶ通りは、基礎から引き裂かれてしまう。

想像を絶するスケールの超巨大嵐は、アメリカの本土全域に相当するエリアをおおいつくす。巨岩が飛び交い、沿岸地域は津波に襲われる。嵐がすぎ去ると、いくつもの国々でいくつもの都市が、跡形もなくなっているだろう。

被害が地球全体におよびはじめるのは、そのときだ。大地を蹂躙する風は、同時に地球のオゾン層をせっせと破壊している。やがて、太陽から降り注ぐ有害な光線を防げなくなった地球からは、生物が一掃されてしまうだろう。

✦数千キロにおよぶハイパーケーン

海から発した過剰なエネルギーを、地域によって「ハリケーン」とも「台風」とも「サイクロン」とも呼ぶ。これは毎年、大西洋、カリブ海、インド洋、そして西太平洋を含む、世界の温かい海で発生する現象だ。

たとえば北大西洋の、ハリケーン・シーズンは6月にはじまり11月の末までつづく。最盛期はたいてい、太陽によって海が何カ月も温められた、この期間の終わりごろだ。

ハリケーンが発生するのは、エネルギー量がもっと高くなったときだ。

たとえば、いくつかの雷雨が、海上の低気圧エリアを周回しはじめたとしよう。雷雨はおたがいを補強し、その状況が強化される。風が時速119キロを超えると、その嵐ははじめてハリケーンと呼ばれる。海水面からの温かい湿った空気がさらなるパワーを与え、水上に留まっている限り、この状況は増大しつづける。

「カテゴリー1」のハリケーンは、風速が時速119〜153キロ。上陸による被害は最小限に留まるが、それにともなう高潮は数メートルの高さに達し、陸地に達すれば洪水を引き起こす。対照的に、風速が時速250キロを越え、7メートル以上の高波をともなう「カテゴリー5」のハリケーンは、上陸すると、壊滅的な被害を与えかねない。アメリカを直撃した史上最大の暴風雨、ハリケーン「カトリーナ」は「カテゴリー3」の嵐として上陸したが、メキシコ湾流の温かな水の上に位置していたころは、もっと高いカテゴリーに達していた。

近年の気候変動のおかげで、ハリケーンはその数と激しさを増している。過去1世紀のうちに、大西洋の海面温度は0・7度上昇し、2005年の「サイエンス」で発表された研究によると、世界中で「カテゴリー4」および「5」のハリケーンが発生した件数は、35年でほぼ倍増していた。

同年、マサチューセッツ工科大学に在籍するハリケーンの専門家、ケリー・エマニエルは、アメリカの周辺における大規模な嵐の激しさと持続時間が、1970年代以降、70パーセント近く跳ね上がっていることを突き止めた。

「この結果は、将来的な温暖化が、熱帯低気圧の破壊力を上昇させ――沿岸人口の増加を考慮に入れると――21世紀にはハリケーン関連の損失がかなり増大する可能性があることを示唆している」と、彼は「ネイチャー」に書いている。

エマニエルの言葉を借りると、「ハイパーケーン」とは中部、上部の成層圏に、大量の水や塵を吹きこむことができる「暴走ハリケーン」のことだ。成層圏でハイパーケーンは気候に「重大な影響」を与え、ひいては生命の生存を大きく脅かすのだ。

「地球物理研究ジャーナル」で発表した、1995年の論文のなかで、エマニエルは、こうした悪夢的な嵐の発生に必要とされる条件をモデル化した。それによると幅50キロメートルの海域が、45度以上に熱せられただけで、ハイパーケーンは発生する。

その結果生じる時速1100キロの風は、気圧が30キロパスカルまで下がり（通常の気圧は101キロパスカルをわずかに超える程度）、嵐の寿命を長引かせる「目」のまわりで吹き荒れる。目の直径は数百キロ、嵐そのものがおよぶ範囲は、数千キロにおよぶ。

近年に観測された最大の嵐は、1979年の「台風20号」で、風速は時速300キロ前後、中心気圧は87キロパスカルだった。エマニエルのいうハイパーケーンの形成には、過酷な気象条件が必要とされるため、おそらくそうした嵐が発生するのは、熱帯地域だけに限られるだろう。

✝オゾン層をも破壊する力

巨大嵐とそれにともなう風、高潮、洪水は、毎年、甚大な被害を出しているが、ずっと規模が大きいハイパーケーンの場合には、直接的な被害もそれに応じて大きくなるだろう。だが、とりわけ危険が大きいのは、頭上20キロの上部成層圏にハイパーケーンが与えるダメージだ。

「環境への影響という点で考えると、ハイパーケーンのもっとも重要な特徴は、成層圏の中部に大量の物質を吹きこむ能力があることだ」と、エマニエルは書いている。
高度20キロまで上昇する直径5〜32キロメートルの空気の環は、空気とともに、毎秒107キログラム前後の水を成層圏の中部に運び上げる。20日もすると、この空気の層は水で飽和し、空の非常に高い位置に雲が見えはじめる。残念ながらそれらの雲は、とうてい安全とはいいがたい。
大量の水が成層圏に吹きこまれると、その地域の化学構造に多大な影響をおよぼす。水の分子は、非常に反応の早い「遊離基」のスープに分裂する。こ

れは、余分な電子を持った分子で、通常なら安定しているほかの分子を、バラバラにすることができるのだ。端的にいうと、成層圏内での水の蒸発は、オゾン層を破壊するのである。

　雲そのもののなかにある水滴もまた、新たな反応の触媒となり、海水とともに上がってくる塩素を活性化させ、酸化窒素を不活性化させる。これによって、オゾンの破壊がより効率的に進行するのだ（北極のオゾン・ホールが最初に登場したのも、こうしたメカニズムを通じてだった）。

　オゾン層が激減すると、地表とそこに生息する生物はすべて、紫外線のなすがままになってしまう。陸上と海の上部では、じきにすべて死滅するだろう。

†その可能性は?

ハイパーケーンの形成に必要な海面温度は、これまでの観測記録にくらべるとかなり高く、いかに気候変動によって世界中の水温が上昇していても、海面温度が定期的に45度に到達するような事態は考えられない。むしろハイパーケーンは、ほかの破滅的な事象の添えものとして起きる公算が大きい。

たとえば、小惑星の衝突や、海底火山の巨大噴火だ。

エマニエルの計算によると、かりに、直径10キロの小惑星が浅い海を直撃するようなことがあれば、その海にホットスポットが発生する可能性は高い。あるいは、海底の大火山が噴火すれば、まわりの水が高温となり、ハイパーケーンが発生するだろう。

もしかすると、恐竜たちは、ハイパーケーンが一掃したのかもしれないと、エマニエルは考えている。当時、メキシコには浅い海があり、小惑星の衝突で、そこにあった水は片側に押しやられた。その後、いっせいに戻ってきた水は、熱いクレーターに流れこみ、ハイパーケーンの発生に必要とされる温度まで温められたのだ。かくして、世界は破滅したのである。

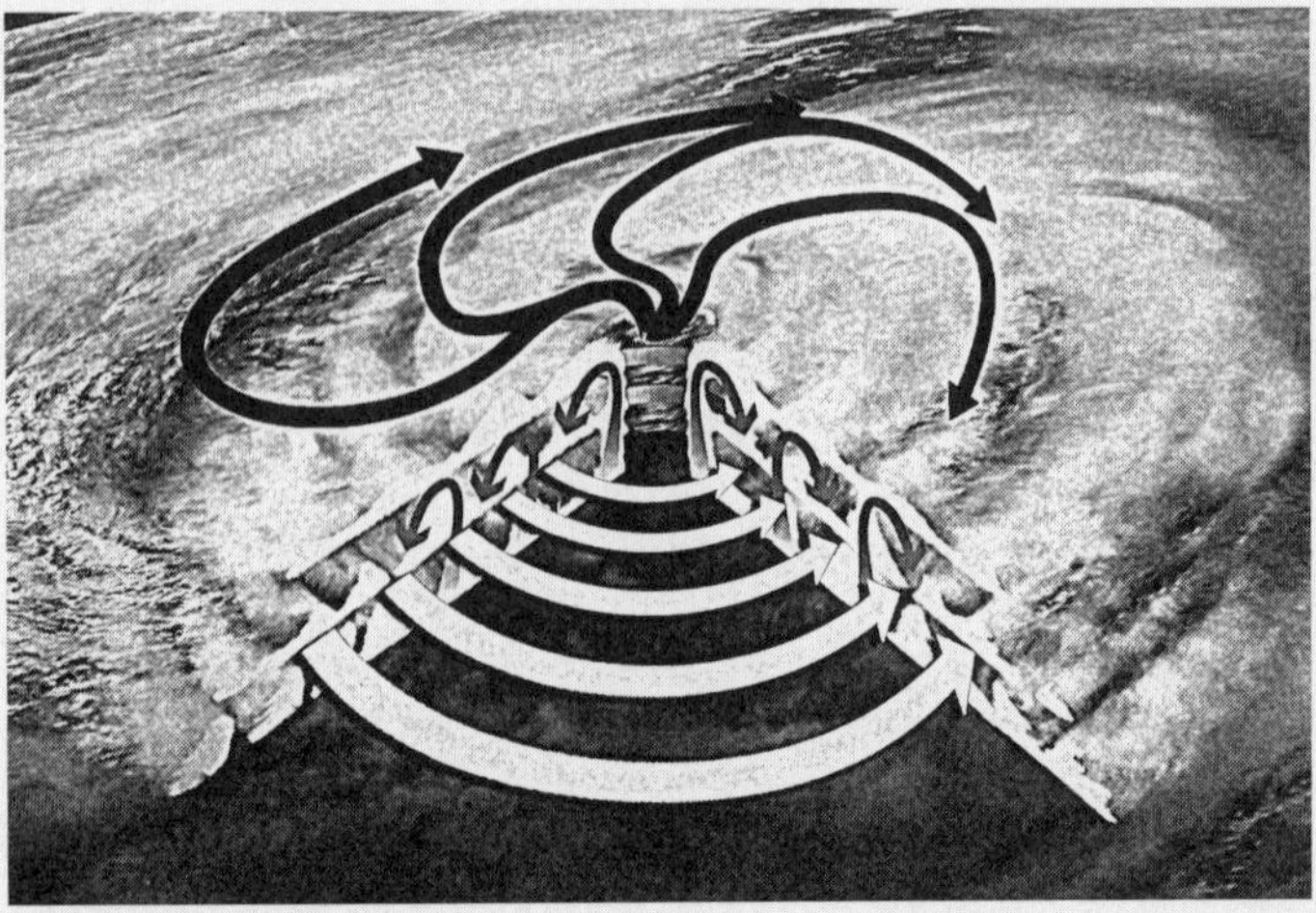

太陽嵐

われわれの、先進的なつながり合う世界を支えているのが、電力配給網によって駆動する高速の電子接続システムだ。数十年をかけて築かれ、改良を加えられてきたこのネットワークは、異なる国の人々を瞬時に結びつけ、現在あたり前のように享受している世界を実現させた。よほどのことがない限り、これらすべてが役立たずになることはありえない……いや、はたしてそうなのか？じつは、この惑星は、破壊の王のまわりをぐるぐるとまわっているのだ。

太陽の表面では、しばしば地球サイズの嵐が起こり、危険な放射線や粒子を宇宙に解き放っている。こうした危険なエネルギーの断片は、大部分が深宇宙に向かって行く。もし、その進路に地球が入ってしまったら？　あなたはインターネットや電気の供給に、別れを告げることになるだろう。銀行は機能できなくなり、人工衛星は盲目になる。太陽の嵐によって、われわれは石器時代に逆戻りしてしまうかもしれないのだ。

✝フレアが電子機器をめちゃくちゃに

太陽から尽きることなく降り注ぐエネルギーがなかったら、地球に生物は存在しなかった。しかし、われわれの恒星は、ただただ親切なばかりの、慈愛にあふれた王様ではない。

太陽は、ほかの恒星と同様、想像を絶するエネルギーを持った燃え盛るガスの塊だ。植物が光合成をする日の光から、行き会ったすべてのものをズタズタにする高エネルギーの粒子や光線まで、あらゆる種類の放射物を発散している。

地球には、たまたま、生命のためになるエネルギーは通過させ、かつ、イヤなものの侵入を阻む「防衛シールド」が備わっている。「磁気圏」と呼ばれるこのシールドは、太陽の放射物のなかでもとりわけタチが悪いものを逸らせ、地表の生命のデリケートな分子に到達するのを防いでいる。

こうした高エネルギーの放射物は、キラキラと揺らめくオーロラというかたちで見ることができる。

しかし、太陽はときおり、通常の放射物とは異なるものを放り出すことがある。表面で発生した磁気嵐が、「フレア」を引き起こしてしまうのだ。フレアとは、太陽が1秒ごとに放出するエネルギーの6分の1を、一気に解き放つ爆発だ。嵐がとくに激しい場合には、コロナガスの噴出（CME）が起こり、エネルギー電子と陽子、それに少量のヘリウム、酸素、鉄で構成されるプラズマの巨大な雲が、時速800万キロで移動する。

もし、そうした異常事態の影響が地球におよぶようなことがあれば、送電網は絶たれ、人工衛星は無効化し、電子機器は使えなくなる。高い高度を飛ぶ飛行機は、大量の危険な放射線にさらされるだろう。

太陽のフレアは、たいてい激しい電磁放射（電波や可視波に加え、より危険なガンマ線、紫外線、X線を含む）をともない、それが地球に到達すると、外圏大気をイオン化する。地上の人間は安全だが、GPSや、そのほかの人工衛星は影響を受けるだろう。

「GPSは、われわれの活動のほぼすべてにおいて、重要な役割を担っている」と、コロラドの宇宙天気予測センター所長、トーマス・ボグダンは語る。「連続的な電力供給や衛星経由のサービスは、いたるところで必要とされている。たとえば、ガソリンスタンドに行って、クレジットカードでガソリンを1ガロン買うたびに、衛星を使った取引がおこなわれているのだ。航空やコミュニケーションにおいて、GPSがはたす重要性には、あえて触れるまでもないだろう。こうしたものへの依存度は高まっているが、その1つひとつが宇宙の天候に対する脆弱性を抱えているのだ」

最初のフレアの10～20分後には、エネルギー陽子の噴出が起こる。

「リスクにさらされるのは、静止軌道上の衛星だ。繊細なエレクトロニクスにじゅうぶんなシールドが施されていなかった場合には、内部のコンピューターの活動が、支障をきたす場合もあるだろう」

さらに10～30時間後、CMEが地球の磁気圏を直撃し、石油のパイプラインや高圧線に誘導電流が混入しはじめる。1989年に、ケベックで発生した大停電は、この誘導電流が原因だった。そして、世界のかなり広い地域で、人々はオーロラに似たライトショウを目の当たりにするのだ。

「宇宙の天候は、つながり合ったこの広大な惑星のあらゆる場所で、人間の安全や経済に影響を与える可能性がある。最大時速800万キロで太陽からやって来る帯電したガスの噴出は、ほとんどなんの警告もなく、われわれを襲ってくるだろう」と、それぞれ、オバマ大統領と英国政府の主席科学顧問を務めるジョン・ホルドレンとジョン・ベディントンは、2011年に連名で発表した声明のなかで警告した。

「その影響は多大なものだ――被害額はアメリカだけでも、最初の1年で2兆ドルに達し、回復には4年から10年かかるかもしれない」

✚太陽嵐による、過去に起こった大混乱

記録にある最大の太陽嵐は、1859年に発生した。イギリスの天文学者、リチャード・キャリントンが、磁石が狂ったり、キューバのような赤道よりの場所でオーロラが観測されたり、といった一連の異常事態に着目したのだ。

その当時の世界には、電力インフラはほとんど存在しなかったが、太陽嵐は、最新の技術であった「電報」のシステムに、誘導電流を送りこんだ。

「その電流は非常に強力で、バッテリーをはずしても、オペレーターはメッセージを送信することができた」とボグダンはいう。

ホルドレン＝ベディントンが、その後の出来事を概括する。

「1921年には、宇宙の天候が原因で、アメリカ北西部の通信網が絶たれ、火事が発生した。1989年3月には、磁気嵐が原因で、カナダのハイドロ・ケベック送電網が90秒とたたずに崩壊し、何百万もの人々が、最大9時間にわたって暗闇のなかに取り残された。2003年には2つの非常に激しい太陽嵐が、わずか19時間で太陽から地球に到達し、スウェーデンで停電を引き起こし、人工衛星、放送通信、航空、航海にも影響を与えた」

とくに、1989年の太陽嵐は、近代のインフラが受ける影響の好例となっている。

「1989年3月10日の金曜日に、天文学者たちは太陽の大爆発を目撃し、それから数分のうちに、太陽の入り組んだ磁力は、10億トンのガス雲を解き放っていました。それは数千基の原爆が、一気に爆発したようなエネルギーでした」とNASAの天文学者、ステン・オデンワルドはいう。

「爆発にともなうフレアはすぐさま、短波ラジオに干渉し、たとえば、ロシアに送りこまれるラジオ・フリー・ヨーロッパの電波を妨害しました。クレムリンの妨害だと思われていましたが、実際にはたんなる太陽の悪戯だったのです」

3月12日、ついにCMEが地球の磁場を直撃し、巨大な磁気嵐を引き起こした。空には息を呑むような光があらわれたが、地上では太陽粒子が北アメリカの送電網に電流を誘導していた。「3月13日の午前2時44分を少しすぎたとき、その電流はケベックの送電網に弱点を見つけました」とオデンワルド。「すると2分とたたずに、ケベック全域の送電網がダウンしてしまったのです。そのあとには12時間におよぶ停電がつづき、何百万もの人々が、いきなり暗いオフィス・ビルや、地下の歩行者用トンネルや、停止したエレベータのなかに取り残されました。朝食を摂ろうと起き出した人たちは、ほとんどが寒い家

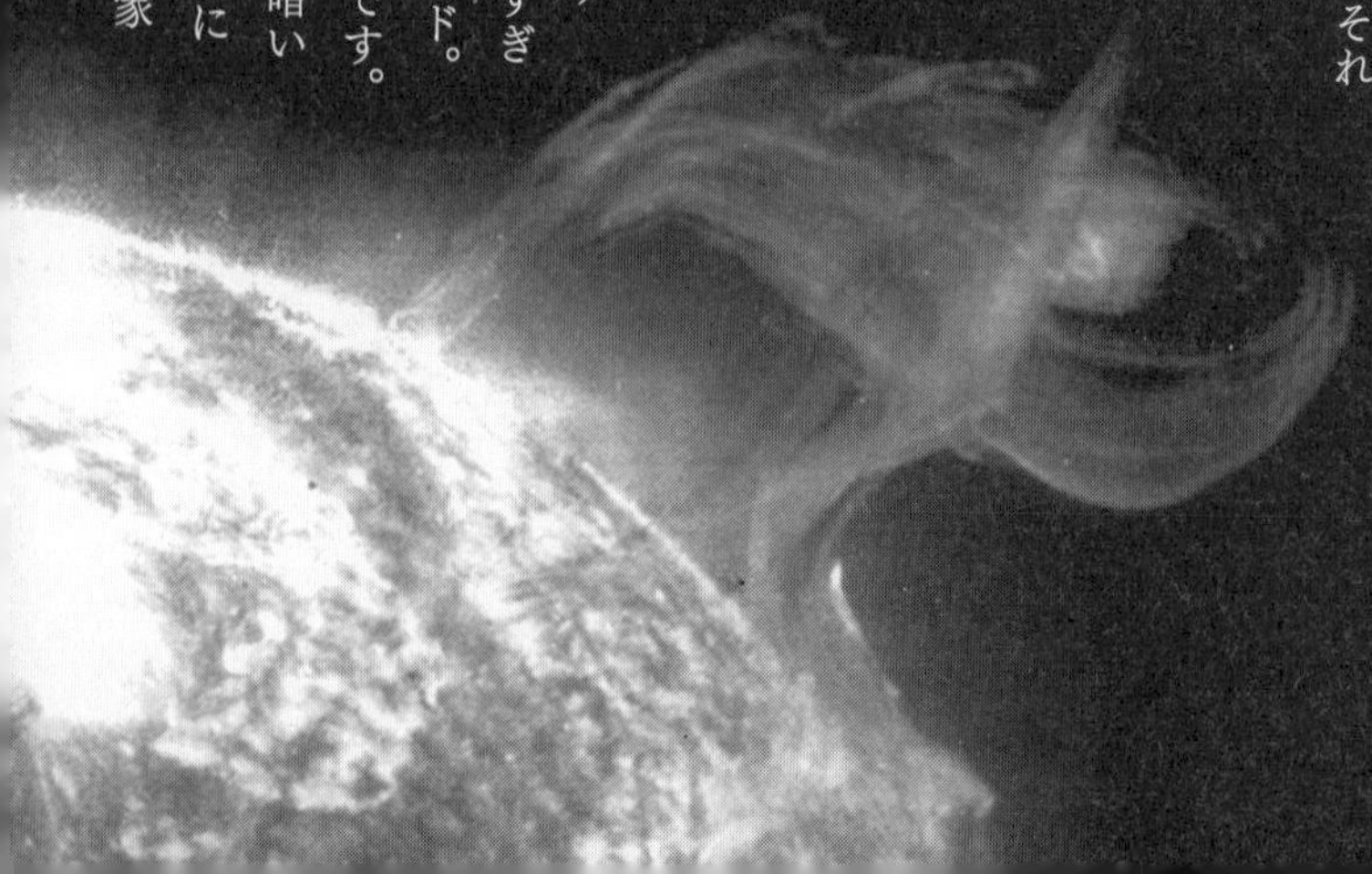

で身体を震わせたんです。停電のおかげで学校やオフィスも閉鎖され、朝のラッシュアワー時に、モントリオールの地下鉄はいっさい動かず、ドーヴァル空港も閉鎖されてしまいました」

その間に宇宙では、ＮＡＳＡのＴＤＲ－１衛星が数時間にわたってコントロール不能になり、スペース・シャトルのディスカバリーでは、燃料電池に水素を供給する高圧タンクのセンサーが原因不明の誤作動を起こしていた。

予測し、備えよ

太陽嵐はいつ起こるかわからないが、およそ11年のサイクルで、より激しく、よりひんぱんになる。そして、エレクトロニクス技術に対する依存度が高まれば高まるだけ、宇宙の天候に対する脆弱性も高まる。

「２００８年にメタテック社がおこなった研究によると、１９２１年の太陽嵐が、いま再現されたら、アメリカ全土の社会的、技術的インフラに障害が生じ、１億３０００万以上の人々が影響を受ける」と、ホルドレン＝ベディントンは２０１１年の声明のなかで述べている。彼らはさらに、保険会社のロイズ・オブ・ロンドンによる近年のこんな報告を引用した。

「電力の喪失は、次々に操作障害を招き、社会と世界経済に、大きな支障をきたすだろう」

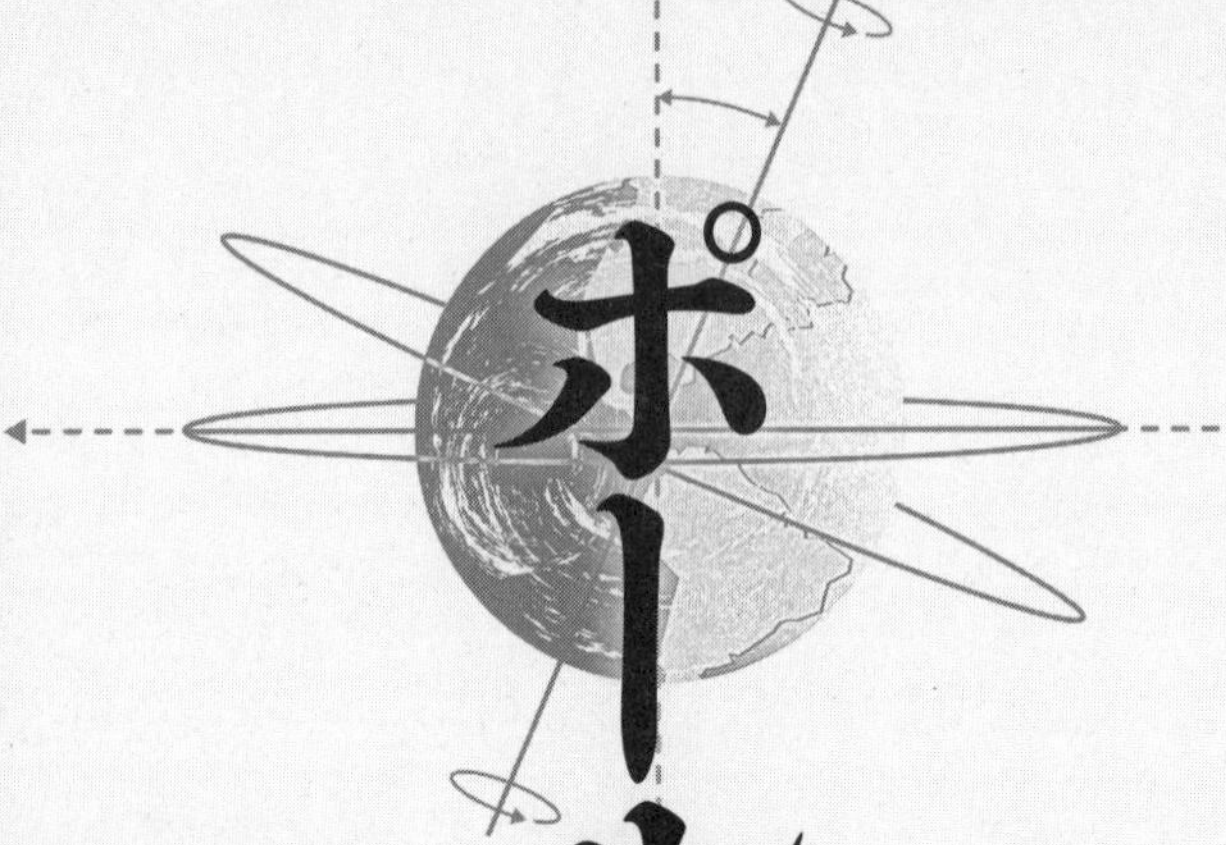

ポールシフト

「地球の方向」と「太陽をまわる軌道」は、生物が健康に育つためのエネルギーを確保するという点で、きわめて重要な役割を担っている。

だが、その相対的な位置がずれ、地球がひっくり返りはじめたらどうなるのだろう?

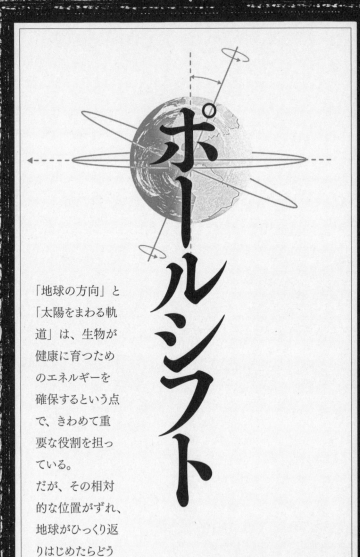

われわれが、太陽のまわりをまわりつづけ、恒星から生命のもとになるエネルギーを受け取っていられる限り、季節は移りかわる。おかげで植物が育ち、食糧、酸素、そして美的な歓びさえも与えつづけてくれる。

40億年前に、生命の揺りかごである「原始スープ」からあらわれた最初の有機体にとって、太陽からの距離と地軸の傾きは、「絶妙」である必要があった。その後、進化し、繁栄した無数の有機体にとっても、地球の諸条件は「絶妙」でありつづる必要があった。そして、生命を継続させるためには、この先も諸条件が「絶妙」のままである必要がある。

けれども、地球が太陽に対して、永遠に同じ位置に留まりつづけることはない。いや、その「絶妙な位置」は、つねに動いているのだ。

✝偏心率と自転軸が地球を温めているの

地球は、太陽のまわりで丸い軌道を描き、この軌道が完全な円からずれる度合いは、「偏心率」という数字であらわされる。地球はほかの惑星、とりわけ木星と土星の重力場にさらされているため、この数値は数億年のうちに変化する。

「低い偏心率」とは、ほぼ円形の軌道を意味し、一方で「高い偏心率」とは、軌道がわずかに楕円形であることを意味する。地球と太陽の距離は、偏心率のために、1年のうちに変化が生じ、地表に降り注ぐエネルギーの総量も変わってくる。

われわれの惑星に届くエネルギーがどう貯蔵され、どう分配されるかを、おもに決めているのが、地球の「自転軸」の角度だ。これは「黄道傾斜角」として知られ、「赤道」と「黄道」の角度として測定される。

20世紀の初頭に、セルビアの天文学者兼数学者、ミルティン・ミランコヴィッチが、「地球の気候と、徐々に変化する太陽との相対的位置、および、角度との間にはつながりがある」という説を提唱した。軌道の特徴（偏心率、歳差運動、黄道傾斜角などを含む）における バリエーションが、全体で地表に届く太陽光の量に影響し、数百万年単位では、氷河期のはじまりや終わりにも影響を与える、と主張したのだ。

ミランコヴィッチの計算によると、およそ4万1000年のうちに、黄道傾斜角は、22・1度から24・5度の間を変動する。そして地球の偏心率は、10万年ごとにゼロと5パーセントの間を行き来する。

地球の黄道傾斜角が上昇すると、夏はより暑く、冬はより寒くなる。その理由は、惑星が傾くために、光の角度が垂直に近くなるからだ。すると、表面がより効率的に温められることになる。逆に冬になると、自転軸の傾きが急なせいで、地表に届くエネルギーは少なくなる。

現状では、地球は、こうした変動のなかばにあり、傾斜角は約23・4度で、角度は次第に減りつつある。対して、金星の自転軸の傾きは、ほぼ180度に近い。それは、この星が、ほかの惑星とは逆向きに自転しているからで、北極は、われわれなら「南」と呼ぶ方角を指している。天王星は、地球から見ると横倒しになって自転しており、自転軸の傾きはおよそ97度だ。

†生物の興亡のサイクルと一致？

もし、すべてが予測通りに進めば、地球の黄道傾斜角は減少しつづけ、約1万年で最小値の22度前後に達するだろうと、科学者たちは予想している。この間、夏は涼しくなり、冬は逆に暖かくなる。

たとえば、黄道傾斜角がもっとも低くなると、地球の高緯度地域、とりわけ極地では太陽熱の放射がずっと少なくなり、氷河の形成に一層適した状況ができあがる。

地軸と太陽をまわる軌道の変化が、複雑な生命形態に壊滅的な打撃を与えてきたことを示唆する証拠は、数多く存在する。

2006年、ユトレヒト大学のジャン・ヴァン・ダムは、スペインで100種以上の齧歯類の歯の化石を調査した。これは2450万年前から250万年前までの期間に、ラットやマウスの種がどの程度ひんぱんに興亡をくり返してきたのかを、解明しようすることろみだった。

彼は絶滅が2つの明確なサイクルを描き、100万年に1回と250万年に1回、興亡が起こることを突き止めた。

このサイクルは、ミランコヴィッチが算出した2つのサイクルがピークに達し、地球が通常よりも、ずっと寒くなっていた時期と符合していた。

「入れ替わりの動向は、237万年の偏心率サイクルが最低値に達し、120万年の黄道傾斜角サイクルが交点を迎えた時期に生じる」と、ヴァン・ダムは「ネイチャー」に書いている。種の入れ替わりにかんする、この「天文学的な仮説」は、「哺乳類の種と属レベルでの進化というパズル」に、重要な「欠けているピース」を提供した。

この仮説はまた、「250万年という、哺乳類の『種の平均寿命』について、信憑性のある説明をおこない、ほかの生物にかんしても、同様の説明をつけられるかもしれない」とヴァン・ダムは書いている。

黄道傾斜角の極端な変化は、危険な影響をもたらすこともある。

「インターナショナル・ジャーナル・オブ・アストロバイオロジー」で発表された、2003年の研究のなかで、ペンシルヴェニア州立大学のダーレン・

M・ウィリアムズとデイヴィッド・ポラードは、ミランコヴィッチのアイデアをさらに推し進め、もし地軸が本来の限界を超えて傾いたら、地球の生物に何が起きるかをモデリングした。

「生物が全滅することはないかもしれないが、たとえば、われわれが築いているような進んだ文明は、多大な危険にさらされるだろう」と、この２人は結論づけた。黄道傾斜角が54度を越える地球型の惑星は、例外なく気候の大変動を経験し、「夏至の時期には中緯度、高緯度の大陸でも、気温が80〜１００度に達するだろう」と彼らは書いている。

「何カ月も、地球のほぼ半球全域に影響する長期間の闇のせいで、光合成生物はたいへんな苦難に見舞われるだろう。われわれの惑星の一部は、極限性微生物に分類されるような生物しか生存できない場所になってしまう。これは、暗い海の底や深い地下に生息し、水源さえそばにあれば、４００度近い高温にも耐えられる生物だ。こうした生物なら、われわれがシミュレートした極端な気温の変化にも、楽々と耐えていけるだろう」

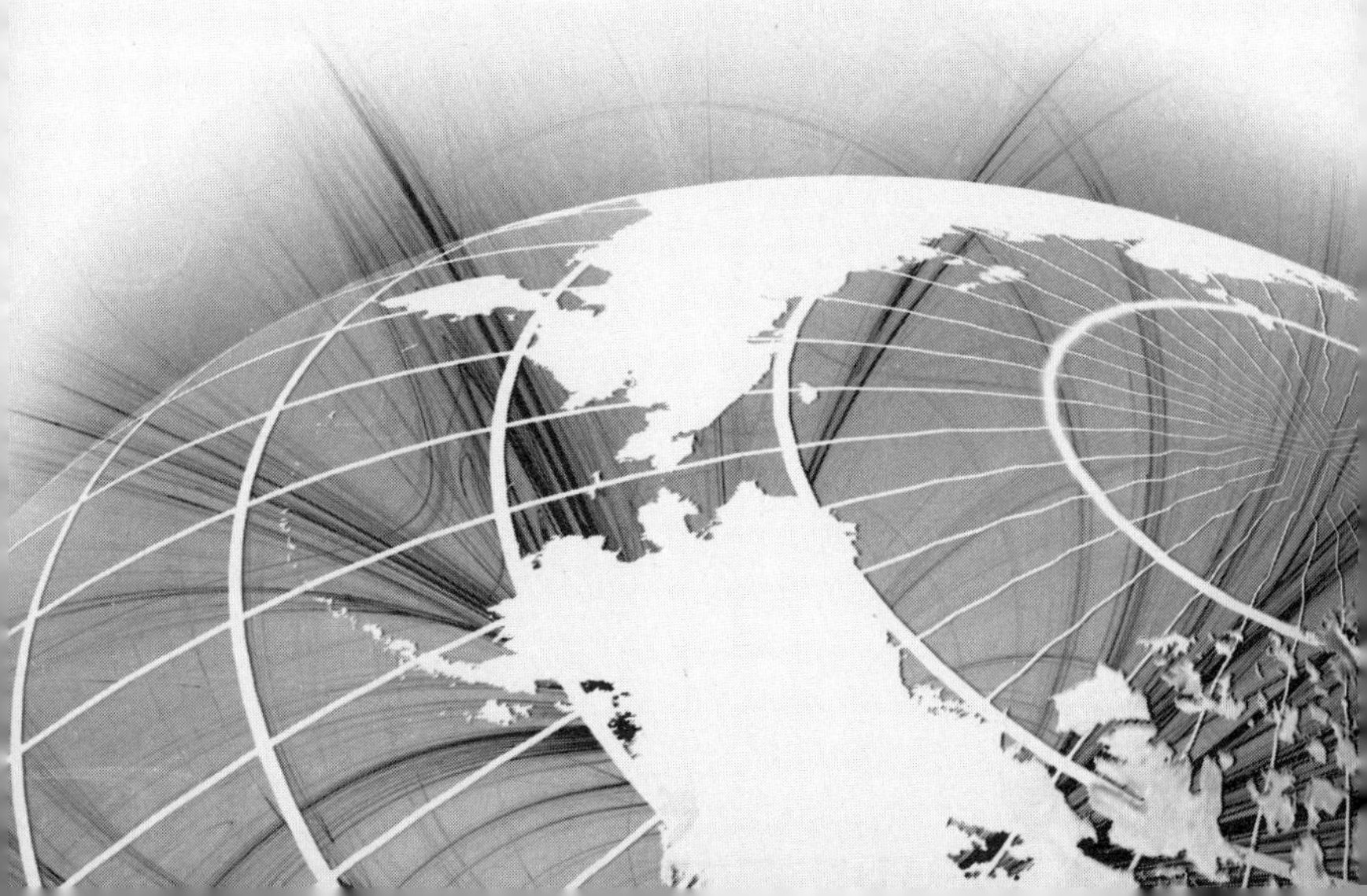

✝可能性は？

自然の変動以外に、地軸が無理やり別の方向に傾けられるような事態はありうるのか？

NASAジェット推進研究所のフェリックス・ランダラーは、地球温暖化によって、われわれの惑星が傾斜するスピードは遅くなっているという説を唱える。温暖化した海と溶けた氷床が、地表のバランスを崩してしまうからだ。たとえば、グリーンランドの溶けた氷床から、どっと海に流れこむ淡水によって、地軸は1年に約1インチずつ傾く、と彼は推計している。

ランダラーはコンピューターのモデルを用いて、かりに、2100年までに大気中の二酸化炭素濃度が倍増した場合（これは科学者たちの予測のなかでも、とりわけ穏当な設定に属する）、地球の浅い海棚には、より多くの水が押しやられるだろうと予測した。こうした「質量の再分布」によって、地球の北極は、1年に約半インチずつ、アラスカの方向に動いていくのだ。

地震もやはり、地軸を移動させる。2011年3月に、日本の北東沖で起こったマグニチュード9の地震は、レディング大学の気象学者、ビーサン・ハリスによると、地軸を約15センチ移動させた。同時に日本の陸塊も10センチ程度移動したが、この再分布は地球の自転速度が（ごくわずかとはいえ）上がったことを意味する。

より背筋の凍るシナリオがある。

月が、なんらかの影響で軌道を外れてしまったらどうなるか？　なにしろ、この惑星が効率的に（低い傾斜度で）直立していられるのは、われわれの衛星が持つ強い重力的影響のおかげなのである。

「地軸の傾きは、月が60度以下の傾斜を保った状態で安定している」と、ウィリアムズ＝ポラードは、地球に似た惑星における極端な自転軸の傾きをモデリングした２００３年の論文に書いている。

「月がなくなれば、太陽潮の影響によって、１０００万年以下の時間規模で、地球の傾斜度は0度から90度まで大きく変動するだろう。これは、月が、地球上の生物の存在に欠かせないことを示唆する。月のおかげで自転軸は低い傾斜角を保ち、この惑星の大部分で温暖な気候が維持されているからだ」

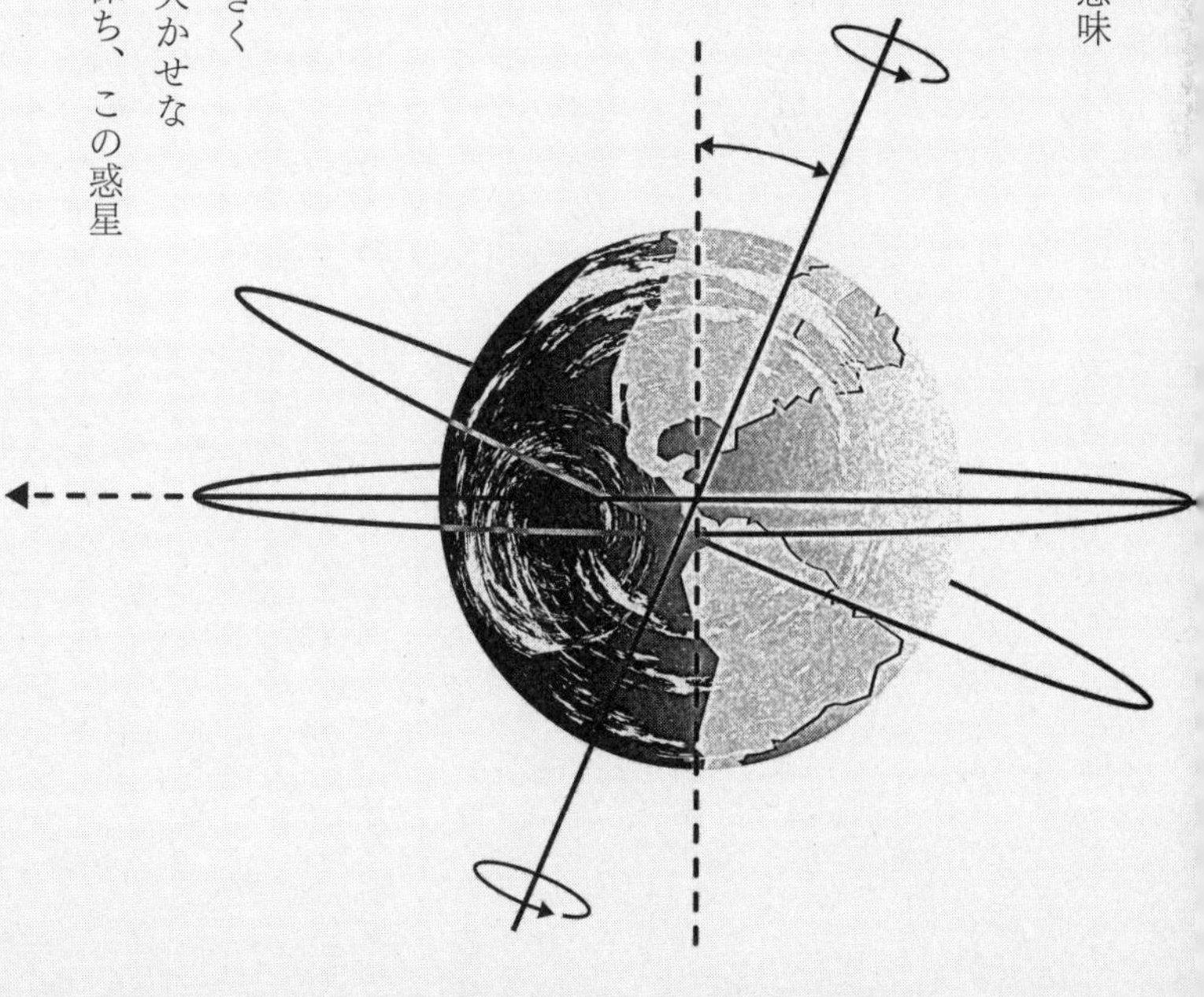

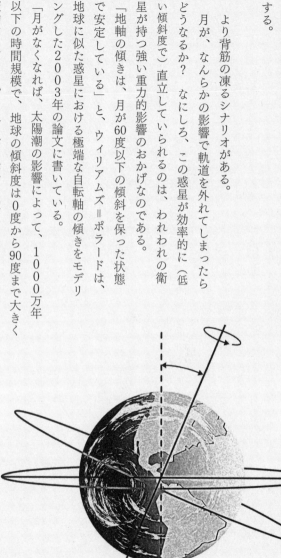

死の宇宙塵

われわれの銀河系の静かな一角では、何もかもがゆっくり移動し、平和な状態にあるように思える。だが、それはまやかしだ。われわれ人類の誕生以来——宇宙からするとまばたきをするような時間だが——何1つ大惨事が起こっていないからといって、銀河系のこの界隈が、安全だとは限らないのである。

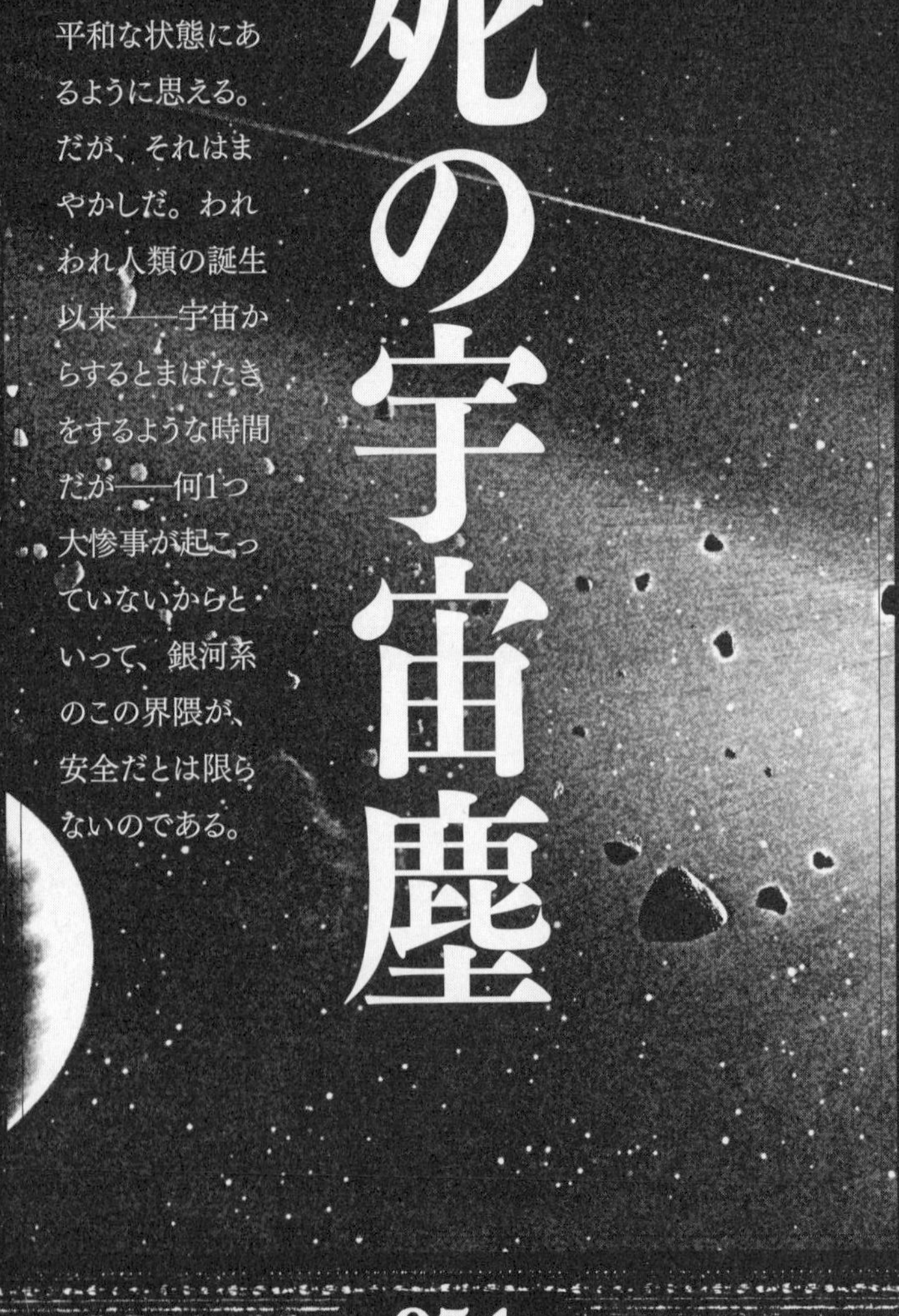

そうはいっても……と思えるかもしれない。「ブラックホールが近づいてきた」なんてことは40億年という地球の歴史のなかで、一度もないのだから。

ブラックホールはさておき、宇宙的な時間規模で、ものごとを考えてみよう。

地球は太陽のまわりをまわり、太陽もやはり、銀河系の中心を周回している。時速200キロで、1周2億5000万年の軌道を動いているわれわれの太陽系は、さまざまな形態の「塵」や「岩」の「雲」に行き当たり、惑星を爆撃する小惑星群にも遭遇する。われわれが、宇宙のとりわけ密集した地域を通過する際には、何十億もの岩の塊が、地球やそのほかの兄弟惑星に、数千年にわたって降り注ぐのだ。

地球に生命が誕生してから30億年の間に、この定期的な岩と塵の雨は、何度か、われわれの惑星の種を一掃してきたとおぼしい。地球の歴史では、むしろ、破滅のサイクルがすっかり常態と化しているのだ。

✝定期的な衝突、定期的な絶滅

化石記録によると、地球では、約3000万年ごとに、大量の種が絶滅している。それとほぼ同じ時期に、天体の衝突のサイクルもはじまっているようだ。通常は、安全な距離にある小惑星や彗星やそのほかの岩屑が、この時期に限って、地球に近づいているらしいのだ。

ほとんどは、取るに足らない塵や氷のかけらだが、ときおり巨大な物体が紛れこみ、地球規模の問題を引き起こすこともある。この破滅のサイクルは、遠く2億5000万年以上前までさかのぼることが可能で、そのなかには、恐竜が絶滅した、6500万年前の白亜紀のものも含まれている。

何がいったい、この定期的な爆撃を引き起こしているのだろう? 手がかりを探りはじめた科学者たちは、驚くべき結論に達した。

定期的に絶滅が発生するのは、どうやら、太陽系全体が、3000万年から3500万年のサイクルで銀河系を周回していることが原因らしいのだ。太陽系が、銀河系のなかの、ある「密集したエリア」を横切るたびに、そこに存在する大小多数の天体と衝突してしまうのである。

「大規模な生物の絶滅と、天体の衝突によるクレーターの記録には、およそ3000万年の周期性があるように思われます。この周期性は、ガスや塵の巨大な星間雲との接近遭遇によって、地球と交差する軌道に引きこまれた彗星が、準周期的に地球を爆撃していたことの証拠として解釈されている」と、NASAゴダード宇宙飛行センターのリチャード・ストーザーズは、1984年の「ネイチャー」に発表した論文に書いている。

「このモデルのなかで、実質的に時計の役割をはたしているのが、銀河系の中央平面を通過する太陽系の『鉛直振動』だ。巨大な星間雲は、大半がそっちに向かって密集している」

この鉛直振動が、太陽系を危険な進路に引きこむとともに、太陽系をそっと包みこんでいる「オールトの雲」と呼ばれる塵と岩の巨大な雲をかき乱す。これが、およそ3000万年ごとに地球を襲う、破滅的な岩の雨の勢力をより強めてしまうのである。

✝太陽系の地のはてにあるオールトの雲

現在、地球に接近する小惑星や彗星の大半の出所は、火星と木星の間の軌道で太陽のまわりをまわっている「小惑星帯」か、海王星のすぐ向こうにある「カイパー・ベルト」と呼ばれる領域だ。

カイパー・ベルトが事実上、太陽系の境界とされ、その先の天体には太陽の重力がおよばないと考えられている。

だが、じつはそうではないのだ。

太陽の重力的影響は、その3000倍の距離にまでおよび、最寄りの恒星との中間地点にまで達している。「しかも、その空間は空っぽではない。太陽系の形成時に出た大量の残余物質の巨大な貯蔵庫となっている。つまり、彗星だ」と、カリフォルニアにあるNASAジェット推進研究所で彗星の力学を専門に研究する天文学者、ポール・ワイズマンは語る。

「その貯蔵庫は、『オールトの雲』と呼ばれている」

ワイズマンは、巨大な球状の「オールトの雲」を、「太陽系のシベリア」と称する。

「太陽の帝国からの追放者たちで満ちあふれ、中央当局の統治がほとんどおよばない、広大で寒冷なフロンティアだ。真昼の平均温度は絶対零度を4度上まわるのみで、隣の彗星との平均距離は数千万キロメートル。ここでも、空でいちばん明るい星は太陽だが、その明るさは、地球の夕刻に見える金星程度のものでしかない」

この雲は、オランダの天文学者、ヤン・オールトにちなんで命名された。

1950年にオールトは、太陽の重力の影響が小さい、この広大な雲のなかの彗星は、「たまたま通りかかった星」によって、簡単に軌道が変わってしまうことを示してみせた。

太陽から1パーセク（3・2光年強）の距離内を通過する星の数は、100万年に1ダース前後だが、これだけで十分、一部の彗星は動きはじめる。オールトはこの雲を「星の摂動（乱される動き）によって、そっと掃かれた庭」と評した。

ときには、星がオールトの雲を貫通することもあり、そうなると彗星たちは激しく揺さぶられる。統計的にみると、太陽の1万天文単位以内を星が通過する確率は、3600万年に1回、3000天文単位以内を通過する確率は、4億年に1回だ（1天文単位は地球と太陽の距離）。

こうした接近遭遇が、太陽系の惑星に直接影響をおよぼすことはないが、彗星を介して間接的に、壊滅的な影響を与える可能性がある。

1981年の研究によると、「星の近接通過」は、彗星の雨を太陽系の惑星に向かって送り出し、命中率を地球で大量絶滅が発生しうるレベルに引き上げる。ワイズマンは、数年前に、こうした事象中に彗星が太陽系に侵入する頻度は、最大で平常時の300倍に達し、最長で300万年つづくと計算している。

1988年、先史時代を通じて、地球の海洋堆積物に惑星間塵がどの程度蓄積されていたかを調査した、カリフォルニア工科大学の地球科学者、ケネス・ファーレイは、その際にワイズマンの主張の観測証拠を発見した。およそ3600万年前の始新世末期、中規模の絶滅事象が起こったとされる時期に、ファーレイは彗星の流入が急増したことを突き止めた。流入は、理論モデルが予測した通り、以後の2～300万年で減少していた。

ほかにも、太陽系が広大な「分子雲」と青色超巨星を含む銀河系の「渦巻腕」を通過するたびに、オールトの雲は影響を受けるという説もある。渦巻腕は、恒星や惑星系が生まれる場所で、太陽の10万倍から100万倍の質量がある。かくも巨大な物質の塊に近づくと、オールトの雲から彗星が引きちぎられ、あらゆる方向に投げ出されてしまうのだ。

✝われわれのリスクは？

1998年の「サイエンティフィック・アメリカン」に寄せた記事のなかで、ワイズマンは、地球が現在、オールトの雲から引き離された彗星雨の危険にさらされているのかどうかを考察しているが、「さいわい、その心配はない」と結論づけた。

人工衛星によって測定された位置や速度を用いて、ワイズマンは、太陽系の近くに位置する星々の進路と動きを再構成した。そして、過去100万年のうちに、恒星が1度、太陽のそばを通過したことを見つけた。

そして、140万年以内に起こる次の近接通過では、

「グリーゼ710」と呼ばれる赤色矮星が、太陽から7万天文単位の距離にある、オールトの雲の外周部を通過することを示す証拠を見つけ出したのだ。

「その距離ならば、太陽系を彗星が通過する頻度は、50パーセント程度しか増加しない」とワイズマンは書いている。

「小雨とはいえるだろうが、とても豪雨とは呼べないだろう」

　それでは、太陽系が銀河系を周回するうちに遭遇するかもしれない、巨大な分子雲について

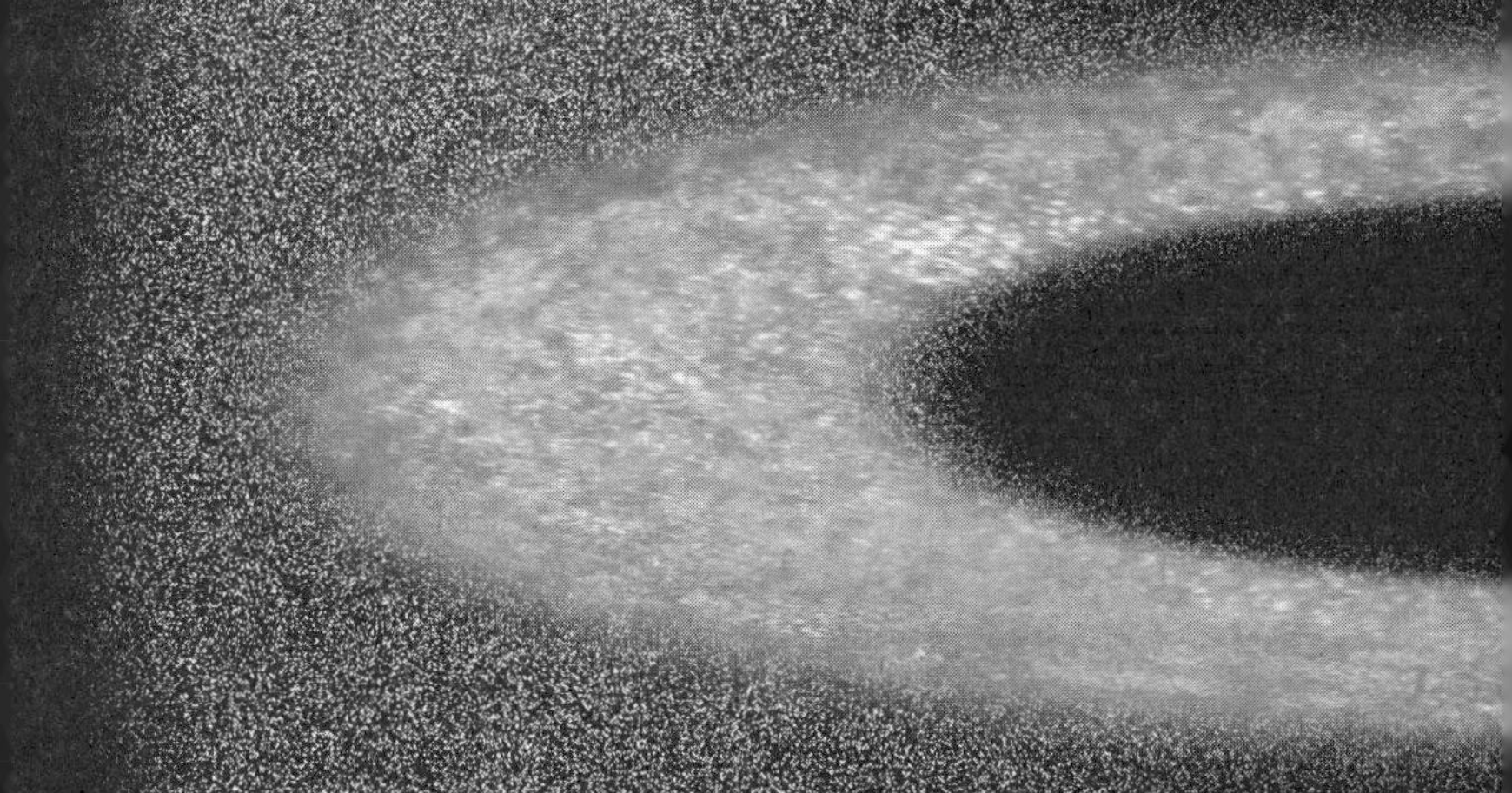

は？　これも、ワイズマンの分析によると、3億年から5億年に1回と、その頻度はきわめて低い。

　けれども、地球と人間が、いつまで存在していられるかをあらためて考えてみるのは、決して無駄なことではない。宇宙的な時間規模でみれば、もっともありえないことですら、いつ起こっても不思議はないのだ。

暴走するブラックホール

ブラックホールには途轍もない恐怖心を呼び起こす力がある。われわれはブラックホールが地球、あるいは太陽より10億倍も巨大な星々や宇宙塵雲を引き裂いてしまうことを知っている。もし、太陽系に近づいてくるようなことがあれば、行きがけの駄賃にわれわれをさっさと片づけてしまうだろう。

われわれの太陽系の終末は、段階的に訪れていた。地球を直撃する小惑星の数が急増した理由は、何十年も不明のままだったが、最終的に天文学者たちは、外惑星の軌道がぐらついていることに気がついた。

太陽系周辺の塵やガスの雲は、ブラックホールに吸いこまれると輝きはじめ、強力な電磁波放射線を解き放った。

太陽系に近づいてくるにつれて、ブラックホールの巨大な重力井戸は、一部の惑星を引き裂き、一部の惑星を丸ごと飲みこんでいく。そして地球に到達すると、ブラックホールは、われわれをその中心にある謎めいた虚無に引きこむのだ――無限の破壊力を秘めた場所に――。

✝事象の地平線からは戻ってこられない

どんなものでも入り、だが、何も出て行けないのがブラックホールだ。

近づきすぎたものは何だろうと、構成原子に分解されてしまう。この天体は謎への片道切符、既存の物理学が通用しなくなり、われわれの見知っている宇宙が、おそろしく奇異なものと化してしまう場所なのだ。

ブラックホールは、死んだ恒星だ。

何十億年も輝きつづけ、その中心で水素を融合させつづけていると、やがて恒星の燃料は尽き、崩壊がはじまる。崩壊は瀕死の恒星の中心で、温度と圧力を増大させ、それによってエネルギー準位が上昇すると、水素はヘリウムとなり、そのヘリウムを融合させて、今度は炭素と酸素を生成しはじめる。やがてヘリウムは尽きて、崩壊が再開し、ついには核の圧力が、炭素を融合させる高さに達する。

恒星は、その命が尽きる前に、いくつかの段階を経て、次第により重い燃料を燃やしはじめる。軽い順に、水素からはじまり、ヘリウム、炭素・酸素といったように。超高質量星の場合には、段階的に、ネオン、酸素、そしてシリコンが燃料となる。どんな恒星も、核で鉄を生成しはじめたら、終わりはもう近い。エネルギーを解き放つ代わりに消費する鉄の融合は、恒星にとって、決してありがたくない事態だ。この段階で恒星は、もはやさらなる崩壊に対して、自分を保持していられなくなる。

直径何百万マイルもあった星が、崩壊の末に、この文章を締めくくる句点「。」よりも小さい点(「特異点」と呼ばれる)と化してしまうのだ。

アルバート・アインシュタインの「一般相対性理論」は、物質が極限まで圧縮された場合、その結果生じる重力はあまりに強力で、何1つそこから逃げられなくなるだろう、と予測していた。崩壊した恒星の重力が、周囲のあらゆる力を上まわる領域の境界は、「事象の地平線」と呼ばれている。この一線を越えてしまうと、もはや戻ってくることはできない――質量のない光の粒子ですら――。

「なんであろうと『事象の地平線』に入ったものは、存在の希望をすべて絶たれてしまう。落ちていく物体が放つ光もすべて囚われてしまうため、外部の観察者には光が届かなく、落ちていった物体は二度と目にすることができない」と、ムンバイにあるタタ基礎科学研究所の物理学者、オアンカジ・ジョシは語る。

「そして最終的には特異点に突っこんでいく」

崩壊してブラックホールと化すのは、最大級の恒星だけだ。たとえば、太陽が、自然にブラックホール化することはない。亜原子粒子間に存在する反発力（強弱の核力および電磁気力で、そのすべてが通常は、重力よりも桁外れに強力）をくつがえすために必要な、強力な重力を生み出せるだけの質量がないからだ。

最低でも、太陽の6倍の質量がないと、ブラックホールにはなれないのである。

✝銀河の中心に居座る超大質量

光を発しないことから、ブラックホールを直接検知したり、画像にしたりすることはできない。そのため科学者たちは、ブラックホールが周囲の環境に与える影響をもとに、その存在を推定している。

何かが「事象の地平線」に近づくと、ブラックホールの強烈な重力は、その物質を吸いこみはじめる。それが恒星なら、ブラックホールの周囲で軌道を描きはじめ、ゆっくりと質量をブラックホールに奪われていくだろう。

外層部を引きこむと、ブラックホールは発電所のような役割をはたしはじめ、X線の強力な照射やガスの噴出を活発にする。「重力ポテンシャルエネルギー」を解き放つ。そのエネルギーは、ブラックホール周辺の領域にも飛び出すので、人工衛星や地球上の観測機器からも、ブラックホールの存在が検知できるのだ。

過去数十間年に得られた証拠は、最大級のブラックホールが、銀河系を1つにまとめている可能性を示唆していた。そして2007年、天体物理学者たちがついに、かねがね予想されていた通り、われわれの銀河系の中心には超大質量ブラックホールが存在することを確認した。

われわれの銀河系に、ブラックホールの候補となりうる死んだ恒星は、おそらく1000万個以上存在している。特異点のサイズまで圧縮されたそれらの星の、事象の地平線はおよそ直径24キロだ。連中はたったいまも、近くにさまよってきたものを、なんでも構わず食っているかもしれない。

＋地球にブラックホールが近づいたら？

事象の地平線内に地球が囚われた瞬間に、異変はスタートするだろう。事象の地平線

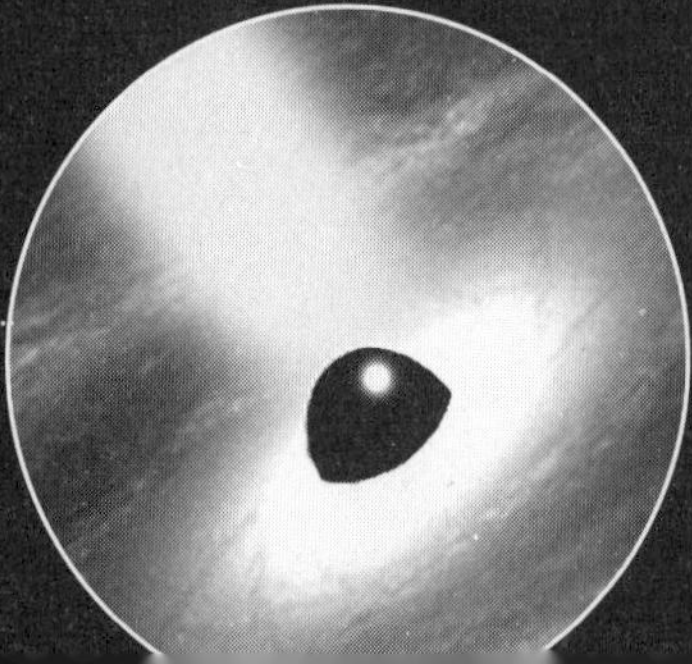

の領域では、重力がすべてを支配し、その力が急激に上昇するせいで、同じ1つの物体でも、部位によって感じる力が変わってくる。

たとえば、あなたの頭のほうが、足よりもブラックホールに近ければ、髪の毛の原子のほうが、つま先の原子よりもより強い力を感じることになる。この差によって、あなたの身体はすぐさま引き裂かれ、スパゲティに似た原子の列と化して、特異点に向かって行くだろう——と考えられる。

しかし、本当のところは、特異点で実際に何が起こるのか？　それは誰にもわからない。何1つ、情報ですら、そこを出ることはできないからだ。

ブラックホールには、人類文明の行く末を永遠に変えてしまう力がある。16億キロ以内に近づいてきたら、その重力は地球を現在の軌道から引き離し、太陽をまわる危険な楕円形の進路に乗せてしまうだろう。この新しい軌道では、冬の気温が定期的にマイナス50度まで下がり、夏には数百度に達する。こうした極限的な環境で生存できる生物は、さほど多くないはずだ。

ブラックホールはこっちに来ている？

ブラックホールも、ほかの天体と同様、重力の支配を受け、銀河系の中心か、近くにある巨大な天体のまわりをまわっている。周囲の天体にはばく大な重力的影響を与える

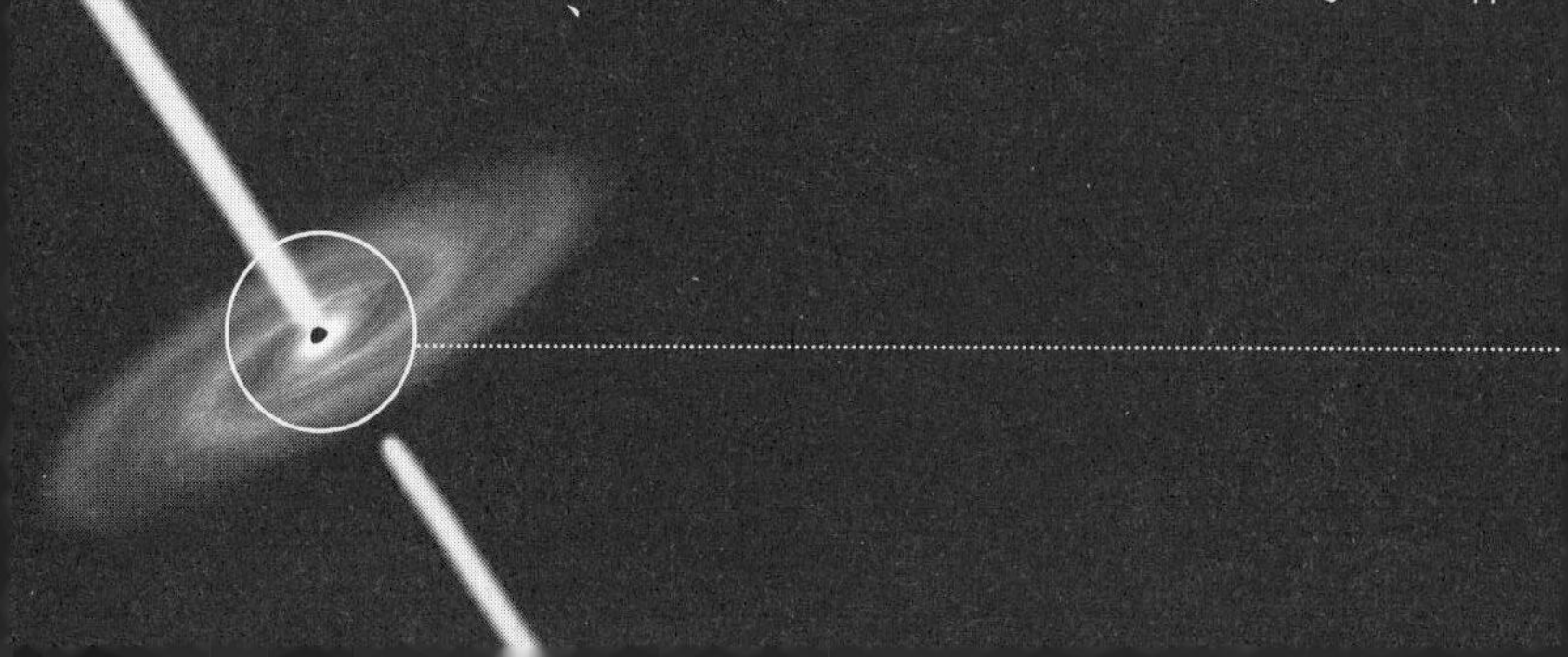

ため、もし太陽系の縁に近づくようなことがあれば、われわれも間違いなく異常重力に気づくだろう。だが、光を放つ恒星の接近とは異なりブラックホールを「見る」のは非常に困難だ。

すでに述べた通り、ブラックホールはいっさい光を放出しない。もし、こちらに向かってくる途上で何かを食べた場合には、X線の閃光や、なんらかの超高温ガスの噴出を検知できるかもしれない。

おそらく、接近遭遇の10～20年前には、太陽系の最奥地にある岩や彗星が振りまわされはじめるだろう。ことによると、地球を直撃して破局的なダメージを与えるサイズの小惑星がはじき出されるかもしれない。

実際にブラックホールが近づいてきたら、われわれを襲う超巨大な宇宙の力とエネルギーに対抗する手立てはない。遠く離れた別の世界に避難していない限り、われわれと、われわれの惑星を待ち受けているのは、ゾッとするような結末だろう。

念のためにいっておくと、確率はわれわれに味方している。われわれの銀河系には、おそらく1000万前後のブラックホールが存在するが、銀河の広さは10万光年におよび、何千億もの恒星が含まれているのだ。

はたして、これまでどれだけの数の惑星（とそれに付随する文明）が、ブラックホールの毒牙にかかってきたのかはわからないが、それらの星は不運だったといっていいだろう。

宇宙ガンマ線

それは、目も眩むような空の閃光とともにはじまった。地球の大気圏が、前代未聞のエネルギー放射を受けたことを示していた。そのガンマ線は、数十億年にわたり、星間空間を光速で、なんの邪魔立てもされずに突っ走ってきたのだ。それが大気圏にぶつかったとき、ガンマ線のばく大なエネルギーはその場の空気分子に向けられ、ズタズタにしてしまった。

高層大気は、焼けただれはじめた。オゾン層は崩壊し、地表の有機物はすべて、太陽から毎日降り注ぐ危険な紫外線にさらされた。「宇宙ガンマ線」と「紫外線」の組み合わせは、以後、数カ月のうちに、この星の表面から生命がほぼ一掃されることを意味していた。

これが、宇宙でも最大規模の爆発現象に行き当たった惑星のたどる運命だ。

この爆発現象は、崩壊してブラック・ホールと化す前のわずかな瞬間に、超高質量星があげる断末魔の叫びである。何十億年も前に死を迎えたこの恒星は、宇宙に2本の高密度なガンマ線ビームを放った。進路上にあるものは、なんだろうと、やすやすと破壊することができるばく大なエネルギーの流れである。

生命を満載したわれわれの青い惑星が、その射程圏内に入りこんでしまったのは、まったくの不運だった。

†極超新星から噴出するガンマ線バースト

「宇宙でも最大規模」という表現は、いくらなんでも大げさだと思われるかもしれない。何しろ、宇宙は広大だし、われわれはまだ隅々まで探索しているわけではないのだから。

だったらどうして、「最大」と言い切ることができるのだろう。通常は、科学者というものは、断言することを避ける。まちがいないと思っていても、「○○である可能性が非常に高い」などと表現し、この手の形容詞は使わないようにしている。

しかし、1つだけ天体物理学者がなんのためらいもなく「最大」と分類する現象があるとすれば、それが「ガンマ線バースト」（GRB）だ。この放射線の噴出は、われわれの太陽の、少なくとも15倍の質量がある恒星が最後の瞬間を迎えた結果として起こる。

恒星が形成されるきっかけは、水素の雲が原子の持つ相互重力によって結びついたときだ。密度がじゅうぶんに高まると、中央のガスは融合を開始し、エネルギーを放出して雲を輝かせる。ガスがさらに融合すれば、恒星も輝きつづけるわけだ。

やがて、何度もの融合と数十億年の輝きをへて、恒星の燃料は尽きてしまう。この時点で星は崩壊し、もはや融合することのできない重い元素でできた廃棄物の球と化してしまう。それがとりわけ巨大な恒星であれば、内部の崩壊によって外層が爆発し、超新星が誕生する。これは強い光を放つ現象で、その輝きは一瞬、全銀河のあらゆる恒星を凌駕してしまうほどだ。

だが、そのさらに上を行く現象もある。恒星が最大級のサイズを有する場合には、爆発もそれに応じて巨大化し、「極超新星」が誕生するのだ。この種の爆発では、わずか数秒で、通常の恒星（たとえばわれわれの太陽）が100億年の寿命を使って放出するのと同量のエネルギーを放射する。

爆発の一環として、極超新星はその両極から、2本の高密度なガンマ線光子を、正反対の方向に噴出する。もっとも高エネルギーの電磁放射として知られるガンマ線バーストの持続時間は、数ミリ秒から数分。その間、極超新星は太陽の100京倍の輝きを放つ。

NASAによると、もっとも長期的なガンマ線バーストは、観測可能な宇宙の最果てで発生し、そうした爆発に関連する恒星はたいてい、地球から数十億光年離れている。それはつまり、そうした星々が発したガンマ線光子は、たとえ光のスピード（秒速30万キロ）であっても、われわれのもとに届くまでに数十億年の年月を要するということだ。地球が、40億年をわずかに越える年齢であることを考えると、現在、科学者たちが空で見ているガンマ線バーストの一部は、地球がまだ形成の初期段階にあり、生命の進化すらはじまっていなかったころに発生したものである可能性もじゅうぶんにある。

科学者たちは、宇宙望遠鏡を使って、宇宙のさまざまな方角に、1日に1つのペースでガンマ線バーストを見つけ出している。さいわいなことに、すでに知られている現象はすべて、われわれの銀河系を遠く離れた場所で発生したものだ。かりに、ガンマ線バーストが銀河系内で発生し、噴出したガンマ線が地球に向かってくるようなことがあれば、われわれはとんでもない目に遭わされることになるだろう。

✝海の生物が全滅する？

もし、ガンマ線バーストが地球をその視界にとらえたら、この惑星の大気は大打撃を受けてしまう。高層大気では、ガンマ線が窒素と酸素の分子を分解しはじめる。それによってお互いと反応した窒素と酸素は、有毒な茶色の酸化窒素をつくりだす。これは太陽をおおい隠し、同時にオゾンを破壊する力もある温室効果ガスだ。その結果、この惑星はごく短時間のうちに、急速な大量絶滅が発生しやすい状況になってしまう。

ＮＡＳＡゴダード宇宙飛行センターのチャールズ・ジャックマンは、地球のそばで短いガンマ線バーストが起こっただけでも、この星のオゾン層の半分が、わずか数週間で破壊されることを突き止めた。５年経っても、オゾン層の10パーセントは復旧していないだろう。

「エネルギーのほぼすべてが、大気の化学的構造に影響をおよぼす」と、物理学者のラリッサ・Ｍ・イージャックは、２００６年の「アストロフィジカル・ジャーナル」の研究論文で書いている。

「入射放射線によるおもな化学効果は、酸素と窒素の強い化学結合を壊し、通常は大気中にごく少量しか存在しない分子の生成を可能にすることだ。たとえば一酸化窒素や二酸化窒素である。それらは、オゾンの破壊を触媒する」

こうしたバーストから大気が回復するには、10年近い時間が必要とされる、と彼女は計算していた。

オゾンのシールドがなくなると、太陽が放射する有害な紫外線が生物のDNAをズタズタにしはじめる。最初にわれわれは、肌の日焼けが早まっていることに気づく。だがその下で、われわれの細胞は、紫外線によって静かに破壊されているのだ。皮膚がんの発生率は、急激に上昇するだろう。

DNAの損傷が広がるせいで、単純な生物は細胞が再生できなくなる。紫外線は海の表面にしか届かないが、それだけでも十分、海における食物連鎖の最下部に位置するちっぽけな光合成プランクトンは全滅してしまう。そうしたプランクトンがいなくなると、大気中に送り出される酸素は激減し、海中の動物たちの食糧も、はるかに少なくなってしまう。

オゾン層が10年で回復するという事実は、地球の強い自己治癒力の証しといえるかもしれない。だが、残念ながら海にプランクトンがいない状態が10年つづくと、海の生物はほとんどいなくなってしまう。

✝その可能性は?

海生無脊椎動物の60パーセントが死滅した、悪名高い大量絶滅の背景には、ガンマ線バーストがあったという説を唱える科学者もいる。

「生命の歴史のなかで、地球は少なくとも5回、生物相のかなりなパーセンテージを滅ぼした大量絶滅を経験しています」と、ガンマ線バーストが地球におよぼす影響を精査したカンサス大学の物理学者、エイドリアン・メロットは語る。

「さまざまな原因が取り沙汰されていますが、ガンマ線バーストもその1つだった可能性は否定できません。少なくとも4億4000万年前のオルドビス紀末期に起こった大量絶滅は、GRBが一因だったのではないでしょうか」

彼はこうつけ加える。

「地球から6000光年以内の距離で起こったガンマ線バーストは、生命に壊滅的な影響を与えます。正確にいつだったのかは不明ですが、それが訪れたことはほぼ間違いないでしょう。そしてそれは、大量絶滅という跡を残していったのです」

こうした巨大な現象が、われわれの近隣で起こる頻度はどれくらいのものだろう？　2004年の「インターナショナル・ジャーナル・オブ・アストロバイオロジー」に掲載された論文のなかで、メロットは、GRBが危険な近さで発生する度合いを、「10億年に2回」程度と推測している。つまり統計だけで判断すれば、少なくともあと5億年はその心配がないということだ。

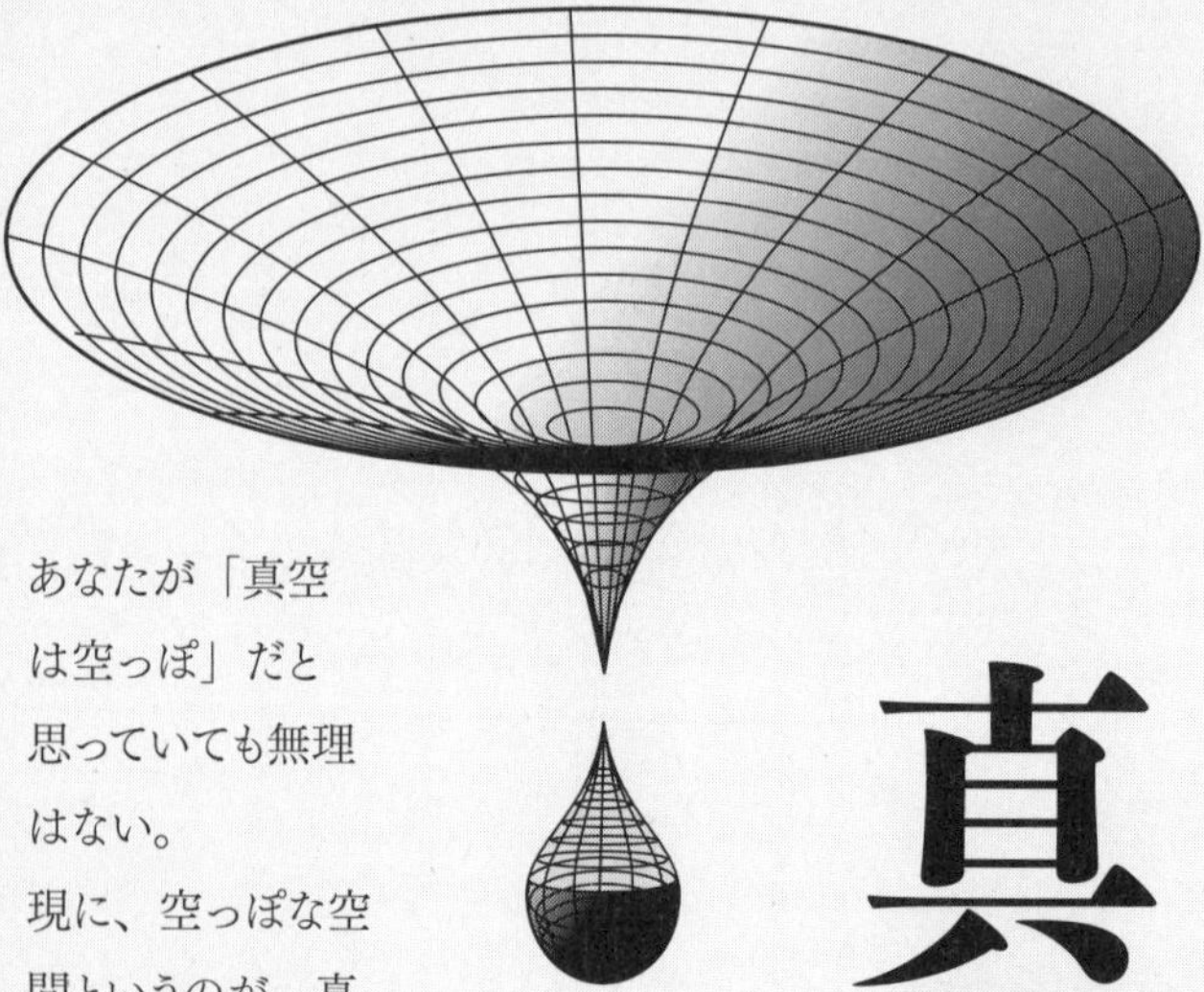

真空崩壊

あなたが「真空は空っぽ」だと思っていても無理はない。

現に、空っぽな空間というのが、真空の定義だからだ。

そこには何もない。

物が皆無なのだ。

物がなければ、われわれや、われわれの世界に害を与えることもない、これでこの話はおしまいだ、と思われるかもしれない。だが、それは間違っている。

量子力学は、この世界について、いくつも奇妙なことを明らかにしてきたが、なかでも奇異に思えるのが、われわれの「空っぽな真空」は、じつは「空っぽではない」という考えだろう。

この結論は、ヴェルナー・ハイゼンベルクの「不確定性原理」から導かれたものである。たとえば、光子や電子のような量子粒子の、正確な位置と速度を「同時に知ることはできない」というもので、片方の数値を正確に知れば知るほど、もう片方はあいまいになってしまう。

不確定性原理を表現するもう1つの方法は、エネルギーと粒子の両面から考えるというものだ。そうすると、ごく短い時間に限って「量子系」のエネルギーは非常に不確定だと見なすことが可能になる。この「系」では、真空からエネルギーを「借用」して、まったく新しい粒子をつくりだすことも可能になる――これらの粒子はさほど長時間にわたって存在しない――という条件で。

こうした「仮想粒子」は、ごく短い間、ペアをつくって登場し（たとえば電子と、その反物質の陽電子とのペアなどのかたちで）、すぐにお互いを殲滅してしまう。……おわかりになるだろうか？

量子力学によると、真空はまったく空っぽではなく、ぱっとあらわれては消える仮想粒子のペアでごった返している、それはエネルギーのスープであり、それゆえに危険も内在させているのだ。

十偽の真空は崩壊し、泡宇宙を生み出す

真空がいかに危険かを理解するには、宇宙のスタート時まで立ち返る必要があるだろう。

ビッグバン直後、宇宙は短時間で着実に拡張したのちに、信じられないスピードで膨張しはじめた。この「インフレーション」の時期、宇宙は10のマイナス35乗秒ごとに倍以上の大きさになっていく。ビッグバンの瞬間から10のマイナス32乗秒でインフレーションのスイッチは切られるが、その時点で、この現象はすでに100回発生しているのだ。

それを具体的にイメージするには、1センチのサイズではじまった宇宙を想像してほしい。10のマイナス32乗秒後、インフレーションが1目盛り進んだ段階で、宇宙は幅2・7センチになる。2目盛り進むと7・4センチ、そして3目盛り進むと20センチに達している。20目盛りの時点で宇宙の幅は4850キロ、そして50目盛りを過ぎると、5480光年になる。

こうしたすべてが、10のマイナス34乗秒以内に起こるのである。

インフレーションが100目盛りで完了すると、宇宙は10の43乗倍になっている。し

かもこれは、その理論の保守的なバージョンなのだ。ある見方によると、インフレーションはもっと過激で、拡張の度合いは10の1兆乗倍におよぶ。

インフレーションの概念を考え出した、マサチューセッツ工科大学の物理学者、アラン・グースによると、この急速な拡張を引き起こすのは、彼が「偽の真空」と呼ぶ物質の形態から放出されるエネルギーだった。これが崩壊し、「真の真空」に移行するにつれて、周囲の空間に反重力を行使する。

これは、われわれを地球にくっつけ、地球を太陽の周りで公転させる、なじみが深いタイプの重力とは逆のはたらきをする変種だ。

インフレーションが終わると状況は安定し、今日の宇宙はもっとゆるやかな、安定したペースで拡張している。そしてそれっきり、偽の真空の出番はなくなった。……いや、必ずしもそうとはいいきれない。

「偽の真空は不安定だ。理論の大半のバージョンでは、ラジウムのような放射性物質と同じように崩壊する」とグースはいう。これはつまり、その崩壊が半減期――偽の真空がまだ半分残っている時点――によって区切られるということだ。2度の半減期をへても、当初の真空の4分の1は残っている。このパターンはえんえんとくり返されるため、偽の真空は今日もなお、どこかに残されていることになるのだ。

偽の真空は崩壊するにつれて拡大し、その拡大は崩壊よりも速く進行する。最初の半減期を迎えると、偽の真空は半分しか残されていないにもかかわらず、その領域は当初よりも広くなっているのだ。

「偽の真空が消え去ることは決してなく、それどころかその体積を際限なく増やしつづけている」とグース。

「偽の真空のかけらは不規則に崩壊し、新たな『泡宇宙』を加速度的に生み出している。われわれの宇宙も、この無限に伸びる泡に連なる宇宙の1つにすぎないのだ」

こうした「泡宇宙」を発芽させることで、偽の真空はより低い、より安定したエネルギー状態に移行する。個々の泡宇宙にも、同じ自然法則が当てはまるだろう、と物理学者たちは考えているが、グースはいくぶん懐疑的だ。

「宇宙には3次元ではない、別種の宇宙が存在するかもしれない。そして素粒子の質量を管理する力を変えてしまうかもしれない。もし、さまざまな種類の宇宙が存在するとしたら、無限に伸びる泡宇宙には、すべての可能性が網羅されているだろう」

✝なぜ真空がそんなに危険なのか?

真空が想像以上に複雑なことだけはわかってもらえただろうか。

それは、光速で拡大する泡宇宙をつくりだすことで、高エネルギー（偽の真空）から低エネルギー（真の真空）状態に移行し、個々の宇宙には独自の物理法則が存在する可能性がある、ということが。

もし、われわれの暮らす宇宙が、真空が不安定な高エネルギー状態に留まっている宇宙の領域だったらどうなるだろう？　言い換えるなら、われわれがその存在以上に、安定した真空が存在するとしたら？

だとすると、われわれはもう、とがった丘のてっぺんに座っているようなものだ。少し小突かれただけで、丘のふもとにあたる低エネルギー状態に転げ落ちてしまうだろう。

問題は、いま、われわれの真空は丘のてっぺんに位置しているのか、それともふもとに位置しているのかだ。

われわれの地球、われわれの太陽、われわれの太陽系、われわれの銀河系全体が、もし偽の真空状態にあるのだとしたら――いつ、新たな泡宇宙を生み出し、それによって低エネルギーの真空へと崩壊しはじめても、不思議はない。

この崩壊は光の速度で進み、われわれの知っている物理学を書き替える。

こうした状況の下では、基本的な「力」の効力は変化し、強力なエネルギーが波のように押し寄せるなか、われわれの原子は結合を保っておけなくなる。われわれを取り巻くすべてはズタズタにされ、エネルギーに転化されるだろう。こうしたエネルギーはすべて、再び凝結して別の何かになるのかもしれない――新たな自然法則に支配された、新たな形態の物質に――。

だが、われわれは誰1人、それを目の当たりにすることはできないのだ。

1980年、ハーバード大学の物理学者、シドニー・コールマンは、真空崩壊によって既存の生命がすべて終焉を迎えると予測した。

「われわれが偽の真空で暮らしている可能性を、突きつめて考えると、どうしても心が沈んでくる」と彼は書いている。

「真空崩壊は、きわめつけの環境破壊だ。新たな真空内では、新たな自然定数が生まれる。真空崩壊が起こると、既存の生命ばかりか既存の化学も存在できなくなる。しかし、『ひょっとすると新たな真空内でもなんらかの（生命の）形態が維持されるようになるのではないか』と思えば、ストイックな慰めを引き出すことができた。だが、この可能性もいまや完全に絶たれてしまったのだ」

✝その可能性は？

真空崩壊を下支えする理論は、科学的にしっかりしている。だが、それが実生活で起こるかどうかは定かでなく、予測もつけられない。

われわれに見える宇宙が、どうやらかなりの期間にわたって存在していることを思えば、これまでに、真空崩壊の発生はなかったとみてまちがいなさそうだが、未来にはなんの保証もない。

もし、あなたがこの結論で気落ちしたり、途方に暮れたりしたりしているとしたら、少しばかりの慰めになる事実が1つある。量子力学だ。

この規則によると、いかなる量子系の動きも予測することはできない。代わりに、その方程式は、個々の系について可能なシナリオの幅を提示し、発生の可能性を割り当てるだけだ。量子力学の「多世界」解釈においては、そうした可能性の1つひとつが異なる宇宙に相当する。

たとえば、あなたが6面のサイコロを振れば、6種類の出目の1つひとつが、別の宇宙をあらわすのだ。サイコロを振って「4」が出たとしよう。あなたとあなたの活動領域全体が、6種類の宇宙の1つの「4」に移動する。だが、可能性があったほかの5つの宇宙――「1」「2」「3」「5」「6」の宇宙も、まちがいなくどこかに存在するのである。

いつの日か、真空崩壊を招くかもしれない量子力学の規則は、同時に、崩壊のときが来ても、破壊を免れる新たな宇宙がつくりだされる可能性を、否応なく導き出す。量子力学は、われわれの命を瞬時に奪いとる。だがまた一方では、すべてが普段通りにつづいていくのだ。

太陽の衝突

われわれの故郷が、激しい攻撃を受けようとしていると仮定しよう。太陽系に向かって疾駆する宇宙ミサイルが、太陽の中心を狙っているのだ。さらに、そのミサイルが白色矮星だったとしたら、それは太陽系の終わりを意味する。

——白色矮星とは、太陽なみの質量を、太陽の 100 分の1のサイズ内に有する高密度の恒星なのだから。

接近する「白色矮星」は、惑星たちの軌道を変え、その1つ（地球かもしれない）を、一気に太陽系からはじき出したりしてしまうこともあるだろう。さらに近づくと、太陽を変形させ、強力な重力場によって太陽のガスを引き寄せ、長く引き伸ばしていく。

お互いの重力が両方の星を加速させ、白色矮星は秒速650キロ近いスピードで太陽に激突する。

衝突が太陽の内部で引き起こす衝撃波は、星を丸ごと圧縮し、水素を融合するのに必要な温度よりも、もっと太陽を過熱させる。平常時なら、太陽で水素融合が可能なほど高熱な場所は中心部だけだった。しかし、全体に過熱した太陽が、以後1時間のうちに放つエネルギーは、通常の100万年ぶんに相当する量だ。

これだけ急速にエネルギーが放出されると、ガスは脱出速度を超えるスピードで広がり、太陽はバラバラに吹き飛んでしまう。地球は、上昇する放射線量と、太陽からやってくる超高熱のガス雲のせいで、大気も海もすべて消え去ってしまうだろう。

太陽に突入した1時間後、地球の生命を殲滅した白色矮星は、とくに変わった様子もなく、太陽の逆側からあらわれ、そのまま深宇宙へと進んでいくのだ。

✝そこにはいないはずの青い星

20世紀の大半を通じて、星々の衝突は、研究の対象にすらならない馬鹿げた考えとみなされていた。ニューヨークのアメリカ自然史博物館で、天文物理学部門の部長とキュレーターを務めるマイケル・シャラによると、

「太陽の近隣では、星と星の距離が広すぎて、お互いにぶつかるのは無理でしょうね。遠い未来に、なんらかの災厄が太陽に降りかかることがあっても、それは、近隣の星による衝突ではないと思います。20世紀の初頭に、イギリスの天文学者、ジェームズ・ジーンズがおこなったごく単純な計算でも、われわれの銀河の円盤内に存在する1兆の星のうちで、かつて衝突したものは1つとしてない、という結果が出ています」

「深宇宙」で、実際に星々の衝突が発生していることを示す手がかりが最初に得られたのは1950年代だ。深宇宙とは、地球から遠く隔たった銀河系の外部などを指す。恒星と塵の密度が高い、「球状星雲」の中央に居座る、奇妙な青い星が観測されたのだ。われわれが現在いる銀河系の領域には、10立方光年におよそ1つの割合で恒星が存在する。だが、球状星雲では、それと同じ空間内に数百の恒星がひしめき合っていることもめずしくない。

青色に輝く恒星は、あらゆる天体のなかでもとりわけ高温で、黄色い恒星よりも、ずっと速いペースで水素燃料を燃やし尽くす。しかし、奇妙な青い星が位置する球状星雲には、新たな恒星を生み出すガス雲が、数十億年前に使いはたされていた。つまり、天文学者たちが観測した「ブルースター」は、ひとことでいって「いないはず」なのだ。

ハッブル宇宙望遠鏡による測定で、「ブルースター」は、なんらかの形で燃料を維持し、長命を保った通常の恒星ではなかったことが明らかにされた。実際には、もっと古い2つの恒星が衝突して融合し、見てくれだけはずっと若い新たな恒星が生まれていたのだ。

✝2つの星が、1つになって……

2つの恒星が衝突するとどうなるのか。

「接触事故から全損まで、その規模はさまざまです」とシャラはいう。

「運動エネルギーをいちばん効率よく熱と圧力に変換できるのは、高速の正面衝突で、こうなると2つの星は完全に破壊されるでしょう」

シャラは恒星同士の衝突をモデリングし、恒星そのものと、周囲の天体におよぼす影響を分析した。太陽に似た恒星と、白色矮星のようなはるかに密度の高い恒星との正面衝突によってもたらされうる結果は、「太陽に似た恒星は殲滅されるが、1000万倍の密度がある白色矮星は、最外層がわずかに温かくなるだけだろう」と、シャラは2004年の「サイエンティフィック・アメリカン」に寄せたエッセイで書いている。

たまたま2つの星が同サイズ、同質量だった場合には、また事情が変わってくる。

「当初は球形だった星同士が重なり合うと、おたがいを圧縮し、半月形になっていきます。気温や密度が、破壊的な熱核燃焼を起こす高さまで上昇することはありません。全体的な質量のうち、噴出するものはごく少量にすぎず、それ以外は一緒に混ざり合います。1時間もすると2つの星は、
1つに融合しているでしょう」

球状星雲では、通常の宇宙空間よりも衝突が多発する。そのなかに含まれる恒星の動きが、比較的遅いからだ。太陽が宇宙の隣人たちに敬意を払いながら、時速7万6000キロ前後のスピードで移動しているのに対し、球状星雲内の星々は、そのおよそ半分のスピードでお互いにすれちがっている。そうすると天体間で重力が作用する時間ができ、その進路を逸らせて、衝突が起こる可能性も高まるのだ。

✢衝突の現場に立ち会うのは、幸運か不運か?

天文学者は、星々の衝突の名残を、遠く離れた球状星雲で見つけ出している。しかし、その現場を目撃したことは、残念ながら誰も一度もない。

「たしかに、これはみんな状況証拠です」とシャラ。

「決定的証拠は、なかなか得られないでしょう」

　こうした遠方の衝突の現場を、星の輝きで検知するのはたいへんな作業だ。そこで、はるか彼方からやって来る光波よりも、重力波が頼りになることがある。

　超質量の天体同士が衝突すると、その事象は時空に動揺を生じさせる。アルバート・アインシュタインの一般相対性理論によると、そのような衝突は例外なく、宇宙を伝播する重力波を引き起こす。この波は宇宙そのものを広げ、動かし、エネルギーが通過するにつれて、2点間の距離は拡張し、収縮する。

「銀河系にある１５０の球状星雲内で衝突が起こる間隔は、平均で約1万年です。それ以外の場所になると、10億年に跳ね上がるでしょう」とシャラはいう。

「ただし、現行のテクノロジーでも目撃できる距離――そう、たとえば数百光年以内で、衝突が発生する可能性もないわけではありません。われわれが途方もない幸運に恵まれれば、の話ですが」

　衝突の現場を観測できれば、天文学者たちは躍りあがってよろこぶだろう。星々の力学について、かつてないほどの知見が得られるからだ。だが同時にそれは、そうした衝突がどれだけ危険かを、たっぷりと思い知らせてくれるはずだ。

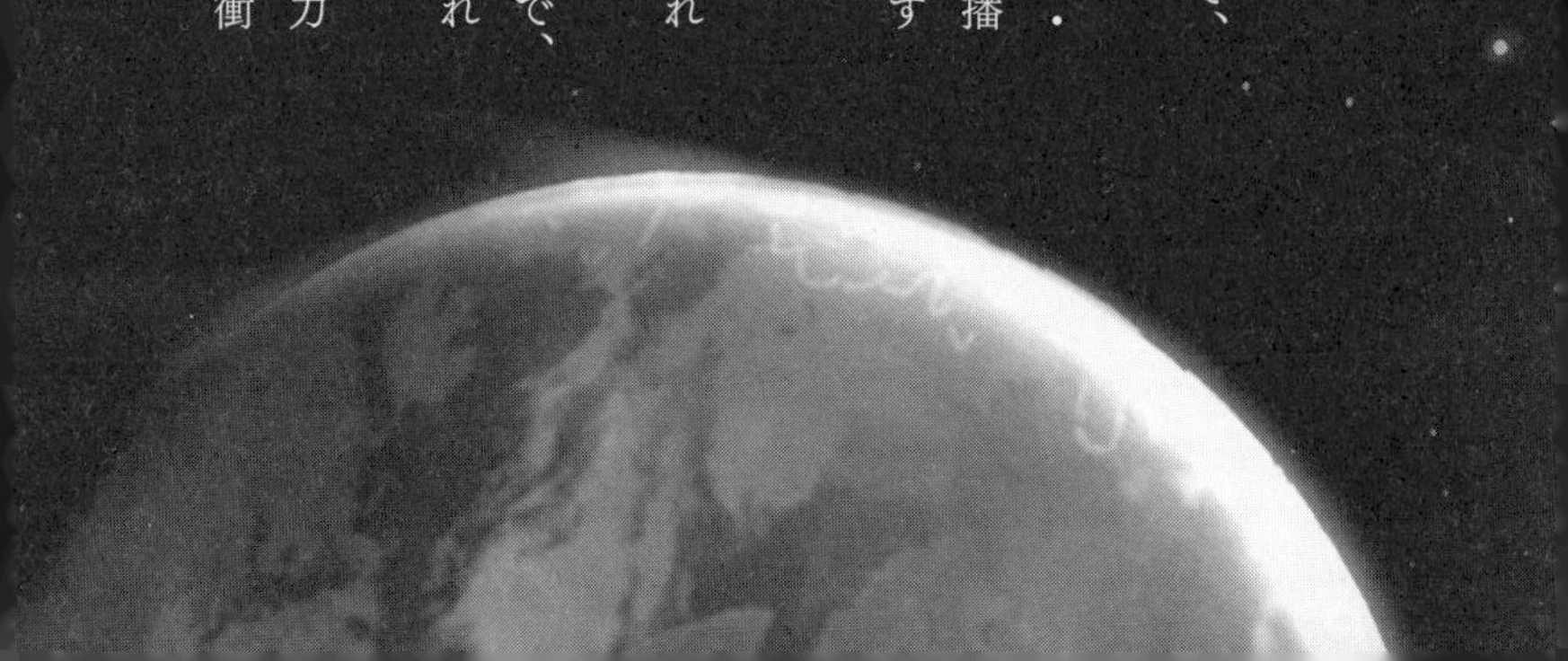

科学者のつくりだすブラックホール

2009年、ジェノバに集まった科学者たちは、欧州原子核研究機構の研究所で「大型ハドロン衝突型加速器」（LHC）のスイッチを入れた。記念すべき出来事だが、誰もが祝賀ムードだったわけではない。なかには、この巨大な機械が、空間そのものを引き裂いてしまうのではないかと警告を発する人々もいた。ジェノバの山の下の引き裂かれた空間に発生したブラックホールが、われわれを飲みこみ、無に帰してしまうのではないか、と。

ＬＨＣは人類がつくった、もっとも複雑で精緻な機械だ。その使用目的は、科学者たちをこれまで以上に、ビッグバンの理解に近づけることである。設計と建造に20年を要したこの機械によって、物理学に対する人類の理解が、より深まるのは間違いない。

だが反対論者たちは、それでもなお矛を収めようとしない。彼らが何よりも危惧しているのは、嬉々として素粒子物理学者たちが予測した、耳にするだけでゾッとするシナリオだ——地球上につくりだされるブラックホール——。

ちっぽけなブラックホール

「ブラックホール」と聞いてあなたがイメージするのは、宇宙のはるか遠くに潜み、その途轍もない重力で、不運にも近くを通りかかったもの——恒星、惑星、星屑、あるいは宇宙船——を、なんでも構わず吸いこんで破壊する「天体」だろう。

このイメージはおおかた正しい。宇宙のブラックホールは、死滅しつつある超高質量星が重力によって潰され、「特異点」と呼ばれる、次元のない、無限の密度を持つ点へと収斂することによって誕生する。

この爆縮はあまりにも激しく、空間そのものをズタズタにし、特異点にある程度まで近づくと、もう何も逃げられなくなってしまう。そのなかには光も含まれており、だからこそブラックホールは「ブラック」なのだ。

その効果がおよぶ半径、すなわち「事象の地平線」内で、何が起こるのかは誰にもわからない。そこでは、情報もすべて重力に捕らわれ、逃れることができないらだ。

ブラックホールのサイズは質量によって決まる。太陽を崩壊させ、ブラックホール化するためには、いまのサイズの400万分の1にあたる、直径約3キロメートルに圧縮する必要があるだろう。地球なら半径9ミリ、すなわちいまのサイズの約10億分の1にしなければならない。

ただし、こうした天体が、自然にブラックホール化することはない。質量をそこまで押しつぶせるだけの、重力がないからだ。

しかし、物理学者が自然界に存在しうると考えるブラックホールは、こうした宇宙の怪物だけではない。

1970年代に、天文学者のスティーヴン・ホーキングとバーナード・カーは、初期の宇宙にもブラックホールが存在していた可能性を考察した。エネルギーがたぎり、物質の密度もばく大だった時期だけに、一部の領域が崩壊し、ちっぽけな特異点と化していても、決して不思議はなかったのだ。

物理学の法則によると、物質の密度は最大で10の97乗キロ立方メートル。だが、この段階で重力に耐えられなくなった物質は崩壊し、ブラックホールと化す。ホーキングとカールはこうした仮想の特異点を「原始ブラックホール」と呼んだ。

想像を絶する密度と温度を持つ初期の宇宙であれば、たしかにこうした「ちっぽけなブラックホール」が生まれる可能性はあったかもしれない。だがそれに似たものを地球上でつくりだすとなると——初期の宇宙、すなわちビッグバンの直後の状況を再現する必要があるだろう。

✝実験機器でつくることは簡単？

LHCの狙いはまさしく、ビッグバン直後の瞬間を再現することだ。陽子を、お互いに向けて、光速に近いスピードまで加速することで、科学者たちは衝突の残骸から新たな素粒子の痕跡を見つけ、自然にかんする自分たちの知識に、新境地を開きたいと願っている。

LHC内で加速された陽子のエネルギーは、およそ7テラ電子ボルトに達する。アルバート・アインシュタインの「$E=MC^2$」という方程式によると、これだけのエネルギーを持つ陽子の質量は、平時の陽子のおよそ7000倍にあたる10マイナス23乗キログラム。「こうした粒子同士が近距離から衝突すると、そのエネルギーは極小の空間に濃縮される。つまり、ときには衝突した粒子が、ブラックホールの形成にまで接近することもありうるわけだ」とカーはいう。

この主張には大きな問題がある。質量が10マイナス23乗キログラムの陽子2つでは、あまりにも物質量が少なすぎて、ホーキングとカーの原始ブラックホールをつくりだすことができないのだ。むろん超高速で加速すれば、２つの陽子で原始ブラックホールを形つくることはできる。だがホーキングとカーの基準を満たすためには、われわれの銀河系並みに巨大な粒子加速器が必要なのだ。

だとしたらなぜ、地球上のブラックホールについて懸念することなどないのでは」？

それはちがう。ホーキングとカーの理論は、20世紀の初頭にアインシュタインが公式化した重力の数学的記述、一般相対性理論に基づいているのだ。重力のはたらきにかんする近年の理論では、ちっぽけなブラックホールの形成に必要な密度は、ホーキングとカーが当初考えていたよりも、ずっと少ないのではないかとみられている。

「重力の量子論のなかでも、とくに有力視されている『ひも理論』は、宇宙には通常の3次元を超える次元があると予測している」とカー。

「重力は、ほかの力と異なり、こうした次元にも伝播し、その結果、近距離では予想外に強くなる。3次元では2つの物体の距離が半分になると、重力は4倍になる。けれども9次元では、重力が２５６倍の強さになるのだ」

もし、重力が実際に、こうしたかたちで別の次元にもおよぶとしたら、ブラックホール形成はずっと簡単、ということになるかもしれない。２００１年に科学者たちは、ＬＨＣは陽子を衝突させるたびに、ブラックホールを生み出すことができると結論づけた

――欧州原子核研究機構の粒子加速器は、ブラックホールの工場になるだろう、と。

✝寿命は10のマイナス26乗以内

宇宙におけるブラックホールの凶暴な性質からすると、欧州原子核研究機構では、同様の物体が毎日何千個も発生しているという考えは、決して心安らぐものではないだろう。はたして人造ブラックホールがひそかに加速器を脱け出し、われわれの惑星を食べ尽くしはじめる、などということがありうるのだろうか？

現に、ＬＨＣのスイッチが入れられる前には、ハワイの住人２人が連邦裁判所に訴訟を起こし、科学者たちの動きを阻止しようとしたことがあった。破局的な影響の再評価をすべきだ、というのが彼らの主張だった。

だが、不安を鎮めてほしい、とマサチューセッツ工科大学の物理学者、フランク・ウィルチェックは指摘する。彼によると宇宙のブラックホールは、われわれが地球上でつくりだせるものとはまったく似ても似つかない。ウィルチェックはこの問題を、ゾウとアメーバを同じ「動物」という言葉でひとくくりにするようなものだ、と評する。かりに、ＬＨＣで人造のブラックホールが発生しても、あまりにもちっぽけすぎるせいで、重力場はあまり遠くに届かないということだ。地球を食い尽くすブラックホールは、最低でも数トンの質量がなければならない――ＬＨＣが生み出すものは、１グラムの数十分の1にも達しないだろう。

もっといえば、ブラックホールはあっという間に霧散し、とても被害をおよぼしている暇はない。この結論は、スティーヴン・ホーキングが1970年代におこなった予測から導き出されたものだ。

「ブラックホールは小さくもなれる」という考えは、物質の最小構成要素を描写する際に用いられる物理学、すなわち量子力学が、そのふるまいに重要な影響をおよぼすのではないか、という疑念をこの物理学者に抱かせた。

「1974年に彼は、ブラックホールは粒子を飲みこむだけでなく、吐き出すこともある、という有名な結論に達した」とカー。

「ホーキングは、ブラックホールが熱い石炭のように熱を放射し、その温度は質量に反比例するだろうと予測した。太陽なみの質量があるブラックホールの場合、温度は100万分の1ケルヴィンと、まったく取るに足らない数字だが、一般的な山なみの質量がある10の12乗キログラムのブラックホールの場合は、その温度は10の12乗ケルヴィンに達する。これは、光子のような質量のない粒子と、電子や陽電子のような質量のある粒子の、両方を放出する高さだ」

この放出は、エネルギーを運び去る。つまり、ブラックホールの質量は、ときととももに着実に減少するということだ。縮むにつれて温度はますます増し、ブラックホールはさらに粒子を放出して、さらに速いペースで縮んでいく。

「ブラックホールの質量が、10の6乗キログラム程度に収縮したら、ゲームはもうおしまいだ。1秒以内に、100万メガトン級の核爆弾と同等のエネルギーで爆発するだろう」とカーはいう。

「ブラックホールが消え去るまでの時間は、当初の質量の3乗に比例する。太陽質量のブラックホールの場合、寿命は10の64乗年という、観測不能な長さだが、それが10の12乗キログラムなら、10の10乗年になる。これはほぼ、宇宙の現年齢に近い。つまり、この程度の質量しかない原始ブラックホールは、いまにも消滅のプロセスを終え、爆発しようとしていることになる。もっと小さいものは、宇宙のもっと早い時代に消滅しているだろう」

かりに、LHCの陽子間衝突でブラックホールが誕生しても、10のマイナス26乗以内で終わる、一瞬のホーキング放射（ブラックホールから放出される放射）のうちに消え去ってしまうはずだ。

✝可能性は？

欧州原子核研究機構の科学者たちによると、LHCが生み出すエネルギーは、これまでの素粒子加速器ではありえなかったレベルに達している。しかし、自然界では日常的に、ずっと高エネルギーの粒子間衝突が起こっているのだ。

加速器の安全試験を総括した、公式な声明文には、LHCにたとえどんなことができるとしても、自然は、天体の寿命中に、それと同じことを何度も経験している、と記されていた。

「宇宙線は、外宇宙でつくりだされる粒子で、その一部は加速されて、LHCをはるかに凌駕するエネルギーを獲得する」と、欧州原子核研究機構は述べている。

「過去数十億年のうちに、自然は、LHCの実験およそ100万回分に相当する衝突を地球上ですでに発生させてきた。だが、この惑星は現在も存在している。天文学者は、宇宙の全域で、無数の天体を観測しており、そのすべてが地球と同様、宇宙線の直撃を受けている。全体として宇宙は、毎秒、LHCに似た実験を10兆回くり返している。しかし、天文学者たちのみる限り、そのせいで危険が生じている気配はない。星々や銀河は、いまも存在している」

「LHCはミニ・ブラックホールの工場になる」と結論づけた計算によると、地球の大気圏内では、宇宙線衝突のせいで、毎年100個前後のブラックホールが生まれるはずになっているのだ。

敵意のある異星人

異星人とコンタクトできて、彼らが訪ねて来ることにしたらどうなるだろう？
善意の存在ならいいが、100パーセントそうであるという保証はない。豊かな資源や元素を擁する地球を、より興味深い場所に行く途中での給油所と見なし、略奪しようとするかもしれないのだ。

ＳＦに登場する異星人は、タチが悪いと、とことんタチが悪い。映画「インディペンデンス・デイ」では、世界中の大都市を廃墟と化してしまう。「宇宙戦争」では、見つかる限りの人間を皆殺しにする。「マーズアタック！」のイタズラ好きな異星人も忘れてはならない——いかにも楽しげに建物や人々を吹き飛ばす彼らを——。

実際に訪ねてくる者は、星間旅行を実現していることからもわかる通り、疑いなく進んだ文明を持ち、人類と地球を好きなように料理できるテクノロジーやパワーを有しているはずだ。

運がよければわれわれを脅威とはみなさず、訪問中は無視してくれるだろう。それでも、有毒な廃棄物を置き去りにしたり、ウイルスやそのほかの疫病を持ちこんだりして、そのつもりがなくてもわれわれを一掃してしまう可能性はある。

高名な物理学者、スティーヴン・ホーキングは、そうした懸念を抱いている1人だ。「もし異星人がわれわれを訪ねてきたら、コロンブスがアメリカに上陸したときのような結果になるだろう。つまり、ネイティヴ・アメリカンたちにとっては、災難でしかなかったということだ」と、彼は、2010年につくられた「ディスカバリー・チャンネル」のドキュメンタリー番組で語っている。

宇宙の生命を探し、交信しようとするよりも、人類はあらゆる手をつくして「コンタクトを回避するべきだ」というのが、彼の主張だ。ホーキングにこんなことをいわれたら、耳を傾けざるをえないではないか。

✝ET探しは愚かな考えなのか？

宇宙生物学者や天文学者は、半世紀以上にわたって「地球外生命」（ET）を探しつづけている。それは、宇宙にいるのがわれわれだけなのかどうかを突き止めたい、そして、われわれ以上に進んだ文明に出会い、そこから学びたいという人間的欲求のあらわれだ。

われわれの銀河系には、何十億もの恒星がある。そのまわりをさらに多くの惑星がまわっている。その一部はまちがいなく「ゴルディロックス・ゾーン」（生命居住可能領域）内に位置しているだろう。

つまり、地球と同じように、恒星から程よく離れ、生命の居住にちょうどいい気候に恵まれているということだ。そして、その数をもとにすれば、そこに住む生命の一部が知性を持ち、星間通信の能力を有すると考えるのは、決して無理な話ではない。

地球で最大規模の「異星生命探し」がはじまったのは1960年、天文学者のフランク・ドレイクが、ウエストヴァージニアにあるグリーン・バンク電波望遠鏡を、「タウ・ケチ」という星に向けたときのことだ。

彼は、知的生命体が発した可能性がある、変則的な電波信号を探していた。やがて、彼のアイデアは、世界中の電波望遠鏡を利用して異星人の信号を探索する、「地球外知的生命探査」（ＳＥＴＩ）へと発展した。以後50年間、ＳＥＴＩは探索をつづけてきたが、空はその間ずっと沈黙を守っている。

異星人探しには、数々の実務的な問題がある。なかでもいちばんの問題は、距離だ。われわれの銀河系は広い——光でも横断するのに10万年かかってしまう。もし、もっとも近くの隣人が、１０００光年離れた森の月、「エンドア」に暮らす生命体だとしたら、かりに、彼らがメッセージを送ったとしても、われわれが受け取るのはその１０００年後なのだ。返信が届くのも、やはりその１０００年後になる。

これでは、とても冗談を言い交わす仲にはなれないだろう。

それに、彼らの通信は、われわれのほうを向いていないかもしれない。

もし、エンドア人がわれわれを見ているとしたら、この瞬間、彼らに届いている光は「１０００年前のこの惑星の姿」を伝えている。ヨーロッパでは城のまわりで騎士たちがさかんに戦い、北米では原住民の小集団が、広大な平原で散り散りに暮らしている姿を。

もし、最寄りの異星人が何万光年も向こうにいたら、彼らには、巨大な獣たちの間で

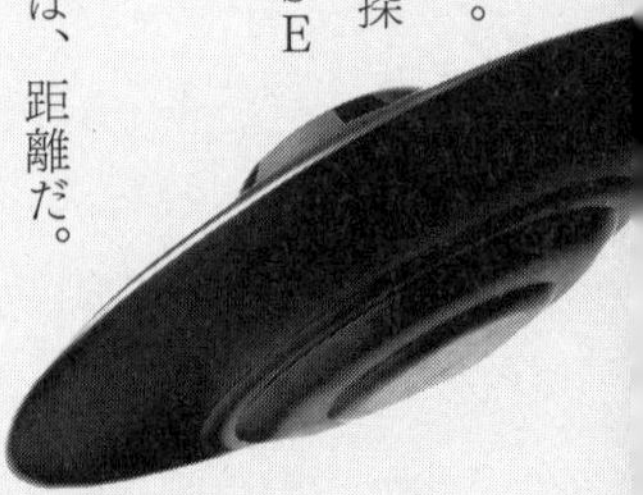

暮らす現生人類の先祖を見ることしかできない。

それでは、わざわざやって来ようという気にはなれないだろう。

異星人は危険なのだろうか？

この質問に、はっきりとした答えを出すのは不可能だ。少なくとも、地球外の種が地球に降り立ち、その意図を明確に示さない限りは。

ウォーウィック大学の数学研究所に所属するジャック・コーハンとイアン・スチュアートによると、異星人はいわゆる「緑のこびと」とはまったく異なる外見をしているかもしれない。「ネイチャー」に発表した論文のなかで、彼らは、地球外の生命体が「地球人、猫、家蠅にそっくりな可能性もあるし、目に見えなかったり、われわれの時空連続体の外側にある5次元の世界に潜んでいたりする可能性もある」と書いた。

たとえ、ETからの信号が届かなくても、天文学者や生物学者は、異星人の外見について、さまざまにイメージをふくらませてきた。

SETIがはじまったばかりのころ、天文学者たちは、地球とそっくりな惑星を探すことに専心していたものだ。われわれが知っているのは自分たちの生

物学だけなので、異星人もわれわれと似た存在だと仮定したほうがいいだろう、と考えたのだ。

だがそうでなければならない理由はどこにもない。

人類は酸素と水に富む惑星で進化し、そこでは、DNAと呼ばれる炭素ベースの物質が、生命の遺伝情報を担うことになった。われわれの立場からすると、ここは温度、水、そして栄養素のパラメーターがぴったりそろった世界ということになる。

むろん、異星人がわれわれの立場に縛られることはない。

極限性微生物は、人類やそのほかの「正常」な生命体を、即座に殺してしまうような場所でも生存できる種だ。これらの単細胞生物は、超高温の水が噴き出す海底や、温度が氷点をはるかに下まわる場所で見つかっている。深海の噴出口近くに棲息する生物のなかには、先端部が後端部より200度も熱くなっているものもいるのだ。

「無知で狭量なわれわれは、こうした生物を『極限性微生物』と名づけたが、これは一種の偏見だ。正常なのはわれわれで、それ以外は異常だといっているようなものだからね」とスチュアートは語る。

「超高温の水のなかで暮らす生きものからすれば、むしろわれわれのほうが極限性の生物だろう。なぜならずっと低い温度のなかで暮らしているからだ。立場が変われば、どっちも同じように極限性だ。とても冷たい水のなかで暮らす生物についても、同じことがいえるだろう」

彼は、この人類中心的な生命観――われわれにとって正しいものが、ほかのすべてにとっての基準となる――を「ゴルディロックスの失敗」と呼ぶ。

スチュアートにいわせると、「ゴルディロックスと3匹の熊」というおとぎ話のそもそもの問題は、ゴルディロックスが赤ちゃん熊のおかゆを気に入る一方で、父親熊は熱いおかゆで完全に満足し、母親熊は冷たいおかゆで満足していることなのだ。むろん、ほかの森では、おかゆ自体がいっさい好まれていない可能性だってある。

地球では、生命は陸上と水中に存在するが、巨大なガス惑星では、空高くに生命が存在し、周囲を渦巻く大気から栄養を取りこんでいるかもしれない。

「大半の異星人は、地球に来ようという気すら起こさないだろう。それは、われわれが中性子星（質量の大きな年老いた恒星）の表面を歩いてみる気になれない、あるいは、ある種の極限性微生物のように、熱湯のなかで暮らす気になれないのと同じことなのだ」とスチュアートとコーエンは「ネイチャー」に書いている。

こうした多様性を前に、「異星人の外見に目星をつける」などということがはたして可能だろうか？

スチュアートは、まず、生物学的な特徴を、「銀河系のあらゆる生命形態に普遍的にあてはまるもの」と、「地球に限定されるもの」とに切り分けることが必要だという。たとえば、人間の手の「5本指」はどうだろう？　われわれの指が4本、あるいは6本でない理由は、進化の気まぐれとしか考えられない。しかし、「目」は、完全に無関係な生物たちのあいだで、40回以上進化している。

動きまわるための「脚」も、普遍的なものかもしれない。「脚は異なる生物の間で、独自の進化をとげてきた。タコには触手があるが、その機能は脚と変わらない。ただ、構造はひどく異なっている」

「DNA」が地球限定の特徴である可能性は高いが、自然淘汰による「種の進化」という考えは、ほぼまちがいなく普遍的なものだろう。

「頭のよさ」についてはどうだろう？　ここ、地球には知的な生物がたくさんいる。タコ、イルカ、クジラはいずれも頭がいい。シャコの類ですら、食料に行き着くためならば、パズルをもののみごとに解いてみせる。

「ほかの惑星とコミュニケーションを取る可能性をもたらしてくれるのは、いわゆる『頭のよさ』ではない。それは、ある個のすばらしいアイデアを、ほかの誰にでもアクセスさせることが可能にし、使えるかたちにしてたくわえておける、われわれの能力だ」とスチュアートはいう。

スチュアートのいう「エクステリジェンス」（外部知性）は、読み書きの発明とともにはじまり、印刷とともに加速し、現在ではインターネットの登場で効力を発揮している。「種」にエクステリジェンスが備わると、さまざまなことが可能になる。場合によっては、生物学的な限界を超越することもある。

「知的生命について語る場合、わたしがいちばん重視するのはタイムスケールです」と、SETIの上級天文学者、セス・ショスタックは語る。人類は電波を通信に使うようになって70年もしないうちに、宇宙船を打ち上げた。

「われわれは後事を子孫に託すことができますし、こと星間通信や星間旅行にかんしては、それがとても早いペースでおこなわれています。われわれはもうすでに、頭蓋骨に収まっている重さ1400グラムの脳に縛られてはいないのです」

異星人は、まったくわれわれと経験をともにしていないため、その動機や意図を探ろうとする行為は、雲をつかむようなものだ。物理学者のポール・デイヴィスは、異なる構造を持つ異星人の脳が、ヒトとは異なるかたちで情報を解釈するのは間違いないと主張する。われわれが美しい、あるいは友好的だと考えるものが、向こうには暴力的と取られてしまうかもしれないし、またその逆もありうるのだ。

「賢くて知識があるのだから、当然、平和を好むだろうと、多くの人々は考えている」

とスチュアートはいう。

「そう決めてかかることはできないとわたしは考える。人間的な視点を異星人に当てはめることはできないし、それはむしろ、危険な考え方だろう。異星人は異星人だ。仮に存在するとしても、われわれに似ていると、決めつけることはできない」

十可能性は？

ＳＥＴＩの父、フランク・ドレイクは、コンピュータのパワーが増大し、より多くの星々のデータをより素早く処理できるようになったおかげで、ほんの30年先にはもう、地球外の信号を探知できているかもしれないという。

２０１１年の「サイエンティフィック・アメリカン」誌で、ドレイクは、われわれの銀河系内に存在する探知可能な文明の数を、現時点でおよそ１０００と推計した

次世代の地上望遠鏡も、この探索の助けとなるだろう。その１つが、計画中の「欧州超大型望遠鏡」（主鏡の直径は30メートル）だ。２０３０年には稼働を開始するこのパワフルな望遠鏡は、生命を示す化学的特徴を求めて、遠く離れた惑星の大気を画像化することができる。

ＳＥＴＩ研究所も、「アレン望遠鏡網」の建造をつづけることで、アップグレードされている。空を見わたす３００のパラボラがすべてそろえば、アレン望遠鏡網は、２年間で１０００の星系を探査することが可能だ。テクノロジーがこの調子で進歩していけ

ば、SETIは20年以内にETの信号をキャッチすることができるだろう、とショスタックは自信たっぷりに断言する。

「決め手は、これから20余年のうちに、さらに100万の星系を調査できているかどうか。もしうまくいけば、早々に結果は出るでしょう」

ホーキングのいう「敵意ある異星人」は心配にならないのか？「それはいわれのない不安です」とショスタック。「仮に資源に関心があるとしたら、われわれが電波を発信する、しないにかかわりなく、異星人は自分たちなりのやり方で岩石惑星を見つけ出すでしょう」

いずれにせよ、もし星のジャングルのなかで叫び声を上げるのは怖いというのなら、最初にやるべきなのは、あらゆるテレビ放送の電波を遮断することだと彼はいう。地球の放送は、長年、宇宙に流出しており、いちばん古いものはすでに地球から80光年離れたところに届いている。

通りすがりの異星人に、「その番組は見ないでくれ！」と注意をうながそうにも、もはや手遅れなのだ。彼らはすでに『ジェリー・スプリンガー・ショウ』（一般の夫婦が出場し、結婚生活の続行かそれとも離婚か、シビアな選択を行う番組）の全エピソードを視聴しているだろう。こうした放送が、異星人を惹きつけるのか、それとも遠ざけるのかについては、なんともいいがたいのだが。

Death of the Sun

太陽の死

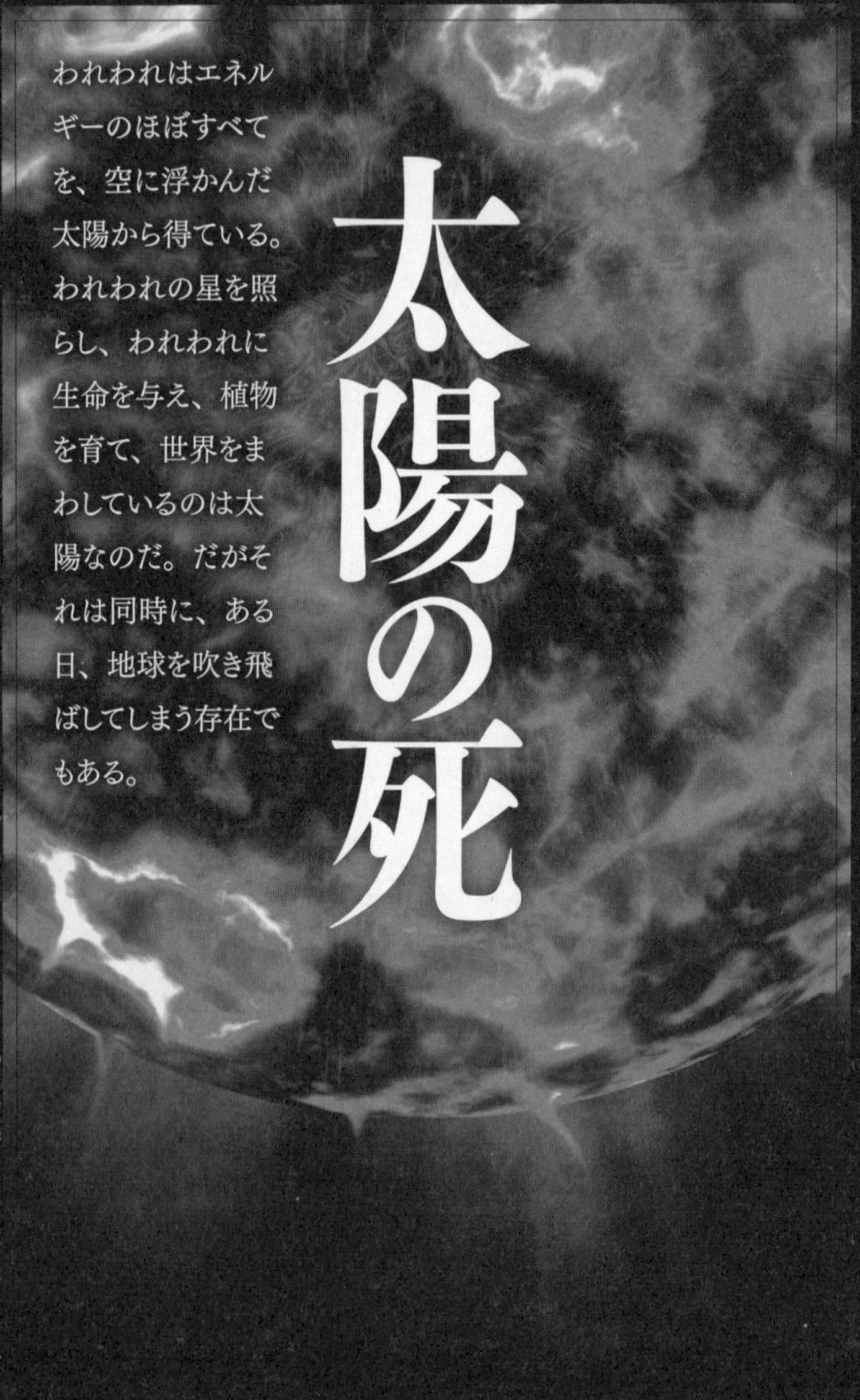

われわれはエネルギーのほぼすべてを、空に浮かんだ太陽から得ている。われわれの星を照らし、われわれに生命を与え、植物を育て、世界をまわしているのは太陽なのだ。だがそれは同時に、ある日、地球を吹き飛ばしてしまう存在でもある。

041

現在、さいわいにも太陽の寿命はなかばにある。心地よい黄色の光は海を凍らせない程度に暖かく、放射線も植物や動物が生きていくのに適した量だ。

いまから50億年後、太陽は心地よい中年期を脱し、次第に大きく、そして次第に熱くなりはじめる。ずるずると死に向かっていくうちに、太陽は水星と金星を飲みこんでしまう。地球にいるわれわれは、その破壊の過程をリングサイド席で目の当たりにすることになるだろう。

✝恒星のライフ・サイクル

太陽ができる前には、渦を巻く塵とガスの広大な雲があった。やがて、数百万年が経過するうちに、水素の原子が重力によって1カ所に集まり、雲が暖かくなってくる。その温度が1000万ケルヴィンに達すると、水素は融合を開始し、恒星が輝きはじめるのだ。

50億年もすると、太陽の「核」の近くにあった水素は、融合してすべてヘリウムになってしまう。この時点で恒星の核は、自分自身を支えられなくなり、崩壊を開始する。収縮がはじまるとともに温度は上昇し、やがては核を取り囲む「殻」領域の温度が、殻の場にはまだ残っている水素を融合しはじめる高さになる。このプロセスによって、太陽の外層部は現行の直径の数十倍にふくれあがる。太陽の表面部は、エネルギーの源から遠く離れてしまうため、温度が3500ケルヴィン前後まで下がり、赤い光を放つ。

その間に、太陽の核は収縮をつづけ、その温度が1億ケルヴィン前後に達すると、今度はヘリウムの融合が起こり、ヘリウムは炭素と酸素になりはじめる。星の表面部はふたたび再び熱くなり、青と白の光を放つ。

ヘリウムが尽き、核が完全に炭素と酸素に入れ替わると、星はいま一度収縮しはじめる。収縮によって、核の外側に残ったヘリウムが融合を開始することで、星はまたしても、現在の直径の数百倍にふくれあがる。この段階で恒星は「漸近巨星分枝」と呼ばれる。およそ3000万年をへて、核の残滓はふたたび収縮し、熱くなりはじめる。

太陽くらいのサイズでスタートした恒星の場合、核の温度は、炭素や酸素の融合がはじまる高さに達することは決してない。これ以上、ふくらんだり縮んだりはしないのだ。外層部が冷えはじめると、外殻は10万年という宇宙にとっては短い期間で周囲に吹き飛び、このハロー（希薄な星間物質）には炭素、酸素、ネオン、硫黄、ソジウム、アルゴン、塩素といった、将来の惑星形成に必要な原料が含まれている。

「惑星状星雲」と呼ばれるこうした低質量星の残滓は、宇宙で目にできる、もっとも美しい天体の1つだ。恒星の熱い核が周囲のガス雲を照らし、宇宙の暗さを背景に鮮やかな蛍光色を生み出す。感動した科学者たちは「キャッツアイ」「スターフィッシュ・ツインズ」「ブルー・スノーボール」「エスキモー」「アント」といった名称を与え、ハッブル宇宙望遠鏡が撮影したなかでも、こうした星雲の写真はひときわ人気が高い。

その間に、恒星の核は、さらに数千年収縮をつづけ、ついには電子が縮退してしまう。それは、もうこれ以上は圧縮できないことを意味する。この段階で、残滓の表面温度はおよそ1万ケルビン。天体は、「白色矮星」となる。太陽の質量の約半分が、地球サイズの熱い（100万ケルビン）球に詰めこまれた星だ。この天体は茶さじ一杯で、1トンの重さがある。

数十億年をかけてゆっくりと、この白色矮星はエネルギーを放射し、さらに冷えていく。そしてついに輝きを放てなくなったとき、そこに残されているのは「黒色矮星」と呼ばれる灰の塊だ。

✝そのとき、地球はどうなる？

かりに、地球が太陽の最初の膨張を生き延びたとしても、ここで生きているものが生き延びるチャンスは、実質的にゼロに等しい。水が一切存在しない、寒くて暗い不毛の世界に立ち向かう羽目になり、長くは生きていられないだろう。

「惑星状星雲は、われわれの太陽系の行く末を垣間見させてくれます」と、ワシントン大学の天文学者、ブルース・バリックはいう。

「太陽がその生命の瀬戸際に達すると、地球の現在の軌道までおよぶサイズにふくれあがり、水星と金星は燃え上がります。ただし、太陽がその物質の一部を噴出し、重力が弱まっているおかげで、地球はこの運命を免れることができるでしょう」

バリックにいわせると、このかなり過酷な状況にも、1つプラスの面がある——地球は赤い巨人の数百万年後に、惑星状星雲の形成を内側から目撃することができるのだ。

「太陽はその外層部を、今日でいう太陽風の極端なバージョンというかたちで排出します」と彼はいう。

「やがて赤い巨獣は核だけになり、急速に白色矮星と化して安定します。日の出と日没は、まばたきをする間に終わってしまいます。矮星から放射される紫外線が、すべての分子結合を破壊してしまうので、むき出しの岩はプラズマと化し、地表はつねに上昇して渦を巻く、妖しい虹色の霧におおいつくされるでしょう。エネルギーを放射し尽くすと、矮星は次第に光を失い、やがては冷たくて暗い燃えがらになってしまいます。つまり、われわれの世界は、まず炎で、そして次には氷で終末を迎えるのです」

運命にあらがうことはできるか？

ミシガン大学の科学者たちは、地球の軌道を変える世界規模のプロジェクトを2001年に考え出した。小惑星や彗星を意図的に近接通過させ、こうした天体の重力によって、地球の軌道を少し

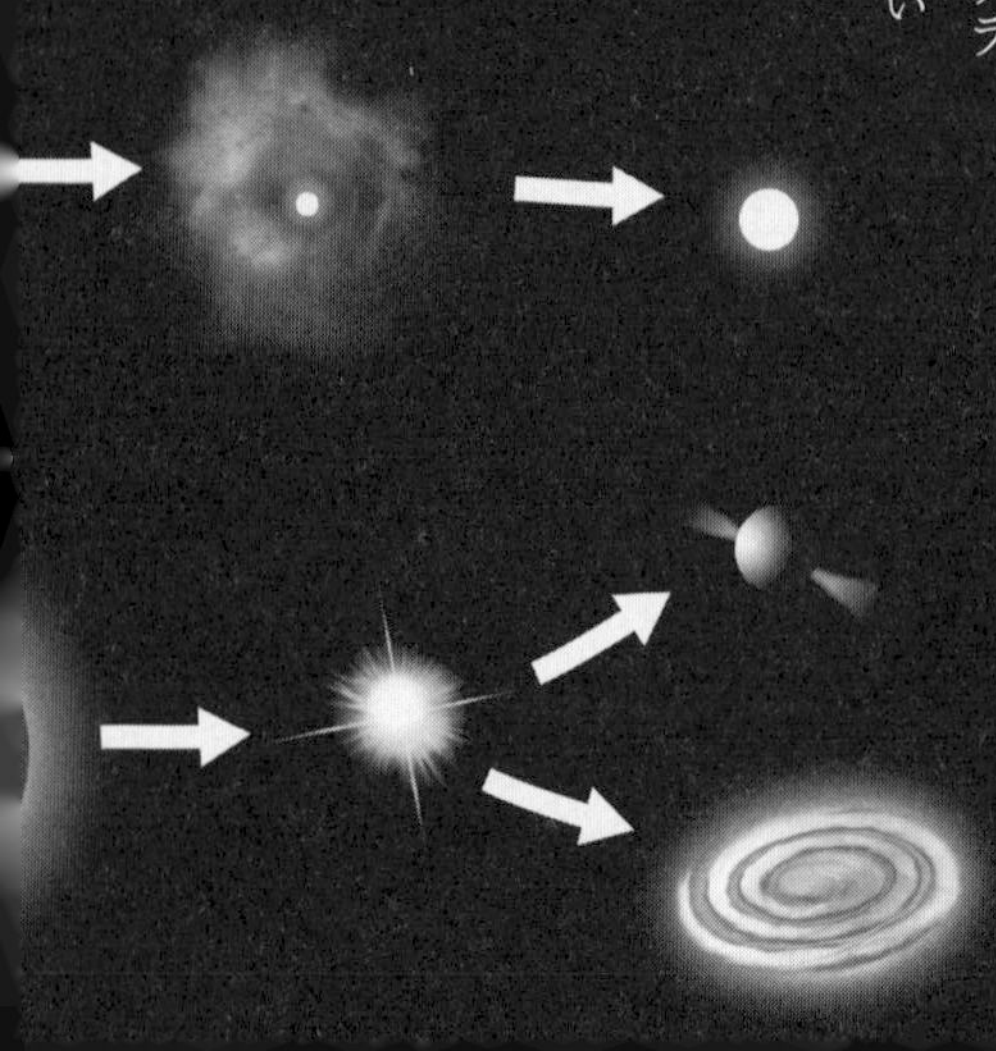

ずつ広げていくのだ。数十億年後には、赤い巨人期を迎えた太陽の猛威からも、じゅうぶん安全な距離が取れているだろう。

ただし、このアイデアは、大きな危険をはらんでいるわりに、効果は薄い。何百万回とはいわないまでも、数千回にわたって宇宙の巨岩を近接通過させないと、われわれの軌道を動かすことはできないからだ。かりにこれが奏功しても、地球が救われるのは、太陽がやがて光を失い、無と化してしまうまでのごく短い期間だけだろう。

となると、最善の策は、地球を捨て、ここから遠く離れた惑星を植民地化することになる。そのために必要なテクノロジーを編み出し、試し、実践する時間は、まだたっぷり残されている。

最寄りの惑星を特定し、亜光速で訪れるための時間もやはり、まだたっぷりあるだろう——数世代がかりの旅になってしまうかもしれないが。いくら荒唐無稽に聞こえても、恒星、そしてその惑星たちに寿命があるのは、自然界における動かしがたい事実の1つだ。否が応でも、いつかは地球を出て行かなければならないのである。

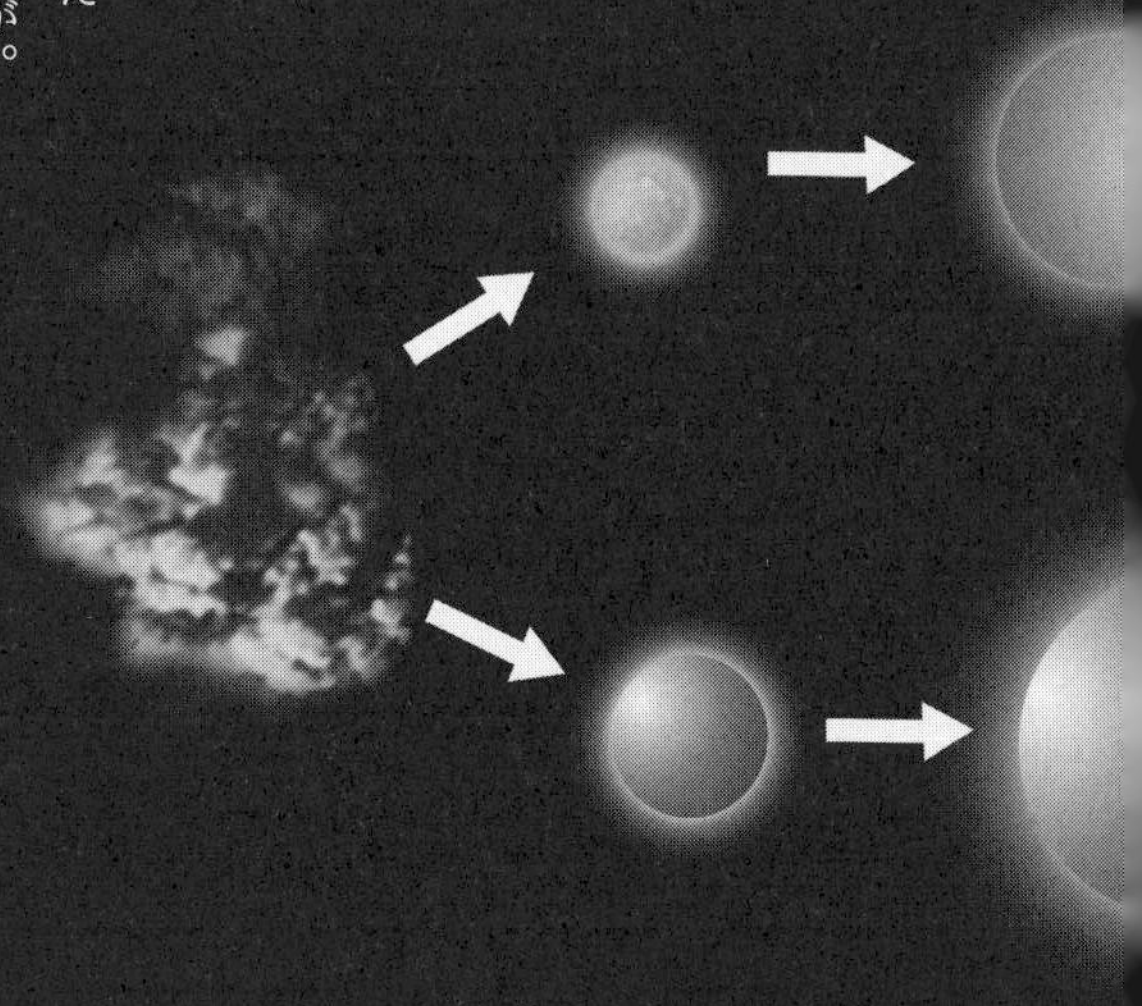

Galactic Collision

銀河の衝突

宇宙がくり広げるバレーのなかには、あまりにもスケールが大きいせいで、われわれはただひたすら観客に徹し、その影響に身を任せるしかないものもある。
たとえば、われわれが住む銀河と、別の銀河との、大規模な衝突である。

042

空を見て目に映る「銀河」は、実質的にそのすべてがわれわれから猛スピードで遠ざかっている。いまもビッグバンの影響が消え残っているのだ。ただし、アンドロメダ銀河は例外で、逆にこちらに近づいている。秒速120キロという現在のスピードがつづけば、アンドロメダ銀河は、あと50億年以内に、われわれの銀河に到達する。かりに人類がそこまで長生きできていたとしても、さすがにこの宇宙的な衝突には、止めを刺されてしまうだろう。

✝隣の銀河系

われわれの銀河、すなわち「天の川銀河」は、「局部銀河群」と呼ばれる数十の銀河から成るゆるやかな集合体の一部だ。人間的なスケールで見ると、それを「集合体」と呼ぶのは奇異に思えるかもしれない。何しろ個々の銀河の間には、最大でその直径の100倍におよぶ距離があるからだ。

けれども、重力によって支配され、結びつけられたこれらの天体は、広大な背景のなかでスペースを奪い合っている。お互いの進路をゆっくりと出たり入ったりしている銀河が、その平均的な寿命——100億年から200億年と推定されている——内に衝突するのは、避けようのない事態なのだ。

われわれの局部銀河群では「天の川銀河」と「アンドロメダ銀河」がもっとも大きく、

サイズもほぼ同一（太陽の質量の約2700億倍）だ。数十億の恒星が渦を巻くアンドロメダは、現在は250億光年の彼方にいる。

かつて、天文学者たちは、「はたして銀河同士が衝突するのだろうか」という疑念を抱いていた。間隔があまりに広すぎるからだ。だが、観測の技術が向上し、銀河の動きをシミュレートできる、より優れたコンピュータ・モデルが登場したおかげで、衝突はありうるどころか、これまで考えられていたよりも、ずっと一般的な現象である可能性が浮上した。

天文学者のジョシュア・バーンズ、ラーズ・ハーンキスト、そしてフランソワ・シュワイツァーによると、入手可能な証拠は、衝突した銀河がしばしば融合し、新たな形態の天体になることを示している。

✝衝突のときに、何が起こるのか？

銀河の激しい衝突が起こった場合でも、星同士が実際にぶつかる可能性は少ない。間隔があまりにも広すぎるからだ。大型の銀河星団では、しばしば銀河同士が高速（秒速数千キロ）で接近し、すれ違っていると思われる。だが、その過程でとくに、ダメージを受けることはないようだ。

「奇妙なことに、もし、同じ銀河同士が秒速数百キロメートルの『低速』で接近すると、お互いを激しく混乱させ、おそらくは数百万年で融合してしまうだろう」と、バーンズ

＝ハーンキスト＝シュワイツァーは「サイエンティフィック・アメリカン」に寄せた記事に書いている。

「こうした、一見すると逆説的な振る舞いは、銀河間の相互作用が重力に左右されるという事実を反映したものだ。2つの銀河の出会うスピードが遅ければ遅いほど、重力が巨大で破壊的な潮汐を生み出す時間も増え、その結果生じるダメージも大きくなるのである」

だからといって、銀河の構成要素が、その過程で何も感じないわけではない。銀河と銀河が出会うたびに解き放たれるばく大なエネルギーは、衝撃波を生み出し、それが恒星間を漂う広大な塵とガスの雲を通り抜ける。衝突のたびに雲のなかの水素は圧縮され、融合のプロセスがスタートする。つまり、銀河同士が接近するたびに、新たな恒星が立てつづけに誕生するわけだ。

衝突の発生するタイムスケールは、想像を絶するほど大きい。70億年以上をかけて状況が収束したとき、地球は独自の問題を抱えているだろう。

ハーバード・スミソニアン天体物理学センターの科学者たちがおこなったコンピュータ・シミュレーションによると、われわれの太陽は、残された惑星を保持しつづけるが、銀河の中心から押しやられる可能性はかなり高い。

✝われわれにできることは？　衝突の可能性は？

アンドロメダ銀河と天の川銀河が、お互いに向かって動いているのは、間違いない。2つの銀河が非常に接近し、それぞれの重力が、通過する銀河内の天体に潮汐効果をおよぼすのもたしかだ。だが、2つの銀河がどう融合するかについては、誰もはっきりとしたことをいえないのである。

はっきりしたことがいえないのは、天文学者たちが、アンドロメダ銀河の回転速度を知っていても、その横方向速度を測定できないことに起因する。つまり、アンドロメダはわれわれをまともに殴りつけてくるのか、それとも銀河の外周部をかすめるだけなのかが、判然としないということだ。

いずれにせよ、われわれの子孫が、遠く離れた安全な場所で、このスペクタクルをながめていることを願おうではないか。

時間の終わり

われわれの日常生活の背景にいて、そこに秩序を与え、物事にけじめをつけるための基準を提供してくれている「時間」は、「いつまでも」そこにいてくれるだろう。

……いや、一部の理論によると、未来のある時点で「その後」はなくなってしまうのだ。

アルバート・アインシュタインのような天才ならいざ知らず、われわれにとって、「時間」は、つねに同じままだ。時計を動かし、季節を変化させ、赤ん坊は成長する。われわれの世界が塵と化してしまっても、宇宙はつづいていくだろう。

だが、物理学者はそれでは満足しない。彼らは過去1世紀にわたり、時間の基本的な概念と、それが宇宙の科学的な図式にどう当てはまるかを考えてきた。彼らの考えは驚くべきものであると同時に、危険なものだ。いわく、「時間はもしかすると実在しないかもしれない」、いわく、「宇宙から消失しつつあるのかもしれない」と。

✝そもそも時間は存在するのか?

時間は、何もいわなくてもそこにある。現に存在しているし、それがなくなったらわれわれの生活はストップしてしまうだろう。

しかし、物理学者や哲学者たちは、いつももっと先に行きたがる。

われわれの経験する時間は、ある瞬間から次の瞬間へと流れていく。われわれは、つねに動きつづける現在にいて、過去の出来事は記憶のなかに置き去りにする。

「『未来』は『現在』になるまで開かれているが、逆に『過去』は固定されている、と、わたしたちは直感的に考える。この固定された過去、即時的な現在、そして開かれた未来の構造は、時間のなかで繰り越されていく。この構造は、われわれの言語、思考、行動にも組みこまれている。われわれの生き方が、それにすがりついているのだ」と、サンディエゴにあるカリフォルニア大学の哲学者、クレイグ・カレンダーはいう。

だが、このごく自然な考え方も、科学には反映されない。「物理学の方程式では、たったいま起こっている出来事が『どれなのか』を知ることはできない――『現在位置』のシンボルがない地図のようなものだ」とカレンダーはいう。

「瞬間的現在は存在せず、それゆえ時間の流れも存在しない。加えて、アルバート・アインシュタインの相対性理論は、現在という特別な瞬間が存在しないばかりか、すべての瞬間が等しくリアルだと示唆している。基本的に未来は過去と同様、開かれていないのだ」

アイザック・ニュートンの時代には、宇宙には時計が備わり、それが世界におけるわれわれの経験を、秒、分、時間という断片に切り分けていると思われていた。こうした瞬間、瞬間に、物事が起こるわけだ。

しかし、19世紀のなかば以来、科学者たちは、こうした時間の断片に決まった方向性がなくても、科学法則は成立することに気づいていた。言い換えるなら、物理学にとっては、時間が「前向き」に進むことは必須でないということだ。

時間が「後ろ向き」に進んでいようと、「前向き」に進んでいようと、物理学の法則は完璧に成立する。19世紀のオーストリア人物理学者、ルートヴィッヒ・ボルツマンは、

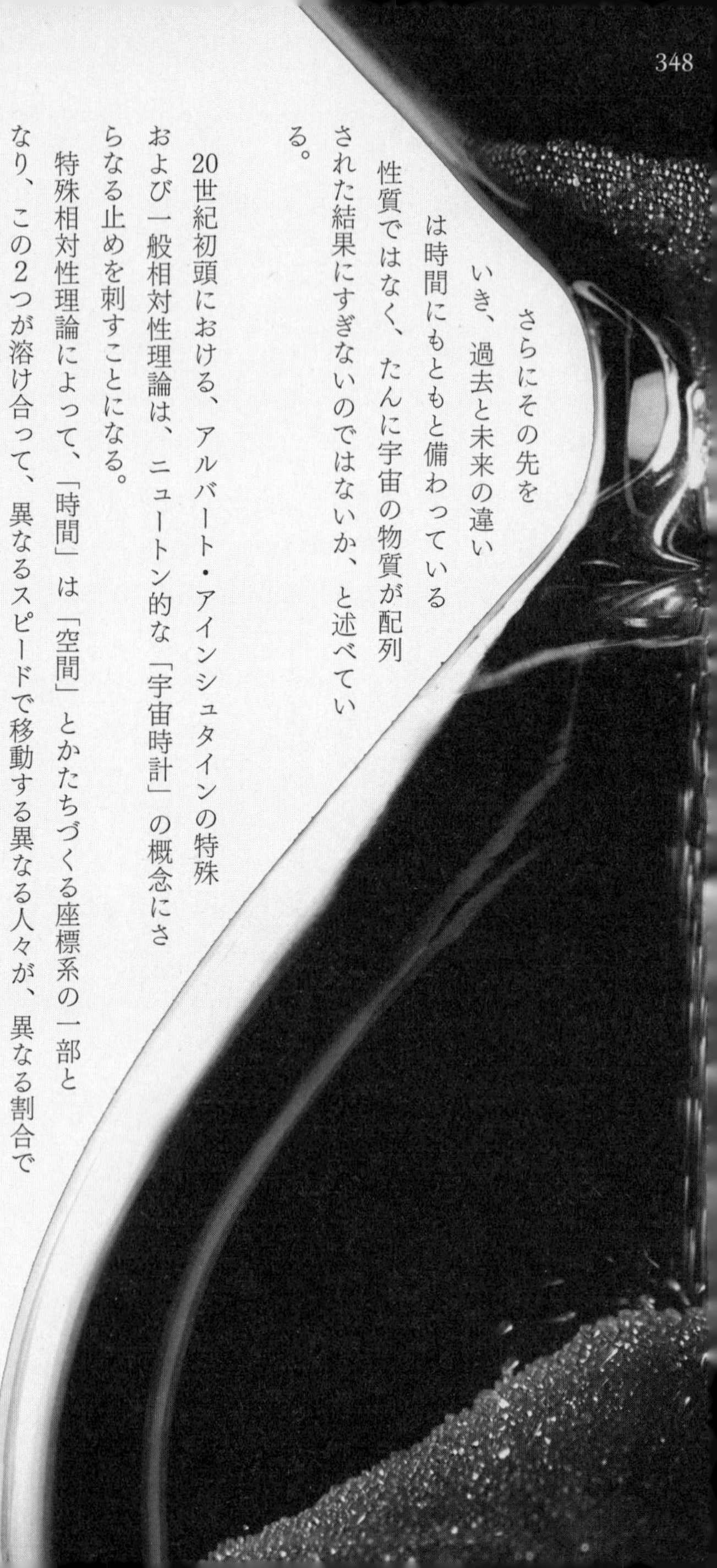

さらにその先をいき、過去と未来の違いは時間にもともと備わっている性質ではなく、たんに宇宙の物質が配列された結果にすぎないのではないか、と述べている。

20世紀初頭における、アルベルト・アインシュタインの特殊および一般相対性理論は、ニュートン的な「宇宙時計」の概念にさらなる止めを刺すことになる。

特殊相対性理論によって、「時間」は「空間」とかたちづくる座標系の一部となり、この2つが溶け合って、異なるスピードで移動する異なる人々が、異なる割合で秒の刻みを感じる、4次元的な「時空間」が生まれたのだ。

一般相対性理論では、重力そのものが時間の経過を歪ませ、質量の大きい恒星のそばでは、重力の少ない深宇宙にくらべて、秒の「刻み」率が変わってくる。

こうした科学の進歩は、われわれに難問を突きつけた。「単独の時間パラメータに沿って、刻一刻と展開している世界という見方はもはや成り立たない」とカレンダーはいう。

「極端な場合には、世界を『瞬間』で切り分けること自体、不可能になってしまうかもしれないのだ。そうなると、ある出来事が、別の出来事の前に起こった／後に起った、というい方もできなくなる」

かくして、疑問が生じた――そもそも時間は存在するのか？

「時間のない現実という考えは、当初、あまりにも衝撃的で、とても首尾一貫したものとは思われなかった」とカレンダー。

「われわれの世界は、時間で数珠つなぎにされた一連の出来事なのだ。わたしの髪の毛が白くなっていることや、物体が動いていることは、誰の目にも見えている。われわれが目にする変化は、時間ごとの事物のバリエーションだ。時間がなければ、この世界は完全に静止してしまう。つまり『無時間論』は難題に直面している――もし、世界が実際には変化していないとしたら、なぜわれわれに変化が見えるのか？」

✝時間が漏れだしている？

アインシュタインの一般相対性理論は、ほかにも、ニュートン的な時間の宇宙から抜け出せない人々にとって、厄介な問題を予測している。

「特異点」だ。

宇宙空間に存在し、無限の密度があるこのポイントでは、物質が押しつぶされ、物理学は本質的に破綻し、時間はストップしてしまう。崩壊した超高質量星のなれのはて。ブラックホールの中心にあるのが「特異点」だ。

その強烈な重力は、近づきすぎたものをことごとく吸いこみ、「特異点」そのものでは、いっさい時間が推移しない。そのなかに入ると、「その後」などというものは存在しなくなってしまうのだ。

われわれをかたちづくる物質は、宇宙における物質の、わずか4パーセントを占めているにすぎない。残りは、20パーセントを「暗黒物質」が、そして76パーセントを「暗黒エネルギー」が分け合っている。

後者（誰もその正体を知らない）は、どうやら銀河系を「押し開いている」らしく、そのおかげで、重力で引き合っているにもかかわらず、宇宙は広がりつづけている。

2007年、ビルバオのバスク大学およびスペインのサラマンカ大学に在籍するホセ・セノビージャ、マルク・マルス、そしてラウル・ヴェラは、暗黒エネルギーが宇宙におよぼす影響について、それとは別の解釈を提案した。「フィジカル・レヴュー・D」

で発表した論文のなかで、われわれが観察しているのは、反重力のはたらきではなく、時間が漏れ出しながら減速しているせいではないか、と主張したのだ。日常的なレベルでは気づかなくても、数十億年にわたる銀河系の動きをみればはっきりするはずだ、と。

となると、われわれが観察している宇宙の膨張は、まやかしにすぎなくなる——実際には時間が減速しているのだ。

✝時間は終わらないが、意味がなくなる

「時間」がなんであるにせよ、それが137億年前、ビッグバンとともに生まれ、もし宇宙が終わるようなことがあれば、それに従うことはわかっている。

宇宙学者が思い描く、もっとも可能性が高い終末のシナリオは、宇宙が永遠に膨張しつづけた結果、最終的にはエネルギーがまばらになり、正確にいうと時間は終わっていないものの、もはや意味を失ってしまうというものだ。このシナリオでは、すべてが平衡状態にあり、なんらかのプロセスや相互作用がはじまっても、すぐさま逆方向のプロセスによって打ち消されてしまう。

かりに宇宙が永遠につづいたとしても、時間がなかったら、われわれは生きていけないだろう。

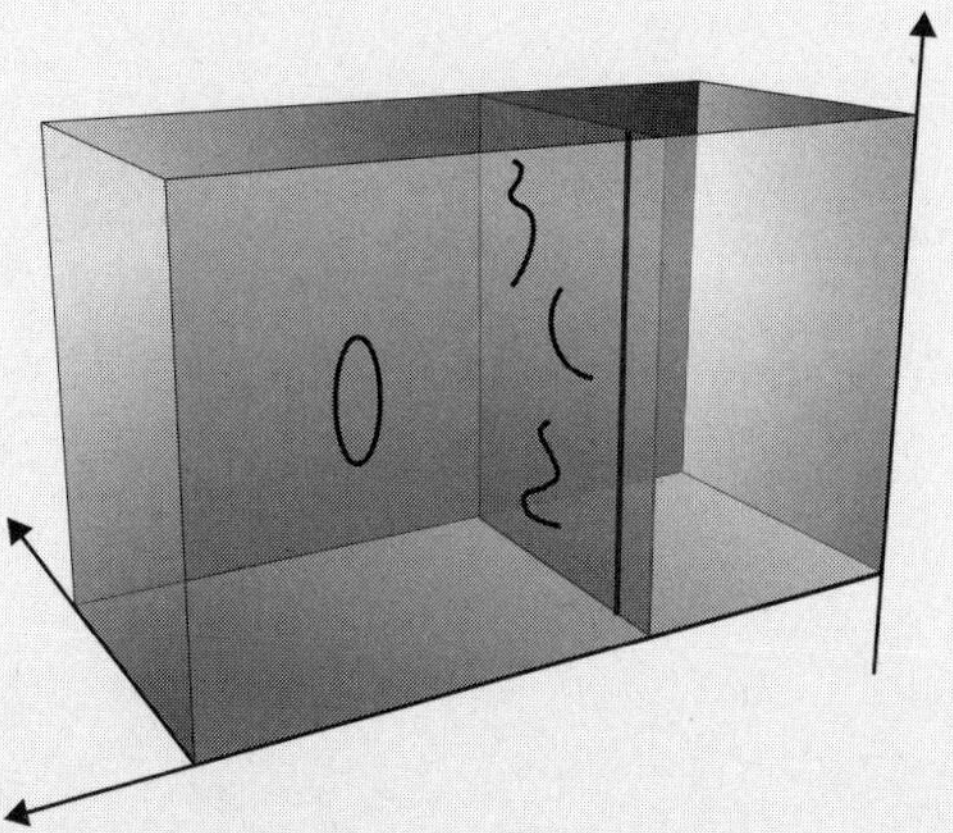

Strangelets

ストレンジレット

量子力学という、非常に小さなものを取りあつかうこの科学は、たとえば、粒子の居所や、その行動を正確に予測することはできない、といったような特異なアイデアで満ちあふれている。なかには、われわれが決定を下すたびに新たな世界が枝分かれしているという、多元世界の存在を示唆する解釈すらある。しかし、量子力学はおそるべき秘密を隠している。とてつもなく安定しているせいで、ほかのあらゆる物質粒子をみずからのコピーに変えることができる、理論上の粒子である。

044

量子力学という、非常に小さなものを取りあつかうこの科学は、たとえば、粒子の居所や、その行動を正確に予測することはできない、といったような特異なアイデアで満ちあふれている。なかには、われわれが決定を下すたびに新たな世界が枝分かれしているという、多元世界の存在を示唆する解釈すらある。

しかし、量子力学はおそるべき秘密を隠している。とてつもなく安定しているせいで、ほかのあらゆる物質粒子をみずからのコピーに変えることができる、理論上の粒子である。

物理法則は大胆にも、この粒子、すなわち「ストレンジレット」が、陽子と中性子でできた通常の物質粒子と接触した場合、後者はなぜか、自分がどうしようもなく非効率的なエネルギー状態にあると認識し、すぐさまみずからをストレンジレットに再構成する、と述べている。これらのコピーは、さらにまた別の粒子を、ストレンジレットに変えていくのだ。

これは、究極の人類破滅兵器だ。この粒子の小さな塊があれば、惑星がまるごと、ほんの数時間で、なんの特徴もない、単一の物質と化す。惑星をかたちづくっていたすべてが、消え去ってしまうのだ。

＋ストレンジレットとは何か？

ストレンジレットのなんたるかを理解するためには、そもそも宇宙をかたちづくっているものは何か、という基本に立ち返る必要がある。

すべての物質粒子は、6個の「クォーク」（その一部は陽子と中間子を形成し、また別の一部は重すぎるせいで瞬時に崩壊し、もっと軽い粒子に変化する）と、6個の「レプトン」（電子とニュートリノを含む）の組み合わせによって構成される。ほかに、基本的な力を運ぶ粒子（「ボソン」と呼ばれる）もあり、そのなかには光の粒子である光子や、原子の核でクォークを1つに結びつける「グルーオン」が含まれている。

クォークには3つの「世代」があり、それぞれが前のペアより質量の大きい粒子を擁している――内訳は、「アップ」と「ダウン」、「ストレンジ」と「チャーム」、「トップ」と「ボトム」。われわれの日常生活に影響するクォークは、そのうちのアップとダウンだけだ。陽子はアップのクォーク2つと、ダウンのクォーク1つで構成され、中間子はダウンのクォーク2つと、アップのクォーク1つでできている。

ストレンジレットは同数のアップ、ダウン、ストレンジ・クォークで構成される、仮説上の粒子だ。ストレンジ・クォークは非常に重いため、この合成物は、通常アップとダウンのクォークを数多く含む小さな原子核と同じ大きさになる。通常の場合、ストレ

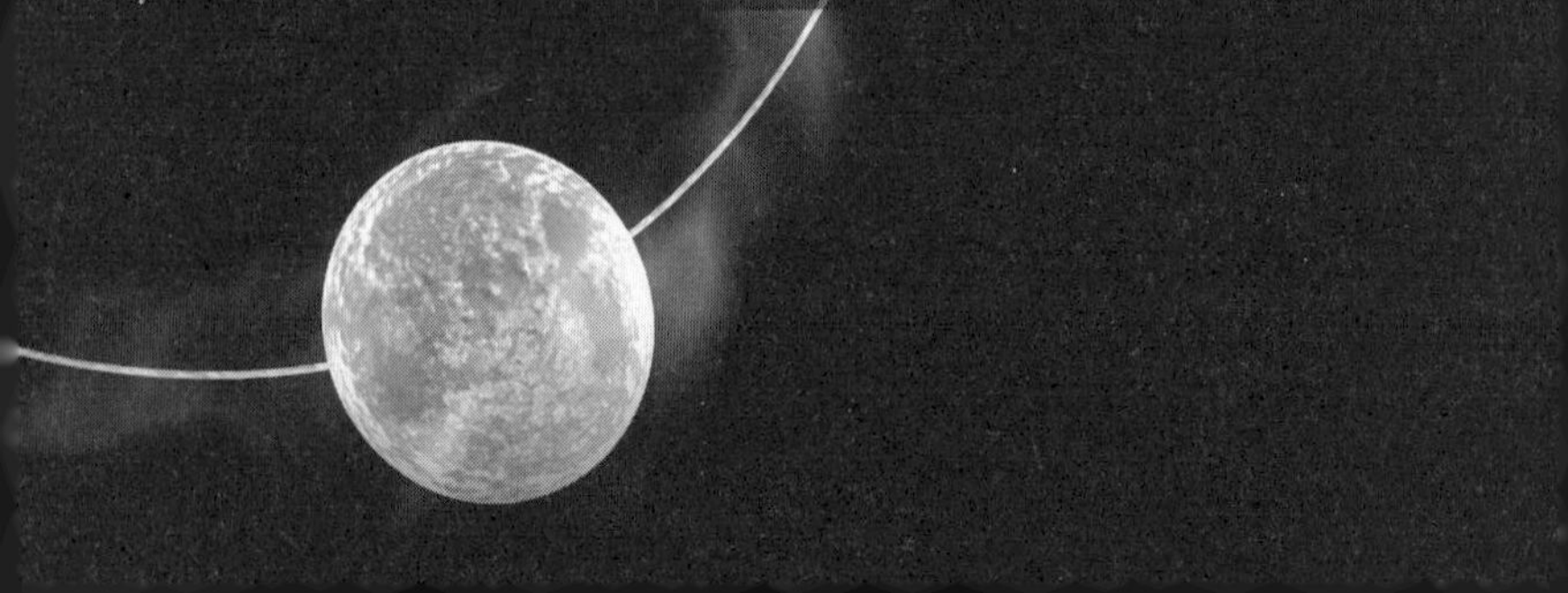

ンジ・クォークは安定が悪く、すぐさま崩壊してもっと軽い粒子になる。

しかし、アップ、ダウン、ストレンジのクォークが数多く集まった場合、その結果できあがる物質は、仮説上、崩壊しにくいとされている。プリンストン高等研究所のエド・ウィッテンが中心になって考え出した「ストレンジ物質仮説」によると、数多くのクォークから成るストレンジレットは、通常の原子核以上に安定性が高い。

もし、このストレンジレットが通常の核と衝突したら、後者は10億分の1秒でストレンジレットに変換し、ほかの核変換に使えるエネルギーを放出する。通常の物質の集合体――たとえば、地球――に含まれる原子核は、1つひとつ、ストレンジレットに様変わりし、最終的にわれわれの星は、ストレンジ物質の熱い塊と化してしまうだろう。

これとよく似たアイデアを思いついたSF作家が、あのカート・ヴォネガットだ。『猫のゆりかご』のなかで、彼は「アイス・ナイン」という架空の物質を描き出した。これは、より安定した形態の水で、0度ではなく、45・8度で溶ける。つまりアイス・ナインが通常の水と接触すると、触媒となって、すべての水を固めるのだ。小説では当然のように、何者かがこの物質を使って、地球の海をすべて固めてしまう。

✝すべての物質を食らい尽くす?

現在、深宇宙をストレンジレットの巨大な雲が漂っていないことを、証明する手立て

はない。もしかしたら、宇宙の質量の4分の1を占めているのに、われわれには見ることができない、謎めいた暗黒物質の一部を成しているのかもしれない。かりに存在するとして、それが太陽系に漂ってきたら、われわれにはほとんど打つ手がないだろう。

それ以上に懸念されるのが、地球上でストレンジレットがつくりだされる可能性だ。ストレンジレットがわれわれを死の脅威にさらす危険性については、物理学者たちによって、何度か真剣な討議がおこなわれてきた。たいていは素粒子加速器の建造に対する、一般大衆の恐怖心を鎮めようとするなかで。

巨大化の一途をたどる加速器は、高エネルギーの衝突によって、偶然、ストレンジレットをつくりだしてしまうかもしれないのだ。

2000年、アメリカで相対論的重イオン衝突型加速器（RHIC）を始動させる前に、科学者たちは、粒子同士を高エネルギーでぶつけた場合、思いがけなく発生する可能性がある、さまざまな破局的事象の研究をおこなった。

ハーバード大学の物理学者、シェルドン・グラショーとロバート・ウィルソンは、1999年にRHICをこう評している。

「相対論的速度（光速の99・5パーセント）で飛ぶ高帯電の金あるいは鉛の原子ビーム（重イオン）は、加速したのちに衝突する。RHICはまさしく原子の壊し屋だ——毎秒、数千回単位で起こる核と核の衝突は、それぞれが数千の二次粒子を生み出す。RHIC

では、小規模とはいえ、初期の宇宙を支配していた極限状態が再現され、そうした状況では、通常の物質の構成要素がクォーク＝グルーオンのプラズマとして解き放たれることが期待されている」

可能性は？

ストレンジレットは簡単に生み出されるのではないか、という恐怖心をやわらげるために、グラショーは、自然界における実験に目を向けた。

宇宙線（大半は非常にエネルギーが強い宇宙の陽子）は、光に近いスピードで宇宙を駆けめぐっている。それなりのサイズがあるものは、つねに、この粒子でなぎ払われている。グラショーは地球の月を、自然の実験の好例にあげている。

「保護用の大気がなく、地表が鉄のような中サイズの原子に富む月は、ＲＨＩＣのエネルギーを受けた鉄の核が、ストレンジレットを生み出すかどうか？　と、同様の実験をしているといえるだろう」と彼はいう。

「しかし、数十億年の間に無数の衝突が起こっているにもかかわらず、月はいまも月のままだ」

だが、安心するのはまだ早い。高エネルギー物理学の実験が、破滅の引き金を引くリスクは、たしかにごくわずかだとされてきたが、マサチューセッツ工科大学の物理学者、マックス・テグマークとオックスフォード大学人間性の未来研究所の哲学者、ニック・

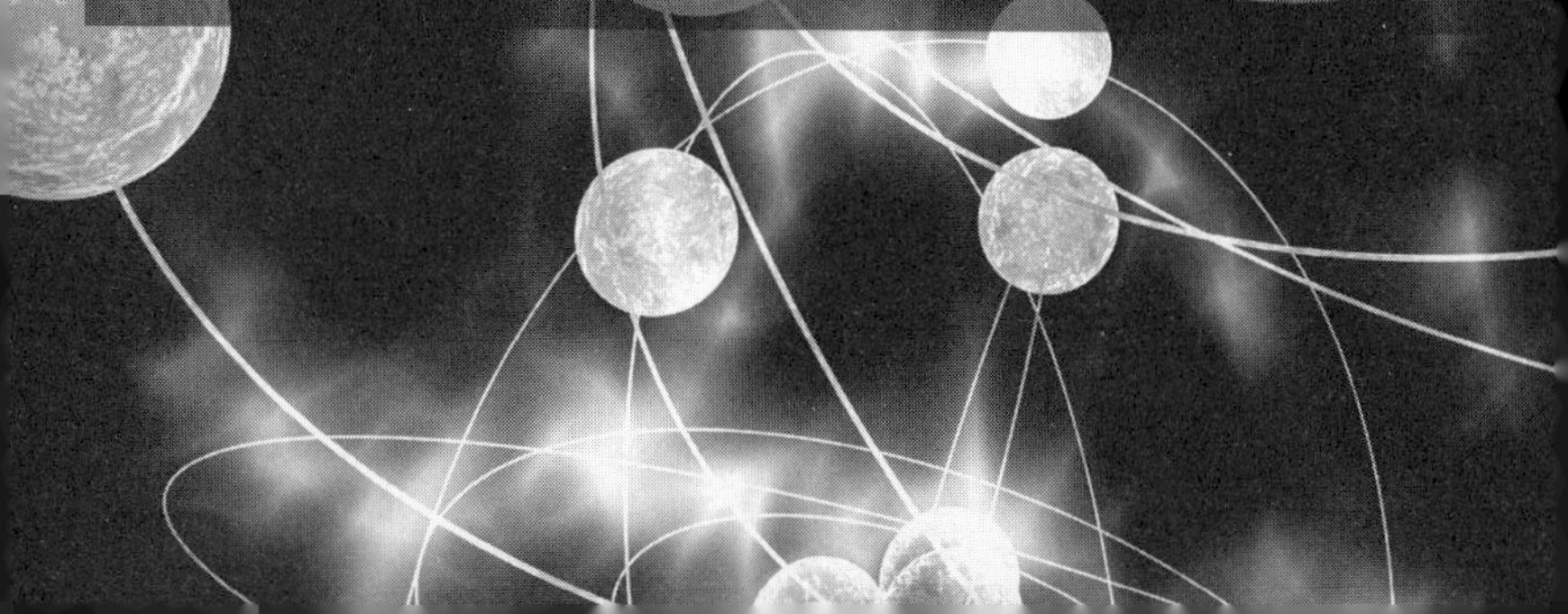

ボストラムによると、そうして得られる安心感は、ただのまやかしかもしれないのだ。「地球がここまで長らえてきたからといって、そうした惨事が起こらないとは限らない。なぜなら、観察者は本質的に、破壊を免れた場所にいるものだからだ」と彼らは、２００５年の「ネイチャー」で指摘した。

地球上の生命が、40億年近く生き延びてきたことを思えば、自然界の破局的な事象は、きわめてめずらしいと考えても差し支えはないはずだ。だが、この2人の研究者は、残念ながらこの主張には、大きな欠陥があるという。なぜならそれは、「観測選択効果」を勘定に入れていないからだ。

「観察者にわかるのは、自分たちの種が観察の時点まで生き延びてきたという事実だけだ。もし、知的な観察者が生まれるまでに、少なくとも46億年かかるとすると、地球がこの期間を生きながらえてきたという観察だけでは、平均的な宇宙の隣人たちは、たとえば１０００年ごとに殺菌されているという仮説を、99パーセントの自信ではねつける根拠にすらならないだろう。観測選択効果が保証するのは、どれだけ殺菌現象が頻発しようと、われわれは幸運な状況に恵まれるということなのだ」

Genetic Superhumans

遺伝子超人

2000年に、ヒトゲノムの配列が明らかになると、科学者たちはとうとう、生命の化学構造を解明する道具を手に入れた。彼らの最初の仕事は、病を追放するために、その構造を理解し操作することだ。だが、その知識を用いて、ヒトを、より速く、より強く、より知的にするのはいかがなものだろう?

045

遺伝子工学が、病を阻止するために使えるのなら、いっそ遺伝子を選りぬいて、ヒトの肉体的、精神的能力を向上させればいいのでは？　お金と野心がある人間なら、自分の子どもをプログラムして、「超できる子」（スーパーアチーバー）にすることも可能なのではないか？

せっかく使えるテクノロジーがあるのなら、自然淘汰という時間のかかる、いきあたりばったりなやり方の代わりに、ゲノムをこちらで設計することで、進化のスピードを早め、その恩恵を拡大すればいいのではないのか？

世代を重ねていくうちに、強化された子どもたちは、長所と短所がないまぜになった今日の「ありきたりなヒト」とは、別の種へと枝分かれしはじめるかもしれない。こうした「強化人種」には、なんら欠点がなく、最終的には、強化されていない親戚たちを、絶滅に追いこんでしまうかもしれない。遺伝子工学のおかげで、われわれはヒトの新しい種を生み出し、ひょっとするとホモ・サピエンスに終止符を打ってしまうかもしれないのだ。

✝人類は自分たちの秘密を手に入れた

１９５３年、フランシス・クリックとジェイムズ・ワトスンが、有機体をつくるための手順をエンコードしている分子——ＤＮＡの分子構造——をつまびらかにし、分子生物学界にセンセーションを巻き起こした。彼らによると、この「2重らせん」分子は、一定の配列を持つ4つのヌクレオチド分子（アデニン、チミン、グアニン、シトシン）で構成されていた。これらの分子はDNAの全長にわたってペアを組み――アデニンはチミン、グアニンはシトシンと――しっかり固定されていた。

それからほぼ50年後、当時のアメリカ大統領、ビル・クリントンと英国首相、トニー・ブレアは共同で記者会見を開き、科学者たちがヒトゲノムに含まれる30億のヌクレオチドの配列を決定した、と発表した。

それは偉大な瞬間だった。人に含まれるDNAの理解は、がんや、アルツハイマー病のような治療できない神経変性状態を含む、ヒトの病の大半を理解することにつながるからだ。DNAはまた、身長、認識能力、筋肉量、代謝率といった、通常の肉体的特徴についても、重要な役割を担っている。

ヒトゲノム計画は、自然が生命という大作を執筆する際に用いる、基本的な文字と語彙を明らかにしたのだ。

✚遺伝子組み換えのはらむ危険性

「いつになったら、未来の赤ん坊から、有害な遺伝子変異を除去できるの？」と、あなたは訊ねるかもしれない。そして、もしそれが可能なら、ちょっと手を加えて、赤ん坊が短距離走のスターになれるように、速筋繊維を増やしてしまえばいいのではないか、と。

いまのところ、遺伝子の再プログラミングは非常な困難をともない、その効果も保証されてはいない。そこには数々の技術的な理由がある。

ゲノムを再プログラムする1つの方法は、親の生殖系列細胞（精子か卵子）を改ざんすることだ。科学者たちは、すでに研究目的で、動物の持つ特定の遺伝子のはたらきを改ざんしているが、その際に用いられるのが、生殖系列細胞の組み替えという手法である。ただし、このテクニックは、おおいに危険をはらんでいる。マウスを使った実験では、15パーセントが命を落とし、さらに高い割合で障害が発生しているのだ。

ヒトの遺伝子はその多くが、複数の機能を持っている。たとえば同一の遺伝子が、ＩＱを増強させると同時に、筋肉を変調させ、車椅子生活を強いることもありうるのだ。

✝無制限の組み替えがはらむ問題

いつの日かわれわれは、テクノロジーのハードルを乗り越えるだろう。子どもの背を

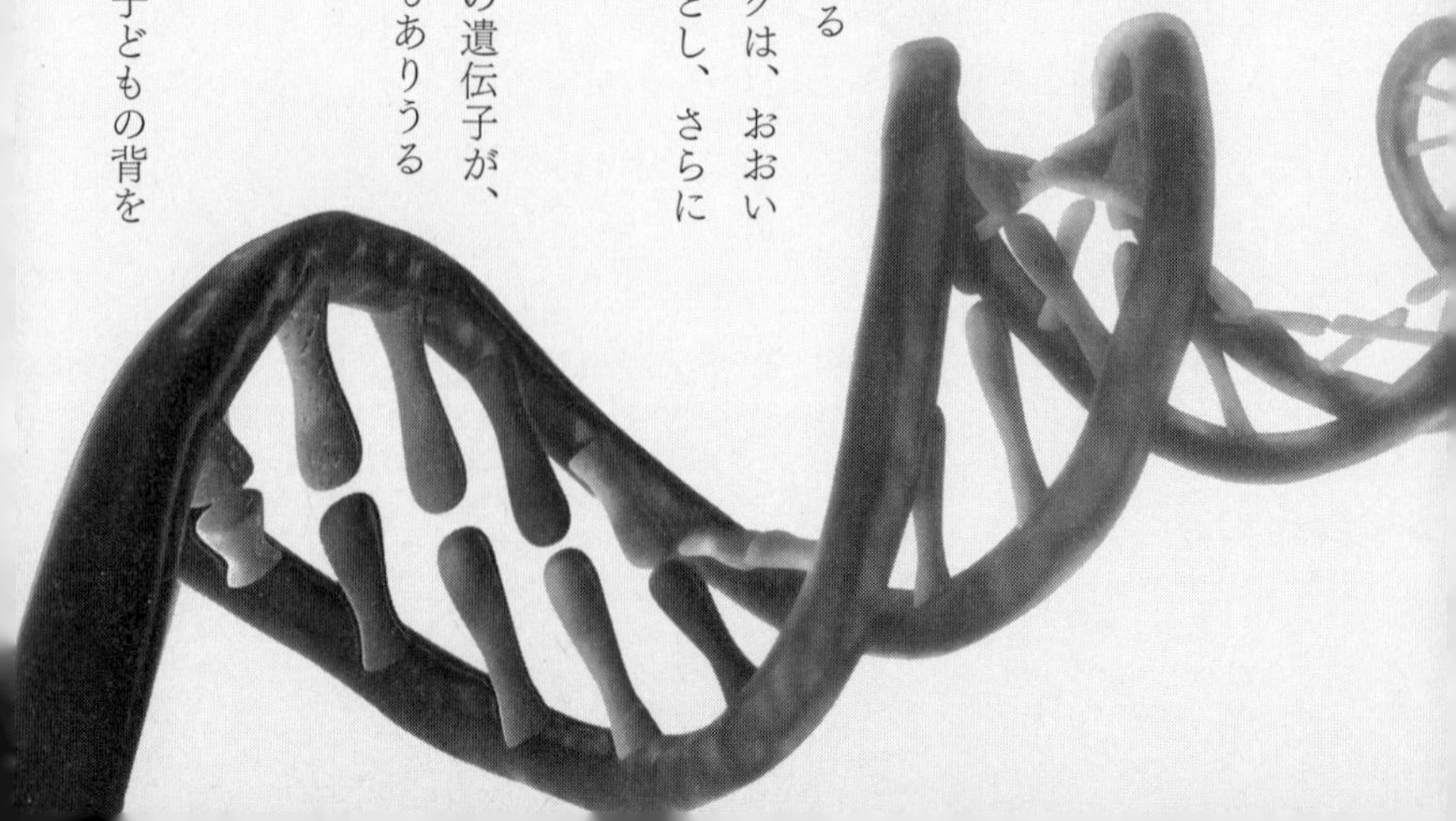

高くするか低くするか、視力をどこまでよくするか、短距離走者にするかマラソン走者にするか、どの程度頭をよくするか、そして人に優しくなるか、それとも利己的になるかを決めたりすることができる未来を想像してほしい。

むろん、あなたはすでに、病気を引き起こす可能性がある遺伝子を排除しているにちがいない。

こうしたテクノロジーが可能になれば、人々が利用しないわけがない。世界は競争が激しい。子どもに与えられるアドバンテージは、どんなものであろうと価値がある。違うだろうか。

「生殖細胞系列の遺伝子操作に反対する人々は、とくにこの点に重きを置いています。持てる者と持たざる者の差が、ますます広がってしまうことを懸念しているのです」と、オックスフォード大学人間性の未来研究所で所長を務める同校教授、ニック・ボストロムはいう。

「現在、裕福な家庭の子どもたちは、よりよい学校や社会ネットワークへのアクセスを含む、数多くの環境的な特権を享受しています。これによって、貧困家庭の子どもたちとの間に、不平等が生じているといっていいでしょう。金持ちだけに手が出せる『遺伝子介入』のおかげで、そうした不平等がさらに拡大されるというシナリオは、容易に想像がつくはずです。すでに、裕福な子どもたちに恩恵を与えている環境的なアドバン

テージに、今度は遺伝子的なアドバンテージが追加されるのです。社会の特権階級が、自分たちとその子孫を強化し、ついにはヒトという種が、ほとんど共通点がない、2つ以上の種に枝分かれする未来ですら、決してありえないとはいえないのです」

こうした「遺伝子特権階級」は、輝かしいウィット、誰もが警戒を解いてしまう自嘲的なユーモア感覚、匂い立つような温かみ、共感を呼ぶ魅力、そしてリラックスした自信に恵まれた、欠点のない肉体美を持つ、年齢を超越した、健康な超天才になるかもしれない、とボストロムはいう。

「そうなると、それ以外の人々は、自尊心を奪われ、ときには激しい羨望の念に囚われてしまうかもしれません。上流階級と下流階級間の移動はなくなり、貧しい親のもとに生まれた子どもは、遺伝子的な強化を欠くせいで、裕福な人々のスーパー・チルドレンには、とうてい太刀打ちできなくなるでしょう。たとえ、下層階級が差別されたり搾取されたりするようなことがなくても、ここまで極端な不平等が存在する社会の予測は、決して心穏やかでいられるものではありません」

強化された人々とされていない人々の間で緊張が高まり、やがては戦争がはじまるというシナリオもありうるのではないか？　そして、卓越した力と知性を持つ強化人類は、通常人類たちを、一気に隷属化してしまうのではないか？　強化されない人類にかんす

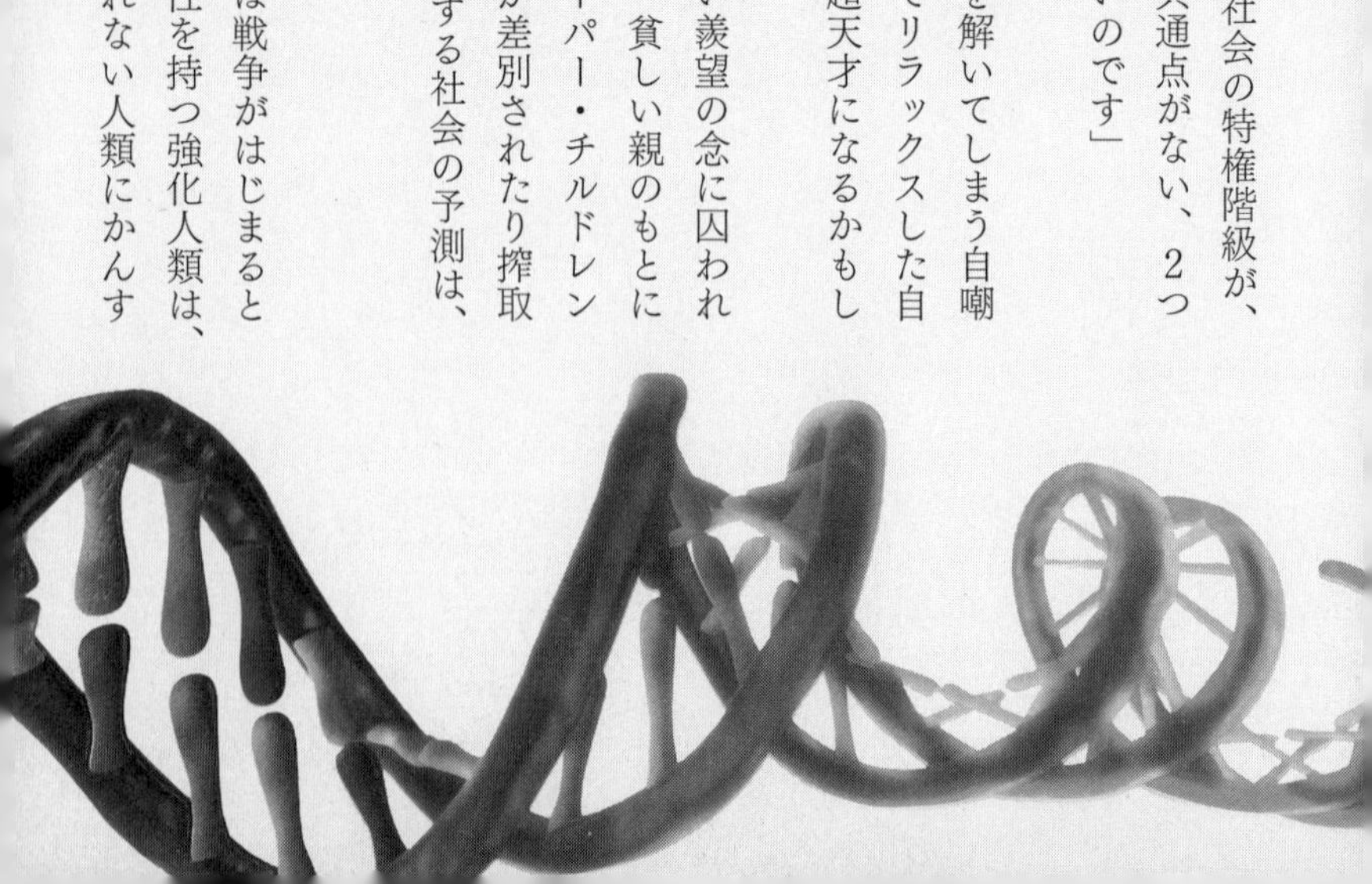

る限り、それは世界の終わりを意味する。

社会正義が人類を団結させる?

遺伝子に対するわれわれの理解は、ますます深まっていくだろう。そして科学者たちは、ヒトを遺伝子的に修正する能力を高めていくはずだ。

その影響や、現生人類の破滅を招く可能性にかんする疑問は、結局は、そのテクノロジーがどう利用され、どう実行され、どう規制されるのかという点に帰着する。

問題の発生を防ぐ1つのやり方は、すべてを禁止することだ。しかし、法を守る人々の間では有効かもしれないが、遺伝子強化の実入りが大きい場合には、じきに闇市場が誕生し、社会の二重構造化は進行するだろう。

ボストラムは問題阻止のために、それとは正反対のやり方を提唱する。強化テクノロジーには不平等を増大させるきらいがあるが、その一部を打ち消すために、政府が助成金を出したり、貧しい親の子どもたちには無料で提供したりすることで、そのテクノロジーに対するアクセスを広げるのだ。

「強化に少なからぬ正の外部性がある場合には、こうしたポリシーは、助成金の受益者だけでなく、全員にとっての利益となります」と、彼はいう。「それ以外の場合でも、われわれは社会正義と団結を根拠に、そうしたポリシーを支持できるでしょう」

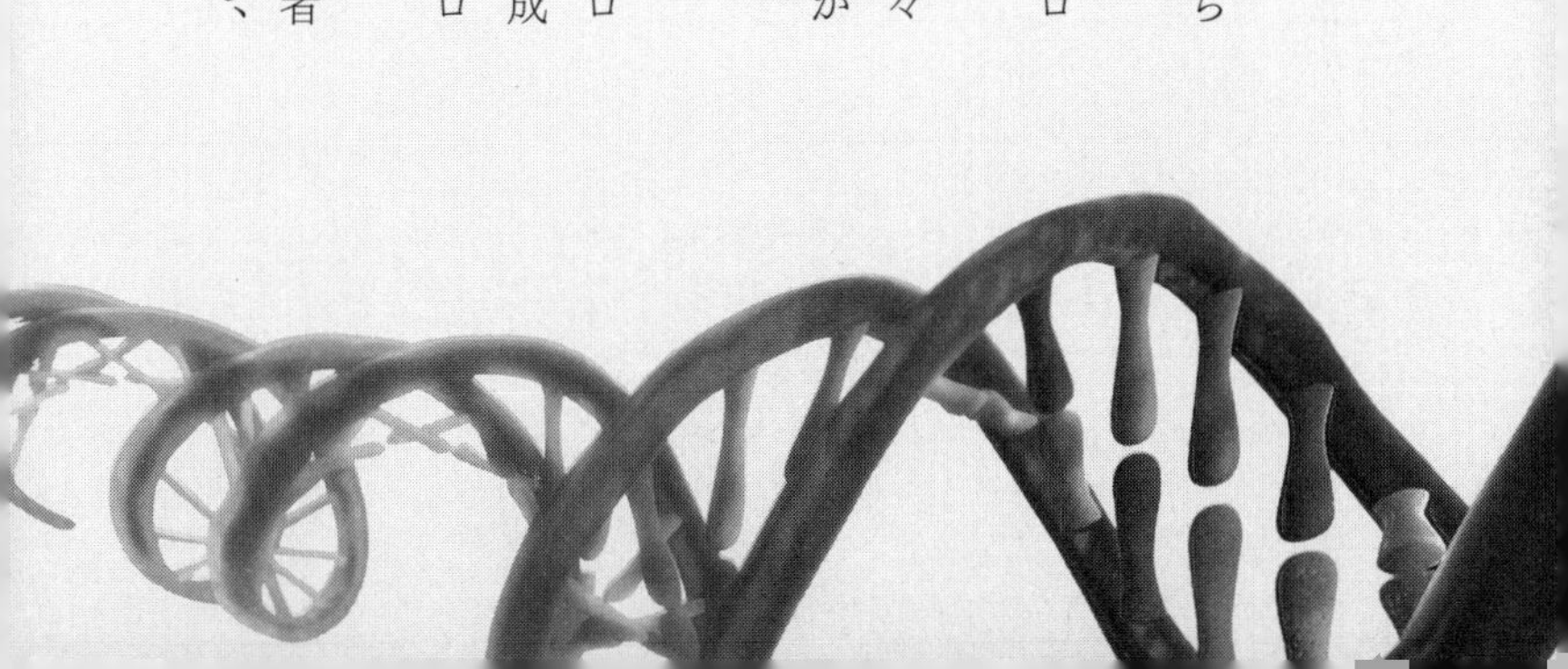

Dysgenics

劣性学

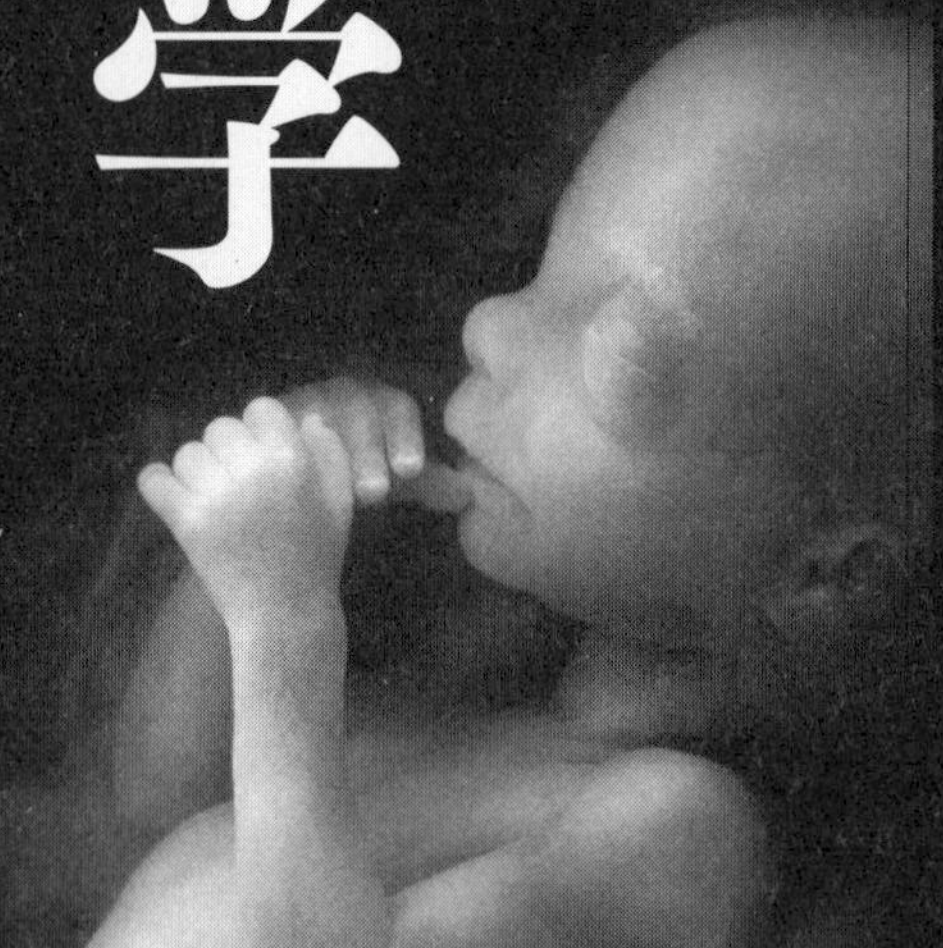

われわれの近代的なライフスタイルは、自然淘汰を妨害しているのだろうか？　医療の向上とともに、一度は進化によってヒトの遺伝子プールから一掃された「望ましくない」ＤＮＡを蔓延させているのだろうか？　これは、われわれの種にとって、大きな問題となりうるのだろうか？

046

繁栄する幸福な社会には、敬意を持ってお互いを遇する、知的な人々が必要とされる。気を配り、社会全体を向上させるために、つねによりよい方法を考え出す人々だ。
もし自然淘汰がどんどん進めば、社会では、彼らのような遺伝子が優勢になるだろう。病気や身体障害や知的障害を引き起こす「劣悪な」遺伝子は、19世紀にチャールズ・ダーウィンが描いた原理によって消えていくはずだ。

しかし、社会のより好ましい特質に貢献する遺伝子は、リスクにさらされているかもしれないのだ。

もしもＩＱが遺伝子によって決定され、高いＩＱを持つ人々が、低いＩＱの人々ほど数多く子どもをつくらなかったとしたら、その集団全体の知性が劣ってしまうだろう。
もしも「他人への優しさ」が遺伝性で、優しい人々がそうでない人たちほど多産ではなかったとしたら、「劣悪な」遺伝子が、より幅を利かせるようになるかもしれない。

「そのような淘汰が長い期間にわたっておこなわれたら、われわれは、いまほど頭がよくない、けれどもより多産な『ホモ・フィロプロジェニタス』（多くの子孫を愛する者）へと進化していくかもしれません」と、オックスフォード大学人間性の未来研究所の所長を務める哲学者、ニック・ボストロムは語る。

「優秀な」遺伝子はいずれ、「劣悪な」遺伝子に一掃されてしまうのだろうか？

✝医療が進化を止めてしまった？

ロンドン大学の遺伝学者、スティーヴ・ジョーンズは、以前なら死につながっていた病を治療する能力が、進化という自然の力を骨抜きにしてしまったと考えている。

ヒト同士のバリエーションを生むのが、遺伝子変異だ。細胞が分裂するたびに、そのなかのDNAは変異をとげる可能性があるが、大半の変化はささいなもので、子どもたちには伝えられない。だがごく稀に、変異が身体の一部の見てくれやはたらきを変えたり、さらに稀なケースだが、命取りになったりすることもある。われわれが年齢を重ねると、変異の数も加算されていく。

特定の「変異」が、ある集団内でより一般化していくプロセスが「淘汰」だ。

たとえば、ヨーロッパでは過去5000年のうちに、肌の色を決める遺伝子は、黒ではなく白い肌を与えるように変異した。陽光の少ない北ヨーロッパで暮らす人々にとっては、太陽からビタミンDをつくる能力に優れた白い肌が、おおいに有益だったのだ。淘汰の圧力によって、ヨーロッパ人の99パーセントには、白い遺伝子変異があらわれ、逆に99パーセントのアフリカ人は、黒い皮膚を保持している。

✝「変異」と「淘汰」は「進化」の原料だ

かつては、人の遺伝子がその寿命を完全に支配し、「最高」の遺伝子だけを生き残らせてDNAを伝えていた。しかし、近代の医学は、その機会をすっかり均等化し、進化が手を出せる余地がなくなってきている。たとえば、ビタミンDの不足ももはや、遺伝子による修理を必要としない。サプリメントで簡単に補うことができるからだ。

われわれが年齢を重ねるうちに蓄積する遺伝子変異も、その修理法がわかっているいま、命取りになることはない。これまでは危険だった遺伝子変異が、現在では当たり前のように生き延び、子どもたちに伝えられていることになる。

✝劣性学の描くディストピア

1970年代に、「劣性学」、すなわち劣悪な遺伝子がヒトの間に広がっているという考えを最初に提唱したのは、ノーベル賞に輝いたアメリカの物理学者、ウィリアム・ショックリーだった。

アメリカの兵士を対象とするIQテストのデータを用いた彼の主張は、黒人は遺伝的に白人に劣り、人種が入り交じった人々の知性は、祖先にどれだけ「白人の血」が入っているかによって変化する、というものだった。

結論としてショックリーは、IQの低い人々は自発的に不妊手術を受け、自分たちの遺伝子を新世代の子どもたちには伝えないようにするべきだ、と訴えた。

この考えは、今日の基準からすると、どう見てもうさんくさいものだろう。けれども、望ましくない遺伝子が蔓延すると、人類の進歩が妨げられると考えていたのは、ショックリーだけではなかった。

自然淘汰の理論を、チャールズ・ダーウィンと共同で編み出した生物学者のアルフレッド・ラッセル・ウォーレスによると、偉大なるダーウィンですらヒトの運命を悲観していたという。

「ダーウィンと交わした最後の会話の1つで、彼は、自然淘汰がわれわれの近代文明に手を出せず、適者だけが生存するわけではないことを理由に、人類の運命について、非常に暗い見通しを立てていた」とウォーレスは書いている。

「よく知られているように、われわれの人口は世代ごとに、中流、上流の階級よりも、下流の階級によって大きく刷新されている。これは決してありがたい話ではない」

20世紀の初頭は、フランシス・ギャルトンが創設した「優生学」という運動を、科学者たちや各国の政府が、なんとか正当化しようとした時代として記憶されるだろう。これは、知性や気性、道徳など、あらゆるものにおける有害な遺伝形質を除外することで、人類を「改善」しようとする運動だった。

「イギリスの優生学者は、特権階級を永続化させるための方法を探るきらいがあったのに対し、アメリカの優生学者は、堕落した階級が持つとされる、不健全な影響を鈍化させようとしていた」と、生物学者のデイヴィッド・ミクロスとエロフ・カールソンは、

「ネイチャー・レヴューズ・ジェネティクス」の記事に書いている。

「優生学の研究者たちは、家系図を通じて劣性の特質の継承をたどろうとし、生きている一族のメンバーと面談したり、救貧院、監獄、精神病院の記録を精査したりすることで、血統図をつくりあげていた」

フランス人貴族のジョゼフ・アルテュール・ド・ゴビノーは、19世紀のなかばに、ショックリーの考えの一部を先取りするように、「遺伝的劣化の根元にあるのは人種の混合だ」と主張した。

20世紀の優生学者たちは、既存の人種的偏見に対し、科学的論拠を提供しようとしてきた。たとえば、マディソン・グランドは、「偉大な人種の消滅」という著作のなかで、人種混合は白人文明の終焉を招く社会的な犯罪だと警告している。

1910年ごろ、アメリカの優生学者にとっては、「知的障がい」が非常に重要な概念となった。それは、異常行動、乱交、犯罪性、および社会への依存と結びつけられた。優生学のロビー活動の影響力は、監獄の医師、ハリー・クレイ・シャープのアドバイスによって、1907年にインディアナ州で成立した最初の優生保護法に見て取ることができる。

「米国医師会の集会でスピーチをしたシャープは、仲間の医師たちに、性犯罪者、常習的犯罪者、てんかん患者、知的障がいなど『遺伝性の欠陥品』の非自発的な不妊化を許可する法律の施行を自分たちの地方議会に訴えた」とミクロス＝カールソンは書いている。

「その狙いは、劣悪とされる人々がお互いと交配したり、正常な人々と生殖して『優秀な遺伝子のストック』を汚染したりするのを防ぐことだった」

優生学のイメージ回復を目指す、フューチャー・ジェネレーションズという組織を運営するマリアン・ヴァン・コートは、知性面における劣性の問題を、次のように説明する。「IQは、数多くの望ましい特質（たとえば利他主義、反権威的態度、勤勉さ、倹約、そして犠牲を重んじる中産階級的な価値観）との間に正の相関があります。ですから、IQが低下すると、そうした特質も損なわれてしまうのです」と彼女はいう。

「IQの低い人たちは、犯罪者になる可能性がはるかに高くなっています。ですから、知性に対するわたしたちの遺伝的潜在能力が低下しているということは、犯罪に対する遺伝的潜在能力が高まっていることを意味するのです。」

ヴァン・コートはさらに、アルスター大学のリチャード・リンによる研究をあげる。リンはロンドンの犯罪者が、非犯罪者の2倍近い子どもをもうけていることを突き止めた。「出生率の人口統計的研究では、『下層階級の男性』というカテゴリーが、しばしばまるごと省略されていますが、それは単純に、彼らの子孫にかんする、信頼に足るデータが得られないからなのです。彼らの性行動はしばしば乱脈をきわめていますし、関係も束の間で終わってしまいますから」と彼女はいう。

「犯罪性は、遺伝の要素が強いことが研究で証明されていますから、犯罪者の高い出生率は、人口内における犯罪性の遺伝的潜在能力をおおいに高めることになるでしょう」

こうした描写を信じるとしたら、少なくとも遺伝的に考える限り、犯罪性は上昇傾向にあり、逆に知性と善良な気質は、退潮気味だということになる。

われわれのいう「正常」からの逸脱を招く、望ましくない遺伝子は、たしかに広まっていくのかもしれない。けれども、遺伝子工学と遺伝子検査のおかげで、知的能力、肉体的な健康、長命といった望ましい特質の遺伝子も、やはり広まっていくだろう、とニック・ボストロムは述べている。

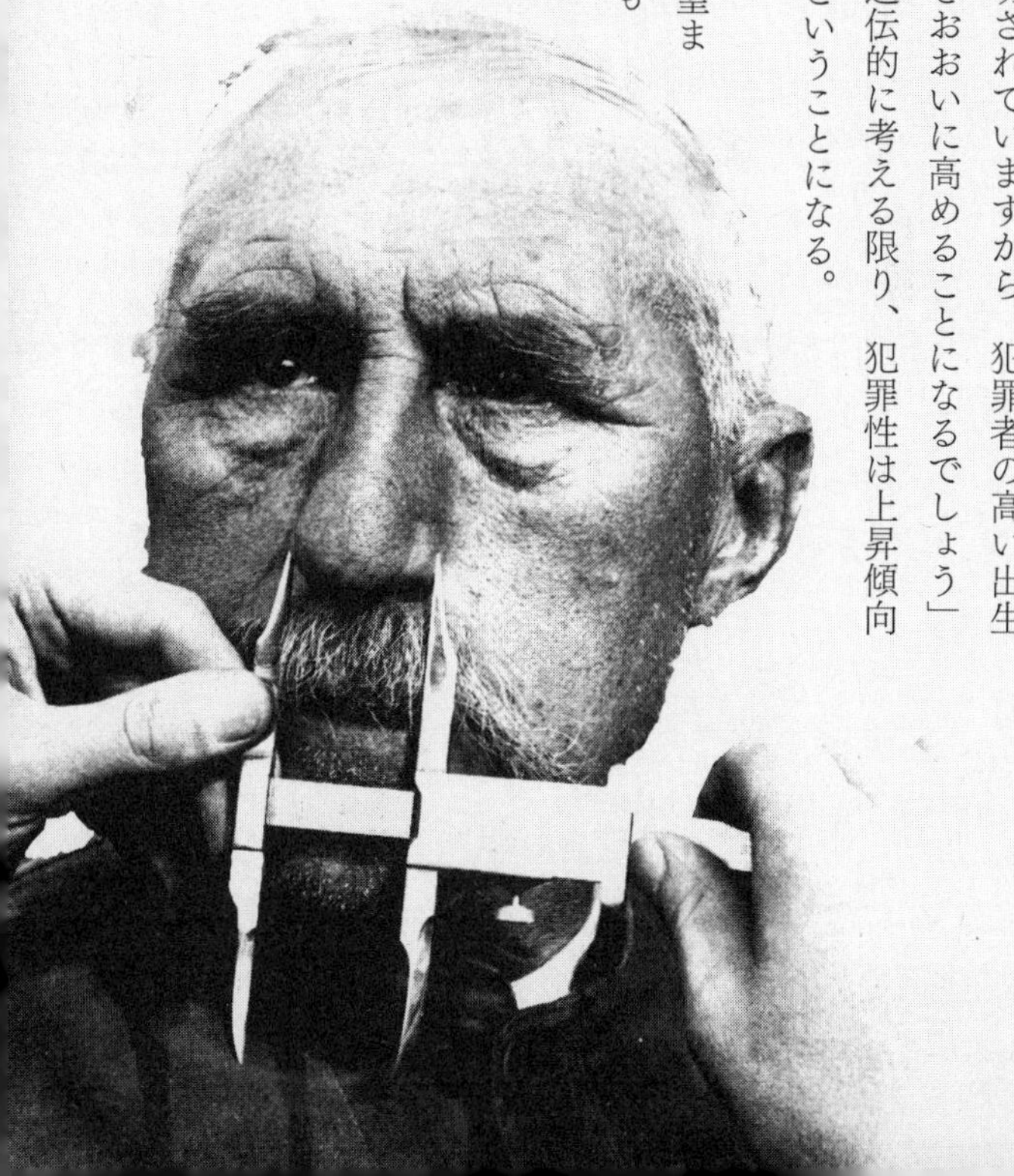

Organic Cell Disintegration

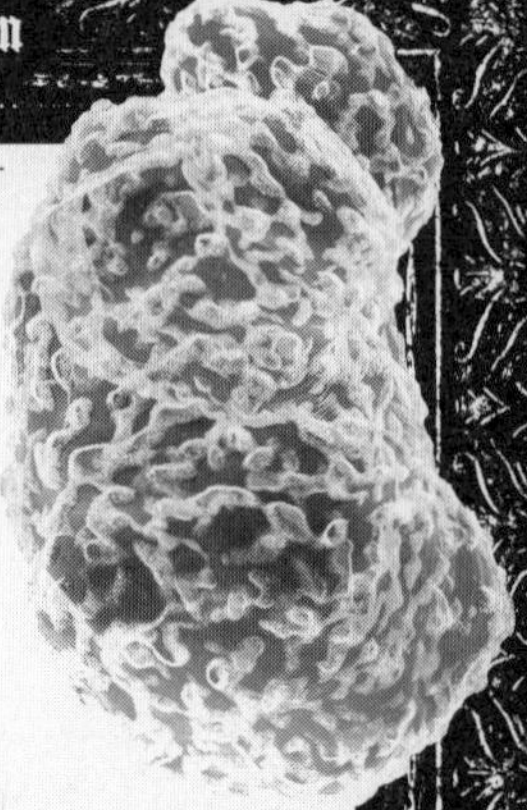

有機細胞の崩壊

われわれの各細胞の中心部には、人間をかたちづくるための指示書を収めた46本のDNAがある。その端っこにくっついているのが、時を刻む時計だ。細胞が分裂するたびに、時計の針は前に進み、その動きの1つひとつが、細胞を最終的な死に近づけている。

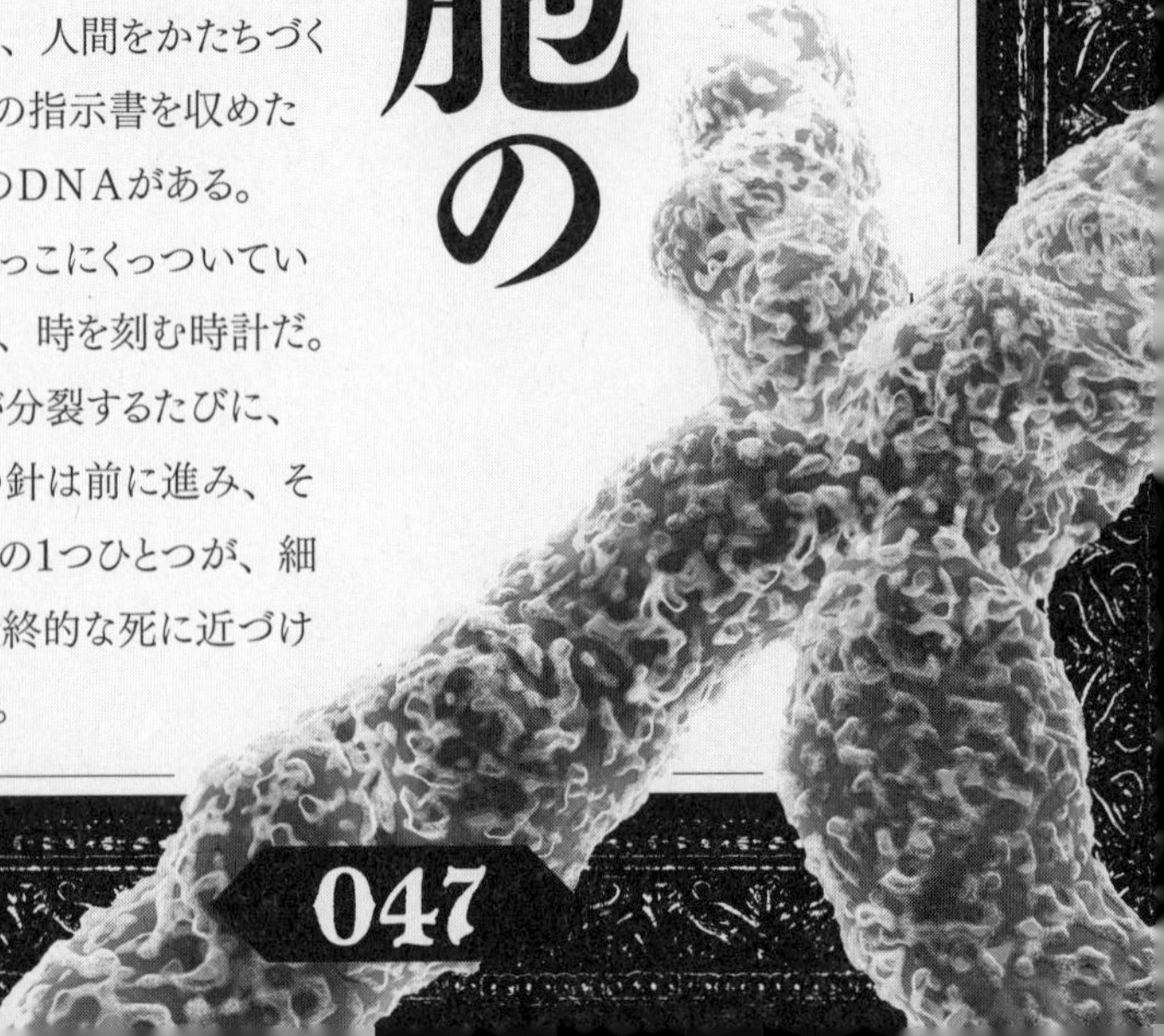

047

細胞の寿命を決める時計は、「テロメア」という、染色体の末端に位置するＤＮＡ鎖だ。

細胞分裂のたびに、テロメアは短くなる。テロメアが非常に短くなると、細胞の死や病を招き、これががん、アルツハイマー病、心不全といった、加齢にともなう病気の原因となることもある。

ウィーン大学医学生物学研究所のラインハルト・スティンドルは、こうしたテロメアのはたらきは、個々の細胞だけに限定されないのではないかと考えている。もしかすると、ヒトが世代を重ねるごとに進行し、やがては人口消滅がはじまるのではないか、と。「数千世代のうちには、テロメア減退が、臨界値に行き着いてしまうだろう。ひとたびこの臨界値に達すると、早い年齢で加齢にともなう病気が発生しはじめ、最終的には人口消滅を導くはずだ。ネアンデルタール人のような、一見すると成功した種が消滅した理由も、テロメア減退が原因だったとすれば、気候変動のような外的な原因ぬきでも説明がつく」

これは、ヒトだけの問題ではない。スティンドルは、バクテリアと藻類を除くすべての種で、テロメアは世代ごとに短くなっていると考えている。それはつまり、すべての複雑系生命について、内蔵された進化の時計が、避けようのない絶滅の日に向かって、時を刻んでいるということだ。

年齢とともに短くなるテロメア

われわれの個々の染色体の末端にはテロメアがあり、長いDNA鎖の終止符役を務めている。これは、もっともシンプルなアメーバからヒトまで、あらゆる生命のなかに存在する、特徴的な塩基対配列だ。

テロメアがそこにあるのは、放っておくと核と融合したり、気まぐれに遺伝物質を取り替えてしまおうとする染色体を保護するためだ。この種のミスは、がんを筆頭とする、細胞の異常行動を引き起こす。

細胞を適切に分裂させ、ひいては、生命体の健康を保つためにも、この端部キャップは重要だ。

そこにテロメアがないと、細胞分裂のコピーのメカニズムは、稼働するたびに、染色体の端部を切り取ってしまう。すると、細胞が分裂するたびに、重要なDNAが失われてしまうことになるのだ。つまり細胞分裂のプロセスでは、重要な遺伝子の代わりに、テロメアの一部が削り取られているのである。

テロメアの長さで、細胞の年齢をあらわすことができる。テロメアが短いと、それは細胞が古いことを意味し、この状態はおそらく、時間とともに蓄積されたDNAのエラーを大量に抱えこんでいることも意味している。生命体全体への健康リスクをはらんでいるため、それ以上の分裂は阻止され、細胞は「老化」と呼ばれる段階に入る。

✝時を刻む種のテロメア

地球において、ある時期に起った大量絶滅は、完全には説明されていないにせよ、その原因や過程については、さまざまな説が唱えられている。

しかし、科学者たちは、地球の生命史を通じて姿を消してきた数多くの種の、より「ゆっくりとした絶滅」には頭を悩ませてきた。これまでに存在した種のうち、その99パーセント以上がすでに姿を消しているが、大量絶滅で説明がつくのは、4パーセント前後にすぎない。

大半の種は、小惑星の衝突や全球凍結で死滅したわけではなく、どうやら単純に死に絶えてしまったらしいのだ。

また、化石記録は、多くの種が、チャールズ・ダーウィンの自然淘汰説から予想されるような漸進的・継続的なペースで進化するというよりも、むしろときおり思い出したかのように変化していたことを示している。

歴史には、長期的に、進化が停滞していたとしか思えない時代が存在するのだ。

ラインハルト・スティンドルは、この

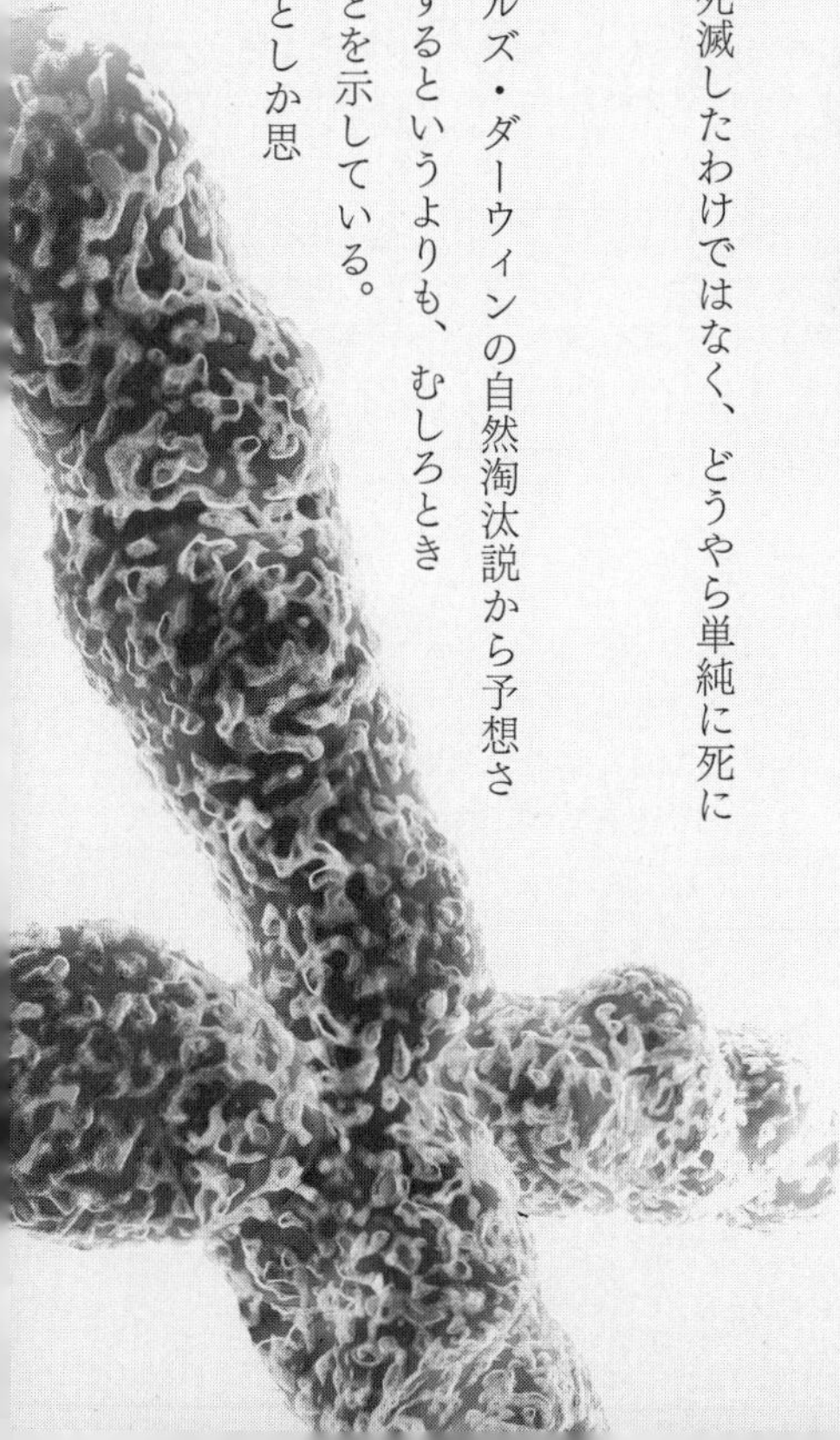

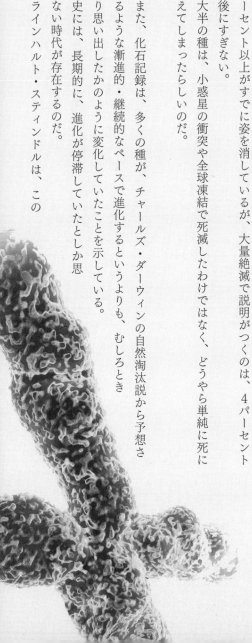

2つの難問に対する解答を見つけたと考えている。地球の歴史を通じて、「種」はなんの不満もなく安定していたが、それがある日、劇的に短くなったテロメアのせいで、突然の個体数激減を経験したと考えているのだ。

彼は、2004年の『ジャーナル・オブ・エクスペリメンタル・ズーロジー・パートB：分子および発展的進化』に掲載された論文のなかで、このアイデアを論じている。「『種の時計仮説』は、ちっぽけなテロメアの長さが世代ごとに少しずつ失われている、という考えを元にしている」と彼は書いた。

「このメカニズムによって、特定の種の生存が、急速に脅かされることはない。しかし、数千、数万世代を経過すると、すっかり短くなったテロメアが、古い種の弱体化や、場合によっては絶滅を招き、同時に新たな種の発生につながる、不安定な染色体環境をつくりだすのだ」

テロメアの長さは、種によって大きく異なりる。たとえば、一部の鳥のテロメアは100万塩基対の長さがあるが、ヒトは1万塩基対をわずかに超えるだけの長さしかない。これがスティンドルのいう、「種の時計」をあらわしているのかもしれないのだ。

この仮説によると、テロメア減退には数十万年の時間が必要とされる。化石記録に見られる進化の停滞期間も、これで説明がつけられるかもしれない。

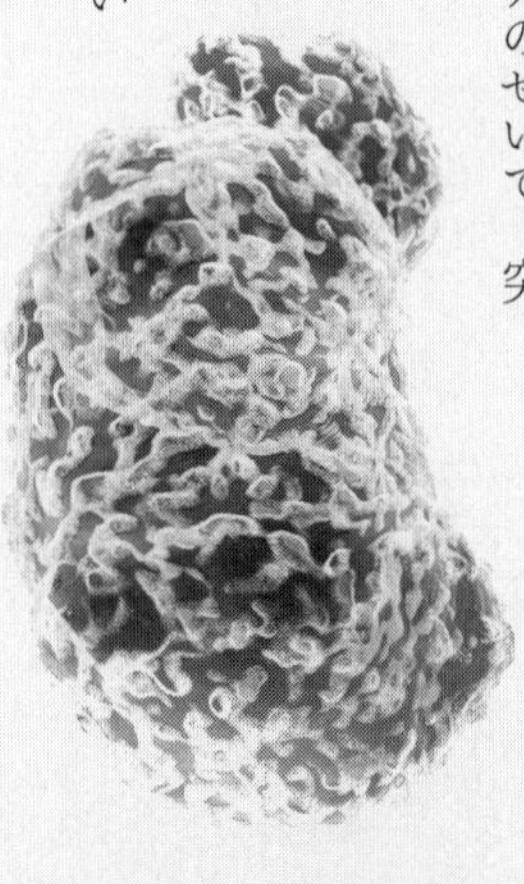

✝テロメアは心に左右される？

もし、スティンドルの考えが正しいとしたら、われわれは、DNAのなかで時を刻む時計に、どう対処すればいいのだろう？

人体では、「ヒトテロメラーゼ逆転写酵素」と呼ばれる酵素がつくりだされている。これは、細胞の分裂後に、染色体末端のテロメアを再建する酵素だ。

この酵素を、なんらかのかたちでより活性化すれば、胎児のテロメアを延長し、ひいてはその人の細胞の寿命を延ばすことが可能になるかもしれない。残念ながら成人は、この酵素をほとんど、あるいはまったくつくりだせない。

ハーバード大学医学大学院のダナ・ファーバーがん研究所に所属する科学者たちは、マウスにテロメラーゼを注入し、若返らせることに成功した。

ヒトの成人を模してつくられ、自然にテロメラーゼを生み出すことができないマウスは、嗅覚の衰え、萎縮する脳、不妊、および腸や脾臓の障害といった、老化の症状に苦しんでいた。だが、テロメラーゼを1カ月間注入されると、老化の徴候が反転しはじめたのだ。

ただし、これはあくまでも原理の証明にすぎず、これをそのままヒトに置き換えようとすると、数多くの問題が発生するだろう。テロメラーゼの使用量が増えると、細胞が無軌道に分裂し、がん化する可能性がある。

テロメアが自然に延長されることもあるかもしれない。スティンドルのいう個体数激減が起こったあとも、少数の個体は生き残るだろう。そしてその生き残り間での交配が、生物学的な時計をリセットし、テロメアをもう一度延長するのではないか、とスティンドルは考えているのだ。

少数の個体を集中的に繁殖させたマウスからも、この考えを裏づけるデータが得られている。こうしたマウスのテロメアは、野生のものよりも、ずっと長くなっていたのである。

もう1つの解決策は、瞑想に耽ることかもしれない。

カリフォルニア大学サンフランシスコ校のシャマサ・プロジェクトでは、テロメアが、心理的な要因に影響を受けるのかが調査されているが、その結果は、おおいに興味をそそるものだ。コロラドにあるシャンバラ・マウテン・センターに3カ月間引きこもり、瞑想とリラクゼーション三昧の日々を送ってきた人々のテロメラーゼ活性は、大幅に上昇していたのである。これは、細胞の老化を反転させ、体内のテロメアを延長するための最初の一歩となるかもしれない。

テロメアを延長する、安全かつ健全な方法を、われわれが近いうちに見つけ出すことはないだろう。けれどもシャマサ・プロジェクトの参加者ならば、問題の性質を知ることこそ、もっとも確実に答えを見つけ出す方法なのだというのではないか。

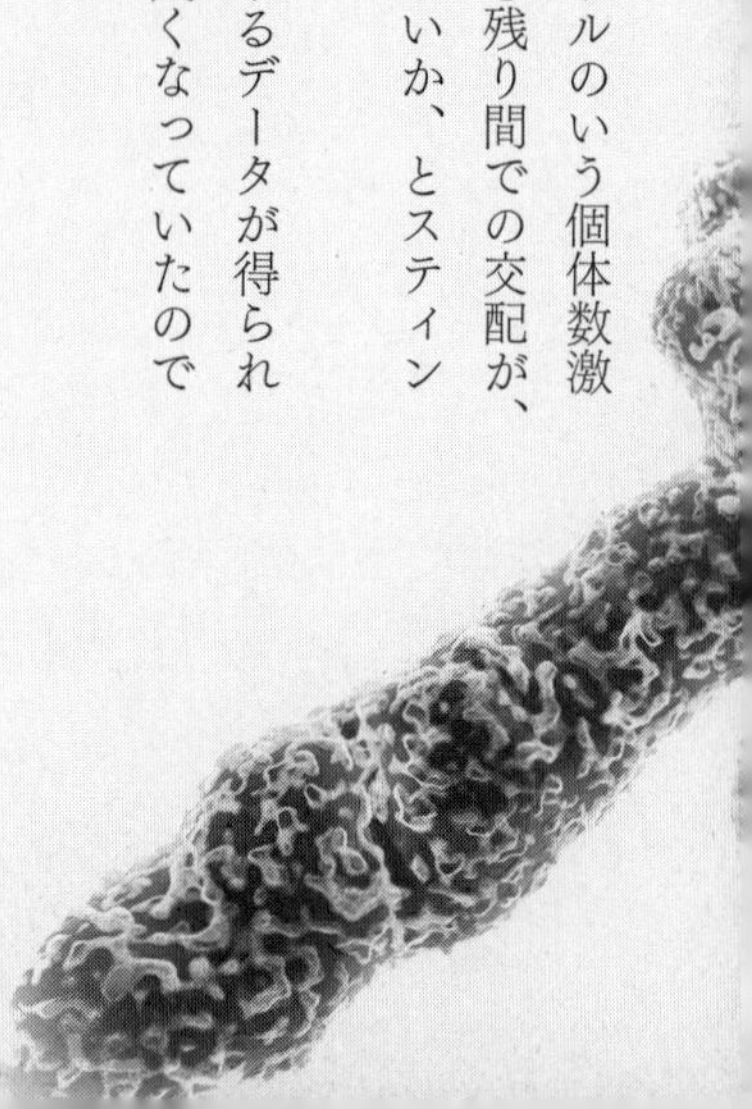

すべては夢のなか

あなたはハッとして目を覚ます。視界はにじみ、意識はもうろうとしている。霧が晴れると、あなたは気がついてしまう。自分が送ってきたいままでの生活——数十億人の人々が暮らす地球での生活と、人類の偉業、芸術、文化、政治、問題、恐怖、美しさのすべて——は、ただの夢にすぎなかったのだ。

あなたの想像だったのである。あなたにはもう、何が現実なのかわからない。

荒唐無稽であろうとなかろうと、われわれはみんな夢のなかにいるという考えは、何千年にもわたって哲学者や芸術家を触発してきた。

それは、「もしかしたら自分は人間になった夢を見ている蝶なのかもしれない」と考えた古代中国の思想家・荘子から、「未来的なマシーンのシステムが全人類を夢にも似たシミュレーション内に幽閉している」という、ハリウッドの大ヒット映画『マトリックス』まで、豊かな鉱脈をかたちづくっている。

無理もない話だろう。夢は、実生活以外でわれわれが経験する、唯一の没入型仮想現実なのだ。夢を見るとき、あなたは自分がローマ時代の戦車乗り、空を飛べるスーパーヒーロー、あるいはアルバート・アインシュタインと夕食中だと信じている。

われわれが夢を見る理由は、誰にもわからない。だが、誰もがあまりにも鮮明で、現実と区別がつかない夢を経験している。それは数十億の人々が、日々おこなっている、もっとも自然で、もっともなじみ深く、だが同時にもっとも不可解な行為なのだ。

†われわれは、未来からのシミュレーションなのか？

夢が自然に発生するのなら、それを人工的に導き出せない理由が、いったいどこにあるというのか。オックスフォード大学人間性の未来研究所の所長を務める哲学者のニック・ボストロムは、それは時間の問題でしかないと考えている。

彼の唱える「シミュレーション仮説」の背景にある基本的な考えは、技術の進歩によって将来的に利用できるようになる超高性能のコンピュータは、何よりもまず、過去の人類文明の、きめ細かいシミュレーションを大量におこなうために使用されるべきだ、というものだ。

これは、われわれの精神も、たったいま、未来のある時点におけるコンピュータ・シミュレーションによって生み出されているものかもしれないという、驚くべき可能性を提起する。

マトリックスにプラグインした人々のように、2014年に生きているつもりでいるが、実世界は23114年で、われわれの精神はシミュレートされた過去に送りこまれている、のだ。

「もし、そうだとしたら、シミュレーションはいつ遮断されてもおかしくありません。つまりわれわれは、その遮断リスクにさらされているのです」とボストロムはいう。「シミュレーションの遮断を、人類の絶滅要因の1つにあげないのは、知的な意味で不正直のそしりをまぬがれないでしょう」

✝水中を漂う脳にとっての現実

われわれが、世界とそのなかにおける自分とを認識できるのは、脳細胞内を駆けめぐる電気インパルスのおかげだ。われわれは、この世界に、肉と血と骨として存在している。けれどもそれがわかるのは、こうした脳の回路を流れる電気のおかげなのだ。

もし、そうした電気の流れを、人工的に誘発できたとしたらどうだろう。

たとえば、コンピュータのプログラムが、あなたの脳細胞を刺激して、本当はコンピュータにつながれているのに、「自分は花畑のなかにいる」と脳に思わせることができたとしたら？

これは、「水槽の脳」と呼ばれるシナリオだ。哲学者のデイヴィッド・J・チャルマースは、それを次のように説明する。

「肉体のない脳が、科学者の実験室にある水槽のなかに浮かんでいる。科学者はその脳を、通常の肉体がある状態と同種のインプットで刺激する。脳の内部状態は、肉体がないという事実にもかかわらず、通常の脳と変わらない。脳の視点からすると、物事はほぼ、あなたやわたしと同じように状態で見えている」

脳はあきらかに、コンピュータのシミュレーションに眩惑されている。存在しない肉体があるつもりになっているのだ。実際には、サンフランシスコの暗い実験室にいるのに、晴天のロンドンで、公園を散歩しているつもりになっている。脳が経験している現実は、われわれが自分たちの世界を経験するのと同じくらい明確な現実なのだ。

†われわれはすべてまやかしなのか？

「そう考えると、すぐにこの疑問がついてくる。自分は水槽のなかにいないと、どうして知ることができるのか？」とチャルマースはいう。

「自分が水槽のなかの脳という状況に置かれていないことを、はっきりと確かめる手立てはない。つまり自分はマトリックスの中にいないことを、確認する手立てはないということだ」


「つまり、われわれは、シミュレータによる『まやかし』かもしれないということです」とボストロム。

「夢を見ている間、あなたの脳はしばしば、最後まで夢を見ていることに気づかせないという事実を考えてください。もしあなたの慎ましい脳にそれが可能だとしたら、テクノロジー的におそろしく先をいく未来のシミュレーションのつくり手たちが、同じ妄想をつくりだすことも、じゅうぶん可能なのではないでしょうか」


われわれがシミュレーションのなかにいるのかどうかを確認する有望な方法は、プログラムの異常やバグを探すことだ。われわれを取り巻く世界では、それは奇跡と呼ばれたりする現象かもしれない。あるいは、既知の物理法則を無視した現象として。

だが、この戦術にもやはり、問題がある。何か奇異なものを目にしただけでは決定打にならないうえに、反則技が自由につかえる未来のシミュレータなら、シミュレーション界のエラーを鵜の目鷹の目で探す住人の記憶を、一気に消去してしまうだろうからだ。

✝夢だとして、いったいなんの問題が？

われわれは、暗い部屋のどこかにある水槽に浮かんだ脳なのかもしれない。それでも、信じるべきものは感じているリアルだろう、とチャルマースはいう。もしかすると自分たちは、時空の外に存在する、肉体のない心だけの存在なのかもしれない、と彼はつけ加える。

「わたしが『外で太陽をあびている』つもりでいるとき、天使がやって来て、実際には太陽などないことを気づかせるかもしれない。だからといって、わたしの感じていることは、誤りだということになるだろうか？　そうではないだろう。たとえ本当はそうでなくても、わたしは外で太陽をあびることができている。天使が、わたしは誤ったことを信じていると断じたとしたら、それはまちがった行為だ。誰しも、誤ったことを信じているなどと断じるべきではないのだ」

ここでの教訓は、われわれを実際に取り巻く環境と、われわれが信じるものの真実性は、かならずしも相関しないということだ、と彼はいう。重要なのはわれわれの心が、脳内に「現実という幻影」をつくりだすプロセスなのだ。それ以外のすべては、しょせん、人ごとなのだから。

情報の絶滅

数万年前、初期人類の集団は、洞穴の壁や天井に記録を残した。バイソンやゾウ、そしてそれらの動物を狩る人々を描いたり、彫りつけたりしていたのだ。われわれは現在もなお、彼らが残した記録を見ることができる。

人類はその歴史を通じて、自分たちの知識を記録し、暮らしの物語を伝えるために、さまざまな手段を用いてきた。バビロニア人が粘土板に天体の動きを記録したのは、わずか数千年前のことだ。彼らが伝えようとしていたことを完全に理解するには、まだ時間がかかるかもしれないが、それらのシンボルを見て、祖先の生活のいくばくかを知ることは可能だ。

いまから数万年後の子孫たちは、現代のわれわれについて何を知っているのだろう。現在の人類の知識量は、どの時代の祖先よりも多く、彼らが数世紀がかりで生み出した知識の量を、1年で上まわってしまうこともある。人類はそのすべてを、さまざまなやり方で記録する——前世紀中ごろまではおもに紙に、いまでは大部分は電子的なハードディスクに——。

もし、地球がなんらかの破局を迎え、われわれの知識を蓄えたコンピュータが、すべて台なしにされてしまったらどうなるだろう。

数万年後に人類が、21世紀の話をしようとした場合、子孫たちはいったいどうすればいいのだろう？　彼らがわれわれのことをすべて忘れていたら、物理的な意味で世界が終わっていなくても、「われわれ」の世界は終わってしまうのだ。

✝近代的な記憶

人類は、すべての人がアクセスすることが可能な、集合的な記憶を必要としてきた。

最初は、小さな集団の間で回覧される石板があり、次に紙と文字と絵、そのあとに本、そして現在のわれわれにはハードディスクがある。過去の体系的な記録が、政治・法律関係や宗教関係の文書だったのに対し、現在のわれわれはもっと多くの事柄を、もっとひんぱんに記録している。

「デジタル革命は、個人的な記録の性質を大きく様変わりさせている。裕福で有名な人々だけでなく、いまでは誰もがデジタル時代に参加しているのだ」と、大英図書館でeMANUSCRIPTSのキュレーターを務めるジェレミー・レイトン・ジョンは語る。

ハードディスクには、われわれの考えのすべて――歴史、写真、日記、小説、銀行の記録から科学的な原理まで――がまとまって、あるいは断片的に収められている。そして、その大半が個人的なものだ。インターナショナル・データ・コーポレーションは、2010年の時点で、世界のデジタル情報の約70パーセントが、組織ではなく個人によって作成されると見積もっている。

問題は、ハードディスクが決して長期的な保存を目的としたものではなく、その貴重な積荷をいつまで完全なまま保っておけるのかが、誰にもわからないことだ。技術が進歩するにつれて、ハードディスクはより小さく、より薄く、そして、より情報密度が濃くなっている。

だが、そこには問題もある。ディスクが小さくなれば小さくなるほど、1平方センチ内に保存される情報が増え、ディスクがダメージを受けた際に失われる情報も多くなってしまうのだ。

ハードディスクに収められた重要情報は、磁気テープやCDやDVDのような光学ディスクでバックアップが取られることが多い。だが、これらのフォーマットの信頼度も、ハードディスクといい勝負だ。

もっとも質の高いディスクであれば、おそらく1世紀は維持できることがテストでは実証されている。逆に、たとえば最安のCDは5年から10年しか持たず、その時期がすぎると情報が欠落しはじめる。

もし、この情報が将来的に読み取れなくなったとしたら、それはいったいどれほどの損失なのか？

✝未来へのメッセージは顔文字？

われわれは、1万年前に生きていた人類を、きちんと理解することができるだろうか？　おそらく無理だろう。となれれば、未来の人々が、われわれを理解してくれるとは、誰にも断言できないではないか？

原子力発電所の廃棄物、すなわち何十万年にもわたって放射線を発する物質の埋蔵を考えている科学者たちを、悩ませているのがこの問題だ。そうした施設の外には、危険性を知らせる標識を立てる必要があるが、いまから500世代後の人類が、われわれの言語や風習を理解してくれる保証はどこにもない。

核科学者たちは、遠い未来の人々にも意味がわかるメッセージを、考え出さなければならないのだ。

現在でも、国が違うだけで会話がむずかしくなるというのに、数千年後の未来に向かって、いったいどう話しかければいいのだろう？　「赤色」はある文化で「危険」を意味するが、異なる文化では「幸運」を意味する。「気味の悪い人」を意味する「creep」という単語が、コーヒー用のミルクの名前になっている国もある。

核廃棄物の問題に対する科学者たちの解答は、「表情」を使うことだった。エドヴァルド・ムンクの有名な絵画『叫び』を元にした画像なら、未来も、誰もが同じように解釈するはずだと考えられているのである。

✝科学的な遺産

未来のために、データのアーカイブを維持することが、科学学術団体の優先事項となったのは、ごく最近のことだ。これはたんに、自分たちの実績を自慢するためためではない。未来の科学者たちが新たな分析をおこなったり、新たな定理の証明や、過去のまちがいを探したりするためには、生データへのアクセスが必要になるのである。

ジュネーブのLHCを例に取ってみよう。この加速器は、15年間の実験期間中に、約5億ギガバイトのデータを生み出し、そのデータはディスクとテープに収録されて、10万台のコンピュータの経由で、世界中の科学者に分配される。

このすべてのデータの収集と管理を、欧州原子核研究機構において可能にする情報テクノロジーのプロジェクトは、プランニングに数十年を要してきた。しかし、LHCそのものの寿命が終わったあとで（2020年の初頭に閉鎖される予定）、その情報をどう保存するかについては、ほとんど何も考えられていない。

データをより長期にわたり、新鮮なままにしておく方法の1つが、それぞれのディスクやテープの内容を、別のものにコピーすることだ。けれども、ぼう大なデータ（たとえば例にあげたLHCや、遺伝子配列関係のプロジェクトから得られるもの）について、この作業をシステマティックに進めようとすると、どうしても情報にエラーが忍びこむリスクが高くなってしまう。

ならば、昔ながらの方法を併用して、安全をはかるのはどうだろう？　中国の洞窟で見つかった現存する最古の紙の書き物は、紀元前9世紀にさかのぼるものだった。もし、紙を安定した、飢えた害虫たちとは無縁の状態で保存すれば、さらに1000年以上は生き残れることだろう。しかし、誰が、どれだけの時間を使って書き写すというのか？

カリフォルニアに本拠を置く組織、ロング・ナウ・ファウンデーションは、よりシステマティックなアプローチを考え出している。ニッケル製で、1000の言語による記述を収めることができる、『ロゼッタ・ディスク』という本の代替物だ。片側には、判読可能なサイズからナノスケール（1メートルの10億分の1）まで小さくなるテキストがエッチングされている。そして逆側には、同封された拡大鏡で読むことができる、最大で1万4000ページ分のテキストが載っているのだ。ディスクは数千年読めるはずだ、とこのファウンデーションは見積もっている。

現代人は、情報にまみれている。いとも簡単にウェブのばく大なリソースに接続できるおかげで、われわれはこの先もずっとこのままだろう、という安心感を抱いている。この電子的な世界にあって、われわれが記憶に留めておくものの種類も変化した。ならば、記憶のやり方が変わっていくなかで、われわれは突然すべてが忘れ去られてしまうような事態にも、備えておかなければならないのだ。

Unknown Unknowns

未知の未知

われわれは、自分たちが何を知らないのかを知らない。過去のあまたの天才たちにも、核戦争は予測がつかなかった。同様に、今日の天才たちにも、将来どんな知識とそれにともなう危険が生まれるのかを、知るすべはないのだ。

050

2001年9月11日、テロリストによる攻撃が、ニューヨークのワールド・トレード・センターとヴァージニアのペンタゴンで数千人の生命を奪ってから5カ月後。当時の米国国防長官のドナルド・ラムズフェルドは、マスコミのメンバーたちに、アメリカが直面する数々の脅威について話していた。

おりしも、彼がイラクの政権について熱弁をふるっていたとき、記者の1人が挙手し、次のようなやりとりがはじまった。

Q：イラクと大量破壊兵器、およびテロリストにかんしてですが、イラクがテロリストたちに大量破壊兵器を提供している、あるいはその用意があることを示す証拠は存在するのでしょうか？　というのも、バグダッドとこうした一部のテロリスト組織との間に、直接的なつながりがあることを示す証拠はない、という報道も出ています。

A：何ごとかが起こっていないという報道に、わたしはいつも興味を持っています。なぜならみなさんもご承知のように、既知の既知というものがあるからです。これは、われわれが知っていると知っているもののことです。われわれはほかに、未知の既知があることも知っています。それはつまり、何かわれわれの知らないことがあるのを知っている、という意味です。だが、さらにもう1つ、未知の未知がある――知らないのを知らないことです。そして、われわれの国をはじめとする、自由主義諸国の歴史を見直してみると、むずかしいことになりがちなのは、後者のカテゴリーなのです。

この「未知の未知」発言によって、ラムズフェルドはさんざん叩かれてしまう。ひょっとしてトートロジーか？　それとも、最悪なかたちでのビジネス話法か？　いや、必ずしもそうとはいいきれない。危険や破滅的状況を査定する場合、未知について考えない限りは、完全とはいえないからだ。

「われわれに必要なのは、包括的なカテゴリーです」と、哲学者のニック・ボストロムはいう。「われわれがすでに、すべての重要なリスクをイメージし予期しているのだと、自信を持つのは愚かしいことでしょう。将来の技術的、科学的発展は、この世界を破壊する、新たな方法を明らかにするかもしれないのです」

✝考えられないものを予見できるのか？

啓蒙時代における、西洋のもっとも学識ある人々――たとえば、アイザック・ニュートンや、フランシス・ベーコンや、ジョージ・バークリーのような――を連れてきて、彼らに、「世界はどうやって終わると思うか」質問したところを想像してほしい。

聖なる介入（ニュートンは、聖書の手がかりから計算して、21世紀に世界は破滅すると信じていた）の話を聞かせる者もいれば、国が滅びるほどの犠牲者を出す、血生臭い戦争という終末をあげる者もいるだろう。

だが、こうした賢明な人々も、誰1人、核戦争によって世界が破滅することについて語ることはできないはずだ。あるいは、小惑星の衝突によって破滅する可能性について。あるいは、気候変動が引き起こす海面上昇によって破滅する可能性についても。

300年前、人間はいまほど科学を知らず、世界と自分たちを取り巻く宇宙のことは、さらによく知らなかった。その後、知識とともにパワーが得られ、自分たちは新たな危険に取り囲まれているという理解が、否応なしに生まれた。

人類に対する宇宙規模の脅威は、つねに存在していた。つまり、ずっと危険にさらされていたのだ。ただし、それに気づくまでには、しばらく時間が必要だった。その脅威は、たとえば、この銀河系とアンドロメダの衝突であり、ブラックホールの到来である。

すべての宇宙的な脅威に共通するのは、たとえその危険に気づいても、われわれにできるのは、せいぜい生き残りを集めてどう生き延びるか、考えることぐらいだということだ。

「考えられないことを考え、予見する」ことに慣れている集団は軍隊だ。

ペンタゴンでは司令官たちが、「破壊的脅威」について語る。どこからともなくあわれて、戦闘中のパワーバランスを崩す武器や戦略のことだ。

ペンタゴンとホワイトハウスは、将来的な破壊的脅威の例として、「バイオテクノロジーを用いる兵器、サイバーおよび宇宙での作戦、あるいは指向性エネルギー兵器」をあげている。

情報技術の時代にあって、破壊的脅威の予見は、よりいっそう複雑になってきている。たしかに、アメリカは過去において、核によるアルマゲドンを懸念していたのかもしれない。だが、ソビエトがかなりの量の核弾頭をそろえるためには、大量のマンパワーを駆使し、何年もテストを重ねる必要があることを、アメリカはつねに承知していた。懸念は、見える懸念だった。

情報技術時代の戦争はオンラインではじまり、しかも急速に進行する。長い時間をかけて高価な兵器をつくり、テストをする必要はない。オンライン上の破滅のシナリオでは、軍の予見ももはや手遅れな場合もあるのだ。

＋予期できないかたちの終末

未知の未知について考える方法は、もう1つある。著書の「Black Swans」のなかで、エコノミストのナシム・ニコラス・タレブは、「大々的な影響をあとに残す意外な事態」というアイデアを展開した。

タレブは、予測が困難で、多大な影響を与え、滅多になく、歴史、科学、経済の通常の予測を超える事象の重要性を、歴史をさかのぼって強調した。こうしたいわゆる「ブラック・スワン」事象には、インターネットの隆盛、第1次世界大戦、9・11のテロリスト攻撃などが含まれる。タレブはほぼすべての科学的発見と、芸術的な偉業をそのなかに含めている。

「オーストラリアが発見されるまで、旧世界の人々は、すべての白鳥は白いと確信していた。経験的証拠も、それを完全に認めているように思えたため、その考えが揺らぐことはなかった」と、彼は書いている。

「最初の黒い白鳥の発見は、何人かの鳥類学者（および鳥の色彩に著しい関心を持つ人々）にとって、興味深い驚きだったと思われるが、話の主題はそこではない。それは、観察や経験によるわれわれの学習には歴然とした限界があり、われわれの知識はきわめてもろいことを示しているのだ。たった一度の観察例で、数千年にわたって積み重ねられた、何百万羽という白い白鳥の目撃例から引き出された一般的な通念が、くつがえされてしまったのである。そのために必要なのは、たった1羽の（そして聞かされた話によると、かなり醜い）黒い白鳥なのだ」

2004年に発生した太平洋の津波が予測されていたら、あそこまでの被害が出ることもなかったはずだ、とタレブはいう。「早期警報システムが導入され、被害を受けた地域の人口は、より少なくなっていただろう」

にもかかわらず、われわれはみんな、あかたも経験と知識から、事象を予見できるかのようにふるまっている。

「われわれは来年の夏の予測すらできないことに気づかないまま、社会保障の不足額や、原油価格の30年予測を立てている。これまでに累積されてきた、政治的、経済的な事象に対する予測誤差は途轍もないもので、実証的な記録をみるたびに、これは現実なのだ、と頬をつねらなければならなくなる。驚くべきなのは、われわれの予測誤差の甚だしさではない。その点を、まったく自覚していないことなのだ」

われわれは、「すべてを予測することはできない」ことを認めるべきなのだ。過去に発生した、一風変わったブラック・スワン事象は、人の振る舞いについて、また、われわれが歴史からどう学ぶのかについて、多くを教えてくれる。

世界をひれ伏せさせるやもしれぬ、予測不能な出来事にかんして問いかける際には、一歩うしろに退いて、その問題を考えてみる必要があるのかもしれない。

「『われわれは学ばないということをわれわれが学ばない』ということを、われわれは自発的には学ぼうとしない。問題はわれわれの心の構造にある。われわれは規則ではなく事実を学び、事実だけしか学ぼうとしない。『高次規則＝メタルール』（たとえば、『われわれには規則を学ばない傾向がある』という規則）を理解するのは、どうやら不得意らしいのだ。われわれは抽象を軽蔑する――熱意をこめて軽蔑するのである」とタレブはいう。

こうしたふるまいは、われわれの動物的な過去に根ざしている。ライオンに気づいたら逃げることだけを考えればいい、アフリカのサバンナにいる動物たちにとって、思慮深さや内省はなんの役にも立たない。「思考が時間を消費し大量のエネルギーを無駄にする行為であること。ヒトの祖先が1億年以上の時間を考えのない哺乳類としてすごしたこと。そして人類が頭脳を用いるようになった歴史上の急上昇期においても、われわれはそれを、さほど重要とは思えない取るに足らない目的のために用いていたこと。これらを考えてほしい。われわれは、自分たちが思っているより、考えていないことを示す証拠もある――むろん、そのことについて考えているときは別だが」

「予期できないことを予期する」ための、具体的な答えはない。世界が、予期しないかたちで終末を迎えることについて考えるとき――何ものをもってしても、なんの参考にもならないのだから。

DOOMSDAY HANDBOOK

人類滅亡ハンドブック

発行日　2015年1月30日　第1刷

Author　アローク・ジャー
Translator　長束竜二
Book Designer　辻中浩一　吉田帆波（ウフ）
Publication　株式会社ディスカヴァー・トゥエンティワン
〒102-0093　東京都千代田区平河町2-16-1 平河町森タワー 11F
TEL　03-3237-8321（代表）　FAX　03-3237-8323
http://www.d21.co.jp

Publisher　干場弓子
Editor　林秀樹
編集協力　吉澤昌（MC-ABSOLUTE）
監修　小林米幸（医療法人社団 小林国際クリニック 院長）

Marketing Group
Staff　小田孝文　中澤泰宏　片平美恵子　吉澤道子　井筒浩　小関勝則　千葉潤子
飯田智樹　佐藤昌幸　谷口奈緒美　山中麻吏　西川なつか　古矢薫
伊藤利文　米山健一　原大士　郭迪　松原史与志　蛯原昇　中山大祐
林拓馬　安永智洋　鍋田匠伴　榊原僚　佐竹祐哉　塔下太朗　廣内悠理
安達情未　伊東佑真　梅本翔太　奥田千晶　田中姫菜　橋本莉奈
Assistant Staff　俵敬子　町田加奈子　丸山香織　小林里美　井澤徳子　橋詰悠子
藤井多穂子　藤井かおり　葛目美枝子　竹内恵子　熊谷芳美　清水有基栄
小松里絵　川井栄子　伊藤由美　伊藤香　阿部薫　松田惟吹　常徳すみ

Operation Group
Staff　松尾幸政　田中亜紀　中村郁子　福永友紀　山﨑あゆみ　杉田彰子

Productive Group
Staff　藤田浩芳　千葉正幸　原典宏　石塚理恵子　三谷祐一　石橋和佳　大山聡子
大竹朝子　堀部直人　井上慎平　松石悠　木下智尋　伍佳妮　張俊崴

Proofreader　鷗来堂
Printing　株式会社シナノ

ISBN978-4-7993-1634-4

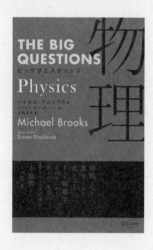

ビッググクエスチョンズ 宇宙

THE BIG QUESTIONS Universe

スチュアート・クラーク 著

水原文 訳

本体2100円(税抜)

科学や哲学の大疑問に、最先端の知見から答えていく『ビッグクエスチョンズ』シリーズの宇宙編。一流の専門家が回答し、宇宙の秘密がこれ一冊でわかる！　ブラックホール、ダークマター、ビッグバン。宇宙にまつわる大疑問のすべてに答える。

Creation The Origin of Life ／ The Future of Life

生命創造

アダム・ラザフォード著

松井信彦 訳

本体2000円（税抜）

生命は創れるか？ 生命 40 億年の歴史／人工生命 40 年の歴史！　私たちの起源を探し求める壮大な旅は、細胞の発見からスタートし、進化説へ、そして遺伝子の世界へと冒険を続ける。さらには遺伝子をつくり上げる分子の起源を求め、地球誕生の物語をひもとく！

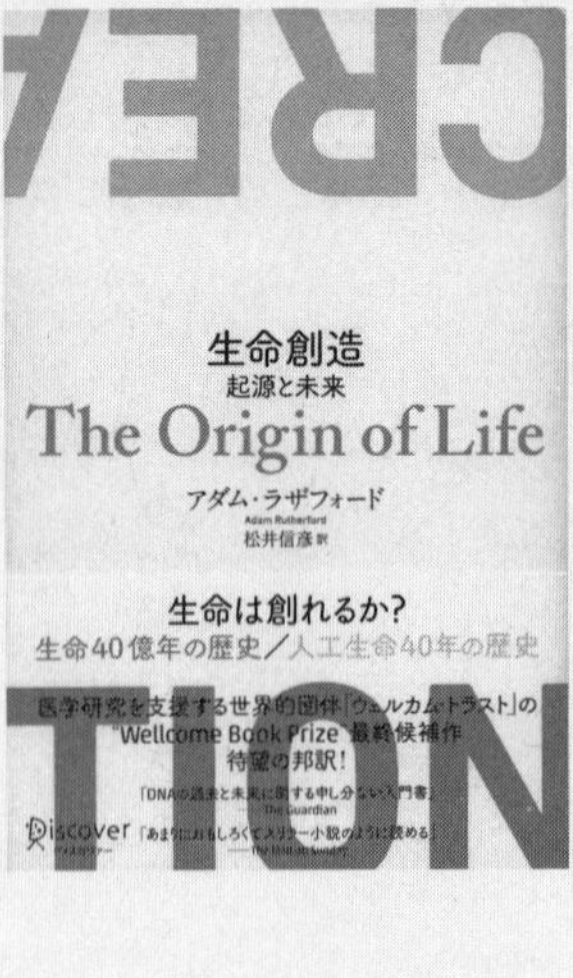